LAS CRÓNICAS DE EL MOSQUÍN

La trilogía de la región

Libro 1º

I0652635

Manuel R. Lavado

https://ww.netforsuccess.com

ISBN-13: 978-84-697-2934-2

ISBN-10: 84-697-2934-2

Depósito Legal: SE 944-2017

"Las actitudes humanas son previsibles"

Carl G. Jung

El Crimen

Todavía el pueblo no aparecía en los mapas de carretera cuando salió por primera vez en los periódicos por la muerte virulenta de uno de sus vecinos. En aquellos días, El Mosquín ni siquiera contaba con un puente para salvar su riachuelo sino que sus habitantes simplemente lo atravesaban por donde más conviniera para mojarse lo mínimo mientras que los forasteros y las autoridades se servían del Enterrador para cruzarlo en una improvisada pero útil balsa a cambio de una moneda. El día del crimen en cuestión el inspector Francisco José Peláez con el bajo de los pantalones húmedos llegó para investigar el caso a un lugar del que no había oído hablar hasta ese día. Allí se encontraba una pareja de la guardia civil interrogando a la criada, quien descubrió el cadáver, y recomponiendo los hechos en la escena del crimen. La casa olía a café recién hecho y recién molido y este aroma se apelmazaba en una atmósfera cerrada y perturbada por el rezumar de la sangre seca del cadáver, ya que los amplios ventanales de la casa todavía estaban cerrados desde la noche anterior y en las mañanas veraniegas el sol comienza a calentar desde bien temprano. Adela, la criada, les contó que al llegar encontró una taza de café en el suelo rota y que la tiró a la basura. Le resultó extraño encontrar en el fregadero una machota con sangre y algunos pelos pegados y una fregona apoyada en la pared. El asesino había tratado de borrar los restos de sangre del suelo y las paredes tratando de ocultar en vano el funesto acto ante la necesidad imperiosa de que se descubriera lo más tarde posible el cadáver. Éste yacía envuelto en una sábana empapada en sangre debajo de una cama del dormitorio para huéspedes. El inspector sacó numerosas conclusiones del siniestro antes de preguntar quién era aquel pobre hombre y de quién se sospechaba. El asesino conocía a la víctima y sabía cuáles eran sus hábitos y costumbres y era totalmente inexperto en matar a juzgar por lo torpe de su intento de ocultar el cuerpo. De hecho, parecía como si no lo hubiera asesinado de manera premeditada. La criada les contó que el tío Antón, que era como todos llamaban cariñosamente a aquel pobre hombre, vivía con su sobrino que se encontraba en paradero desconocido y que al ser el último que viera a la víctima con vida era el principal sospechoso. El inspector le preguntó a la criada si podía explicar por qué tenía ella en sus babuchas unas gotas de sangre. Adela le respondió que no podía explicarlo. *Váyase, usted no es la persona que buscamos.* Al salir de la casa iba mesándose los cabellos y sumida en profundas cavilaciones creyéndose estar en verdaderos apuros como el día en el que los nacionales tomaron el pueblo. Vinieron a la mente todos aquellos recuerdos agrios que siguieron a la desaparición en extrañas circunstancias del verdadero propietario de la casa, don Torcuato. El crimen podría destapar el secreto que desde entonces andaba oculto tras una trampilla cubierta por un mueble de la biblioteca de la casa y que la pondría en serios aprietos ante la justicia. La casa estaba sellada por la policía. Nadie podía entrar ni salir de allí a menos que quisiera entrar en problemas con la ley ya que se trataba del crimen de un habitual de las tertulias del cura y el alcalde. *Espero que me perdones por lo que he hecho. Lo siento.* Cruzó por la Plaza del Polvorín con tal ensimismamiento que ni siquiera percibió la perturbadora presencia de las tres mojigatas del pueblo que llevaban sentadas en un poyete desde que acabara la primera misa de la mañana comentando el triste suceso. *A mí me pareció muy raro que don Antón no apareciera por la parroquia esta mañana. Sí, hija, que era muy devoto. Solo sabe Dios qué mal demonio lo habrá matado. Dicen que su sobrino ha desaparecido. Pues, qué raro. ¡Qué va, mujer! Ese estará con la hija de la Justina, que le hablaba y hasta se iban a casar y todo. Pues a mí me parece muy raro porque dicen que no eran de aquí. Que él era húngaro. Qué va a ser húngaro, mujer, era austriaco o checoslovaco. Y la de gente* que lo ha visitado en estos años. Todos con maletas de viajes y sombrero. Desde luego de aquí no era, pero como si lo fuera, qué bien dejó los cuadros de la parroquia y al sobrino de la Ramona cuando estaba enfermo le regaló una bolsa de caramelos. Es que era muy buen cristiano. Y mira que con la de dinero que tenía y no tener ni esposa ni hijos. Me parece que murieron en la guerra. ¿No me digas? Y su sobrino, ni era sobrino ni nada. Era un paisano que había recogido y le ayudaba a administrar sus caudales. Que me enteré yo por el señor cura que iba a merendar con él y el señor alcalde y hasta el comandante de la Guardia Civil. Pues, si ha sido él, ¡vaya decepción para la Justina! Porque el muchacho trabajaba y tenía buena planta y todo. Mira, ahí va esa, la roja. Y no habrá sido esa. ¿Esa? Esa no ha vuelto a abrir más la boca desde que se cagó encima. La relación entre Adela y aquellas tres arpías había estado siempre emponzoñada por odios viscerales inescrutables. Adela era la hija única de María la malagueña y Antonio González. Su padre era el pescador más apuesto de todo El Mosquín. De hecho, varias de las mujeres del pueblo bebían los vientos por él, pero quien le hablaba era Paquita, la mayor de las tres arpías. Incluso se le vio agarrada del brazo en alguna ocasión. El día que Paquita se enteró que se casaba con la malagueña, quien había llegado al pueblo tan solo un año antes, la garganta se le secó y nunca más su voz volvió a ser clara. Un humor venenoso y amargo le recorrió por las venas y la fue intoxicando día a día. Era consciente que ya no se casaría nunca, que esa mujer le había arrebatado un futuro y un estatus. Estaba sentada en un poyete de la Plaza del Polvorín comiendo pipas con su tía y su hermana cuando se enteró. Cuando falleciera su tía sería su sobrina quien la sustituiría en el trío del odio y la gazmoñería. Desde aquel día su fervor religioso creció. Sabía que nadie se casaría con una mujer que se agarró del brazo de otro. Desde luego no en El Mosquín. Se quedaría para vestir santos y criar sobrinos y cuidar padres. Meses más tarde nació Adela y fue Paquita quien difamaría sobre si la malagueña se casó preñada o no.

Menos mal que no siguió con Antonio, que ella no era una cualquiera. Adela no comprendió de pequeña las risas de Paquita al verla jugar con las demás niñas en la plaza. Siendo moza, perdió a sus padres en un incendio y se fue a vivir con sus tíos a El Sebel. Allí conocería a un joven, Miguel, que sería su gran y único amor hasta que una guerra fratricida pusiera un muro de por medio. Adela llevaba sirviendo unos años en la casa del indiano don Torcuato, que fue quien construyó la casa, antes de que la habitara el tío Antón. Contaba a los vecinos que aunque don Torcuato hubiera desaparecido, ella siempre cuidaría de la casa ante la esperanza que algún día regresara. Cuando don Antón se refugió en el pueblo con su sombrero de ala ancha, su abrigo y unas polvorientas maletas, se le asignó una casa que nunca heredero alguno reclamó. No vio con malos ojos que Adela le sirviera. Después de todo la casa estaba impoluta con su patio lleno de flores tropicales y plantas de amplias hojas, con su fuente y una gran biblioteca. Durante los años siguientes a su llegada, el tío Antón se ganó la confianza de los habitantes quienes lo adoraban, en especial los niños. De hecho, cuando se enteraba que el hijo de tal o cual vecino enfermaba, el tío Antón le regalaba una bolsa de caramelos para que se pusiera bueno. Esta fue la razón por la que la muerte inesperada y cruel de aquel bienhechor dejó a todos consternados. En el resto de la región los acontecimientos sirvieron para conferir al pueblo de un aura de misterio que atrajo a periodistas que escribieron sobre el suceso en columnas con mayor o menor inspiración. En una de ellas contaban que el difunto era un empresario de la construcción que residía en El Mosquín desde hacía unos años pero que tanto su documentación como su nombre eran falsos. Se descartaba que el móvil del crimen fuera por dinero ya que sus cuentas estaban intactas y su sobrino podría haber sido el asesino ya que un niño aseguró que muy de mañana lo vio salir del pueblo algo perturbado. La conjetura más repetida en las columnas de sucesos era que aquel hombre que parecía tan bueno pudiera tener un pasado escabroso aún por descubrir que hubiera desencadenado su repentina y violenta muerte. En cualquier caso, el asunto quedó estancado al no poderse interrogar al principal sospechoso, y de sopetón, se detuvieron las pesquisas tanto por parte de la policía como por parte de la prensa. Hasta aquel fatídico día nunca había pasado nada. Era un pueblo como otro cualquiera con su parroquia. Un pueblo con su cura, su alcalde y su guardia civil. Con su cojo, con su tonto y su sabio. Sus viejas ociosas. Sus abuelos con bastón y ropa gastada. Con pasado lleno de historias de fortalezas derruidas a cañonazos en pleno mar y barcos hundidos, pero sin futuro. Con su multitud de pobres y su rico. Un pueblo con su santo y su virgen y su romería y sus fiestas. Con casas desvencijadas otrora de cañas y adobe. Con jóvenes llenos de sueños de volar lejos de allí y con chicas aspirantes a una paga con marido. Un pueblo con niños aprendiendo a fumar a escondidas y a aprender a bofetadas. Con su maestra y su mapa del mundo. Un pueblo con una barbería donde conversar y una cantina donde gastarse los cuartos en vino. Sin cine ni teatro, pero con su misa de los domingos. Un pueblo con sus heridas abiertas de la guerra y sus odios cainitas. Un pueblo con una plaza llena de niños jugando a las canicas y a las chapas a la salida del colegio. Con su río y su camposanto. Un pueblo que no sabe nada de lo que ocurre más allá de sus fronteras, del púlpito del cura ni de las lecciones de la maestra. Uno de esos pueblos, en definitiva, en los que no ocurre nada hasta que a alguien se le ocurre asesinar a alguien y entonces se convierte en el pueblo del crimen. Un crimen que quedará en el aliento de sus paisanos y se extenderá como la gripe. Un crimen que recogerán los periódicos para olvidarlo después pero que todos contarán a sus hijos para que se duerman. Justo ese día, don Eulogio, el párroco, fue a la caseta del Enterrador para pedirle que prepara la fosa donde habría que enterrar al bueno del tío Antón y lo encontró degollado. Aunque este crimen no tuvo las repercusiones del primero y fue olvidado a los pocos días propagó las sospechas de que en el pueblo había un asesino. Nadie sabía cómo se llamaba ni qué edad tenía, simplemente era el enterrador. Era cojo y tuerto de un ojo. Algunos decían que muy bien de la cabeza no estaba pues no hablaba con claridad y en ocasiones no se le entendía palabra que saliera de su boca. Los niños le tiraban piedras cuando recogía colillas del suelo para fumárselas. Un día llegó al pueblo justo después de que acabara la guerra. Acababan de fallecer la mujer y el bebé de un pobre hombre que condenaron veinte años a la cárcel de Mahón y vivían en un cuartucho junto al cementerio. Aquel forastero se prestó a darles sepultura, y luego se quedó en el lugar de las fallecidas. Don Eulogio recordaría el día en el que el Enterrador se confesó por primera vez. Eran innumerables las quejas que le habían llegado de aquel mendigo que el cura siempre defendía. Le acusaron de robar una navaja de un pescador que según afirmaba su propietario la compró su bisabuelo a un guardia que aseguraba había pertenecido al gitano bandolero. Le acusaron de allanar las casas a la hora de la siesta y hurtar anís y algunos ahorros. Una tarde un pescador le había agredido con una maceta al sorprenderlo con su pene al aire mirando a su mujer que estaba lavándose el torso con una jofaina. *Hijo, confiésate para que dios te perdona. Si no me ha matado dios es porque no seré tan malo. Hijo, no digas burradas. Anda cuéntame, que te sentirás mejor. Yo, señor, nací en una alcantarilla donde unas ratas estaban devorando a un muerto y me despertaron porque me estaban mordiendo a mí también. Mi ropa apestaba y me la quité. Estuve desnudo hasta que robé unos calzones que encontré en un río. Unos novios estaban bañándose desnudos. El hombre me descubrió y fue con un palo para atacarme pero murió en el forcejeo. Bueno, hijo, sigue. Al menos te estás confesando. Como andaba solo por ahí los municipales me metían en presidio por vago y me echaban a patadas de las aldeas por las que pasaba. Así que cuando encontraba una cueva pasaba allí los días cazando conejos y pajaritos. Me encontré una bicicleta de panadero en el campo y estuve rodando por muchos pueblos comiendo de lo que me daban. Un día unos guardias me metieron preso porque me* acusaban de robar una bicicleta y de matar al panadero, que era su dueño. Pero ¿tú lo habías matado? No, padre, yo solo me encontré una bicicleta en el campo. ¿Cómo iba a saber que era de un hombre asesinado? Me pude escapar de la cárcel porque dejaron la celda abierta en un descuido y estuve deambulando hasta que me encontró otra pareja de la guardia civil. Yo pensaba que me iban a meter en la cárcel otra vez por lo del panadero, pero me llevaron con un cura que me metió en un hospicio donde me daban de comer unas monjas. Un día salté por la ventana y le conocí a usted, padre, que ha sido muy bueno conmigo. Lo que dicen de mí aquí es mentira, padre. Bueno, vas a tener que hacer penitencia. ¿Esto es secreto, padre? Sí. Pues hay algo más que me gustaría contarle. En una de las cárceles me encontré con un hombre al que iban a ajusticiar por la muerte de los amantes del río. Era el marido de la gachí. Pero, ¿mataste a la chica? No, padre, salió corriendo y se tropezó. Moriría del golpe que se pegó con una piedra al resbalar. Yo ni sabía que estaba muerta. Fue una confesión sanadora pues tras ella tan solo pediría dinero por la calles hasta el día en el que arregló una balsa y se dedicó a llevar la gente de un lado a otro del río a cambio de una moneda. El río, como ya se sabe, un poco más arriba del pueblo si uno no era demasiado sibarita o remilgoso se podía vadear aunque se mojara uno los zapatos un poco pero por el pueblo era necesaria la balsa porque el caudal era más profundo. El enterrador hacía este trabajo por una moneda. Limpiaba los nichos y si le dabas más te cambiaba las flores y todo. Lo encontraron degollado sobre el colchón de follisca de maíz de su cuchitril. Lo que ganaba, lo gastaba en anís y, si algo le sobraba, lo guardaba en una lata oxidada de melocotones en dulce. Le cortarían el cuello con un cuchillo de cocina que nunca se encontró. Muchos sostuvieron que lo habría asesinado otro vagabundo. Paco Penella, quien con el tiempo llegaría a convertirse en un ilustre arqueólogo e historiador y sería primer alcalde del pueblo al llegar la democracia, no olvidaría nunca los sucesos acaecidos por aquellos días cuando todavía era un mozuelo.

El mismo día del crimen se había precipitado por una sima en el monte y quedado cojo de un pie de por vida y atestiguó con espanto que las historias de fantasmas que la vieja centenaria, Desamparados, les narraba a los crédulos niños desde su mesa camilla y su butaca eran totalmente ciertas. Una noche renqueando Paco por las inmediaciones de la casa del indiano, ya sellada por la policía, sintió susurrar la voz de un hombre: *Ayúdame, que me muero.* No fue el único que oyó voces. Muchos dijeron que el espíritu de don Antón nunca abandonó la casa y décadas después, desde el mostrador de su venta, el "Trespesetas" relataría a los turistas mientras estos consumían sus atunes encebollados, el salvaje y truculento desenlace de don Antón y su perturbada alma que vagaba por aquella casa abandonada. Adela, en cambio, marcharía de allí a los pocos días de que la policía cerrara el caso, y no regresaría hasta décadas después para colocar algunas piezas de aquel rompecabezas cuando ya a nadie, excepto a Paco Penella el cojo, le importaba. Al mes, un hombre llegaría con unos clavos y unos carteles para anunciar que se construiría un hermoso puente y una carretera para comunicar el pueblo con el resto del mundo. Por esa carretera entrarían muchas nuevas historias.

La Fundación

La tempestad les sorprendió de golpe y más allá de las columnas de Hércules. En aquel momento Aristarco creyó que sus sandalias no volverían nunca a pisar el ágora de Samos. Era la primera vez que cargaba una negra y hueca nave con aceite, vino y cerámica para trocarlas en el confín del mundo por oro. Las leyendas oídas desde niño sobre las riquezas del rey Gerión habían poblado su mente y no iban a salir de ahí hasta que comprobara por sí mismo que todo ello era cierto. El pánico circulaba por los miembros de los marineros cada vez que una ola batía la nave y esta se bamboleaba. Ante el caos reinante Aristarco recordó las historias de dioses benevolentes ante marineros desvalidos y comenzó a gritar: *Oh Poseidón, juro que si vuelvo a pisar el ágora de Samos, te honraré con dorados exvotos y haré construir un templo en tu nombre con el oro que encuentre.* Fue en ese momento en el que la quilla colisionó con unas rocas y gran parte de la tripulación, uno de ellos Aristarco, fue a caer al agua al virar la nave. A la mañana siguiente reinaba la calma y varios de los tripulantes, como despojos que la mar vomitara, descansaban sobre las finas arenas doradas de la playa. Aristarco despertó y algunos marineros, como si notaran la presencia de vida, despertaron con lentitud como se despiertan aquellos que se dejan llevar por los delirios dionisiacos. La playa les recibió con hospitalidad. No había alimañas. Amplios cañaverales plagados de aves blanquecinas y zancudas se abrían más allá de la arena. Los pocos supervivientes se reunieron y buscaron agua y comida. Sin duda, Poseidón les había sido favorable. Esta es la historia que Heródoto de Halicarnaso cuenta sobre la fundación de Poseidonia que debió de estar localizada en lo que hoy es el pueblo de El Mosquín. A pesar de lo que muchos historiadores y cronistas han creído demostrar, no fueron los fenicios los primeros en arribar a las costas de El Mosquín y sus alrededores sino los griegos. Las fuentes en las que me baso para esta afirmación tan segura como tajante son las ya mencionadas de Heródoto y también Estrabón. Las traducciones que de sus obras hizo el escritor morisco Almanzor el chico están plagadas de testimonios. Habla Heródoto de un tal Aristarco de Samos que llegó por suerte de una tempestad a unas costas más allá de las columnas de Hércules, que allí se encomendó a Poseidón y que le prometió construir un templo y llenarlos de exvotos de oro si sobrevivía. Siglos más tarde Estrabón hace una descripción de la misma y habla del peñón sobre el que descansa un templo lleno de oro. Habla también de un bosque profundo que tiempo atrás lo exploraban elefantes y de unos humedales. La descripción es muy similar a la que en su tiempo debió de ser El Mosquín y sus zonas circundantes. Así, prosigue la historia de Heródoto narrando como los intrépidos griegos se adentraron en el bosque. Para muchos de ellos los ruidos emitidos por esas bestias gigantescas y de amplias orejas serpenteantes sonaban a cuerno de cabrero. Las bestias parecían no preocuparse por la presencia de los griegos, quizá no conocían aún el miedo al ser humano. Tan solo agarraban por su larga mano nasal plantas que limpiaban de tierra golpeándolas contra el suelo para alimentarse. Entendieron, pues, al observarlos a través de las sombras que la espesa arboleda les regalaba, que estos seres no eran hostiles ni tenían intención de atacarles. No se acercarían a ellos demasiado por si alguna cría anduviera cerca y se asustaran. Por el respeto a lo desconocido optaron por evitarlos. Oyeron el ruido de un río y pensaron que sería una oportunidad para llenar los odres de piel de cabra que la mar les devolvió. Algunos con más sed que otros incluso sumergieron su cabeza en las limpias aguas del río cuando uno de ellos gritó: *Oro, hay oro*. Aparte de esta historia tan pormenorizada y las descripciones geográficas llenas de prolijidades, no han quedado vestigios de ninguna clase sobre la presencia griega en El Mosquín. En primer lugar, a lo largo de la historia El Mosquín ha sido testigo del paso de multitud de pueblos tanto por el norte como por el sur. Cada uno de ellos arrasó, re-ideó y reconstruyó lo mejor que pudo la comarca. Mucho de estos rastros desaparecieron. Sin embargo, estoy de acuerdo con Sánchez Albornoz cuando afirma que la verdadera explotación de la comarca como colonia ocurrió bajo dominio fenicio. Recuerdo que de niño hablaban los ancianos del hallazgo que un súbdito británico hizo de un tesoro en una de las cuevas de El Sebel. Nadie supo nunca a ciencia cierta qué fue lo que encontraron e incluso algunos dudan del descubrimiento, pero según unos eran herramientas y utensilios para la explotación minera y según otros, joyas de oro macizo y otras manufacturas provenientes de Oriente e incluso de África. Algún estudioso británico ha corroborado el hecho con un libro donde se describía, catalogaba y dibujaba unos objetos inusuales y hasta una momia. No obstante, la existencia es puesta en duda por muchos porque tales objetos no han aparecido hasta el momento. En cualquier caso, la colonización verdadera de la región se debe de atribuir a los fenicios ya que los griegos ni permanecieron mucho tiempo en la comarca ni se adentraron a las costas africanas como sí hicieron los fenicios. Por todo esto, estoy dispuesto en afirmar que los fundadores de El Mosquín fueron griegos y que lo primero que hicieron al llegar fue construir un templo a Poseidón. Cuenta Estrabón que todavía en tiempos de la *pax romana* desde el mar se veía el templo a Poseidón y un fuego que señalaba a modo de faro dónde se preparaba el sabroso *garum* que deleitaba los paladares de la culta Roma. También nos han llegado por la fuentes paleocristianas los detalles de qué suerte tuvo el templo. Se sabe que fue expoliado y destruido por los seguidores de San Alejo, que quisieron borrar todo resto de la tradición pagana en la región. Ahora bien, ¿fue este templo el que construyeron los intrépidos griegos siglos atrás? La reciente traducción e interpretación que he realizado de las runas de la cueva de El Sebel arrojan algo de luz sobre esta controversia. Dichos textos aunque se encuadran dentro de la literatura mágica del alto medievo y por lo tanto hay que leerlo con bastantes reservas, pueden contener trazas de verdad aunque también fantasía y magia. Sobre los griegos leemos que a la llegada de la primera expedición estos descubrieron oro en el río, tal y como comenta Heródoto, y que la primera idea fue devolver el favor a Poseidón construyéndole un templo y fundiendo con el oro una hermosa crátera. No obstante, y aquí difiere del historiógrafo heleno, se inició una discusión entre los griegos que opinaban que habría que dejar una vasija de cerámica a los dioses como exvoto y los que proponían que ofrendaran mejor una crátera de oro so pena de cometer una impiedad. Ganaron los que querían apoderarse del oro y aniquilaron al resto. Al final el barco antes de salir se hundió y la crátera se perdió irremediablemente en los mares, y aquí viene lo mágico, cuentan las runas que la encontrará una niña y condenará a muerte a un falso ángel. Estrofas más adelante describe la destrucción del templo. *El día llegó en el que Pancracio*, personaje histórico tenido por docto de la iglesia y por sus seguidores, *mandó derruir el templo que construyeran los griegos siglos atrás y requisar todas sus riquezas para los pobres y lucir en la basílica*. Pancracio, que se educó en la cultura clásica, conocía los textos de Heródoto y Estrabón y pensaba que todavía las riquezas de Aristarco estaban en el templo. No encontrando nada, montó en cólera y se desencadenó una revuelta que acabó con los últimos paganos de la costa.

El Anarquista

Este libro lo escribí yo, Miguel Fernández Palomeque, hijo de Juan Fernández "El Rojo" y Ana Palomeque "La Enterá". Algunos me llaman "El Tabiques" por mi habilidad de construir guarismos, traviesas y medianeras. Otros, que no son los que más me quieren, me llaman "El Anarquista", ya que en tiempos me vieron en compañía de seguidores de esta ideología, aunque yo siempre fui muy independiente en mi modo de pensar. Nunca menosprecié y sojuzgué a nadie por que pensara que tal gobierno fue mejor que otro o que tal ideología es superior en razón a otra. Siempre he visto que son los espíritus libres y llenos de paz aquellos que ponen en marcha leyes y normas que fueron buenas para el pueblo, fueran o no cristianos o siguieran a tal o cual caudillo o credo. Dejo esto con la esperanza de que algún día llegue alguien y haga justicia a mi memoria y entienda las barbaridades que ocurrieron hace muchos años en estas comarcas durante la guerra, y así dejo este libro de puño y letra y que salió de mi alma y entendimiento para que nadie pervierta la memoria de los hombres que vivieron y labraron estas tierras fueran quienes fueran. Ciertamente, lo peor que pueda haber para los hombres es el olvido, la ignorancia y la destrucción de todo recuerdo. A lo largo de los tiempos siempre hubo una intención de subyugar a otros por medio del olvido ya que las personas son solo sus recuerdos y la idiosincrasia de habitantes de determinado lugar son la suma de los recuerdos de las personas que allí habitaron y que dieron sentido a una forma de comportarse. Es conocido que fue Abenjaldún quien distinguió entre aquellas sociedades que no conocían la escritura y aquellas que sí. En todas ellas el recuerdo se ha trasmitido de una manera u otra. Las tribus beduinas eran iletradas en tiempo de Mahoma, sin embargo habían trasmitido sus tradiciones de manera oral en cuentos o leyendas. Contaba mi bisabuela que cuando niña llegaban al pueblo un grupo de saltimbanquis que contaban hechos que habían acaecido en las cercanías. Aquí os dejo uno que me narraba mi bisabuela, ella que no sabía leer ni escribir, los memorizó en verso. Martín Martínez tenía un hermano, Pedro Martínez, que era menor que él y no era casado. Estalló una rebelión en las Indias y quiso el rey que todos los jóvenes que no estuvieran ocupados en ninguna labor se alistaran al ejército a ayudar contra insurgentes y masones. Martín Martínez tenía una novia, la bella Edelmira, que era sobrina de un rico hortelano, Pablo de Alcaraz. Martín Martínez rogó a Pablo de Alcaraz que diese trabajo en su hacienda a su hermano para no tener que ir a la guerra. Pablo le respondió que es obligación de todo varón defender a su país. A consecuencia de esto Pedro es enviado a América y muere en combate como un valiente. Martín se va a vivir a la sierra y se hace bandolero cuando Edelmira le abandona. Años después oí una historia muy similar de un grupo de titiriteros ambulantes. Había una vez un buen hombre, Paco el mulero, con un hermano menor, David. Paco el mulero andaba en amores con una bella muchacha llamada Carlota, sobrina de un terrateniente, don Luis que no veía con buenos ojos que su sobrina fuera con un hombre de distinta condición. Estalló la guerra en Cuba y David iba a ser llamado a filas. Paco le ruega a don Luis que le dé dos mil pesetas para librar a su hermano del servicio militar y que este se lo pagará con trabajo en su hacienda. Este le responde que no tiene trabajo para él. David es enviado a Cuba y lo matan al día siguiente. Carlota abandona a su familia y vive con su amado Paco. Lo fascinante de estas dos historias no es el hecho de lo que cuentan sino de la trasmisión de una moral y conducta. Es la misma historia pero diferentes morales. Un titiritero debe de percibir el alma del pueblo porque si no es así nadie paga para oír sus historias. Luego la misma leyenda cambia como cambia la sociedad. En cambio, con la llegada de la escritura todo pensamiento queda registrado en un momento e instante y lo que queda escrito no es mudable aunque lo sean las personas. Desde la antigüedad grandes bibliotecas fueron construidas y grandes incendios acaecieron tras grandes conquistas ya que la opinión es la peor de las armas. No se ha registrado nunca a nadie reconociendo que la ciudad que van a tomar es superior en ciencia y conocimiento por mucho que lo fueran. Poder y civilización no van de la mano, de la misma manera que poder y bienestar. Nunca una guerra se llevó a cabo para mejorar la condición de ningún pueblo. Heródoto llamó a sus nueve libros sus investigaciones. La historia debe de ser la búsqueda de la verdad si por azar existiera. Es la mayor de las ingenuidades creer la versión oficial. Antes de la llegada de los militares de Marruecos, un gran miedo se había extendido por toda la región, lo que llevó a crímenes indiscriminados. La última noche que pisé El Sebel antes de mi exilio, un buen amigo, Joselillo El Triguero, me invitó a una reunión en una taberna donde solían reunirse anarquistas a predicar a los campesinos. Un grupo de foráneos habían acudido a la reunión acompañando a Salvador Orozco, quien gozaba de un gran prestigio por apoyar a obreros contra los abusos de los señoritos. Todos hablaban de hacer una revolución personal exaltados por el vino y alguno presumía de haber quemado la iglesia, y de irse al monte. De pronto, los foráneos empezaron a discutir, no sé de qué porque no estaba prestando atención. Uno de ellos, sacó una pistola y empezó a disparar contra las personas, Joselillo me protegió del impacto y cayó sobre mí tirándome al suelo. Me libré porque me hice el muerto. Los periódicos culparon de todo a los del movimiento. Anduve escondido un buen tiempo muerto de miedo hasta que Don Torcuato me ayudó. Tras la toma por los nacionales vinieron a buscarme al pueblo y le dieron el paseo a don Torcuato, del cual no se ha vuelto a saber nada ni siquiera donde está enterrado. De nuevo, los periódicos culparon a quien no lo hizo. Esto nos lleva a una forma más perversa de hacer historia, la información pervertida frente a la desinformación de épocas pasadas. Solo los vencedores y los poderosos tienen voz, ya que la voz es una forma de ejercer poder sobre los demás. Antes de comenzar mi interpretación de la historia describiré nuestra región. El Mosquín es un pequeño pueblo pesquero de casas irregulares y un barco de vapor encallado en su playa. Cuenta con una plaza central llamada Plaza del Polvorín porque las tropas francesas que ocuparon hace más de un siglo el pueblo construyeron un polvorín para abastecer a su ejército ante una eventual invasión británica para luego derribarlo. Siendo esto cosa cierta y sabida por todos los habitantes del pueblo, no fueron los franceses quienes construyeron el edificio, que anteriormente fue recinto de maleantes y demás gente de mal vivir e incluso presidio de la inquisición. Junto a ésta se encuentran la casa de don Torcuato El Indiano y la Iglesia de Santa María de la Concepción. Al norte el pueblo limita con el río Griso, y la colina del faro. Siguiendo el margen del rio descansa sobre una montaña la aldea de El Sebel. De allí adelante el rio se hace subterráneo, que cuentan los ancianos lugareños que todo el conjunto montañoso de El Sebel es hueco y está lleno de cuevas e incluso en el pasado hubo hasta minas de oro. El hecho de que el Griso sea subterráneo dificulta saber dónde realmente nace. El sistema montañoso más allá de El Sebel es escarpado y de difícil acceso. No hay indicios de que nadie haya vivido allí desde que los moriscos, sus últimos pobladores, se vieran forzados a abandonar aquel lugar inhóspito. Las tierras son malas para el cultivo, solo cabras y alimañas pueden vivir allí. Las montañas llegan hasta la playa y culmina en un pico que todos llaman la Loma del Inglés. La Loma del Inglés es fácil de atravesar tanto a pie como por burro. Arriba hay piedras labradas muy antiguas que nadie sabe quién las trajo allí y porqué. La vista del mar desde lo alto es especialmente bella al atardecer. Desde la Loma en adelante el terreno se vuelve completamente llano y la arena es más fina y conforma dunas porque es más árido. La aridez rodea unas piscinas que se sabe fueron habitadas por moros y romanos y quedan vestigios de ambas presencias. Al otro margen del río se levanta otro brazo montañoso pero algo separado de la costa por numerosas salinas donde anidan de manera irregular numerosas aves blanquecinas y de pico largo. Aquellas montañas fueron hogar y refugio de proscritos y bandoleros en otro tiempo y más allá siguiendo la costa se extiende la ciudad de El Carmen que se encuentra jalonada por una serie de rocas que se adentran en el mar hasta llegar a la fortaleza de Sangralejos. Hacia el interior un pequeño arroyo, que los del Carmen llaman Arroyo de los Enamorados y los que viven más allá del Griso llaman Arroyo del Hereje, baja con pendiente y daba vida a un molino que hoy se encuentra abandonado. Se cree que el arroyo vierte sus aguas sobre el Griso. Por esto, El Mosquín es como un triángulo junto a dos triángulos. Cruzando el Griso hacia interior hay un espeso bosque y más allá de bosques y montañas, las tierras son fértiles y labriegas. Los Ulloa adquirieron estas tierras que ahora pertenecen al término municipal de Palomeque del Real y en su momento, pertenecieron al obispo hasta que les fueron desposeídas. Desde la fundación de este pueblo hace un siglo no han quedado claras sus delimitaciones, es por eso que los Ulloa andan siempre con problemas sobre lindes con el alcalde de El Carmen al igual que con las vías pecuarias con los cabreros y demás pastores, porque acotaron muchas tierras por las que hasta entonces solo deambulaban cabras, ovejas y toros bravos.

Los Franceses

Don Enrique de Armiñán y Sarasola todavía rezumaba un hálito de vapores etílicos cuando seis fusileros reales llenos de ira le apuntaban centrados en llenar el pecho de aquel traidor con plomo y acabar con sus días felices en este mundo. Ya los síntomas de la embriaguez se habían desvanecido y, sintiendo la sangre bombear en su sien, recordó las palabras de su madre en su lecho de muerte: *al menor de mis hijos por ser un vago y un holgazán la finca que nos regaló su majestad el rey en el sur y una renta anual de doce mil reales de plata, ni más ni menos.* Don Enrique sintió dolor y vergüenza ante esas palabras mientras se preguntaba cómo iba a cambiar su vida desde el momento en el que el capellán familiar soltara su último responso. Al salir del hogar su amigo Diego Aguirregomezcorta le esperaba para reconfortarle con un fuerte abrazo y ofrecerle alternativas nuevas al destino que le esperaba. *He hablado con el ministro y van a haber oportunidades para todos. Le he hablado de ti. ¿Qué te parecería ser intendente de una región? Yo nunca… Solo tendrás que firmar órdenes y tendrás una dotación para tus gastos. Te lo mereces, Enrique.* Don Enrique era el menor de tres hermanos. El mayor, Luis, era el héroe de la casa de Armiñán, ya que había muerto en combate aun siendo un guardiamarina como lo hicieron todos los primogénitos de la familia desde hacía cerca de un siglo. Su hermano Ignacio fue un hombre de letras y de fe. Pertenecía a la Compañía de Jesús y anduvo de misionero en la China hasta que murió de cólera y fue proclamado beato por el Papa de Roma a falta de verificar un par de milagros que se le suponían. En la casa señorial de los Armiñán y Sarasola colgaban los cuadros de ambos héroes con sus atributos. Don Enrique en cambio, tenía otros hábitos: gustaba de dejarse ver en sociedad y engalanarse con los más modernos atuendos llegados de

París; lanzaba la jabalina, jugaba como nadie a la gallinita ciega y a las naipes, fumaba el más aromático de los tabacos de Veracruz y conocía a la perfección las sutilezas de los licores más refinados. Por esto, aparte de por su porte e ínfulas de gallardía gozaba de las miradas atentas de las más jóvenes doncellas. Nunca culminó a casarse con ninguna aunque, entrando en las postrimerías la matriarca de la casa de Armiñán y Sarasola, estuvo cortejando a una viuda joven, doña Juliana Pacheco, quien se había casado con un anciano comerciante de Indias y había heredado un potosí. Este lo administraban unos hermanos que porfiaban por entorpecer cualquier acercamiento a la jugosa heredera. Entendiendo que el testamento significaba una merma en sus recursos, aceptó la oferta de su buen amigo, y al tiempo don Enrique partía en un carruaje a su finca para tomar su cargo. Nada más llegar la sociedad le recibió con una gran fiesta en la Hacienda de los hermanos Osborne. Los Osborne habían creado varias fábricas en la región. La fábrica de tocados y sombreros; la fábrica de tapices flamencos y por último, la fábrica de cerámicas. Todas estas manufacturas viajaban allende los mares y eran harto apreciadas allí. Uno de los hermanos, Mateo Osborne y Carvajal era filántropo hijo de filántropo, enamorado de la ciencia y la historia. Su padre se dedicó a realizar mapas topográficos y traducir textos en latín y griego que habían encontrado por los diversos asentamientos del pasado. Contaba a Enrique la historia de que su padre había explorado numerosas cuevas en la región y que sacó la brillante conclusión de que fueron los fenicios los primeros pobladores de todo el litoral y de que éstos habían viajado hasta los confines de África, que posiblemente llegaron a costas del Índico, aunque su padre nunca pudo demostrarlo públicamente. También le desveló que las cuevas de un pueblo llamado El Sebel estaban sin explorar y guardaban tesoros escondidos aún por descubrir desde la llegada de los normandos. Su padre anduvo buscando por allí sin éxito; que esto se lo confesó a él y a sus hermanos poco antes de morir. También recababa por allí un militar francés quien propuso su idea de instalar a su ejército en las plazas fuertes del Castillo de Sangralejos, que había que proteger las costas de los piratas británicos, lo cual complació mucho a don Enrique de Armiñan y Sarasola, porque sabía que uno de sus primogénitos antepasados había muerto en el sitio de Cartagena de Indias décadas atrás a manos de los pérfidos británicos. Prosiguió alabando la grandeza de su estirpe de héroes de guerra y de fe. Esa fue la primera de muchas fiestas que don Enrique tendría a lo largo de cinco años. En otra ocasión, fue invitado a jugar a naipes a casa de don Juan Marqués. Jugaron a la cortesana y la meretriz. Aquel que ganara la partida tenía derecho de pernada sobre la cortesana. En cambio, quien perdiera tendría que pernoctar junto a la meretriz. Después de diez noches don Juan ganó a las cartas siete sobre tres. Don Juan le deseaba en tono de sorna que le fuera mejor en la vida que en el juego que de ser así no tendría mucho futuro. Una noche en plena partida llamó a la puerta uno de sus criados. Traía unas órdenes que había que firmar. *¿Qué es lo que me traes Julian? Señor, don François Gillet pide una autorización para ajusticiar a unos sediciosos. Pues, claro. Vete. Hoy voy a tener suerte.* También fue muy amigo don Enrique de Armiñan y Sarasola de Pascual de Pasamontes, que se dedicaba a suministrar lana merina a la fábrica de tapices de los Osborne. Pascual le invitó a varios ágapes. En uno de ellos se sirvió una vaca llena de pichones. La comilona duró dos días. Al segundo día Julián volvió a hacer acto de presencia. *Señor, nuevas órdenes para firmar. Claro, hombre.* Antonio Martagón era un ricohombre que vino de América. Le encantaban los licores. Enrique tuvo muchos y muy felices encuentros con él. Cada noche Julián le volvía a importunar con firmas y rúbricas de todas clases y colores hasta que un buen día en vez de llegar Julián vino el ejército. *Señor, nos tiene que acompañar.* Ebrio todavía oyó que se le acusaba de asesinatos y expolio a la corona, y lo más importante, y por lo que sería ejecutado: traición. En su celda y sin comprender nada, contaba los días que le quedaban de vida hasta que lo fusilaran. El día del ajusticiamiento, miro el cielo. Estaba despejado como el día en el que falleció su madre, aunque no era común encontrar días despejados en octubre en Beasáin. Hoy tampoco era un día como otro cualquiera. Iba a morir. Junto al pelotón de fusilamiento estaba el general riojano don Joaquín Fernández de Piérola y Marín con su sable desnudo presto a dar la orden que le arrojaría a los infiernos al círculo donde, aseveraba el capellán de la familia, habitan los perezosos. Los franceses habían llegado a El Mosquín con un contingente de tropas para defender la costa de posibles ataques británicos y lo primero que hicieron fue ocupar el polvorín y el castillo de Sangralejos. Las tropas venían acompañadas de un páter, Jean-Jacques Millet, que ofrecía solaz espiritual a los soldados creyentes, que sorprendentemente para lo que pensaban los lugareños, eran muy numerosos, teniendo en cuenta que servían a un país ateo e infiel. Al principio, fueron recibidas las tropas con benevolencia por los lugareños, ya habían sufrido durante siglos los ataques de filibusteros y berberiscos y desde el descalabro de la armada en la última naumaquia que los habitantes presenciaron desde la costa, se temía que los ataques fueran los más mortíferos de la historia. *Todo aquel que sea enemigo de mi enemigo será mi amigo*, se prodigaba el señor cura en estos comentarios. Los franceses paseaban por las calles y saludaban con sus bonjours a la gente, quienes les devolvían una sonrisa. El general Gillet, al mando de las tropas, gustaba de explorar por las innumerables cuevas de la comarca, seducido por las leyendas de tesoros escondidos de la época de los fenicios y tartesios, pues se le antojaba encontrar algo para él y los suyos. Pero fue el retablo de Santa Maria de la Concepción que modelaron los marineros que vinieron de Indias un siglo ha, el mayor de los tesoros que encontró, así como los cuadros de Diego de Ortuño. François Gillet dormía las cálidas noches pensando cómo podría llevar todo ese botín a su villa marsellesa y esa misma noche tuvo una inspiración. Al día siguiente, habló con el páter y le propuso que dieran una misa en francés para los soldados. *Esto tenemos que hablarlo* con el cura del pueblo. *Disponga de lo que necesite, ya hablaré yo con el intendente.* Aquel domingo hubo misa en francés. Los soldados se sintieron tan complacidos que a la semana siguiente se volvió a repetir la misa y nadie se acordó de las disposiciones tridentinas, ya que la inquisición hacía más de un siglo que no estaba físicamente presente en el pueblo. Un día el padre Francisco Arzúa se encontró al páter francés sentado en su sacristía leyendo unos legajos antiguos que estaban acumulando polvo y riendo a carcajadas. Al notar la presencia del padre, se dirigió en francés: *no os marchéis, este libro es magnífico, me gustaría comprarlo y publicarlo en París. Esto es el colmo.* El padre Arzúa, salió del pueblo con su boina enroscada hasta las cejas y subió la cuesta de El Sebel. Durante días predicó a toda persona influyente sobre la herejía francesa y los problemas que esto supondría a todos los ciudadanos del pueblo de Dios; predicó sobre el mal de la extensión del volterismo; de la corrupción de las costumbres y buenos hábitos. A las prédicas del cura se sumó don Pelayo de Osborne y Carvajal, cuya fábrica iba a ser expropiada por orden del gobernador para uso militar. Poco después se unió la familia Pasamontes y los demás pastores y cabreros. En definitiva, una multitud popular bajó de las montañas con aperos del campo en contra del invasor francés. En cuanto François Gillet se enteró de lo que iba a suceder, sonrió complacientemente y pidió a sus tropas que se prepararan para el ataque. Las eficaces tropas francesas los recibieron con disparos al cielo, lo cual disolvió la protesta en segundos. No obstante, muchos de los amotinados fueron apresados y llevados a interrogatorios para dar con los instigadores de la revuelta. *¿Por qué se amotinó usted? Los franceses habéis predicado en contra de nuestro señor Jesucristo; se han realizado misas negras; se ha invocado al demonio Voltaire en la iglesia. ¿Qué esperaba conseguir con el motín? No lo sé, yo vine con los demás; Estábamos muy enfadados por lo ocurrido; esperaba encontrar demonios pero el ejército no nos dejó encontrarlos; vine a quemar el misal negro que escribió ese Voltaire.* A los dos días llegó una orden firmada por el intendente don Enrique de Armiñan y Sarasola para fusilar a los insurgentes mientras las viudas lloraban desconsoladas y ya vestidas de negro. Sin ejército y sin marina para socorrer a los mosquineses, se le encomendó la tarea de entrenar a un grupo de idealistas voluntariosos al recién ascendido general Fernández de Piérola, natural de Logroño, del que se sospechaban actividades liberales y masonas, para hacer frente a las entrenadas y disciplinadas tropas francesas en El Mosquín, y tomar el Castillo de Sangralejos. Cuando sus soldados estuvieron entrenados o algo así, se le ordenó marchar contra los franceses. Su estrategia consistió en dividir a sus contingentes en dos. La artillería atacaría el castillo con la finalidad de abrir una brecha para que entrara un fuerte contingente que se transportaría con barcazas hasta el castillo. Una estrategia que aquellos militares experimentados de menor graduación la consideraban un suicidio. La infantería se dirigiría junto al capitán Martín Antolínez, otro liberal, al bosque de El Mosquín a enfrentarse con los recién llegados refuerzos franceses que acampaban allí para proteger los suministros de armamento de su ejército. A las cinco de la mañana y por sorpresa, una fuerte andanada despertó a los moradores del castillo quienes suponían que serían los británicos y nos los apacibles lugareños los que se enfrentarían a ellos. Algunos de hecho gritaban ante el desconcierto que los ingleses habían llegado. En dos horas los cañones del general Fernández de Piérola habían abierto una brecha en el castillo y las barcas cargadas de fusileros se dirigían a la orilla de la isla para que los soldados treparan por las quebradas murallas y las atravesaran hacia su interior. El ataque había desconcertado tanto a los franceses, quienes no tenían bien pertrechado el flanco norte del castillo con suficientes soldados, que apenas presentaron batalla ordenada como para derrotar a los asaltantes. Por otra parte, el castillo de Sangralejos estaba diseñado para responder ataques desde el mar, no desde tierra, por lo que para cuando los franceses supieron qué ocurría y desviaran cañones para defender su posición ya había soldados armados con fusiles y bayonetas subiendo por las rocas e internándose por la brecha y ensartando a sus enemigos. La noche anterior las tropas asentadas en el bosque requisaron varias vacas y cabras y se apresuraban a darse un festín, cuando se dieron cuenta de que no había suficientes pinchos para realizar todas las espetadas. *Id al bosque y encontrar ramas de arbustos.* A la hora volvieron con ramas de adelfas peladas de hojas y convenientemente afiladas para penetrar la carne. Desde la lejanía el capitán Martín Antolínez observaba con zozobra a un enemigo muy superior en número y muy bien equipado. *¿Qué hacemos mi capitán? Las órdenes son atacar mañana al amanecer por lo que esta noche vamos a rezar a la Virgen de Regla y el que quiera podrá confesarse y recibir los sacramentos.* A la mañana siguiente la mitad del ejército francés se encontraba vomitando y con diarreas, por lo que al ataque de los nacionales, gran parte de ellos fueron aniquilados. Un grupo más pequeño y que no fue afectado por las desavenencias intestinales se pertrecho en el pueblo lo mejor que pudo dispuesto a resistir. La victoria se consideró un milagro de la virgen. Lleno de sudores, el general francés esperaba también su milagro que llegó en la forma de una flota de evacuación de tropas. Mientras cargaba el retablo de oro en las barcazas, veía a los últimos de sus soldados que habían quedado en tierra ser aniquilados en la playa por disparos, sablazos y golpes de bayonetas. Al adentrarse en el mar se acordó de algo: ¡merde! Había olvidado los cuadros. Lleno de ira soltó un disparo que acertó en el ojo del capitán, que desde ese día llamarían el Tuerto. En el fondo de la barca, en cambio, encontró un cartapacio lleno de legajos que sabía que el capellán francés leía con entusiasmo y jocosidad todas las noches: *Las Obras Completas del Ylustre Capitan Don Diego de Ortuño Escriptas en Latín Macarrónico para Deleyte de Vuestras Mercedes.* Las arrojó al mar con gran enfado y mientras se alejaba la barca, las hojas flotaban empapándose y hundiéndose en la mar hasta desaparecer por completo. Los navíos descargaron toda su munición por despecho sobre las murallas del Castillo de Sangralejos que desde ese día dejó de ser fortaleza. Como predijo Gillet, los británicos llegaron poco después y lo primero que hicieron es derruir las fábricas y volar el polvorín con todo su armamento por miedo a que fueran usados en beneficio del enemigo galo ante un eventual contraataque. Años después de aquel episodio dramático de la historia de El Mosquín, Martín Antolínez, el Tuerto, se sentaba sobre una roca al fuego rodeado de arbustos y montañas rocosas llenas de huecos. Mientras daba sorbos de su bota de vino recordaba los días gloriosos cuando vencieron a los franceses él y su intrépido amigo, Fernández de Piérola. *¡Qué gran soldado! ¡Me alegro que al final escapara a Inglaterra!* El Tuerto, lleno de tristeza volvió a sorber de la bota. Se sentía decrépito: un héroe vuelto ladrón de gallinas. Capaz de dirigir a sus hombres a las mayores gestas pero obligado a dirigir a un grupo de soldados de fortuna al pillaje para poder sobrevivir en un mundo que no le necesitaba. Uno a uno vio caer a sus hombres por disparos, heridas infectadas y hasta de gripe. En fin, se fue a dormir con el firme propósito de ponerse una soga al cuello al día siguiente y colgar del olivo milenario bajo el que acampaba. Por la noche tapado por una manta raída y llena de agujeros se le apareció la Virgen de Regla en sueños. *Martín, hijo mío, ven a mis brazos, yo te asistí contra los invasores. Ven a mí, mi querido hijo. Entra en mi cueva que tengo algo para ti y no te mates. Reúnete conmigo.* A la mañana siguiente, el Tuerto, había comprendido el sueño de la virgen, por lo que asió su navaja y afeitó su poblada barba canosa. Se lavó y sacó de las alforjas de un jamelgo, al que las garrapatas provocaban tembleques, su traje de capitán que todavía conservaba. Se engalanó sus vestiduras y hasta llegó a sorprenderse de que le quedara igual que cuando tuviera veinticinco años. Su cuerpo enjuto y recio portó de nuevo sus condecoraciones de guerra y ciñó su sable liberal por última vez. Prendió una tea y entro en una de las grutas, la primera que encontró, no sin antes grabar con su navaja un epitafio: *Hasta aquí llegó Martín Antolínez, el Tuerto, héroe de la guerra contra los* *franceses*. Aquellas grutas tan famosas como temidas por sus simas, ¿iban a ser su sepultura? Ya dentro anduvo por túneles oscuros y llenos de humedades. Sus habitantes eras chinches, mosquitos y escarabajos, alimentos de murciélagos que colgaban del techo como pimientos puestos a secar. De pronto, le asaltó la curiosidad: unas extrañas inscripciones que encontró en las paredes. Acercó la tea para ver más de cerca de qué se trataba, casi llegó a olvidarse por unos segundos el motivo por el que entró. Aparentemente, no había sido el primero en entrar en aquella gruta milenaria. Las inscripciones parecían pequeñas líneas verticales que se cruzaban entre sí y desfilaban como desfilaron entre vítores sus soldados victoriosos en El Mosquín cuando expulsaron a los franceses. De pronto, resbaló y perdió el equilibrio para desplomarse contra el suelo. Su grito sonó en eco mientras la tea aun ardiendo quedaba lo bastante lejos como para que viera muy poco de lo que lo rodeaba. *Virgen santa, ¿esta es la muerte que querías para mí?* Se había torcido el tobillo pero todavía podía andar, fue renqueando hacia la tea con miedo de encontrarse con cualquier otro obstáculo por el camino. Al volverla a levantar, soltó un virgensantísima y se quedó de piedra por unos instantes. Ante él había un cofre cerrado y el cadáver esquelético de un guerrero. Nunca había visto nada igual. Sobre la calavera portaba un casco con antifaz y sobre su cuello un colgante con una garra de algún ave rapaz. Su mano asía una espada y junto a él descansaban los restos de una garrafa de vino quebrada. Todavía se apreciaba una mancha granate en el suelo que seguramente fuera vino. Con la misma curiosidad que la de un gato, se acercó para abrir el cofre que no estaba cerrado con llave. Montones de monedas y anillos y joyas preciosas y perlas y oro y plata y brazaletes y colgantes y monedas con inscripciones árabes… La virgen le había vuelto a dar su amparo, como también alguien tuvo que amparar a don Enrique de Armiñan y Sarasola ante el pelotón de fusilamiento: *Apunten…fuego*. Se sintió el estruendo de los disparos pero ninguna bala salió de los fusiles al pecho del depuesto intendente. Empapado en orines el reo, el general riojano le soltó la venda de los ojos y le golpeó en el trasero con el sable. Anda, cobarde. *Vete a Francia y no vuelvas más por aquí.* Lo que no consiguió aquel pelotón, lo lograrían el hambre que le produjo la haraganería y el despilfarro, pues don Enrique murió en la miseria en su exilio en Burdeos años más tarde. El Tuerto en cambio desapareció, que muchos le dieron por muerto hasta que se supo que sus descendientes compraron tierras junto a los Ulloa en Palomeque del Real. Muchos dicen que Martín Antolínez vivió hasta su muerte en Chipiona donde se le atribuyen numerosas dádivas al santuario de la virgen y donde los vecinos le protegían de los migueletes ya que aun pesaban ordenes de busca y captura sobre su cabeza. A todo aquel que visite el Santuario de Regla en Chipiona podrá contemplar, oculto en el huerto que cultivaban los monjes agustinos, el que se supone es el túmulo de este héroe.

El Enterrador

Alexander Koshutin empezó a tener aquellos sueños obsesivos y recurrentes el mismo día en el que murió su padre. Piotor Koshutin había llegado de la taberna ebrio y con el firme propósito de descargar toda su feroz rabia sobre su hijo. *¿Dónde estás Alexei? Hijo de mala madre. Te voy a sacar los ojos cuando te encuentre.* Alexei fue a refugiarse a casa de los vecinos quienes lo escondieron en el arcón del ajuar. Allí estuvo hasta que cayó la noche y pudo salir. *Alexei, tu madre está aquí. Podéis dormir juntos en el cobertizo esta noche mientras vuestro padre duerme la mona.* Larissa, aun con signos de la última paliza que le propinara su marido recogió al niño y le acarició el pelo hasta que se quedó profundamente dormido y comenzará a tener esas extrañas visiones oníricas. Se vio a sí mismo en sueños como un decrépito mendigo. Caminaba claudicando por una estrecha calle de casas enjalbegadas como aquellas que hay a más de quinientos kilómetros en el Caspio e iba recogiendo colillas del suelo para fumárselas. Al cruzar por una calle contempló por primera vez el mar y una hermosa playa donde descansaba un barco de vapor encallado oxidado por los elementos. Unos niños le gritaron en un idioma incomprensible y le arrojaron piedras con tal tino que una le dio en la frente y lo dejó desmallado. *Despierta Alexei. Tu padre está muerto.* Pietor Koshutin falleció aquella noche, según todos, ahogado en su propio vómito aunque de no haber sido así, bien podría haber muerto de cirrosis porque ya llevaba meses echando los hígados por la boca cada vez que salía de la taberna. Todos aquellos que inspeccionaron su cadáver antes del entierro compemplaron su rostro en paz, como si estuviera profundamente dormido, y sin que nadie pudiera reconocer al demonio que atormentaba a su mujer y su hijo. Pietor se había dormido aquella tarde en su camastro de madera boca arriba y con las manos cruzadas sobre el abdomen tal y como se colocan los muertos en los ataúdes. Nadie notó que había fallecido hasta bien entrada la mañana ya que era normal que aquel ocioso hombre se quedara dormido todo cuanto le complaciera. Todavía su aliento despedía un tufo de borracho. Una protuberante hernia el salía por el ombligo y, como si de una tela de araña granate se tratara, sus venitas formaban dibujos en su piel de topacio. Los zapatos y los bajos de sus pantalones estaban manchados de un barro negro y glutinoso que más bien parecía alquitrán. Larissa, ayudada por sus vecinos, amortajó el cadáver de su marido lo mejor que pudo y lo llevaron a darle santa sepultura. Fuera de la choza de madera, el tío de Alexander le consolaba mientras el niño juraba que nunca más tendría miedo. Tras la muerte de su padre, fue a vivir con su tío, un revolucionario quien le enseñó a valerse por sí mismo: a cazar conejos; a vivir de la tierra; a disparar. Pronto el joven Alexander acompañaría a su tío en todo tipo de correrías: robando bancos, secuestrando e incluso matando en nombre de la revolución, y fue tanto su talento, que al triunfar ésta años después fue nombrado comisario político y enviado a Ucrania. Sus hazañas allí le valieron el título de "el terrible" y fue desde ese momento conocido por todos con ese apodo. Sus méritos para el título fueron entre otros cumplir con todas las cuotas de fusilamientos, arramblar con el grano de los campesinos y limpiar las calles de todo aquel que muriera de inanición o incluso de aquel del que se sospechara que pronto iba a perecer. Una tarde, entró junto con sus dos firmes secuaces a una casa donde todos los varones habían muerto. Solo quedaba una vieja enclenque y desvalida a punto de morir que yacía en un camastro y dos adolescentes atemorizadas. *Nos llevamos a la vieja. No, ella está viva, por favor.* Para los tres ese era un juego repetido que incluía un quid pro quo hasta que se cansaban de las chicas o la tensa situación acababa en tragedia. Varios días estuvieron visitando a las chicas y de vez en cuando les traían carne de algún muerto no fuera a acabar la diversión porque les diera a las chicas por morirse de hambre. Una noche con plena confianza, Alexander se quedó dormido en la misma choza. Aquel hombre desmejorado volvió a aparecerse en sueños. Hacía tal terrible calor que hasta los insectos se quejaban con un molesto ruido desde los árboles. Caminaba por otra de esas callejuelas blanquecinas cuando reparó en la puerta abierta de un hogar y sintió una inmensa curiosidad por entrar. Al ajustarse su pupila a la falta de luz encontró a un hombre reclinado junto a una mujer en una cama que dormía profundamente. Un bebé también dormía junto a ellos en una cuna hecha de cañas y sobre la mesa reposaba una botella de un licor trasparente como el vodka pero con un intenso aroma. Le apeteció probarlo aunque él odiaba a todos los beodos como su padre. Registró una cómoda con sigilo ya que sabía que si esa familia guardaba algún ahorro los habría escondido en aquel mueble. Bajo las mantas del ajuar apareció una hermosa e imponente navaja de cachas nacaradas que parecía muy antigua. Nunca había visto nada igual. Parecía aquellos cuchillos que viera alguna vez a los desterrados turkmenos que llegaron a su pueblo de pequeños a trabajar, solo que la hoja se abría y cerraba con un crujir espeluznante. Al tocarla casi pudo sentir que aquel útil había segado la vida de muchas personas y en su pecho brotó un sentimiento indescriptible que le impulsó a salir de aquella casa con la navaja oculta en sus calzones y la botella de alcohol en la mano. Caminando por aquellas calles llegó hasta un cobertizo que quedaba junto al cementerio del pueblo y empezó a beber de la botella como viera hacer a su padre hasta que desfallecido, y con la espalda apoyada en la pared se quedó dormido de nuevo. Un leve pinchazo en la nuez le alertó: una de las jóvenes amenazaba su cuello con un cuchillo. Alexander se quedó inmóvil mirando fijamente el rosto de la chica que temblaba de miedo y no pudo sostener por mucho la seria mirada de aquel violento hombre. Le arrebató el cuchillo con suma presteza, se incorporó y de tal bofetada la tiró al suelo tal vez por la endeblez que el hambre le había impuesto. *Ahora sí que me voy a llevar a la vieja. Ojalá te taje el cuello una mujer con más valor que yo. Acuérdate de la maldición de Maria Podzneeva.* La joven con la nariz ensangrentaba gritaba con la frustración del que sabe que la resignación será su siguiente pensamiento. En un carro trasportaron a la vieja junto a los cadáveres del día. Disfrutaba con el rito de cavar las tumbas junto a sus camaradas y mientras arrojaba sacos de piel con huesos se fijaba en los rostros de los hombres por si alguno se pareciera al de su propio padre. Al caer la vieja a la fosa emitió un quejido. *¡Esa vieja está viva! Pero se habría muerto de todas formas.* Pusilánime la vieja se movía casi sin saber lo que le estaba ocurriendo mientras le caían terrones de arena en la cara. En estas labores se entretuvo varios años hasta que fue ascendido a comisario general y recibió la encomienda de asesorar la república de un lejano país donde había estallado una cruenta guerra civil y por algún motivo pensó que si era destinado allá nunca más volvería a ver su tierra. Fue trasportado en barco desde el Caspio y aquella noche volvió a encontrarse con el mendigo. Era de noche y los grillos gorjeaban. La brisa del mar se acababa de levantar al ocultarse el sol por el horizonte y se colaba por doquier refrescando cada vericueto del pueblo. Cruzó por una plaza de arena con el paso renqueante que le imponían tantos años de vida desordenada, y tropezó de frente con una majestuosa casa de rico. Había luz en el fondo y una ventana estaba entornada, así que le apeteció indagar en su interior. Se coló por ella con mucha cautela para no hacer ruido, para no ser descubierto, para no ser importunado del goce que sus impulsos le brindaban, y no tener otra opción que sacar antes de lo previsto aquel intrigante objeto que guardaba en sus calzones y le inflaba el pecho de emociones sin sentido hasta el punto de hacer palpitar todo su cuerpo. Fue entonces, ante este prurito de estímulos inconexos cuando le pareció oportuno sacar su navaja, y al abrirla con un crac apreció y le sedujo tanto la longitud garrafal de su hoja y el brillo de su acero al reflejarse la luna llena, que hasta sintió con convicción que aquel pedazo de metal le insinuaba que lo alojara en las ijadas de alguna víctima solitaria. Se orientó con soltura por la casa tentando los muebles aunque las luces estuvieran apagadas. Al fondo del patio una sirvienta salía a oscuras de una habitación. Sabía que estaba sola. Sabía que el señor que allí habitaba había salido y no iba a regresar en un par de días porque era un hábito. En su balsa lo había llevado a ambos lados del río muchas veces desde el día en el que llegó con su maleta, su abrigo y sombrero de ala ancha acompañado de cura y alcalde. Aquel hombre también se había ganado a golpe de tabaco y pingües propinas su comedida lealtad como se había forjado la fama de benefactor en todo el pueblo. Cada vez que llegaba un huésped a la casa del rico, a los pocos días salía con él y su sobrino, y no regresaban en días. Estaba sola, sin duda, estaba sola, ¡qué gran ocasión se le presentaba!. Sobre el patio los rayos de luna iluminaban el pavimento mientras que detrás de los pilares su figura quedaba obnubilada, por lo que la sirvienta no notó la presencia de nadie. Observó que con una llave abrió la puerta de la biblioteca y con el ensimismamiento de aquel que se cree solo entró dejando suficiente vano como para mostrar lo que ocurría en su interior. Mientras, su espectador jadeaba como un lobo tras su presa. Era su momento, de allí adentro no iba a escapar, iba a ser suya. La mujer apartaba un mueble de la pared alumbrando con un quinqué donde había una trampilla. Lo que descubrió le inspiró una idea aun más liberadora y catártica. No la mataría. Sería su diversión a cambio de guardar su secreto. Un quid por quo como aquel de las chicas ucranianas. La gozaría en cada embestida con la satisfacción que le infería el control de saberse impune mientras que le soltaba amenazas de lo que harían con ella si la descubrían. Cuando salió de la casa guardó la navaja dejando a la joven gimiendo en el dormitorio. Iba camino de su caseta para dormir cuando se encontró de cara con una anciana ciega con un mantón raído de lana que con la saña de todos los espíritus circundantes le golpeó con su cayado en la cabeza. *Despierta, "Estrasni". Despierta,*

Terrible. Ya hemos llegado. El pueblo, al atracar el barco en el puerto, les recibía con vítores como si fueran la gran esperanza. Allí se ganaría el respeto de todos haciendo lo mismo que había hecho en los días de la revolución: la rapiña, la agitación de los ánimos hacia la discordia civil, las purgas, la censura de costumbres y la implantación de ideas, los entierros en masa, y las ejecuciones selectivas. Una mañana, sin embargo, llegaría a su fin su cadena de tropelías. El avance del enemigo era inevitable y pronto quedarían cercados en aquel pueblo donde recordarían su paso. La tierra ardía y temblaba al paso de su motocicleta Ural cuando en vano intentaba salir de aquella trampa. Las balas silbaban a su alrededor a la vez que el estruendo de los obuses cayendo a ambos lados de la carretera retumbaban en la tierra. En ese momento, Alexader Koshutin, repitió hacia sus adentros la firme promesa que se hizo ante el entierro de su padre de nunca más temer a nada. Un proyectil le derribó y arrastrándose por el suelo pensó que iba a ser el último día de su vida. Llegó hasta la cuneta donde se dejó caer para guarecerse de los proyectiles. Encontró un desagüe y se escondió en él. Allí había un cadáver pudriéndose. Aguantó el tufo lo que pudo. Se oyó el silbido de un obús que cayó allí cerca y cuya metralla le golpeó en la cara dejándole inconsciente. Un ligero sesgo en su cuello le despertó. Estaba sangrando y volvía a ser el mendigo. Para su asombro le pareció ver a María Pozdneeva, aquella mujer con la que había soñado días antes. Inútilmente intentó quedarse dormido para despertar de aquella pesadilla en la que él moría degollado pero no lo logró. La sangre afloraba por su garganta a borbotones y no podía remediarlo. ¿Era el cumplimiento de una maldición con la que había soñado? Comprendió en los escasos instantes que le quedaban de vida que llevaba días delirando acerca de un país lejano; de un protervo padre y una madre protectora; de entierros como los que el cura le ordenaba; de revoluciones libertarias y represiones; de infundir férreos respetos como el que le profesaba a aquel hombre rico con sombrero de ala ancha.

De la vanagloria, en definitiva, que supone matar y aun así, oler a jabón.

Las náufragas

Años antes de que al obispo se le despojaran de sus tierras en lo que hoy es Palomeque del Real, una barca encalló en la orilla de la playa de El Mosquín. Los pasajeros eran una parturienta treintañera, una joven que no llegaba a los veinte, y una niña mestiza de tres. Mientras zurcía las redes de pesca, se percató un marinero de la llegada de la barca y salió a su encuentro, quien al ver el panorama llamó a otros para asistir a aquellas desvalidas mujeres. Entre todos sacaron en volandas a la parturienta y entraron en una de las chozas de adobe donde algunas de las mujeres se apresuraron en encender fuego para calentar agua, mientras otras avituallaban a las acompañantes de la embarazada. Todavía por aquellos días quedaban algunos tejados de caña en el pueblo, los cuales calaban en los días de lluvia, que si bien no eran muchos, sí importunaban a sus moradores. La barca encalló en la mañana y a la noche se sintió el llanto de la criatura. La madre estaba agotada y había sangrado mucho. La anciana comadrona le acercó el bebé para que lo viera. *¿Qué nombre la vas a poner al retoño? Virgen de los Desamparados se parece a mí, es un milagro.* La mujer exhaló profundamente y la vida se le escapó por la boca en un aliento. Tras esto no se ponían de acuerdo sobre si el último deseo de la madre era que se llamara Maria de los Desamparados o simplemente llamarla Milagros. La anciana comadrona preguntó a la mayor de las acompañantes que cómo se llamaba la mujer que había fallecido. *Eduvigis. Bien, la niña se llamará entonces Desamparados. Sea cual sea el milagro, está claro que la madre se encomendó a Ella antes de morir. No se hable más.* Las pasajeras supervivientes fueron acogidas con hospitalidad. La mayor de las tres tenía un canto de pan en la mano y un pedazo de longaniza en el carrillo derecho. Parecía que no habían comido nada en el trayecto. La niña miraba calladita cómo comía su compañera de viaje y no tocaba nada de la mesa. Una de las mujeres se acercó a ella. *Y tú, ¿Por qué no comes? ¿Eres morita? Sí, que lo es, señora, y yo me estoy haciendo cargo de ella. La pobre… su madre falleció de unas fiebres y me pidió que la cuidara porque no tenía a más nadie en este mundo.* Mientras, a la fallecida la guardaban a cosidas entre lienzos de lino, apareció por la puerta de la cabaña una mujer grandota y de senos prominentes. *Dame, a la criatura, que yo he criado a tres de una vez y nunca me he quedado sin leche.* Se sacó el pecho delante de todos y empezó a darle de mamar. Maria de los Desamparados se convertiría en uno de los habitantes más peculiares del pueblo. Su vida estuvo siempre llena de incógnitas. Lo que divulgan las ancianas del lugar es tan controvertido como contradictorio. Estas son algunas de las versiones que he oído sobre sus orígenes. Dos mujeres encallan con una barca en la costa. La mayor se llama Euduvigis, está embarazada y es hija y esposa de un capitán muerto en acción en Marruecos. Pocos días después del saqueo de Tetuán por las tropas rifeñas es salvada por otra mujer que escapa también del atropello y lleva consigo a una niña árabe que su madre le ha encomendado antes de morir. Esta mujer se llama Encarnita, y es hija de un rico burgués, que la desheredó por unas falsas acusaciones que lanzaron contra ella sus hermanos, y que anhelaba volver a su pueblo, Ribaseca, para reclamar la parte que le correspondía por ley. Encarnita se fue sola a vivir a Tetuán con unos pocos ahorros y dinero que le prestaron algunos conocidos. Allí abrió una tienda de ultramarinos y le fue tan bien que al poco fue conocida en toda la ciudad. La niña mestiza se la dejó su madre antes de morir de unas fiebres para que la cuidara. Otras versiones afirman que la madre era una bruja rifeña que se encargaba de hacer sortilegios y maldiciones a la gente, que su padre era un zambo. Una noche la gente del lugar salió llena de ira para matarla. Al parecer había vendido un brebaje mágico a una joven con la promesa de que el joven que lo bebiera se enamoraría de ella al instante. El caso fue que la persona que lo bebió enloqueció. La bruja se hizo pasar por cristiana y entró en la tienda de ultramarinos de Encarnita con su hija. Engañándola la llevo hasta la playa y la tomó como rehén. Encarnita, sin embargo, cuidó de su hija adoptiva hasta que un día la cría salió hacia el bosque y desapareció. Dicen que unos los lobos la devoraron, y según otros, los sacamantecas la raptaron. Otra versión afirma que las dos mujeres eran meretrices de un burdel en Tetuán, o tal vez en otro sitio. Al quedarse muy mayor y embarazada una, y ser una vaga y con hija la otra, las echaron de allí. Ambas mujeres decidieron salir en barca para empezar una nueva vida o morir en el intento. Una de ellas murió y la niña, desapareció, o tal vez nunca existió ya que nadie se acuerda de ella. En cualquier caso, lo peculiar de Desamparados no es solo el hecho de cómo llegó al pueblo sino cómo ayudaba a los demás. Siendo ya muy mayor, una vecina de El Sebel, Trini, llamó a la puerta y pidió permiso para entrar. Era de noche y en el fondo de la casa todo estaba oscuro y solo se oía la voz de la anciana. *Pasa, te estamos esperando Trini.* Trini se acomodó lo mejor que pudo en torno a la mesa camilla. Allí estaba la nonagenaria o tal vez centenaria, Desamparados, ya ciega por las cataratas. Era invierno y bajo la mesa ardían unas ascuas con alhucemas que caldeaban el ambiente de la salita. Desamparados se abrigó con un matón de raído de lana. Las noches de invierno solían ser frías e inhóspitas. *Señora, sabe usted a qué vengo. A preguntar por alguien que ha muerto, me imagino. Sí, se trata de mi hijo Santiago. Yo ya le dije que no fuera a la guerra y que lo iban a matar. Que nuestra familia tiene tierras y no tenemos que ir en busca de nada a Rusia. Pero él no me hizo caso y se fue con los voluntarios. Nosotros, mi hijo y yo, hemos sido siempre apolíticos. El padre es un bala perdida, y yo hace años que no sé nada de él, porque se fue de casa cuando vendió nuestras tierras y nos dejó a mí y a mi hijo solos. Estábamos mal de dinero y él* decidió irse a la guerra para re-comprar las tierras que vendió su padre con el dinero que le dieran. Me dijo que pondría la paga a mi nombre por si le ocurría algo para que mi marido no se quedara nada. Hace unas semanas me escribieron del frente y me enviaron una carta diciendo que a mi hijo lo habían matado. Me pusieron en una caja su placa, una foto mía que llevaba y otra foto de la tumba donde está enterrado en las proximidades de Leningrado. Perdone usted que me eche a llorar, mi hijo era muy buen niño. ¿Por qué vienes a verme? Quiero saber dónde dejó los papeles con sus últimas voluntades para cobrar la pensión. Mi marido, al enterarse de su muerte, va a reclamarla y me va a dejar sin nada. Dame la foto. Se llamaba, ¿Santiago? Si, señora. Santiago. Ven aquí, sal de donde estés. Tu madre, quiere hablar contigo. Hay cosas que quiere saber. Santiago, ¿Dónde estás? ¿Sigues en Rusia? Tu hijo no está muerto. ¿Cómo? Que no está muerto. Que vive en Polonia. ¿Por qué dice eso? Está justo a su lado la persona que está enterrada en vez de él. Se llama Manuel Pastor y era el cocinero. Murió por la caída de una bomba cuando pelaba patatas. Tu hijo ayudado por alguien quería desaparecer. Desertó del ejército. Eso es lo que sé. No puedo hablar con él porque está vivo. Pero me ha dicho Manuel que por favor vayas a Palomeque del Real y le digas a su madre que no lo espere en vano, que no está ni desaparecido ni preso, que está muerto y que si lo haces, tal vez sepas porque no encuentras los papeles para reclamar la paga de tu hijo. Sí, hombre, a mí no se me ha perdido nada allí. Trini, no volverás a ver a tu hijo nunca más ni recibirás la paga de tu hijo, pero tu nieto traerá flores a tu tumba y heredará las tierras que malvendió tu marido. Y tus tataranietos... bueno, eso no te lo voy a contar. A Desamparados la crio la tata Antonia, una mujer de amplias caderas y corpulenta que de tanto amamantarla se encariñó de ella y la quiso como su hija. Algunos dicen que Desamparados se convirtió en una mujer de carnes prietas gracias a que ella la alimentara. La tata tuvo once hijos, algunos murieron, pero todos habían sido varones. Cuando la cría tenía pocos meses andaba siempre con diarreas. La niña estaba tan débil que casi ni tenía fuerza para mamar ni para llorar. Hasta se le marcaban las cuencas de los ojos. La tata, acostumbrada a ver morir retoños, bufaba que para una niña que criaba que no le iba a durar. *¿Qué vas a hacer, mujer? Pues, le voy a dar semillas de chía con la leche. Si se muere, se murió y si no, pues mejor.* Al darle la chía con la leche la niña se quedó dormida y la tata la dejó acostada sobre la cama. Al rato regreso y notó que la niña estaba demasiado quieta. El cuerpo estaba algo frío y el rostro pálido. *Ay, por Dios, que se me muere, ay por Dios.* Sin embargo, no era así. Al oír los gritos la niña pareció volver a la vida y empezó a llorar con más ganas que nunca. Esa misma noche, la tata durmió junto a ella y cuál fue la buena noticia, que al día siguiente Desamparados estaba sentada sobre la cama riéndose y balbuceando. La niña tuvo una infancia llena de cariño de sus padres adoptivos. Solo que les parecía algo despistada. En ocasiones fijaba la mirada en la pared y se ponía a reír. En otras parecía incómoda y se iba. Los demás niños la tomaban por algo retrasada hasta el día que descubrieron que era capaz de encontrar cosas que se habían perdido hacía muchísimo tiempo y que todos daban por olvidadas. *Yo tenía una navaja que mi tío, que era guardia civil, había requisado a un bandolero gitano. Esa era la mejor navaja que haya visto yo en mi vida. Con ella igual cortaba una hogaza de pan que la leña. A saber para qué la usaría el gitano.* Días más tarde, Desaparados llamaba a la puerta del abuelo Paco y le traía la navaja. Pero, niña, ¿dónde la has encontrado? *Tu mujer, te la escondió en el hueco de un árbol porque no quería que usaras para la comida algo que habrían usado para matar a gente. Ella quiere que la vuelvas a tener.* Este tipo de comentarios sobre personas que ya habían fallecido dejaba sorprendidos a todos, especialmente porque no solía equivocarse en sus afirmaciones. Un día, un niño desapareció en el bosque y como nadie lo encontraba pidieron a Desamparados si ella podría encontrarlo. Desamparados salió al bosque y detrás de ella iban los padres del niño. Al cabo de un rato señaló las huellas de un carromato que se perdían en el camino. *Se fue por ahí pero ya no está vivo.* Días más tarde la guardia civil arrestó a un par de hermanos en un carromato viejo que contenía huesos de niños que ellos vendían como reliquias de santos durante años por todos los pueblos de la región. Uno de los niños que raptaron pudo huir y dar el aviso para que apresaran a los dos hermanos. Al parecer habían terminado de comerse a su hermano más pequeño días antes y pensaban hacer lo mismo con él. Al año siguiente los condenaron a morir en el garrote vil. Ya llevaba años circulando por la región la leyenda de los sacamantecas y del hombre del saco cuando esto ocurrió. Muchos opinaban que estos fueron los culpables de la desaparición de Nina, la niña que acompañó a Desamparados en la barca. *Nina era una niña muy tímida. Ella nunca se habría ido con ningún sacamantecas. No me cuadra para nada esa historia. Fíjate esa mala mujer, que la vi pegarle a la niña muchas veces, y cuando desapareció la niña parecía que se le había acabado la vida, gritando como una posesa y tirándose de los pelos. Mentira todo. Que mira cuando le dijo a mi hermano Miguel que si estaba de luto iban a posponer la boda para el año siguiente vaya cómo se puso. Desde luego, mi hermano de bueno que es, es hasta tonto. ¿Y la pobre, niña? Todavía recuerdo cuando llegó todo flaquita y con mucho miedo. Si parecía que no había comido en su vida. Que todo el pueblo acogió de buen grado a esa familia. A la madre adoptiva de la niña, que tan engañados nos tenía a todos, le dimos de todo, y mira como nos lo ha pagado. En cuanto pilló a mi hermano para mantenerla se ha dedicado a sus fechorías. Si es que siento vergüenza ajena de ver a mi hermano así. Ya ni nos hablamos con él por culpa de esa mala mujer. Fuera lo que fuera de esa pequeña morenita que Dios la proteja y la tenga en su seno. A mí no me extraña que se fuera de casa por no estar con la Encarni. ¿Y no podía haberse venido aquí con nosotros? que después de todo si se casaba con el Miguel, también sería familia nuestra de algún modo. Esa mujer la querría por dar pena y que la gente la ayudara con dinero y después la niña iba con harapos y sucia* y con cardenales y todo. El que la vio bien pronto fue mi hermano Paco. Que nos dijo, esa mujer tiene muy mala sangre y a mí no me gusta para el chico. Si hasta nos robó una tinaja. Qué digo yo, ¿para qué la quería? Que cuando fuimos a preguntarle dijo que ella no tenía nada y no había cogido nada. Entonces, ¿qué? ¿Nos mintió el Alfonso y el Alberto? Que dijeron que la llevaron desde aquí hasta su casa. Y, ¿qué haría con ella? Porque cuando fuimos a su casa no había nada. Desde luego, ella se puso de víctima que había perdido a una niña que consideraba su hija y que cómo nos atrevíamos de decirle que nos había robado una tinaja. Y va mi hermano Miguel, y se pone de lado de ella. Al final tuvimos que olvidarnos del tema porque la gente estaba de su parte. Claro, después de la que armó con la desaparición de Nina… en fin… el pueblo patas arriba a buscar a la niña, que si se la podían haber comido los lobos, pero tan chica, ¿se iba ir tan lejos? Si miramos en los pozos y todo y no encontramos nada. Se la tragaría la tierra o se la llevaron de verdad algún sacamantecas, que llevan años desapareciendo niños. Pobrecilla, si fue eso lo que le pasó. Ya nunca lo sabremos. Nada se sabe del padre de Desamparados pero tuvo al menos seis hermanos que la quisieron. De pequeña, el hermano mayor, Braulio, la llevaba en barca a pescar y con el más pequeño Martín iban a pescar ranas a las marismas. Sin duda, Desamparados fue la niña de los ojos de los seis hermanos. Desamparados se casó muy joven. Una tarde le dijo a la tata Antonia que iba a encontrarse con su marido. Cruzó el Griso mojándose los bajos del faldón y se puso a esperar sentada sobre una piedra en el camino de arena que llevaba a El Sebel. Un buen rato después, apareció en la lontananza un hombre a caballo vociferando, ¡muera la reina, muera la reina! Cuando vio a la lozana, que se había puesto de pie a su paso, retuvo las riendas de su caballo y dijo: nunca había visto a nadie como tú. Desamparados lo observaba callada y mirándole fijamente a los ojos. Seis meses más tarde se casaron. Su nombre era Aurelio Castaño. Al año de casarse tuvieron gemelos: Tobías y Roberto. Ellos fueron los únicos hijos que sobrevivieron de hecho, porque de los tres embarazos que siguieron no sobrevivió ningún retoño. Tobías fue pescador como sus tíos y sus primos, y se libró de ir a la guerra de Cuba por la herencia de su padre. A Roberto, en cambio, le tocó realizar el servicio militar y ya de allí no regresó. No se sabe si se casó con alguien, al menos no se le conoció ni novia ni querida. Tobías, en cambio, se casó con Maria Fernanda Urdiales y juntos tuvieron doce hijos: Federico, María Fernanda, Antonia, Pascual, Martín, Alfonso, Isabel, Marisa, los mellizos David y Angel, Carlos y Francisca. Federico se hizo soldado como su tío y acabó en África. La carrera militar le fue tan bien que terminó como capitán. Se casó con Khadija Ashara y tuvo dos hijos: José María y Federico. Durante la guerra fue uno de los militares sublevados y terminó viviendo y muriendo en San Sebastián cerca de sus nietos Martín, Iñigo, Dolores y Josefa. Algo que ha no trascendido de él demasiado, es que gustó de los ambientes culturales y escribió un libro de sonetos que la crítica ocultó y destapó para sepultarlo luego por completo. María Fernanda se hizo monja y acabó como madre superiora en un convento sevillano. Antonia era tan tímida que nunca se llegó a casar sino que se quedó cuidando a su abuela Desamparados cuando ésta quedó ciega hasta el día en el que murió. Tras la muerte de Desamparados solo vivió apenas unas semanas. Pascual se casó con Pilar pero no llegaron a tener hijo alguno porque una bala perdida le impactó en el pecho a Pascual el día en el que los nacionales tomaron El Mosquín. Martín se casó con Ana con quien tuvieron un hijo, Martín, que murió de hambre. Tras la guerra fue admitido en la Guardia Civil y marcharon a Mataró donde nacieron Nuria y Montserrat. Alfonso y Dominga vivieron amancebados y sin hijos hasta que murieron. Isabel se casó con Jesús y dio a luz cinco veces pero solo tres niños sobrevivieron: Trinidad, Mari Carmen y Encarnita. Marisa vivía con Juan sin estar casados pero no tuvieron hijo alguno porque la guerra les separó. A la toma de los nacionales llevaron a Marisa presa porque se le conocían actividades sindicales, e incluso se sabía que había dado mitines en Asturias junto a Juan. Años después un cuadro suyo aun colgaba en la salita donde Desamparados se comunicaba con el más allá. La gente en ocasiones le preguntaba por curiosidad que quién era aquella mujer del cuadro tan guapa y bien arreglada y Antonia entonces les contaba la historia de Marisa. Que cuando la llevaron presa, ella le traía un poco de café todas las mañanas hasta que un día salió a su encuentro un sargento diciéndole que ya no iba a hacer falta que le trajera más café. Juan, en cambio, sí pudo escapar. Estaba en el Sebel cuando se enteró de la llegada de los sublevados. *Juan no bajes a buscarla que ya han tomado la iglesia. Marisa vive en donde los pescadores.* Se exilió tras la guerra y fue a vivir a Francia. Cuando volvió la democracia, regresó ya anciano a El Mosquín para saber qué suerte corrió Marisa tras la toma de los nacionales ya que todavía albergaba alguna esperanza de que hubiera escapado o se hubieran apiadado de ella por ser mujer, pero ya no quedaba nadie que recordara con exactitud qué le sucedió a Marisa. Tan solo recogió el cuadro con la foto que le tomó en Asturias, y que aun colgaba en la salita de una casa que ya no pertenecía a ningún familiar suyo; y con suma melancolía, salió cabizbajo por la puerta. Los mellizos David y Angel se casaron con dos gemelas, Ramona y Sofía, quienes murieron en la guerra. David y Angel se exiliaron a Rusia y nunca más volvieron. Allí se casaron de nuevo con dos gemelas: Tania e Ivana. Ambos tuvieron gemelos: Dimitry y Sergei; Nadia y Ludmilla. Con el tiempo les llamarían los Kastanyef y se sabe que alguno de sus sucesores reclamó la nacionalidad cuando tuvo la ocasión. Carlos nunca se casó, pero su vida estuvo alejada de la castidad. Carlos fue actor y tuvo cuatro o cinco hijos naturales con cuatro o cinco actrices diferentes. Todos ellos se llamaron Carlos y a todos los reconoció y a alguno hasta lo crió. Sus hijos tuvieron hijos naturales varones también, que también llamaron Carlos. Llegó un día en el que Carlos Castaño era un nombre asociado al mundo de la farándula y muy común en toda la región. Francisca se casó con Pablo el marinero y tuvieron una hija, Úrsula, que se casó con un militar afroamericano neoyorquino, Scott Hornbuckle. Con él tuvo dos hijas, Shaniqua y Velvet. Un buen día, Scott se marchó con sus hijas a los Estados Unidos y Úrsula no las volvió a ver hasta que ambas regresaron con sus familias. Shaniqua tuvo dos hijos, Nasser y Carmen; y Velvet tres: Alisha, Byron y Francisco. Desamparados murió un año antes de que Úrsula se casara. A su entierro vinieron todos sus familiares con vida excepto los que quedaban en el exilio. Algo sorprendente y que arrojó mucha luz sobre cuáles eran los orígenes de Desamparados es que todos sus biznietos eran negros.

El Marinero

De todas las fuentes históricas que mencionan la región, una de las que más me ha fascinado hasta la fecha ha sido el relato que Timeo de Tauromenio compuso sobre un fenicio que de seguro fue uno de nuestros más antiguos vecinos, Beltezar, el marino. Beltezar fue un comerciante que viajó desde el antiguo Egipto hasta costas africanas más allá de las columnas de Hércules. Se sabe que en uno de sus viajes se enamoró de una felatriz egipcia a la que raptó llamada Meritites, y que la acompañó en muchos de sus viajes. Uno de los viajes más increíbles fue el que hizo a las tierras de los Bamaracos, cuya existencia no está comprobada por ninguna otra fuente histórica, de hecho somos ignaros acerca de dónde se ubicaba dicho pueblo. En cualquier caso, cuenta el historiador griego que el trirreme fenicio atracó en las costas de los baramacos. Los comerciantes montaron sus tiendas en la playa para ofrecer a las gentes que allí hallaron todos sus oropeles, telas y cerámicas que traían del otro lado del Mediterráneo. Tras la tupida floresta que quedaba después de la arena de la playa, ojos ávidos de novedades observaban con cautela. Una primera mujer de piel azabache con sus senos al descubierto se acercó a ellos al ver telas tan hermosas como elaboradas. Uno de los fenicios le propuso regalarle unas telas si a cambio se juntaba con él dentro de su tienda, a lo cual la joven accedió de buen grado. Al volver la chica muy contenta con el trato muchas otras se acercaron. A poco un grupo de soldados se presentó donde los fenicios habían montado sus tiendas. Los fenicios sorprendidos se esperaban lo peor ya que estaban acostumbrados a que no todos los pueblos fueran acogedores ni todo acto fuera interpretado en cada pueblo de la misma manera. Los soldados se pararon frente a ellos y de una pequeña saca mostraron piedras semipreciosas y les invitaron a su pueblo.

Los baramacos moraban habitáculos de adobe que estaban edificados los unos sobre los otros formando un gran montículo. La ciudad no tenía calles sino escaleras. A un lado de la ciudad se erigía el fuerte del rey y del sumo sacerdote donde habitaban una pléyade de sacerdotisas. La religión de los baramacos era maniquea. Creían en una diosa de la fertilidad, que traía todo lo bueno y creativo a la tierra; y en el dios de la muerte, que traía todo lo malo. Las sacerdotisas se encargaban de venerar a la diosa y para esto copulaban con quienes ordenaba el sumo sacerdote a cambio de una ofrenda. Éste veneraba al dios de la muerte ofreciéndole sacrificios humanos. Cuando los fenicios fueron conducidos ante el sumo sacerdote, éstos, para ganarse su favor, le agasajaron con algunas de las manufacturas que portaban consigo. Este les devolvió los agasajos dándoles acceso a sus más placenteras sacerdotisas para que yacieran con ellas antes de la cena. A ésta se presentó el mismísimo rey que les hizo saber que había quedado satisfecho con sus obsequios. Al momento irrumpió en el refectorio una procesión de animales que nunca antes habían visto; al final caminaba un niño con la cabeza afeitada. Sin entender de qué iba la cosa, a los fenicios les pareció un bello espectáculo. Tras el opíparo festín les llevaron a la montaña sagrada. Allí presenciaron un espectáculo que les palideció el semblante. Los baramacos trajeron unas tinajas de barro y las mostraron. Al momento, unas sacerdotisas ataviadas con trajes de lino blanco llevaban dos niñas impúberes con sus cuerpos desnudos y cubiertos hasta su cabello de una sustancia untuosa de color ocre. Las niñas entraron en las tinajas que sellaron quedando encerradas dentro. Tras esto, dos eunucos subieron las tinajas a unos huecos que habían horadado en la roca y las encerraron. Según cuenta Timeo, los baramacos creían que esos sacrificios de niños adormecían al dios de la muerte, mientras que el acto amatorio vivificaba a la diosa fértil y mantenía a su pueblo próspero. Los fenicios descubrieron que cuando se encerraba a alguien en aquellas tinajas los cadáveres se momificaban y luego podían sacarse para contemplarse y recordar la vida de aquel martir. Los padres traían recuerdos de todo lo que ese niño uso en vida y podían venderlo a brujos y hechiceros ya que esos objetos se consideraban mágicos. A veces hasta enterraban a los niños con sus objetos personales. Los padres de los inmolados también recibían en señal de gratitud carne de cualquier bestia feroz, alimento que solo podía comer el rey en situaciones normales y llegaban a vivir en la parte más alta de la ciudad, lo que se consideraba un honor. A los fenicios les pareció muy interesante eso de las momias que no conocían y reconocieron que aquel pueblo era muy avanzado en determinados aspectos por lo que adquirieron varias de aquellas tinajas que decoraron a su gusto con la finalidad de venderlas a sus sacerdotes. Era fascinante cómo habían desarrollado unos recipientes tan herméticos como para que la carne no se pudriera en ese clima tan cálido y húmedo. Lo que es más, la ofrenda no tardaba en perecer asfixiada y el espeluznante rosto que el rigor mortis le infería, imponía un gran respeto a la muchedumbre cuando se exhibían las momias, ya que parecía como si hubieran muerto del susto al encontrarse de frente con el mismísimo dios de la muerte. Antes de volver a su tierra, Beltezar conoció un último detalle escabroso de los baramacos: la procesión que discurrió por el refectorio tenía como finalidad mostrar vivos los alimentos que se iban a servir por si alguno de los comensales creía conveniente retirar por escrúpulos tal o cual alimento antes de ser preparado. También sabemos algo más de los fenicios por las traducciones que Diego de Ortuño, hombre de letras y de armas que vivió en El Mosquín en los años del humanismo, tradujo de unos papiros enrollados que encontraron en una vasija en los restos de las ruinas romanas de Urbs Augusta y estaban contenidas en el libro que el morisco Almanzor el chico escribió. Estos papiros contenían unos versos yámbicos de mal gusto y algo chocarreros que hacían mención a Beltezar. Es por lo que se cree que Beltezar tuvo que ser un modelo de burla muy popular en tiempos romanos. Los versos hablan de la promiscuidad de Meratites y la ingenuidad de

Beltezar. A parte de estos versos y alguna fuente ya citada anteriormente, no sabemos oficialmente nada más de los fenicios. También se citan en los textos que encontré en la cueva de El Sebel momentos sobre la vida del marinero Beltezar. Habla de una mujer egipcia que usaba el sexo como manera de manipular a los hombres y que pidió a uno de los compañeros de Beltezar con el que se acostaba en su ausencia, que le matara y que repartirían el tesoro que el marinero guardaba entre los dos. Así, el marinero acuchilló a su fiel amigo y le dio muerte, pero no sin que otro marinero se diese cuenta de lo que había ocurrido. Cuando los compañeros interrogaron al asesino se dieron cuenta de la persona que estaba detrás del crimen. A ambos los estrangularon, a uno por traidor y a otra por entender que era la instigadora del acto. Los metieron en unas tinajas con sus pertenencias y los emparedaron en las paredes de una montaña. Después las runas aseveran: *nadie encontrará la tinaja del hombre pero unos ladrones de tumba descubrirán tras el primer terremoto la de la mujer y la sacarán de allí y en cien años una madre sacrificará a su hija en él.* No podemos estar seguros de que ninguna de estas predicciones se hayan cumplido jamás pero cada vez que traduzco más fragmentos de los grabados de la cueva, no sé por qué se me hiela cada vez más la sangre.

La Base

Úrsula se acercaba a la adolescencia cuando encontró su tío en el fondo del mar un hermoso recipiente. Aquella tarde salió con su tío Pedro a pescar. Pedro era el hermano menor de su padre y sentía un profundo afecto por la niña. Hábil para bucear muy profundo y recoger todo tipo de objetos del mar gustaba de la compañía de su sobrina cada vez que practicaba esta afición. Después todo los que sacaban del fondo se lo daba a su cuñado, Rogelio, que tenía una pequeña taberna que decoraba con los despojos de la historia ocultos en el lecho del mar. Así, de hecho, es como llamaba a su taberna: Los Tesoros de Mar. Los Tesoros del Mar, era un lugar muy popular. Hasta allí llegaban los marineros cuando repartían los beneficios de la venta del atún tras la campaña de almadraba a emborracharse de aguardiente y vino. También saboreaban atunes encebollados y queso de cabra. Las madres preocupadas por la merma que estas celebraciones pudieran provocar a la economía del hogar enviaban a sus hijos a recoger a sus padres antes de que la borrachera y la euforia les vaciaran los bolsillos. *Niño, tómate una tapa que nos vamos pronto. Vale, papá.* Paco, el Cojo, quien se convertiría de mayor en el primer alcalde de la democracia era uno de esos niños en busca de padre perdido como marinero atraído por las sirenas, y era también uno de esos hijos cuya búsqueda es menos pesada con el estómago lleno. Al fondo, en una mesa se sentaban el tío Antón con un forastero que aún llevaba maletas, y su sobrino. Bebían vino dulce y oloroso sorbo a sorbo con algo de queso, mientras hablaban en su idioma en voz baja. En el mar Pedro se sumergía en busca de tesoros. A lo lejos se veía el casco del vapor que se hundió hacía más de medio siglo. *Tito, cuéntame la historia del Santa Clara. El Santa Clara fue el último barco que vino de Cuba. Llevaba un cargamento de azúcar de caña y mi abuelo me contaba que el día que encalló llovía como si fuera el diluvio universal. ¿Ves? Ese es el casco. Mi abuelo me contó que el azúcar de Cuba era tan dulce que el agua dejó de ser salada por un año. Bueno, y ahora al agua. A ver si encontramos algún tesoro.* Al zambullirse, Úrsula se asomaba por la borda y lo veía empequeñecerse y emborronarse con las límpidas aguas. Su tío pasaba la mano por el fondo arenoso con cuidado de no encontrar ningún pez araña de los que se acercaban a la costa cuando soplaba levante. De pronto, tocó algo. Desde allí, tiró y una extraña forma salió de dentro de la arena. Al subir a la superficie, le dijo: *Mira, Úrsula, un tesoro. Es una copa de oro. Vamos a llevarla a la tasca de Rogelio. ¿Es de oro? No lo sé. Es muy raro.* Al decir esto contemplaba con detenimiento el recipiente y trataba de descifrar los dibujos. *Este viejo con un pincho, ¿quién es? Este es el dios del mar, Neptuno. Y, ¿Por qué está empujando el barco? No lo sé, hija. Si esto es de verdad, hay que dárselo a la Guardia Civil. Pero, es nuestro. Nosotros lo hemos encontrado. Bueno, vamos a enseñárselo a Rogelio.* Al llegar, los borrachos llevaban un buen rato cantando y despilfarrando, y Úrsula llena de alegría le mostró a Rogelio el tesoro. *Niña, ¿eso es de verdad? Sí, lo encontró el tito.* El suceso pasó desapercibido para todos los clientes de Rogelio excepto para aquellos forasteros que estaban sentados a la mesa en un rincón. *Niña, puedes enseñarle esa copa tan bonita a mi huésped. Él sabe mucho de historia.* Los tres estaban cerca de la escena y el huésped le murmuraba algo incomprensible al tío Antón. *Pues, sí, niña. Parece que has encontrado un tesoro de verdad. Esto es oro. Dice mi huésped que brilla demasiado. Los metales nobles como el oro resisten la corrosión. Si fuera de otro metal se habría disuelto por oxidación. Pues, vas a tener que declararlo.* Los tres se fueron a su rincón. Al rato se presentó Rogelio, con un plato de chacinas. *Don Antón, las he traído para ustedes. Muchas gracias, hombre. Pablo, yo conocí a tu padre y no sabía que tenía tres hijos en vez de dos.* Días más tarde, al volver de su viaje con el extraño forastero que conocía al padre de Pablo, el tío Antón sería asesinado y no fue hasta meses más tarde que un singular evento trocara el duelo de los vecinos por una esperanzadora euforia. Llegó a El Mosquín un hombre con una boina y que fumaba tabaco de liar con un manojo de hojas que guardaba en una cartera de cuero gastada. Las iba colgando con puntillas mientras sobaba su pitillo y ponía cara de manos a la obra. La primera en percatarse fue Paquita. Se asomó al cartel con una curiosidad de qué demonios es ésto. Al verla la gente parada tuvo como efecto que otros se acercaran. *¿Qué pone? No sé leer. A ver si viene el señor cura y nos lo lee.* Al rato el hombre que colocó los carteles sacó de la cartera una trompetilla y en la misma plaza de El Polvorín la tocó para reunir a los vecinos. Los niños dejaron de jugar a las canicas, las mujeres acabaron su conversación y los hombres pararon su actividad de liar tabaco para concurrir al hombre que había colgado los carteles. *Se hace saber, por orden del señor alcalde, que se va a construir una carretera hasta el Mosquín y se necesitan operarios. Que todo el que quiera trabajar se presente mañana a las ocho de la mañana en el sindicato. Niña, ¿tu hijo no está parado?* Al día siguiente las colas de gente queriendo trabajar se veían a lo lejos. Habían llegado candidatos a operarios de todos los pueblos vecinos para construir una carretera y un puente. *Fíjate, qué bueno el señor alcalde. La de trabajo que va a dar. A ver, usted qué sabe hacer. No-no-no lo sé, señor. Pero algo habrá hecho usted, ¿no? La-la-labrar la ti-ti-ti-tierra. Trrrrabajé en la ven-vendimia. Bueno, usted, peón y listo.* Al cabo de un mes, empezaron los trabajos. Algunos usaban maquinarias que nunca antes se habían visto por esos lares. Casi asombraba a los habitantes de la región ver a toda esa gente trabajar. Algunas madres y novias en sus ratos libres se acercaban a ver a los hombres trabajar como si fuera algo extraordinario. *Mujer, déjame y vete a casa. Mira, Antonio, hemos venido con los niños.* Los compañeros se reían y hacían mofas. *Señora, que estamos trabajando. No distraiga a los operarios.* Con los meses de trabajo llegó el día de la inauguración de la carretera. El alcalde fue el primero en llegar en coche a El Mosquín acompañado de su señora y del director del sindicato, Pedro Páez, en un coche descapotable. Días después de la inauguración llegó un camión que desplegó una alambrada que segregaba el terreno entre el Carmen y el Mosquín donde quedaba el humedal. Otro hombre colocó un cartel que rezaba Zona Militar- Prohibido el Paso, aunque nadie sabía dónde habían ubicado ese cuartel, ni siguiera habían visto a militar alguno acercarse al pueblo, ni tampoco aviones o barcos pasar por allí como algunos ancianos recordaban haber visto en la época de las guerras. En resumidas cuentas, era una zona militar sin militares. A pesar de todos estos misterios, los habitantes de toda la región sintieron sus pechos llenos de optimismo. Había trabajo y con él dinero y con la carretera, llegaría gente que gastaría dinero en el pueblo, y traerían cosas nuevas que comprar con el dinero ahorrado del trabajo y después llegarían los autobuses y con los autobuses los jóvenes que estaban lejos estarían más cerca y habría que hacer una posada para que los viajeros que fueran lejos descansaran y una venta para que comieran y ¿cómo se divertirían? Habría que hacer un cine de esos con películas de indios y vaqueros o de las de Miguel Ligero e Imperio Argentina. Rogelio tenía a su mujer Tomasa haciendo comida para los operarios de la carretera. La empresa contratista cubría los costes. Tomasa todas las mañanas iba con su sobrina Úrsula a El Carmen a comprar cintas de lomo, aceite, tomates y demás para alimentar al ejército de peones, delineantes, ingenieros, maquinistas y capataces que pasaron por allí durante un año. Rogelio y Tomasa ganaron tanto dinero que no sabían dónde guardarlo. Su sobrina trabajaba con sus tíos con mucho afán, fregando, sirviendo y haciendo todos los mandados que hicieran falta. Nunca le pidió a sus tíos ni un solo sueldo. El hecho de sentirse útil hacia su familia a la que quería con toda el alma era su paga. Un día su tía Tomasa, la sorprendió.

Niña, ven conmigo que tu tío y yo tenemos algo para ti. Tenemos unos ahorrillos y te hemos comprado esta casa para cuando te cases. La casa estaba junto a la plaza donde paraban los autobuses y tenía dos plantas. Fue en ese momento cuando se le ocurrió a Úrsula abrir la primera posada de El Mosquín. *Hostal doña Úrsula. ¿Te gusta el nombre, tía? Niña, que un negocio es muy sacrificado. Tía, ya lo sé. Si no tengo ni novio ni nada.* A Úrsula no se le conocía varón. Siempre estuvo rodeada de su familia y nunca entablaba conversaciones con tal o cual mozo ni cuando llegó a la pubertad. En alguna ocasión algún chico le empezó a hablar, pero ella no se sentía atraída por aquellos hombres que después de aceptar que te hablara, te aconsejaban cómo tenías que vestirte, y ¡ay de tí! si te dejaba. Tenía tres habitaciones y una cocina donde servía comidas y desayunos. La primera persona que se hospedó vino de Wisconsin. Era un fotógrafo que vino a retratar los pueblos de los atunes. Retrató a los marineros cargar sus anclas en sus barcas para construir la almadraba. Retrató a un hortelano con sus tomates, y por último, tuvo la ocasión de retratar el entierro de Desamparados. Desamparados hacía años que no quería hablar con nadie que no fuera su nieta Antonia, su bisnieta Úrsula o los niños del pueblo, tampoco no quería revelar a nadie qué era de sus familiares muertos. Las cataratas la habían dejado ciega justo después de la guerra, pero aun así nunca necesitó a nadie de lazarillo para moverse con soltura. Ella aseguraba que los espíritus que la rodeaban le avisaban si había un obstáculo o un escalón. Que durante un siglo de vida había hecho muchos amigos. Los últimos años se quedaba sentada en su butaca hablando sola. Los niños que la veían pensaban que estaba senil. Una semana antes de que falleciera le rogó a su nieta que avisara a toda su familia, que el martes se iba a morir. Antonia partió hacia El Carmen y se gastó varias pesetas en comunicar la futura muerte de la abuela. La noche en la que falleció todos los familiares que pudieron venir asistieron al velatorio. Los niños morenitos llevaban velas y estaban a los pies de la cama de la fallecida, las mujeres en primera línea de rodillas con sus rosarios enlazados en sus manos y los hombres al final con rostro circunspecto y entre ellos con sendos uniformes, un militar y un guardia civil. La foto con el claro oscuro de las velas fue irresistible para el fotógrafo que vino de Wisconsin. Se sabe que dicha foto llegó a ser portada de una famosa revista en los Estados Unidos y que un número de dicha revista cayó en las manos de un marine americano que en aquel momento había decidido ir a Berlín Occidental y descartado aquella base que estaba a la entrada del Mediterráneo. Al ver la foto de aquella chica mestiza rezando junto a una vieja centenaria se quedó prendado por su belleza. Abajo, al pie de la foto leyó: *el pueblo de El Mosquín. Arriba la foto de la anciana centenaria, Maria de los Desamparados, rodeado de todos sus familiares. Es costumbre realizar un "velatorio" para honrar a la persona que fallece. Perdone, dónde me dijo que estaba esa base. El Mosquín. ¿Puedo cambiar mi destino? Todavía estás a tiempo.* Aquel marine se llamaba Scott Hornbuckle, y terminaría casándose con Úrsula. Todavía Úrsula llevaba el luto cuando falleció su tía Antonia de pena por la muerte de su abuela. El mismo día del sepelio recibió una carta desde los Estados Unidos. Un desconocido le daba el pésame por la muerte de su bisabuela y le pedía si podía escribirle cartas. Que le gustaría ir a su pueblo y conocerla. *Tía, mira esta carta que me han escrito. Niña, esto es un pretendiente. Será de la foto que nos hizo el americano. Bueno, y ¿qué hago si viene? Bueno, por conocerlo tampoco pasa nada. Escríbele y dile que te gustaría conocerlo pero que aquí las cosas no van tan rápido como en América.* Al día siguiente, echó la carta al buzón que nunca llegaría a leer Scott porque una semana más tarde, se presentó en el pueblo con un coche y uniforme militar. Los niños rodearon el coche y las chicas miraban con risa tonta al militar americano que aparcó el descapotable en frente del hostal de Úrsula. Scott era un afroamericano alto y corpulento. Su piel era tersa y brillante y llevaba el pelo corto a lo marine. Con esa puesta en escena y una sonrisa amplia

Scott era capaz de hacer que cualquier mujer girara la cabeza para echar un vistazo a ese ejemplar de macho. Úrsula no se podía creer lo que veía. Aquel americano había venido de tan lejos para verla y además traía un ramo de flores. Esto último la incomodó sobremanera porque en El Mosquín que alguien trajera flores y una mujer las aceptara era un compromiso de boda. El americano se ganó la amistad de todos en el pueblo. Traía botellas de bourbon que regalaba a su tío; tenía un pequeño tocadiscos donde pinchaba discos de Elvis Presley; regalaba caramelos y chocolatinas a los niños y nunca nadie supo ni donde vivía ni donde estaba la base donde trabajaba. En la tasca solo superaba el cuchicheo sobre aquel americano, el extraño suceso de la pelota de acero proveniente de los rusos que cayó del cielo y reventó varios melones de un melonar. Las conjeturas iban desde que era parte de un satélite espía a que era una rara arma avanzadísima diseñada a petición de los republicanos exiliados para acabar con el régimen. Úrsula se enamoraría de aquel militar y se acostaría con él engendrando a su hija mayor Shaniqua. Todos esos cambios en el pueblo no llegaron por casualidad. Solo hasta la captura de los últimos reductos de rebeldes que habitaban los montes, los americanos no dieron el paso. El tío Antón había comentado con el capitán de la guardia civil sobre la noticia que había aparecido en los periódicos años antes. Habían capturado a los Orozco en la sierra. Se sabe que tras la guerra habían desaparecido pero que algún vecino de El Sebel los había reconocido en el pueblo un año después de acabar la contienda. Había rumores de que se dedicaban a robar y a asaltar a algún desdichado y que llegaron a matar hasta a algún municipal. Jesús Orozco González estaba en busca y captura junto a su primo Salvador Orozco Orozco por haber incendiado la iglesia de Santa María de la Concepción, haber asesinado al alcalde de El Sebel y haber ejecutado a varios terratenientes, e incluso se rumoreaba que pudieron haber asesinado al bueno de don Torcuato, el gran héroe bienhechor de El Mosquín. Durante veinte años estuvieron desaparecidos hasta que por fin las autoridades dieron con ellos en la sierra. Contaron los periódicos que hubo tiroteo donde se hirió heroicamente a un representante de la ley y el orden. Al final, como ocurrió con el bandolero gitano más de un siglo atrás, fueron capturados. Los reos según los periódicos daban vítores a la república y la internacional y elogiaban a Rusia. Años más tarde el nieto de Jesús, Pepe Orozco Alcañiz recordaría la célebre frase de Viva la Libertad que citara su abuelo al ser apresado mientras se dirigía a una multitud en un mitin antes de ser elegido primer alcalde demócrata de El Sebel. Pepe diría de ellos que fueron dos grandes defensores de los derechos de los campesinos y obreros y del gobierno legítimo de la república. El tío Antón hablaba con el capitán de que por fin se había capturado a los últimos criminales de guerra que vivían en la región. *Y si no es el último, yo maldigo al que quede vivo para que lo maten a palos o le tajen el cuello. Sabe usted, don Antón, yo estuve como soldado en la guerra. Un día llegamos a un pueblo y los republicanos habían dejado encerrado en una pocilga a gente de bien y le habían prendido fuego. Yo no he visto nada más horrible en la vida. Los pellejos de las gentes estaban pegados por las paredes. Por cierto, ¿qué hay del puente? ¿Cuándo se hace? Bueno, ahora que la zona es segura parece que se va a construir si no en este año, en el que viene. Qué sepáis que me encantará trabajar en el proyecto, que lo que quiero es dar trabajo a la gente del pueblo. Sí, don Antón, que usted siempre se ha portado muy bien con todo el mundo.* Aquella carretera años después traería el primer bebé mixto nacido en muchos siglos. Los primeros en saberlo fueron sus tíos. *Hija, y el padre ¿qué te ha dicho? Tía, no lo sabe todavía. Bueno, a mí el americano no me parece mal muchacho y tampoco va a pasar nada, que no vas a ser la primera en la familia. Mira tu tío, tiene unos cuantos hijos naturales. Voy a hablar con tus padres y tú habla con el americano.* Scott al saber la noticia le dijo que se casaría con ella, y unas semanas más tarde tenían cita en la casa del cónsul americano para contraer matrimonio civil. A Úrsula le hubiera gustado haberse casado de manera diferente pero era lo que había. Scott y Úrsula nunca vivieron juntos. Algún fin de semana si lo pasaban juntos pero el trabajo era la excusa de Scott. Al año siguiente, Úrsula volvió a quedar embarazada y tuvo otra niña, Velvet. Úrsula pasaba el día trabajando y cuidando a las niñas con poca ayuda de su familia. Su padre venía y se iba. El día que Velvet cumplió un año, Úrsula se miró en el espejo y vio una cana en su pelo. Había engordado bastante y tenía arrugas sin llegar a los treinta. Scott no vino a ver a su hija y ya empezaba a parecerle su sonrisa menos divertida que antes. *Hija, compréndelo, está trabajando. Pues, no he visto ni un duro en esta casa. ¿Dónde va su dinero? Vamos, no es que yo lo necesite, pero estas son sus hijas. Que a los americanos le dan un sueldo muy bueno.* Al día siguiente llegó Scott con unas flores. *¿Qué te pasa? Ayer Velvet cumplió un año. Sí, claro, no veas lo mal que lo pasé por no poder venir. Ya sabes que mi trabajo es así. Lo sabías cuando te casaste conmigo, ¿no?* Úrsula no sabía qué responder al desconocido con el que se casó. Le había hecho un par de niñas y siempre contaba con excusas para no quedarse o colaborar demasiado. Una tarde, habló con Pedrín, el tío de la lista. El tío de la lista perseguía a los morosos con su motocarro para reclamar las deudas y cobrar facturas en nombre de los demás. Úrsula le pidió un favor: quería que la llevara oculta en su motocarro para ver dónde iba su marido, y que si le ayudaba, le pagaría muy bien. Ese fin de semana, Scott no notó que tras él iba un motocarro con su mujer escondida. Por momentos perdieron al vehículo de vista hasta que lo encontraron en el surtidor. Scott había entrado en el baño y cambiado su traje de oficial por un mono beige de trabajo. En una mano llevaba el traje como si lo trajera de la tintorería. Una hora más tarde, llegaban a la residencia donde se quedaban los americanos. Scott entró en una vivienda y al rato salió de nuevo con la ropa de oficial bien planchada para dejar el coche en la puerta de otro militar de más graduación que le dio una propina. Regresó a su casa y allí estaba el cónsul que supuestamente les había casado vestido con un mono beige también. *Doña Úrsula, ¿ha visto ya bastante?* Úrsula, que observó lo ocurrido a una distancia prudencial regresó con más preguntas de las que tenía cuando salió. A la semana siguiente, volvió a preguntarle a Scott, qué era lo que hacía en la base. *Bueno, soy oficial del ejército. Y ¿por qué te dan propinas? ¿Te pasa algo? Mira, deberías tener confianza en mí. Creo que trabajar demasiado te va a volver loca. Y el cónsul, ¿también trabaja contigo? Vale, por lo de loca me refería a hacer comentarios como ese. Vete, fuera de aquí. No te quiero volver a ver. ¿Cómo? A la puta calle.* Al gritar de ese modo las niñas, que dormían la siesta, se despertaron y empezaron a llorar. *Estás loca. Volveré cuando te tranquilices. ¡No vuelvas más!* A la semana siguiente Scott volvió con su coche encerado, el traje de oficial almidonado y un ramo de flores, pero Úrsula no había aplacado su ira. Cuando tocó el claxon de su automóvil, Úrsula no apareció por allí sino que arrojó una palangana con agua que mojó al autoproclamado oficial. La gente al verlo empezó a reírse, lo que dejó ridiculizado a Scott. Scott estuvo dos meses sin pasar por allí hasta que un día le pidió si podía pasar la tarde con las niñas y llevarlas a El Carmen. La madre accedió y esa fue la última vez que vería a sus niñas en treinta años. Sobre cómo pudieron salir las crías del país, todavía es un misterio y más aún que al poner la denuncia nadie supiera de la existencia de un tal Scott Hornbuckle, ni donde estaban registradas las niñas. Cuando ya Úrsula había perdido toda esperanza de volver a abrazar a las niñas, fueron ellas las que dieron con su madre. Shaniqua y Velvet la recordaban muy vagamente pero sabían que vivían junto al mar. Tenían unos tíos con los que jugaban y regentaban un bar con cosas del mar. El día que Velvet alcanzó la mayoría de edad su abuela paterna que se ocupaba de ellas en Brooklyn, les dejó ver una caja con fotos que tenía su padre guardada. Allí las chicas comprobaron que no era fruto de la imaginación todo aquello de la taberna, ni del negocio de su madre. No sabían que su madre seguía con vida hasta que, muertas de curiosidad y ya mayores, encargaron a un detective privado que localizara a su madre. Al ver la foto de ésta, ya anciana y marcando unas ojeras que seguramente le habían provocado las horas de trabajo y de congoja, a ambas se les saltaron las lágrimas. Su hija Carmen se parecía tanto a ella… Un mes más tarde se presentaron en El Mosquín, con un rudimentario castellano que habían aprendido. *Mama, soy Shaniqua. Yo soy Velvet. Hemos venido a verte con nuestra familia. Yo sabía tu viva, mama. Yo era niña y pienso muchas veces que lobo te ha comido. No entiendo porque mama no viene con nosotros. Recuerdo Tito en cantina, con cosas del mar.* En Alisha, cuya piel era más clara en comparación con sus primos y hermanos, se mostraban los rasgos faciales de su bisabuela Desamparados.

El Sanctasantorum

Tras los periodos más convulsos y las más perversas maldiciones que jamás se hayan proferido a pueblo alguno han llegado los más fértiles y prolíficos años. Esto es más que una realidad en la historia de El Mosquín y si me es lícito decirlo, en toda la región. Tras la marcha de los franceses el pueblo quedó desolado. Las pocas familias que vivían allí atraídas por los servicios que necesitaba la armada habían abandonado sus casas y nadie conocía su paradero. Fue en ese momento cuando el padre Fernando Fernández hizo su aparición a lomos de un jumento descendiendo por la cuesta de El Sebel con una faltriquera llena de verdades absolutas y una caja dentro de un cerón que albergaban los huesos del que debió de ser uno de los santos inocentes sacrificados por Herodes en los albores de nuestra era, y que hacía poco había adquirido de unos hermanos tratantes de santas reliquias. Al cruzar el límpido Griso observó el estado lamentable en el que los invasores infieles habían dejado la iglesia de Santa María de la Concepción. Había oído rumores de que los franceses habían invocado al demonio en aquel lugar sagrado y que por lo tanto la primera medida que habría que tomar nada más llegar al pueblo sería realizar un exorcismo y purificar todas las tierras con agua bendita. Al abrir las destartaladas puertas del templo encontró a un hombre de pelo azabache y patillas muy pobladas durmiendo en un banco de la iglesia. *¿Quién es usted? ¿Y que hace en el templo? Soy el barbero castrense, el único habitante de la aldea. Soy de Palencia. Me llamo Ignacio Paredes Fonseca, para servirle a usted, al rey y a Dios. Acompáñeme, buen hombre. Vamos a liberar a este pueblo de sus demonios.* En la sacristía había apilados un sinnúmero de libros y cuadros descolgados cubiertos por un lienzo. El retablo que había sido decorado por finos orfebres con el oro americano que unos marines agradecidos a la virgen habían donado, había sido expoliado. Enfadó mucho ésto al padre Fernández porque el altar parecía ahora más el de una nigromante iglesia protestante que el de una celestial católica *plena gloriae*. El cura asistido por su fiel amigo el barbero limpió toda la iglesia y se deshizo de todos los despojos inútiles que habían quedado y a la noche, encendieron una pira para purificar todo aquello que consideraban infecto. Apareció Ignacio arrastrando una caja con los libros de la sacristía. *Hijo, tráelos aquí. Te aseguro que este lugar quedará limpio.* El barbero que en los años en los que los franceses habían convivido con los lugareños había logrado hablar su idioma leyó los títulos de los libros. *¿Qué buscamos, padre? Buscamos al demonio Voltaire. El barbero tomó el primer libro: Essai sur l'architecture, de Marc-Antoine Laugier. A la hoguera. La véritable manière d'instruire les sourds et muets, confirmée par une longue expérience, Charles-Michel de l'Épée. Este es de enseñar a los sordos y a los mudos. Supongo que es una abominación más. A la hoguera. Este que viene es de Jean-Paul de Gua de Malves, ?uvres complètes de mathématiques. Y ¿cómo van a evitar las matemáticas que las almas se salven del infierno? ¿Lo tiro también, padre? Tíralo, no nos será de ninguna utilidad aquí. Le Cinquième et dernier livre des faicts et dicts héroïques du bon Pantagruel de François Rabelais. Este sin duda será el más demoníaco de todos. No me hace falta saber francés para percibirlo. ¡Que arda!, ¡qué arda, generoso amigo! L'Ingénieux Hidalgo Don Quichotte de la Manchea. Este es igual que el otro. ¿Seguro, padre? Seguro, hijo. Al fuego. Á la recherche du temps perdu de Marcel Proust. Fuego. Padre, ¿de dónde proviene su iluminación a la hora de decidir si van al fuego o no? Hijo, los seres humanos dependemos de los designios de Dios. Abre el libro y lee algo. "Sodoma y Gomorra". Cierto, padre, debe acabar en el fuego. Pues, no te prives, hoy es un día grande.*

Padre, este también hay que quemarlo. Les fluers du mal de Charles Baudelaire. Quémalo antes que a nadie se le ocurra leerlo. El fuego se enalteció y un humo muy negro se disipó en los cielos. Al final solo se libró de la crepitante pira un libro escrito en latín: Legenda Sanctorum de Jacobo de la Voragine. Desde aquella noche quedó claro que el padre Fernández había sido elegido para la misión de reconstruir el pueblo. Tuvieron que pasar varios años hasta que todos los escombros fueran retirados y la iglesia fuera totalmente reconstruida gracias a los esfuerzos de los pescadores, que empezaron a donar al padre parte de lo que ganaban con la pesca temporera de atunes para que este llevara a cabo su misión. Del antiguo polvorín solo quedaron las paredes. Tuvo entonces la sutil ocurrencia de que ese espacio se convirtiera en una plaza y pasara a llamarse la Plaza del Polvorín. El padre gozó de gran popularidad cuando prestó a todos aquellos pescadores que optaran por echar raíces en el poblado su jumento y unas angarillas que él mismo elaboró para recoger y transportar las piedras esparcidas de los restos de las ciudades antiguas de las cercanías y convertirlas en viviendas sólidas. También les ayudó a talar los árboles del tupido bosque y así usar las maderas para techar las viviendas. Un vecino incluso encontró en el bosque una tinaja con unos extraños grabados y se la quedó porque le pareció intrigante y cautivadora. En varios años ya eran unas decenas de familias. El primer natalicio del pueblo fue una niña. El padre al bautizarla sintió que sería una bendición para todos. Se llamó Antonia. Antonia se convirtió en una mujer fuerte y alta con la bendición del padre. Tuvo once niños todos varones de los que sobrevivieron seis y hasta adoptó a una niña que llegó en barca a la costa desde África dentro del vientre de su madre. Al morir ésta en el parto, Antonia, que por aquellos días ya llamaban la "tata", se hizo cargo de la criatura y la educó como a una hija más. Cuando al padre Fernández le trajeron a la criatura para bautizarla se puso muy contento y le auguró una larga vida. No se sabe muy bien si fue antes de la llegada o después de la llegada de aquella barca cuando el padre pronunció desde el púlpito la más terrible maldición que nadie nunca profiriera allí. El obispado había sido desposeído de las tierras que el rey le concediera tras la salida de los sarracenos y que no se trabajaban desde que el hereje ardiera en la pira del inquisidor López de Huelva. Si aquellos que tuvieron la ocurrencia de cometer semejante simonía so pretexto de que no hubiera tantas tierras baldías y para que personas pudieran trabajarlas y explotarlas en pro del progreso, hubieran conocido las consecuencias de tal maldición, se lo hubieran pensado dos veces. Como efecto inmediato, las tierras que fueron un día del obispo ardieron espontáneamente. Tales fueron los incendios en las inmediaciones de lo que hoy se conocen por El Carmen y Palomeque del Real que toda la madera que prendió quedó hecho cisco. Ese fue el año en el que muchos aprovecharon para vender carbón vegetal por doquier y otros compraron las tierras expropiadas y se dedicaron a cultivarlas. Muchos llegaron a enriquecerse por lo que se vio como necesario fundar un nuevo pueblo para acoger a los forasteros: Palomeque del Real, la de las fértiles tierras. El padre Fernández murió poco después sin que pudiera frenar el anticlericalismo incipiente pero galopante que inundó la región por aquellos días. A su entierro acudieron veinte sobrinos y ahijados con sus respectivas familias que el padre había dejado por toda la región. Incluso una solitaria monja lloró desconsoladamente la muerte de aquel gran hombre que refundó El Mosquín. Días más tarde de la muerte del longevo clérigo un hombre se acercó al pueblo con la intención de fotografiar al párroco. De haber muerto unos días más tarde nos habría quedado algún retrato suyo para el recuerdo. Ese mismo año le sustituyo el padre Crisóstomo Arriaga que llegó del norte huyendo de las contiendas civiles y murió de tuberculosis poco después. Tras él vino el padre Eustaquio del Moral, que era famoso por ser tartamudo, lo que provocaba las risas de los feligreses en plena liturgia. En esta época fue cuando se produjo el milagro de la aparición de la virgen del Carmen en un olivo y se erigiera una ermita en honor a la virgen, que trajo a tantos peregrinos maravillados con el portento que con el tiempo se llegó a fundar un pueblo que alcanzaría más prosperidad que El Mosquín. Eustaquio del Moral se hizo misionero y murió en la Cochinchina. La década de Wenceslao Amigo, el nuevo cura, fue recordada por el fin de los crímenes y atropellos que se iban perpetrando en toda la región cebándose con los ricos y menos ricos desde los tiempos del padre Fernández. Se desarticuló la banda del gitano, la última banda de forajidos de la región, y cuyos integrantes corrieron distinta suerte, y se apresó a los sacamantecas, quienes fueron sentenciados a garrote vil. Don Edesio Fernández vivió muchos años en el Reino Unido y diversas capitales europeas hasta que el obispado le encomendó a El Mosquín. Fue un abolicionista convencido y gran escritor de ensayos sobre lo que hoy denominamos sociología que fueron alabados solo en pequeños círculos muy exclusivos del saber y desconocidos por el resto. Los días en los que se abolieron la esclavitud en Cuba y después en el Brasil, don Edesio celebró varios via crucis Deo Gratia. Fue un gran entusiasta de las romerías que exaltaban los milagros de la virgen de El Carmen y de los de la virgen de la Concepción y San Alejo mártir. Metodio Salazar, su sucesor, tenía don de gentes. Estaba en la sacristía lo mínimo. Cada vez que agarraba su bicicleta y le preguntaban *a dónde va, padre*. El respondía *a cultivar relaciones*, y acabó como capellán de los Osborne. Con el padre Adolfo Nogueira empezaron los primeros brotes ateos en la región lo que provocó que el padre condenara dichas actitudes radicales desde el púlpito. Quiso rescatar algunas de las tradiciones ancestrales de la región como la procesión del santo niño y la quema del hereje. Después de muchas tribulaciones, lo logró pero murió asesinado en la sacristía por un anarquista llamado el Circense que le estaba esperando detrás de la puerta a que acabara de oficiar la santa misa. Le asestó varios martillazos dejándolo moribundo y sangrando profusamente por la cabeza. Tras fuertes dolores el sacerdote-mártir falleció dos días más tarde por las heridas infligidas. Se cree que el Circense se suicidó ahorcándose de un olmo, o al menos, nadie discutió que no fuera así. Durante un breve tiempo estuvo al frente de la parroquia, don Lisardo Orbegozo, que fue quien hospedó al indiano don Torcuato a su llegada hasta que se construyera su casa palaciega. A pesar de lo convulso de los años en los que le tocó ser párroco de El Mosquín, don Benito Alcaraz nunca perdió el enfoque. Recitaba unas hermosas homilías sobre la holgura del manto de la virgen, las mocedades de Cristo, las vidas de las más ínclitas vírgenes mártires, la pureza y fe inquebrantable de María, la comunión como símbolo del perdón de Dios. Gracias a las donaciones desinteresadas del indiano don Torcuato, organizaba un sinfín de ampulosas procesiones por el pueblo por las que la gente circulaba con palmas recordando tal o cual momento de María o ciertas efemérides del santoral. Enseñó a los niños las vidas de santos y en especial la del patrón San Alejo mártir. La labor ecuménica y trascendente del sacerdote fue inmensamente recompensada y se le permitió ocupar un despacho en El Escorial. Benito Alcaraz siempre apoyó desde el púlpito el trabajo conjunto del ejército y la iglesia en expandir el cristianismo y acabar con la herejía del islam durante la guerra de Marruecos. Tras él vino el padre Eulogio Sarmiento que se retiró ya anciano y decrépito al hospital de los santos padres venerables donde sufría desvaríos sobre la guerra. Don Eulogio era un hombre alto y fuerte, algo necesario para la época en la que le tocó vivir. De no haber sido así no habría sido capaz de repeler los múltiples ataques de comunistas, sindicalistas, anarquistas y revolucionarios previos a la contienda civil. Una noche un grupo de encapuchados irrumpieron en la Iglesia de Santa María de la Concepción. Intentaron prender fuego a la iglesia y violar a su sobrina. Don Eulogio salió con una estaca aporreando a derecha e izquierda y afirmando que debajo de la sotana tenía pantalones. Sobre él pesaba una condena a muerte, pero fue liberado por las tropas nacionales antes de que fuera ejecutado por las milicias republicanas. A él se le atribuyen, con las donaciones desinteresadas del tío Antón, la posterior rehabilitación del interior del templo; la reconstrucción de la espadaña del campanario que se desplomó el día que los nacionales tomaron el pueblo; y la restauración de los cuadros de Diego de Ortuño. A don Eulogio le deleitaba mucho tocar la guitarra, y por las tardes, tras la catequesis, enseñaba a los jóvenes a tocar la mazurca. Fue sustituido por don Fulgencio Malatesta i Carpi que, al igual que el padre Fernández, también provocó incendios con sus maldiciones pero que tras estos incendios llegaron los más dulces años de la historia de El Mosquín desde su mítica fundación. Don Fulgencio nunca secundó ninguna de las iniciativas del párroco de El Carmen, don Francisco Maragato, quienes todos llamaban cariñosamente el padre Isco. El padre Isco creo una escuela taller para todos aquellos jóvenes que querían desintoxicarse de la droga. De los treinta o cuarenta jóvenes que pasaron por su escuela taller quedaron limpios solo nueve y el resto murieron de alguna u otra forma, pero el padre siempre les recordaba en sus homilías y limpiaba por Navidad sus lápidas y les llevaba flores. Don Luis Cornello Espina jugaba al dominó y las cartas con las gentes del pueblo. Los domingos invitaba a los pobres a desayunar churros con chocolate. También fundó con las donaciones desinteresadas de los feligreses una escuela taller para los jóvenes. Muchos encontraron trabajo y no entraron en el oscuro mundo de la droga gracias a su empeño y devoción. Desafortunadamente, la escuela fue vista con desdén por su sucesor Faustino Ulloa y el sucesor de éste, Witiza Páez, quienes predicaban a las ancianas y al turista devoto. Aun no comulgando con los intelectuales y actores ateos que veraneaban en El Mosquín, también secundaron la salida de los militares. Con Faustino y Witiza todo el mundo prosperó, se derribó el hotel de Bocanegra y ardió toda la Loma del Ingles donde acabó por construirse la urbanización Colina Blanca y el campo de golf. Nunca hubo bodas, bautizos y comuniones como las de aquellos días. ¡Qué hermosos eran los querubines de rubicunda cabellera portando las arras! ¡Cuán finos los paños que engalanaban a los novios y habían sido bordados por manos de jóvenes doncellas del lejano oriente que suspiraban en el véspero por la separación de su amado! ¡Qué carrozas tiradas por corceles! ¡Cuán nobles y sentidas las voces de los coros rocieros que amenizaban el himeneo! ¡Qué difícil era por aquellos días encontrar a alguien para recoger del suelo tanto pétalo de rosas y pionono a medio comer! Nunca las ofrendas pastorales ni procesiones fueron tan finas y riquísimas como las de aquellos días. Nunca tanto visitante local o extranjero quedaría tan maravillado ante la gloria de las celebraciones de las tradiciones beatas como las de aquellos días. Honorio Cabana heredó una parroquia en su máximo esplendor pero sería él el que tendría que recolectar comida para todas las familias que se arruinaron después. Nadie sabe muy bien qué fue lo que ocurrió pero el caso fue que cesó la actividad promotora y la gente dejó de pagar sus letras. Muchos fueron desahuciados hasta el punto que el pueblo quedó hueco y solitario en verano. Honorio Cabana dependió de la parroquia de El Carmen como sucedió con la administración secular. Cuando Wilfredo Lanchimba puso sus pies en la madre patria no podría imaginarse que tendría que regir una heredad sin más almas que unas cuantas familias. Condenó la excesiva permisividad hacia la prostitución y el juego. Los chinos afincados iban a jugarse su peculio en el Gran Casino que se acababa de fundar tras el desastre de la biblioteca que fundara don Francisco Penella, primer alcalde de El Mosquín. Por aquella época solo rumanos, chinos y polacos residían permanentemente en las depreciadas viviendas del pueblo. La colina blanca estaba despoblándose ante el riesgo de robos y saqueos, y aunque la gente seguía llenando las playas en verano, el pueblo prácticamente se despoblaba tras septiembre. Honorato Macagapal y Louis Polensky crearon y ampliaron unos comedores sociales para aliviar la situación desesperada de muchas familias. Fueron los años de la reocupación. Las casas de veraneo eran ocupadas y a veces realquiladas por los que no eran sus propietarios. Desde el púlpito ambos criticaron la violencia policial, los vicios del juego, los innumerables prostíbulos o clubes de la carretera de Palomeque del Real como ejemplo de la subyugación del ser humano ante el pecado. En las noches había familias que dormían en la iglesia, muchos de ellos cuando no la mayoría no eran cristianos y no tenían pensado recibir el bautismo. Fue también en esta época en la que un desalmado terrorista abrió fuego contra un grupo de jóvenes que se concentraba en la isla de Sangralejos para realizar fiestas de marcado carácter erótico y donde perecieron muchos y muchos otros quedaron heridos. Don Louis Polensky afirmó que al pecador había que tenderle la mano para que abandonara el mal camino oscuro e iluminarle pero no ajusticiarlo. Durante el periodo parroquial del padre Don Oyekefune toda la franja litoral fue ocupada y formó parte del Protectorado Litoral Sur Oriental como medio de pago a la deuda nacional contraída y aumentada durante décadas. El párroco se mantuvo neutral en el conflicto fomentado por aquellos contrarios a la ocupación de El Mosquín. Actualmente la hermana Agnes Lyn es la párroca de la próspera ciudad de la Vista Hermosa, antigua pedanía de El Mosquín. Como la antigua iglesia de Santa María de la Concepción quedó destruida y barrida por el maremoto y las réplicas de terremotos ocurridas después y que asolaron también los antiguos vestigios arquitectónicos y hasta el hospicio, lo primero que hizo fue construir un nuevo templo mucho más grande y austero al que llamó el Templo de la Santa Paz y el Reencuentro con Dios. Agnes oficia misas y bautiza a ancianos opulentos que van a retirarse y descansar a la costa. La hermana es una religiosa carismática e influyente que ha revalorizado la palabra de Dios y ha hecho llegar su mensaje a todas las familias residentes de la costa. Cuando el obispo fue a visitarla al oír las sobrecogedoras bondades de la sierva del Señor, no pudo más que maravillarse, y del mismo modo, al ver la iglesia llena de gentes esperando pronunciar el responso por la santa muerte de tal o cual vecino que felizmente había alcanzado sentarse a la derecha del Padre. Los ejércitos mercenarios de ocupación también acuden a misa cuya presencia elude los sabotajes y disuade a los terroristas de sus malas intenciones. Con las donaciones recibidas por los metecos muchas otras parroquias a lo largo de la costa se están fundando en las colonias de retiros de los ancianos del mundo entero que encuentran solaz espiritual antes de subir al cielo limpiando sus almas de pecados. Tanto bien vino provocado por la sacudida de un maligno terremoto que barrió con el pasado como ocurriera hace más de tres siglos y medio.

Las Sectas

El periodo que va desde el advenimiento de los primeros bárbaros hasta la llegada de los árabes destaca por la proliferación de sectas religiosas como así lo atestiguan numerosas crónicas eclesiásticas. Entre los ciudadanos de la región la cuestión religiosa era un tópico recurrente y las revueltas derivadas con o sin derramamiento de sangre debieron de ser más comunes de lo que parece. Una de estas sectas fue la de los marcelinitas. Su nombre deriva de Marcelino el Fraile. Cuentan que Marcelino era un fraile del ya desaparecido Monasterio de San Alejo que fundaran los bizantinos. Marcelino, mientras leía las escrituras a sus compañeros, tiene una visión de Cristo que le revela que él nunca estuvo en contra del matrimonio y que de hecho se casó con María Magdalena y tuvo dos hijos que fueron confundidos por San Pedro y San Juan. Con la visión se desmalla ante sus compañeros y estos van a socorrerle. Días más tarde, redactas unos puntos que sugerían unas modificaciones en las escrituras y los lee en el refectorio. Al momento es expulsado y apedreado por sus compañeros por hereje. Se sabe que Marcelino el fraile recorrió toda la región predicando y adhiriendo seguidores a su causa y fue coetáneo de otro hereje: Andrés de Calpe. A diferencia de Marcelino, Andrés era un ricohombre de Calpe que viajó por muchas ciudades del Mediterráneo llegando incluso hasta Alejandría. Allí entró en contacto con numerosas formas de pensamiento que tuvieron que influirle en su herejía. Según Andrés, Cristo no era Dios sino tan solo un profeta basándose en que en ningún momento se atestigua en la Biblia que Cristo es Dios y hombre a la vez. Los seguidores de Andrés de Calpe se llamaron calpitas y se sabe que eran los más numerosos hasta tal punto que fueron condenados por los arzobispos y gran parte de ellos murieron asesinados. De hecho, esto es lo que se propuso:" *...aquel que cobije o de posada a un calpita llevará bajo sus hombros la misma culpa que aquellos y sufrirá la misma suerte. De la misma manera, aquel que matare con cuchillo a alguien que se conozca por ser calpita solo tendrá que pagar 10 trientes de plata.*" Con ésto, los calpitas fueron una secta clandestina que incluso crearon un lenguaje oculto para comunicarse entre ellos y del que no tenemos testimonios, ya que que pudieron haber sido objeto de la censura del fuego. Andrés escribió incluso un libro titulado Summum Sapientiae donde, comentan, predecía el futuro del ser humano pero que fue destruido allá donde se encontrara. Según los calpitas, existía un pueblo proveniente de las tribus de Israel en el interior de áfrica que eran los más auténticos cristianos cuya piel acabó por ser morena. Algunas mujeres cuando tomaban laurel podían predecir el futuro y cuando alguna de ellas moría se hacía un pequeño exvoto con su imagen a modo de recuerdo. La tercera secta era la de los fornicadores. Esta secta fue creada por Severino el Asceta. Severino fue coetáneo de San Alejo y marchó a las montañas para dedicarse de lleno a la vida ascética y a leer y rezar. En sus innumerables lecturas y re-lecturas se paró en los puntos en los que Cristo hablaba sobre el celibato. No encontró nada que estuviera en contra del amor carnal entre los seres humanos, eso sí, fue partidario del nada en demasía de Aristóteles por lo que creó unas normas para la práctica del sexo. Estas son algunas de sus leyes que compiló en su libro De Praecepta Hominum y que nos ha llegado en comentarios de historiadores coetáneos suyos. *Dios creó al hombre a su imagen y semejanza y le dio capacidad para sentir placer en su cuerpo de la misma manera que la dio a otras especies creadas por Él. Si Dios es omnisciente y todopoderoso tuvo que entender que esto sería bueno y necesario para el ser humano, que de lo contrario podría habernos pensado de manera diferente (...) de la misma manera nos ofreció un don del que carecen el resto de las especies, que es el entendimiento para poder usar nuestro* *cuerpo desde la sensatez y fuéramos los reyes de la creación para vivir desde el orden con el resto de la naturaleza que creó. (…) Ciertamente, de la misma manera que somos capaces de usar y transformar la naturaleza para el bien, también podemos usar todo lo que tenemos en nuestro cuerpo para el bien muy al contrario de los animales, que solo pueden usar lo que encuentran para alimentarse pero no para cultivar la tierra o construir puentes para salvar valles y acantilados. (…) mientras que las bestias se aparean por la mera necesidad que les viene regida por las leyes de Dios, los hombres pueden decidir cuándo, cómo y con quién cohabitar y de hecho, han existido numerosos casos de personas que cuando han decidido cohabitar bajo un mismo techo de mutuo acuerdo y respeto, han venerado su vínculo hasta que han envejecido, y que cuando uno de los dos ha fallecido el otro le ha seguido poco después. (…) Por todo esto, y porque Dios sabe lo que hay dentro de nuestros corazones, el matrimonio es solo necesario cuando hay un voto de perpetuidad por ambas partes y se quiere comunicar a los demás hombres y mujeres públicamente, pero no para yacer junto a otro ser humano sea hombre o mujer. (…) Las leyes que deben regir nuestras relaciones con los demás deben de estar basadas en el común acuerdo. Si un hombre o mujer desea yacer junto a una mujer u hombre debe de ser de común acuerdo y sin crear daño al otro (…), si de dicha cópula se engendrara un niño han de saber que lo que en común acuerdo se creó de común acuerdo se debe criar, que aquel que abandone a un niño antes de nacer o le quiera procurar la muerte para eludir su responsabilidad deben de ser apartados de la Iglesia y aquel niño debe ser criado por cualquier familia que no haya sido bendecida por ningún niño, pues todo el mundo sabe que de las prácticas amatorias provienen los vástagos. (…) El mayor de los crímenes que los paganos llevan cometiendo es la permisividad de la concupiscencia cuando ésta no es querida por una de las partes o ésta se realiza desde el poder de uno sobre el otro. (…) un patricio romano se acercó al foro y compró a una esclava de Abisinia y un joven germano. Ambos fueron obligados a yacer el uno con el otro delante del patricio cada noche para su deleite (…) cuentan la historia de Ganímedes un niño cabrero que fue seducido por Júpiter (…) las meretrices y los mancebos suelen pulular por las trastiendas y cuentan con el desprecio de todos cuando es la necesidad o la coacción lo que les lleva a tales prácticas, que nunca oí a nadie cuya mayor ambición sea ésta.Todos éstos son crímenes pésimos y nadie debe de estar en la Iglesia si dañan a otros seres humanos. Es el mandato de Dios a través de su mensajero Jesús que en su pueblo no existan leyes y privilegios que nos lleven al pecado y a ser injustos."* Los fornicadores no se extendieron más allá de unas cuantas familias patricias y a la llegada de los árabes prácticamente estaba extinta. En cambio, las otras dos llegaron a provocar la mayor revuelta religiosa que se haya conocido nunca en la región. Sus seguidores se unificaron para saquear varias iglesias, como la que se ubicaba en El Mosquín y atacar el Monasterio de San Alejo, que terminaron derribándolo por completo. Nadie sabe a ciencia cierta dónde su ubicaba. Las crónicas lo describen al final de un cabo y que podía verse desde la mar, pero ésto aún hoy sigue siendo un misterio. Las disensiones religiosas no fueron solo entre los cristianos, también entre los musulmanes reinó la discrepancia, que acabó más o menos como lo hicieran los cristianos: a corte de espada. Aquí os trascribo la carta que Almanzor el chico añadió a su libro sobre los años en los que los árabes dominaban la región: *En el nombre de Dios, todopoderoso y misericordioso. Desde mi celda resumo brevemente mi destino para despedirme de este mundo a la víspera de encontrarme con el Profeta, Dios le bendiga y le dé la paz. Mi nombre es Kadhim Ibn Jaber Ibn Hassoon El-Tabib, y nací en Diwaniya, Provincia de Irak de una familia descendiente del Imam Alí, Dios esté satisfecho de él, originaria de Najaf. Tras la batalla de Kerbalá, mi familia se trasladó a Diwaniya y en aquella ciudad siglos después crecí junto a mi hermano Mohammed jugando entre una fuente y un patio de almendros* y naranjos. Quiso mi padre que mi hermano y yo aprendiéramos las maravillas del sagrado Corán y la literatura árabe y para este cometido recibimos las enseñanzas de un maestro. Tal fue mi empeño en la búsqueda del conocimiento que fui enviado a aprender medicina y filosofía del mismísimo Príncipe de los Filósofos del cual aprendí todo lo que sé y deseo que Dios todopoderoso le haya acogido entre los suyos. Al terminar mis estudios regresé a Diwaniya donde comencé a cuidar de enfermos y tal fue mi fortuna que recibí la invitación de un Emir del Occidente Árabe para enseñar medicina y lógica en una escuela junto al mar. Mi destino quedaría unido para siempre a esta alquería desde donde voy a partir para encontrarme con Dios. Exponen mis acusadores que el crimen que cometí fue propagar el paganismo al enseñar a mis alumnos Aristóteles. Cierto es que enseñé Aristóteles o mejor dicho la ciencia que recogen sus libros, lo cual nunca oí que fuera contrario a ninguna de las enseñanzas del Profeta, que no es lo mismo proferir las palabras que otro pronunció que comportarse como tal. De la misma manera, he entendido que todas las culturas hayan o no sido creada por las gentes del libro han contribuido al avance de la civilización. Así los faraones construyeron las pirámides y nosotros en cambio, no hemos sido capaces de crear edificaciones tan inmensas. Todas las gentes por gentiles o bárbaras que sean han aportado algo y de ésto nos podemos aprovechar el resto de los hombres. Del mismo modo, nunca estuve de acuerdo en negarle mis cuidados a ningún ser humano sea musulmán, gente del libro o pagano ya que son todos creaciones de Dios y desde las gentilezas de los seres humanos todos nos merecemos nuestro lugar en el mundo. Un día le pregunté a mis hijos Salma y Omar que contaran cómo se imaginaban que los mozárabes querrían a sus hijos. A lo que me respondieron que los querrían mucho; luego, les pregunté que cómo creía que los judíos querrían a sus hijos, y poniendo caras extrañas me volvieron a decir que los querrían mucho, y los cristianos del norte y las gentes paganas de África, a lo que insititeron que todos los padres quieren a sus hijos. Si ésto es así, no debe de haber diferencia entre los hombres ya tengan piel más clara o más oscura o si sus ojos son zarcos o negros como el ópalo o si miran a la quibla o no. Solo el conocimiento de sí mismos y el respeto por los demás les pueden llevar al bien independientemente de cuáles sean sus creencias. Tan solo enseñé esto a mis alumnos. Una madrugada alguien tocó el aldabón de mi puerta, mi criada me levantó de mi lecho. Una mujer cristiana suplicaba que ayudase a su marido que estaba malherido y que no tenía mucho con lo que pagarme. ¿Debía dejarle morir o asistirle? El caso es que permití de madrugada la entrada a mi casa de aquel pobre cristiano que tenía una herida en el costado y que limpié con vino para que no se infectara. Al sanarle, los dos marcharon. Al día siguiente expliqué a mis alumnos la historia de la hija del ulema que se enamoró de un cristiano y les expliqué cómo los diferentes estados del ánimo podían afectar a la salud de los pacientes y que no entendía por qué los hombres ponemos leyes contrarias a la naturaleza de los seres de sentirse atraídos por otras personas que no sean de su misma religión, ya que el espíritu no entiende de creencias y que si ésto era así, es porque Dios no lo veía mal. Fue en mitad de estas enseñanzas cuando los seguidores del imam Hefiz, que Dios le perdone, irrumpieron y me apresaron por haber sanado a un insurrecto cristiano y por hereje. En el día de hoy seré llevado al bosque y moriré lapidado. Apiádese Dios de mi alma.

Los Invasores

Llegaron con rostros enjutos y semblante adusto. Sus pieles eran oscuras y acartonadas por las inclemencias del desierto. Tan solo trasportaban consigo unos fardos de piel donde guardaban dátiles secos y unos recipientes con leche agria. Con ese alimento habían llegado hasta la alquería de la madraza y proseguido su viaje hasta el norte para combatir a los infieles que amenazaban el extremo más occidental de la tierra del islam. Con ellos viajaba el imam Hefiz y varios de sus discípulos que se asentaron en la Alquería del Templo y lo primero que hicieron fue fundar unas tenerías y una nueva alquería en la zona donde tiempo atrás los romanos preparaban el garum. Los invasores o libertadores o reformadores según cada uno prefiera llamarlos, respetaron el nombre romano y la llamaron Alquería Urbacusta. Allí familias africanas se dedicaron a teñir telas y pieles y se creó un boyante comercio con el oriente musulmán e incluso con algunos reinos cristianos. Aprovecharon las piscinas de garum hechas por los romanos y las llenaron de tintes con los colores más vivos y hermosos que arrobaban a las mejores familias de Túnez, Bujía, Marsella y Génova. El imam Hefiz descendió de su mula torda, entró en la mezquita y ascendió por el alminar para llamar a los fieles a la oración de la puesta de sol. Al viernes siguiente comenzó a poner en marcha su reforma y a limpiar la religión de toda impureza que habían traído siglos de mezcolanza con los ciudadanos de aquellas tierras lejanas. *En verdad os digo hermanos que aquel que es amigo de judíos o cristianos termina por traicionar su fe. No debéis tratar con ellos ni invitarles a comer en vuestros hogares si no queréis que os ensucien con sus costumbres, unos llamando dios a un profeta y otros que rechazan la venida de Mahoma, con él esté la paz. En verdad os digo que si ellos son la perversión vosotros sois aun peor si accedéis a mezclaros con ellos porque son vuestros enemigos y hacen mofa de vuestras creencias. ¡Qué ardan en el infierno todos los infieles de la gente del libro y los paganos!* Tras su sermón de los viernes el imam Hefiz se sentía en plena catarsis. En aquellos tiempos había una gran cantidad de matrimonios mixtos entre musulmanes y cristianos y judíos sin importar si eran hombres o mujeres los que eran de tal o cual religión, por lo general cada uno seguía con su fe y los niños cuando crecían iban los viernes a la mezquita, los domingos a misa y encendían velas para honrar el Sabbath como si les pareciese correcto todo aquello que oían y veían de sus progenitores y vecinos. Nadie comía cerdo, ni siquiera los mozárabes y todos eran tolerantes ante el consumo del vino. De hecho, éste era utilizado con fines terapéuticos, ya que los labradores limpiaban sus heridas con vino para evitar que se infectaran y se les daba vino a alguien al que se le tenía que seccionar un miembro para evitar que con la embriaguez sintiera todo el dolor de la amputación. Al final parecía como si todo el mundo adorara la misma religión. Todas estas desviaciones de la ortodoxia crisparon al imam Hefiz hasta el punto de empezar con duras sentencias ejemplarizantes. La primera de ellas fue aquella relacionada con las mujeres musulmanas que vivían con no musulmanes. Los ulemas salieron portando sus teas aquella noche armados con varas y palos a buscar a todas aquellas mujeres que cohabitaban con no musulmanes. Aquella noche fue recordada por todos por la noche de los gritos, ya que se oyeron hasta el amanecer. Los ulemas con los gritos de sus víctimas e hijos escupían e insultaban y daban patadas o apaleaban a todo el que se ponía en su camino. Muchos murieron y varias casas fueron incendiadas. A la mañana siguiente los ulemas preguntaron al imam que qué debían de hacer con aquellas mujeres. *Son rameras adúlteras y sus hijos son bastardos. No se puede permitir que una musulmana viva subyugada a un hombre no musulmán como si fuera su fulana. ¿Es éste el islam que queréis? ¿Pretendéis defender las fronteras desde la decadencia y la* inmoralidad? ¿Debe Dios ayudaros en vuestra guerra santa cuando sois vosotros mismos el peor azote que tiene el islam? ¿Quién de vosotros sabe la pena que se le da a una adúltera? ¡La muerte, imam, la muerte! Hoy las llevaremos al bosque y las apedrearemos. Empezaremos limpiando el islam. El primer infiel va disfrazado de musulmán, pero no os equivoquéis, hermanos, no vamos a aniquilar a musulmanes. No es musulmán aquel que atenta contra su propia religión. De las diez musulmanas que los ulemas se llevaron, seis murieron en el bosque y sus cuerpos quedaron en la intemperie para que las alimañas las despedazaran. Las otras cuatro fueron perdonadas porque sus maridos habían abrazado la fe pero a cambio se les pidió que dieran los nombres de aquellos musulmanes que conocían celebraban la Pascua u otra festividad no islámica. Éstos fueron los siguientes en ser ajusticiados por apostasía. Hermanos, no hay nada más horrible ni pecaminoso que negar al profeta y su mensaje liberador. ¿Cómo pensáis trasmitir el mensaje del Profeta, Dios le bendiga, a todas las gentes del orbe si vosotros mismos no creéis en él? ¿Os imagináis un orbe donde solo haya una religión y ésa sea el islam? Gran parte del mundo aún vive en la ignorancia como vivían las tribus del desierto en tiempos del profeta Mahoma, sobre él recaiga la paz de Dios. ¿Creéis que con borrachos, apóstatas e idólatras podría haber sido capaz de unificar por primera vez a todas las tribus de Arabia bajo una misma fe? ¿Es que vosotros pensáis que sois mejores que el profeta, la paz esté con él? Con cada discurso las noches se hacían más oscuras y silenciosas y las gentes más taciturnas hasta el punto que las mujeres dejaron de ir al rio a lavar o recoger agua. Gran parte de los cristianos y los musulmanes se habían convertido al islam y los que no lo hicieron, vivían separados del resto por el miedo y la exclusión. En cambio, todos aquellos que seguían las enseñanzas del imam Hefiz, gozaban de su beneplácito y prosperaban como por inspiración divina. De todas partes, venían musulmanes para oír el sermón del imam, que algunos afirmaban, eran inspirados por Dios. De entre los compañeros del imam destacaba, Bilal, un ulema que llegó con él de África y vivía del comercio de cordobanes y otros cueros. Bilal había prosperado haciéndose la más bella casa de toda Urbacusta donde vivía con su mujer, Aziza, y sus dos hijas Mariam y Nora y el pequeño Yahia. Las tres mujeres rara vez salían de casa y eran famosos por ser los más fieles y austeros religiosos. Para Bilal, aunque el pequeño Yahia fuera el único que le acompañara a la aljama los viernes, su hija favorita era Nora, que era hermosísima. Hasta tal punto su padre la adoraba que esta relación levantaba los celos de su hermana Mariam. Mariam trataba en vano ganarse el mismo afecto de su padre a través de la devoción y el cumplimiento de la doctrina. Pero en vez de ganarse el afecto del padre, lo ganaba de la madre. Nora en cambio, era la primera en abrazar y besar a su padre nada más llegar. *Padre, Nora, pasa demasiado tiempo mirando por la celosía y se saltó una oración. Gracias, hija, ya hablaré con ella.* Una noche Mariam oyó un ruido en el cuarto de su hermana que la desveló. Su padre había salido de viaje con Yahia y en la casa estaban las tres mujeres solas con las criadas. Cogió la lámpara de aceite y fue a indagar qué era ese ruido. Llamó a la puerta. *Hermana, ¿estás bien?* Nora entreabrió la puerta. *Hermana, estaba durmiendo y sin querer me caí de la cama, pero gracias a Dios estoy bien.* Días más tarde, Mariam volvió a sentir ruidos en el cuarto de su hermana y empezó a sospechar que algo no iba bien. En esta ocasión no fue a averiguar qué era aquello que causaba ruido en el dormitorio de su hermana. Mariam se dio cuenta que desde que no importunaba a su hermana a media noche, el trajín se sucedía con más frecuencia. Al principio solo había ruidos los días en los que su padre se ausentaba, pero ya no era así, por lo que un día pensó que iba a presentarse sin avisar. Una noche volvió a oír ruidos. Mariam calzó sus babuchas y prendió su lámpara de aceite. Esta vez era el momento. Cuando se acercaba por el pasillo sintió unas risas. No podía ser, hasta sentía su cuerpo temblar de estremecimiento por la idea que le había saltado en su mente,

¿acaso era tal la osadía de su hermana que se amancebaba en su misma alcoba? ¿Delante de todos? Imposible. ¿Sería padre? ¿Sería acaso madre? ¿La criada? En estas profundas cavilaciones Mariam tropezó con un mueble y todo volvió a estar en silencio. Mariam, llamó a la puerta y pidió a su hermana que le dejara pasar a su cuarto. *Hermana, me ha parecido sentir ruidos en tu habitación y estaba preocupada. Entra, pues. Estoy sola durmiendo.* El olor a mecha y aceite quemados le dio a entender que su hermana mentía. Con el candil en aquella noche cerrada solo se veía el rostro Nora y los bultos de los muebles y tapices con inscripciones coránicas de las paredes. Su instinto le hizo creer que quienquiera que estuviese allí se habría escondido. Sin poderlo creer, como si pensara que debía de descartar la deshonra, le pidió a su hermana que abriera el arcón de marfil que su padre le trajo de África. *Hermana, ¿por qué debería hacer eso? Solo guardo mis ropas. Pues, iré yo misma.* De pronto, al acercarse el arcón, se abrió y de allí saltó un joven que del empujón derramó el aceite de la lámpara sobre el pecho de Mariam quien soltó un grito de espanto y dolor. El joven retiró la celosía y se coló por el vano de la ventana aprovechando el desconcierto. Con mucha suerte la lámpara no prendió el fustán de Mariam. Al momento, aparecieron todos en el dormitorio de Nora. *¿Qué ha pasado? Un hombre en el cuarto de tu hija. Mírala, es una ramera. Iba vestido como un cristiano. Marido, aquí tienes un cuchillo. Ya sabes qué tienes que hacer.* Bilal, queriendo poner en práctica todo lo que sabía sobre la moral, tomó el cuchillo. *Hija, dime que era un ladrón que te ultrajó y te perdonaré la vida. Padre, llevo días oyendo ruidos y esta noche había risas. Hija, dímelo, por favor. Mátala, marido, o tendrás que irte de aquí por no tener honor.* Nora de rodillas, suplicaba a su padre entre sollozos. *Padre, perdóname.* Bilal acercó el cuchillo al cuello. *Te lo juro, padre, se va a convertir.* Bilal apretó con todas sus fuerzas el cuchillo y apretó la punta contra el cuello de su hija. Yahia acababa de llegar y veía la escena con todo estupor. *Padre, tengo a tu nieto en mi seno. ¡Puta, guarra, perra, hija de* *perra!* A Bilal le temblaban sus labios carnosos y una lágrima se desplazó por su mejilla. *No puedo.* Soltó el cuchillo que al chocar con el suelo provocó un ruido frío y seco. Aziza tomó el cuchillo. *Yahia, entonces te toca a ti devolvernos el honor. Vergüenza o cuchillo, Yahia.* Las dos mujeres le gritaban con cara agria. *¿Vergüenza, Yahia? ¿Vergüenza?* Con sus ojos muy fuertemente llorando, Yahia clavó el cuchillo en el cuello de su hermana. *Cuchillo.* Al día siguiente de la tragedia descubrieron que muchos de los adornos de la casa habían sido suplantados por otros de escaso valor. Aquel adúltero cristiano había robado durante los días que mantuvo relaciones con la joven Nora. Desde el púlpito el imam Hefiz contó a todos la historia de un cristiano que había ultrajado y dado muerte a una joven musulmana, que había robado en casa del hermano Bilal. *¡Ay de aquellos idólatras! Los cristianos construyen imágenes que corrompen a los hombres. Adoran a seres humanos como si fueran dioses. ¿Qué hizo el Profeta, Dios le salve, con aquellos paganos? En verdad os digo, hermanos, que hay que ensartar en nuestros alfanjes a los idólatras.* Por aquel tiempo los mozárabes realizaban su culto en las cuevas de El Sebel ya que tenían miedo de que les destrozaran sus imágenes. En las siguientes navidades, los más enfurecidos ulemas pidieron a unos cristianos conversos que les informaran sobre dónde iban a celebrar la misa del gallo sus antiguos compañeros de fe. Los mozárabes, que sabían que en cualquier momento podían ser asaltados iban fuertemente armados a misa. En esto, en pleno canto melismático, los ulemas y otros acompañantes hicieron aparición desenvainando sus alfanjes y una sangrienta escaramuza se llevó a .cabo. A caballo abatían todas las velas, cálices, iconos y salterios. Eran los musulmanes conversos los más fieros en la algazara y la algarabía para borrar toda sombra de sospecha de falsa o interesada conversión. El cristiano Abohamor desenvainó su espada para evitar que tumbaran la efigie y mató a uno de los neófitos musulmanes. Las mujeres gritaban y salían despavoridas del lugar. En ésto que Abohamor recogió la imagen y la envolvió en un andrajo de piel de cabra. Se subió a caballo y recogió a su amada mujer Especiosa. Al alejarse percibió que tenía una herida en el costado. Sin saber qué hacer, pidió a su esposa que llamara al médico de la madraza. *Si he de morir, que sea por voluntad de Dios.* Al rato Especiosa entraba en casa con el médico Kadhim quien le curó de su herida. Al marcharse los dos cristianos, notó que habían olvidado algo envuelto un trozo de piel de cabra y una nota para que cuidara temporalmente hasta que vinieran a recogerlo: era una efigie. Kadhim no creía en las imágenes pero creía aún menos en la violencia, por lo que accedió a ayudar a aquel cristiano desvalido. Al salir de la sala procuró que nadie notara lo que llevaba consigo. Puso aquel ídolo de piedra sobre una mesa y observó que no era la imagen más ortodoxa que supiera de los cristianos. Sin entender nada, volvió a cubrir la estatua y la colocó dentro del vano de un olivo que había en su huerto. Tras ésto cubrió el hueco del tronco con arena y puso todas las hojas secas que encontró esparcidas por el suelo para disimular el escondite. Días más tarde, Especiosa volvió a tocar a media noche el aldabón de la casa del médico. *Señor, soy Especiosa, hemos venido a recoger lo que es nuestro. Marchaos, los ulemas le prendieron ayer y mañana lo ajusticiaran. Si alguien más nos ve con vosotros y nos denuncia, nos matarán a todos.* Los cristianos se despidieron de la criada y montados en un asno y un caballo huyeron al norte. El imam Hefiz vivió muchos años en la alquería del templo y es sabido que fue querido por todos aquellos que guardaron la fe en todo su rigor. Tuvo una gran cantidad de hijos de sus tres mujeres. Unos fueron grandes eruditos de la fe y vivieron en ciudades del oriente islámico, otros dedicaron su vida a la guerra santa y perecieron como mártires luchando contra los bárbaros del norte. Una tarde un emisario llegó a su casa con la noticia de una terrible derrota. Al parecer mesnadas de cristianos de todos los reinos del norte se habían unido contra ellos y habían aniquilado las huestes de Dios. *Entonces, es que no matamos a suficientes adúlteros y apóstatas.* El imam Hefiz en su venerable ancianidad cedió el paso a Yahia como su sucesor en la mezquita. Ya apenas podía moverse con soltura y se ayudaba de un cayado para andar. Sonreía a los niños que lo contemplaban con la calidez y ternura de quien mira a su abuelo. Su criado terminó por llevarlo del brazo a todas partes y por donde quiera que pasaba las gentes les regalaban higos o manzanas de los árboles de sus casas agradecidos como estaban de la labor que había llevado a cabo y por haber traído su luz a las tinieblas de la ignorancia. La madraza se convirtió gracias a él en un centro de culto donde gentes de todas partes aprendían a memorizar y recitar el corán. Durante el mes de Ramadán, los fieles tras la ruptura del ayuno se complacían en los recitados con los que los estudiantes de teología deleitaban a las gentes de la región. El venerable imam era invitado a sentarse en el primer lugar ya que desde los cinco años sabía recitar el corán de memoria y corregía a aquellos discípulos que se equivocaban haciendo sonar una campanilla. Los jóvenes con incipiente barba sentían una punzada en el corazón cada vez que oían la voz del viejo corrigiendo tras el repicar de la campanilla. Una noche el imam Hefiz anunció que desposaría tras el mes sagrado a la hija de Yahia, lo cual fue acogido con júbilo por todos y sobre todo por el mismo Yahia. Yahia era el heredero de las tenerías de Urbacusta y tras el imam, el más respetado de todos los hombres de la región. La misma noche que anunció sus desposorios empezó a sentirse mal. Entonces pidió a sus criados que buscaran un médico. Los criados temblando de miedo, no supieron qué hacer y salieron en desbandada para buscar un buen médico. En la montaña hallaron a un judío que practicaba la medicina y le pidieron que les acompañara a salvar al imam y este accedió a cambio de unas monedas. Cuando se acercaba a la casa del imam, Yahia les detuvo y mandó de vuelta al judío. *Ni te atrevas, busca a otro.* El imam Hefiz estuvo en cama quejándose de sus dolores día y noche y nadie se atrevía a entrar. Desde fuera se olían heces y orines e inclusos sopores de infecciones pero nadie entró. Finalmente, uno de los criados entró con un joven barbilampiño. *Éste, ¿quién es? Es el mejor recitador del corán de toda la región. Le recitará el corán en su oído para que sane por obra de Dios y si no es así, al menos apaciguará su espíritu.* El joven entró en la alcoba con el beneplácito de todos,y observó que el rostro del imam estaba en paz. Entre ataque y ataque el imam contaba con unas horas de calma y cuando el estudiante entró se encontró al anciano tranquilo. En ésto que empezó a recitar en voz baja a su oído. Algunos opinan que el imam ya estaba muerto desde hacía varios días cuando el joven comenzó a recitar, otros, en cambio, manifestaron que el imam al oír los versículos con toda su hermosura y perfección, sonrió, soltó un dios te bendiga y expiró. La última voluntad del imam fue la de repartir su peculio entre los pobres y demoler la casa donde vivía. Dejaba el cuidado de sus tres mujeres con sus trece hijos pequeños, dos cabras, seis gallinas y una mula a Yahia. Unos años después de su muerte los cristianos tomaban la ciudad.

El Indiano

Desamparados preparaba gazpacho en la cocina cuando sintió un sopló fresco en su espalda. Se imaginaba lo peor. No quería darse la vuelta por miedo de encontrarse a su hijo Roberto. *Hijo, no quiero verte. Prefiero no verte y recordarte como te fuiste.* Empezó a llorar. Se sentía triste y desconsolada, en parte por la soledad de la viudez y en parte también por su falta de valor para encararse a su propio hijo. Sus quejidos salían de lo más profundo de su ser, del vientre que desarrolló, del pecho que lo amamantó, de los brazos que lo arroparon. Al oír los llantos, su vecina, Sole, se acercó a ver qué ocurría. *Niña, ¿qué te ocurre? Mi niño. Mi niño se fue.* Roberto Castaño murió en una emboscada que el ejército mambí a las tropas imperiales había preparado al caer la noche. Un corte de machete limpio y profundo en la ingle lo desangró como desangran los pitones de un toro negro zaino a un desafortunado matador. Aquella mañana se había levantado en la Hacienda del asturiano. Por miedo a que los cimarrones prendieran fuego al ingenio azucarero, algunos soldados se quedaban haciendo guardia protegiendo los intereses de sus compatriotas. Esas eran las órdenes y así llevaba Roberto mes y medio sin necesidad de disparar tiro alguno mientras oía las historias de cómo sus compañeros de armas eran hostigados por emboscadas y pequeñas delaciones de un pueblo que los sentía invasores. Al estallar la guerra y ser llamados a filas tanto Roberto como su hermano Tobías, sabían que uno de los dos no volvería a casa. Su madre abrió un cofre y mostró su contenido en el interior. *Esta es la herencia de vuestro padre. Son dos mil pesetas. Solo puedo librar a uno de los dos de ir a la guerra. Madre, ese dinero está para los malos tiempos. Es el dinero que padre le dejó a usted. Y si me quedo sin hijos, ¿qué queréis que haga con él? Madre, iré yo. Tobías se va a casar.*

Dáselo a él. Roberto, mientras se alejaba de su país sentía que esas dos mil pesetas lo estaban llevando a una muerte segura, pero lo que no se imaginaba es que en Cuba iba a encontrar también el amor. Los días de instrucción ocurrían con las historias de tantos otros jóvenes que como él peleaban lejos de sus familias. Eugenio Rubio, el madrileño tocaba el organillo por San Isidro y gustaba de los toros. Sus padres tenían un puesto de azucarillos y aguardiente. Decía que cuando volviera iba a traerle a su padre puros cubanos, que aunque vendiera tabaco nunca había probado nada igual allí. Manuel Vargas Heredia era un gitano jerezano al que sus compañeros toreros llamaban "el limeño". Pasaba horas hablando con Eugenio de los toros y las fiestas. Juan Serrano era de Castellón y siempre hablaba de mujeres y burdeles. Si había alguien que conociera los antros de toda la isla ese era él, lo cual contrastaba con el guipuzcoano, Íñigo Laguardia, cuyo padre fue un cura que a una edad tardía se enamoró de una chica adolescente de Irún y colgó los hábitos. Su padre, de familia carlista, le había inculcado una ardiente fe católica. Cuando Juan Serrano fanfarroneaba sobre las mulatas, Íñigo simplemente se apartaba del grupo y cantaba mientras cepillaba sus botas: Hegoak ebaki banizkio / nerea izango zen, / ez zuen aldegingo. / Bainan, honela / ez zen gehiago txoria izango /eta nik... / txoria nuen maite. Sus ojos azules al fijarse en el horizonte lleno de palmeras panzudas dejaban ver toda la melancolía y el cariño por su familia. *Ya está el vasco con las canciones esas que no las entiende ni la madre que las parió.* Cada uno tenía su tema, y Roberto, solo escuchaba sin hablar, casi sin querer ser parte del grupo o simplemente ser la hoja que el viento mece a su gusto. La instrucción pasó así de deprisa hasta el día en el que llegó el capitán, don Miguel Silva Constenla, que era natural de Santiago de Compostela, y les dijo que ya estaban listos para entrar en combate. El vientre se le encogió a más de uno. El capitán había sido condecorado con la orden del mérito militar por el mismísimo Martínez Campos años atrás y demostraba sinceridad en sus arengas militares. Aquella tarde, recibió órdenes de proteger de posibles ataques un ingenio azucarero de un asturiano amigo suyo. Pidió al sargento, que eligiera alguno de sus hombres hacer guardia en el ingenio. Así estuvo Roberto mes y medio hasta el día en el que fue llamado de nuevo con su grupo para ser enviados a Camagüey donde había un núcleo de insurrectos. Otro grupo sería enviado a Santa Clara. A Roberto se le acercó Joan Miquel, un leridano que le pidió que intercambiara sus destinos. Así fue como Roberto acabó yendo a Camagüey y se encontró allí de golpe con la muerte. Aquella noche en mitad del campamento en la selva, le tocó hacer guardia cuando de pronto vio como la hojarasca del fondo se movía. Lleno de miedo quería pensar que eran alimañas cuando en verdad eran un grupo de negros, otrora cimarrones, con el torso y los machetes desnudos. Roberto, antes de gritar, soltó un disparo que le impactó a uno de los insurrectos en la rodilla. Más fue el grito que soltó que el disparo de Roberto lo que dio la alarma en el campamento. Estaban siendo emboscados y rodeados por un grupo muy superior de enemigos y no contaban con guarnición para protegerse. Roberto, disparaba cuanto podía presa del miedo sabiéndose que tarde o temprano tendría que pelear cuerpo a cuerpo con una de esas bestias de curtidos músculos. El sargento recibió la orden de replegarse para coordinar los disparos, lo que salvó por momentos a Roberto. *Las bayonetas, carajo, cargar las bayonetas, vamos a ensartar a esta pandilla de negros.* La lucha en aquel momento no podía ser más anárquica, cada uno hacía su guerra, deseando sobrevivir. Algunos soldados imperiales trataron de huir al bosque donde los esperaba otro contingente que los despedazaban a machetazos. En medio del desorden, Roberto empezó a alejarse del campamento sin saber muy bien lo que hacía, a escasos metros encontró a su compañero Íñigo tendido bocarriba en el suelo con una herida descomunal en el pecho y sangrando por la boca. Estaba a punto de decir sus últimas palabras. *Aita, ez nintzen oilasko lapurtu.* Agarró su fusil y comenzó a disparar de nuevo derribando a algún insurrecto e hiriendo a otros. *Mi capitán,*

¡está vivo! Ve por la bandera, carajo, y déjame morir. Le incorporó como pudo y al momento un disparo le entró por la sien dejándolo inerte. A lo lejos vio a Juan Serrano con la cara ensangrentada que le gritaba: *¡Maricón, ven a ayudarme!* Al decir esto dos enemigos le clavaban bayonetas en el vientre. Estaba a punto de llegar a la selva cuando un mambí desde el suelo le asestó un golpe de machete en la ingle. Del miedo apenas sintió el dolor hasta que un fuerte mareo lo desplomara contra el suelo. *Hasta aquí llegué. Mi amor nunca supe que la muerte viniera de la mano contigo.* Diciendo esto sacó un daguerrotipo de su pecho que no tuvo tiempo de volver a ver. El deceso de Roberto fue el primero de los acontecimientos extraordinarios que sucedieron en El Mosquín. Con su pérdida, El Mosquín ganó uno de los ciudadanos más significativos desde la fundación de la ciudad: don Torcuato, el indiano. Don Torcuato, llegó con una maleta llena de semillas y de recuerdos y una afro-cubana obesa que caminaba como una peonza. Traía una carta de recomendación de su párroco en Cuba, por lo que el cura don Lisardo, le hospedó en su casa hasta que su hogar, que situaría junto a la plaza de El Polvorín, estuviera acabado. Aún sigue siendo un misterio, porqué don Torcuato, que podría haberse ido a vivir a cualquier parte del mundo con holguras hasta el día de su muerte, se vino a vivir a un pueblo que no existía ni en los mapas. Cualquiera que fuera la razón que le llevó a este rincón fue para bien ya que el pueblo se vio enormemente enriquecido con su llegada. La casa que construyó fue una joya que un siglo más tarde disfrutarían turistas y viajeros y por cuyos patios niños correrían y tras múltiples desventuras pasaría a ser biblioteca pública y hasta casino. Junto a la iglesia se extendía un hermoso solar y allí fue donde empezaron las obras de construcción. Las excavaciones destaparon unos cimientos preexistentes y unas losas con inscripciones cúficas afloraron. Daba la impresión de que una villa de algún árabe muy principal se hubiera erigido en aquel mismo lugar siglos atrás. A don Torcuato le parecieron fascinantes aquellos hallazgos y pidió

a los albañiles que los integraran como pudieran en la arquitectura de la casa. Viniendo de Asturias todo lo relacionado con los mahometanos le evocaban un pasado legendario y mítico. Por lo demás, la casa del indiano recordaba las antiguas casas palaciegas de la vieja Habana. A la entrada colgaba un relieve de indios taínas y tras cruzar el umbral se accedía a un patio porticado con una fuente en el centro. El patio contaba con árboles frutales y demás flores ornamentales que su criada fue plantando a lo largo de los años. Desde el patio se accedía a una enorme biblioteca donde don Torcuato solía enseñar a leer y escribir a los niños de las clases humildes. La cocina, el comedor, el dormitorio para huéspedes y las salas de reuniones, entre ellas una para fumar puros, estaban en la planta baja, mientras que en la parte alta estaban los dormitorios y un despacho. El indiano era profundamente religioso y restauró la iglesia de El Mosquín. También se encargó de adquirir libros antiguos que agrupó en una hermosísima biblioteca. Él mismo escribió mucho sobre la comarca e incluso investigó sobre las raíces del pueblo y sus tradiciones ancestrales. A pesar de estas bondades don Torcuato no estuvo libre de críticas. Se le diagnosticó una dolencia extraña en la piel por lo que necesitaba que el sol bañara su cuerpo muy al amanecer. Todas las mañanas don Torcuato iba a misa y luego se perdía entre las dunas lejos de las barcas de los pescadores. Se rumoreaba que don Torcuato tomaba el sol de manera indecente y que varias señoras e incluso niños lo habían comprobado ruborizados por el espectáculo. Fue una pérdida que siendo octogenario desapareciera con muchos otros en el bosque y no se volviera a saber nada de él el día en el que los sublevados llegaron al pueblo. Su hueco no sería ocupado por nadie hasta el día en el que llegó el tío Antón de sabe-dios-donde y repartió cariño y afecto a todos los niños. Una noche de tormenta se oyó como si una montaña se desbaratase y el ruido de un silbato como esos silbatos de los trenes, se dejó oír en todo el pueblo. Los vecinos salieron de sus casas y se dirigieron a la playa, que era de donde provenían los ruidos. Al llegar vieron un enorme barco que había quedado encallado en la orilla. Algunos de los náufragos llenos de estupor y agotamiento por el pánico se incorporaban lentamente al ir saliendo del agua. De todos los náufragos, el capitán era el más visible de todos porque llevaba una pelliza blanca impoluta. Al acercarse, unos marineros para socorrerlo, el capitán profirió unas palabras: *se acabó. Se acabó todo. Ya no hay imperio.* Al soltar esas palabras el barco se tumbó por completo dejando ver todo el casco. La humeante chimenea se hundía en el mar. El barco de vapor se llamaba el Santa Clara y su hundimiento tuvo como consecuencia que se construyese un hermoso faro. Al presenciar don Torcuato la imagen de aquel barco de vapor que había encallado en la orilla recordó las extrañas circunstancias y razones que le llevaron a emigrar a las Américas, y la tajante determinación de su padre. *Tienes un billete para Cuba. Tu madre y yo no te queremos aquí. En Cuba tenemos familia que te podrán ayudar y te daremos algo de dinero para que empieces una nueva vida allí.* Las palabras de su padre se le clavaron en la carne. Todo el trayecto hacía la isla Torcuato lloraría con lágrimas lastimeras por lo ocurrido en su casa en Avilés. Rememoraba también el llanto de su hermana pequeña, Maria del Coriseo, gritándole al despedirse, *hermanito, te quiero mucho, hermanito, no te vayas.* Ella y la ama de la casa fueron los únicos en acompañarle al puerto. Fue desconcertante saber qué le dolía más del ostracismo. Eran dolorosas también las ausencias del resto de sus hermanos Gobieta, Pelayo, Covadonga y Ramiro, sin contar a sus padres, que ya habían declarado que no querían verlo más. Después de un largo viaje por mar, llegó a la isla con la curiosidad y el deseo de un nuevo comienzo y con las ganas de purgar sus pecados. Al encontrarse con el primo de su madre, le expuso claramente que lo que quería era trabajar en lo que fuera con tal de que no le mantuviese ocioso. *Chico, descansa un poco, que nos vas a dejar sin trabajo a los demás.* A las noches estaba tan molido que dormía de un tirón. Desayunaba con un apetito descomunal comiendo arroz y banano frito con sus maos y se sentaba con los demás operarios del ingenio azucarero de su tío e incluso con los esclavos. No hablaba con nadie como si su pecado no se lo permitiera. Los domingos iba a misa y ayudaba en lo que podía en la parroquia, y de lunes a sábado vuelta a empezar. Un día su tío le preguntó que qué tal andaba de números. *Tengo estudios, señor. Mira, Torcuato, hay algo que no me cuadra en las cuentas del ingenio. Lo que usted me pida*. Dos meses más tarde, Torcuato, volvió a su tío con las respuestas del descuadre. *Señor, ve usted aquí estás partidas de gastos, no cuadran con los albaranes. Las facturas están infladas. Además, no necesitamos tal cantidad de materia prima, señor. Me cago en el vago de mi hijo. No sabe más que quitarme el dinero que me ha costado toda una vida ganar*. Desde ese instante Torcuato sería el gestor del ingenio hasta él tuvo la oportunidad de conseguir el suyo propio. *Torcuato, te voy a echar de menos. Te quiero como a un hijo*.

Los Pescadores

Desde la reconquista cristiana de El Mosquín, la costa quedó prácticamente deshabitada. Mucha gente fue traída desde el norte para ser reemplazada por los moros que fueron empujados a ocupar las tierras yermas en las montañas o las áridas de la costa. En cambio, las labriegas del interior fueron concedidas al Gran Duque. Los conflictos tuvieron también su influencia para que los civiles deshabitaran la costa, dejando el terreno a los soldados. El Mosquín fue una villa militar durante mucho tiempo. Si los ciudadanos hubieran habitado aquellas tierras, su esperanza de vida se habría mermado ante la alta probabilidad de los ataques de benimerines, turcos, corsarios y la armada europea al uso. Es por ésto que lo primero que hicieron los cristianos fue construir una torre albarrana en la isla de Sangralejos. Fue justo después de la guerra con los franceses cuando los ciudadanos se decidieron a volver. Ya nadie tenía interés en atacar la costa y, por ende, los militares no sentían la necesidad de defender nada. Los años de hambruna que siguieron y las múltiples guerras intestinas provocaron que algunas personas buscaran nuevas maneras de ganarse el pan, y la pesca, que siempre fue conocida desde tiempos de los fenicios, parecía una manera muy loable de vivir. Al principio los marineros concurrían en la playa por temporadas para pescar atunes, tal y como hacían los árabes siglos atrás. Las barcas dispersas en la playa quedaban como si fueran un despojo más del mar. Por la primavera los almadraberos bajaban de la montaña y los que habitaban las tierras de cultivo de las inmediaciones se unían a ellos. Como en una obra ya ensayada se ponían manos a la obra arreglando las redes de lino y cargando las anclas en las amplias barcas. El maestre de la cofradía dirigía las operaciones con una autoridad ganada con los años y las cicatrices de su cuerpo. Los rostros curtidos por el salitre y el sol oteaban el horizonte sabiéndose que el oro rojo que provenía del mar iba a acabar en sus redes pronto. Cargadas de redes y anclas, las barcas se adentraban en el mar animadas por los coros de los marineros que recordaban aquellos de la costa africana. Comenzaba el arte de la encerrona colocando las barcas en forma de U y estrechando el cerco poco a poco hasta que las aletas de los túnidos salpicaban los rostros de los marineros. Es en ese momento en el que el maestre mandaba sacar en orden la pesca descartando los que no tenían el tamaño adecuado. Los marineros con sus garfios sacaban del mar los peces. Algunos eran tan grandes que precisaban cuatro hombres para manejarlos. Al final el agua quedaba teñida de una espuma rojiza y algunos marineros con cestas de mimbre sacaban otros peces que habían quedado atrapados entre las redes. Esta fue la imagen de El Mosquín que llega hasta los tiempos de Úrsula, biznieta de Desamparados, y que llegaría a su apogeo con la llegada del japonés Takayuki Ichikawa y las inversiones de Bocanegra. Los pescadores, al principio, construían unas chozas de adobe usando las cañas que crecían en los humedales como tejado. Como estas improvisadas techumbres solían desbaratarse con facilidad con los frecuentes temporales y vientos de levante, los marineros acabaron construyendo viviendas más sólidas, y para ello, acarrearon piedras de todas las ruinas que se dispersaban por la zona. Así, año tras año los marineros fueron re-ocupando El Mosquín y principalmente, El Carmen, pueblo que se bautizó con este nombre por el descubrimiento de una imagen de piel morena de la virgen. Unos niños jugaban en las ruinas de lo que fue la alquería de la madraza cuando de repente se desencadenó un temporal. Un rayo se precipitó contra un olivo milenario despedazando parte de él. Los niños al verlo se dieron cuenta de que había arena dentro del tronco. Al acercarse al olivo la tormenta cesó como por obra divina. Los niños escarbaron en el tronco y encontraron un arrapiezo de cuero descolorido que cubría la talla. Entendieron que aquello era un milagro y llamaron a los pescadores y éstos, al sacerdote más cercano que encontraron quien decidió que había sido por mediación divina aquel encuentro y que habría que construir una ermita en aquel mismo lugar porque así lo había querido la virgen. Los pescadores preguntaron que de qué virgen se trataba porque no habían visto nunca una virgen morena con un niño y una hoja de laurel en la mano. *La virgen del Carmen. Si no fuera la virgen del Carmen no la habrían encontrado los hijos de unos pescadores.* Muchos atribuyen numerosos milagros a esta virgen. Así, se refundó la antigua alquería árabe de la madraza con el nombre de El Carmen. Con cada sequía, además, el número de habitantes crecía y los pueblos se hacían más prósperos. Los campesinos que provenían de las tierras del Gran Ducado repoblaban El Carmen, y los de las montañas a El Mosquín, porque el Griso era una frontera natural para la repoblación. El Mosquín ya había sido tímidamente repoblado por un cura y un barbero, quienes con ayuda de los devotos marineros reconstruyeron la iglesia de Santa María de la Concepción. El padre, Fernando Fernández, que así se llamaba este buen cristiano, con pocos recursos y mucha fe tardó tres meses en dejar lista la iglesia para el culto con la ayuda de los marineros. En la sacristía halló ocultos dos cuadros cubiertos por un lienzo de lino. Al descubrirlos leyó en la rúbrica: Diego de Ortuño y Zúñiga. Contempló los cuadros algo deteriorados por el tiempo. Una Inmaculada Concepción y un San Alejo. El retablo otrora decorado con oro americano, ahora no mostraba ni los santos ni las vírgenes que habían sido expoliados por la guerra. Un año después de la restauración de la iglesia, llegó la administración y lo primero que trajo consigo fueron los impuestos. Con la llegada de los impuestos, El Carmen y el Mosquín volvieron a ser pueblos, y en el caso de El Carmen muchos siglos después de que los árabes lo deshabitaran. La vuelta de los pescadores fue también la época de los malhechores. Por las montañas de la región siempre hubo bandidos desde tiempos inmemoriales, pero fue tras los desastres de la guerra contra los franceses y la hambruna que vino después cuando se convirtió en una práctica habitual. Algunos de esos brigantes trabajaban solos como Fermín el sodomita, llamado así porque prefería los hombres a las mujeres. Cuentan que de joven fue descubierto en el lecho con otro hombre y el padre de este quiso estrangularlo, pero como resultado de la pelea, Fermín mató al padre y se ganó la vida asaltando a caminantes hasta que un día unas de sus víctimas lo reconoció y encontrándolo desarmado, lo mataron un puñado de hombres a somanta de palos, algunos por los robos y otros por la repulsa que sentían por sus prácticas. También recorrió la región la banda de El Tuerto, llamado así porque quedó tuerto al enfrentarse contra los franceses en la batalla del bosque donde cuenta la leyenda que la virgen obró el milagro de provocarles tal dolor de tripas a las guarniciones francesas que gran parte de ellos fueron aniquilados despiadadamente durante las escaramuzas, y los pocos que quedaron con vida huyeron de allí. Al acabar la guerra Martín Antolínez, alias el Tuerto, cayó en desgracia por liberal y se tiró al monte junto con algunos compañeros de batallas. El Tuerto, a diferencia de otros forajidos, solo mató a dos personas que se sepa. Uno de ellos fue uno de sus propios hombres que le retó a muerte a garrotazos por unas desavenencias que tuvieron acerca del reparto del botín de una de sus pillerías. El otro, fue un ventero que los sorprendió en medio de la noche robando unas gallinas. El Tuerto le disparó antes de que lo hiciera el ventero. Martín Antolínez, no fue uno de esos delincuentes que matan por placer; a lo más que llegaba era a robar en cortijos cuando la gente dormía y nadie sabe a ciencia cierta qué fue de él porque un día dejó de robar. Sin duda, la peor de todas las bandas fue la del Gitano. El Gitano no era de la región. Era portugués. Solo sabemos de su vida antes de venir a nuestros montes que la justicia portuguesa lo buscaba porque había matado a navajazos a otro gitano por jactarse de haberse acostado con su hermana. Tal miedo tenía que la familia de éste lo encontrara que hasta cruzó la frontera. Aquí se unió a otros forajidos y le gustaba beber en cantinas y gastarse el dinero que robaba como si pensara que en cualquier momento alguien le daría caza. El gitano era un hombre bien parecido por lo que tuvo innumerables amoríos, y a diferencia del Tuerto, mató a muchas personas, que iban desde maridos ultrajados, migueletes e incluso ancianos inocentes. La banda del Gitano lo formaban seis forajidos más: el Niño, porque se unió a ellos con quince años; el Gordo, que al parecer era capaz de comerse dos pollos él sólo; el Tartaja, porque era tartamudo; El Almadrabero, porque su familia se dedicaba a este oficio; y los Hermanos Tejero. Todos murieron a su manera. El primero en caer fue el Gordo, también fue el único que no murió a manos de la justicia. El Gordo murió por asfixia al tragarse el hueso de un pollo. En un desafortunado ataque a un cortijo, se encontraron a una pareja de migueletes con los que mantuvieron un tiroteo y una bala perdida le impactó al Niño en el cuello. Al día siguiente, se encontraron al niño tumbado bajo un olivo pálidamente desangrado. Días más tarde, encontraron al Almadrabero con un tiro por la espalda caído sobre un arroyo. A los hermanos Tejero los encontraron en Málaga y los detuvieron; y tras ser juzgados, los ejecutaron a garrote vil. Durante varios años, ni el Tartaja ni el Gitano volvieron a robar en la región, hasta el día en que asaltaron el carruaje que llevaba a la sobrina de Tomas Osborne. Tras matar y robar a los acompañantes forzaron a la joven, lo que puso un precio muy jugoso a su cabeza. La joven iba camino de desposarse con un rico hombre de Londres. En todos los pueblos, posadas y cortijos había oídos y bocas deseosas de ganar una pingüe prima. Un susurro desveló que el Gitano y el Tartaja estaban en las cuevas de El Sebel. Un contingente harto desproporcionado de guardias civiles fue enviado para dar caza a la pareja. Al ser avistados por sus perseguidores corrieron a esconderse en una cueva. Los soldados les persiguieron por el entramado de túneles y cazaron al Tartaja. En cuanto al Gitano, volvió a escaparse pero, días más tarde, dieron con él cuando dormía la siesta bajo un haya en medio del campo, y lo levaron a presidio. No obstante, y a diferencia del Tartaja que fue ejecutado, nunca llegaron a ponerle ante un juez ya que se suicidó en su celda ahorcándose con una manta antes de nadie pudiera recordarle cuáles habían sido sus fechorías y rindiera cuentas por ello. Así acabó la leyenda del Gitano bandolero. A diferencia de lo que nos pueda parecer, estos forajidos no eran tenidos por tal por gran parte del pueblo y en ocasiones los ocultaban de la justicia e interactuaban con ellos. Al gitano se le conocen varios amoríos, uno de ellos con una mujer casada de las que vino en la barca y acabó en tragedia. Encarni, el día de su muerte estaba sentada a la mesa con su pelo canoso caído sobre su cara y una botella de anís. Desde que murió Miguel vivía sola, como si una maldición hubiera apartado que cualquier hombre con sentido común se acercara a ella. Sola y vieja, su mayor compañía era su botella de anís. En la embriaguez recordó el día que tenía que acarrear una tinaja muy pesada desde el bosque y pidió a dos marineros que la llevaran a casa. Cavó y cavó en el suelo bien hondo y allí dejó la tinaja. Ahora estaba sentada encima de ella. Un pensamiento raro le asaltó la mente y riéndose a carcajadas se puso a orinar sobre donde creía estaba enterrada la tinaja. *Toma, báñate.* Enterrada la tinaja, ya era libre de casarse con el pobre Miguel. Tras ésto, se echó en la cama. ¡Qué hombres habían pasado por allí! El gitano con esa polla tan gorda. Ni en África las vio así. Todavía recordaba la noche en la que se la vio por primera vez. Miguel y ella habían estado paseando en borrico por el monte cuando los asaltaron un par de hombres embozados. *La bolsa o la vida. Nosotros no tenemos dinero. Pues, entonces me voy a tener que follar a tu mujer.* Encarna, se sintió voluptuosa al recordarlo de nuevo. *Estabas gozando. ¡Anda ya! Lo disimulé por ti, para no te hicieran daño. Como te atreves a decirme esto después de lo que he pasado.* Volvió a sonreír en el lecho. Lo que tuvo que soportar ese pobre Miguel. La última fue cuando la encontró en el molino del hereje con dos hombres. Su hermano le llevaba de la mano. *Lo ves ahora. Tu mujer es una puta. Sí, es verdad, nos la hemos tirado todos por dos reales*. Miguel se ahorcaría esa misma noche de un olivo en cuyo tronco rezaba irónicamente un epitafio atribuido a un héroe de la guerra de independencia. Desde la muerte de Miguel, todo cambió. Por muy inocente que fuera y muchas burlas que le hicieran, la gente, a diferencia de lo que pensaba Encarna, lo querían. En aquel momento Encarna, soltó una sonrisa sabiéndose que todo lo que hizo en vida quedó impune y tras eructar con fuerza, expiró.

El Santo.

De todos es sabido que los cartagineses practicaban sacrificios humanos a sus ídolos. Lo atestiguan numerosas fuentes, y de entre ellas, la más importante es la del mismísimo Julio César quien visitó la región en la época de la decadencia del triunvirato. Se sabe que una de las paradas primeras fue la de la antigua ciudad de Poseidonia donde había un templo a Poseidón que los marineros podían ver desde la mar. En dicha ciudad, los fenicios, con permiso de los tartesios y tras ellos, los cartagineses, habían horadado algunas de las montañas en busca del noble metal. Los encargados de las labores mineras eran esclavos al servicio de tal o cual gobernador, y la riqueza de dichas tierras había traído toda una suerte de sacerdotes, funcionarios y prole de lo más variado que se asentaron en toda la región. A la llegada, pues, de Julio César, la región estaba ampliamente civilizada, organizada y jerarquizada para ser gobernada, por lo que no tuvo el aspirante a emperador mucho trabajo que hacer ni a muchas personas que persuadir. Se sabe por escritos y habladurías de sus soldados, que el César vio un número de efebos con el torso al descubierto que desfilaban por la ciudad, y que le llamó la atención uno de ellos. Sabiéndose que estaría unos días con sus legiones, fue a preguntar a sus allegados que por qué dichos jóvenes desfilaban por las calles. *Esos pertenecen al templo*. Al día siguiente pidió a un centurión que trajeran a su presencia a dichos efebos y el centurión fue a cumplir sus órdenes pero volvió con las manos vacías. *Están muertos. Han sido sacrificados*. Fue entonces cuando el César se dio cuenta de la terrible estulticia que suponía sacrificar a seres humanos. La publicación del edicto de César prohibiendo las inmolaciones, provocó un levantamiento que fue sofocado en cuestión de días por las legiones romanas, y los culpables fueron crucificados, así que los partidarios de los sacrificios acabaron de la manera que con denuedo defendían: felizmente sacrificados. Ese fue el final de las tradiciones púnicas en la región. En cuanto a la explotación del oro, por la arqueología conocemos que el mucho o poco oro que se encontró en El Mosquín se acabó pronto, ya que de haberse encontrado mucho oro, es probable que la ciudad Urbs Augusta, que se encuentra más allá de la Loma del Inglés, habría sido mucho mayor. Dicho asentamiento romano no cuenta con una gran cantidad de hogares, ni siquiera con un amplio foro. Sí cuenta, en cambio, con unas instalaciones de almacenaje de atún para manufacturar el preciado garum y lo que es más llamativo, un teatro. Muchos historiadores han imaginado una sociedad culta y refinada y casi aristocrática en relación con lo que vino tras la caída del imperio romano. Algunos sostienen que la existencia de un teatro presupone que en dichas instalaciones se representarían obras de Plauto, Esquilo, Sófocles o incluso Aristófanes pero estas no fueron las únicas diversiones con las que contaban los antiguos romanos. En primer lugar, el asentamiento se justificaba por la explotación de recursos agrícolas tanto de vino y aceite como de cereales, y de recursos pesqueros como el atún. No era una zona donde predominaran los ciudadanos romanos, sino más bien aquellas tribus locales que fueron romanizadas poco a poco. Se sabe por las crónicas que había numerosas revueltas por aquellos primeros años de colonización romana, ya que el trabajo era temporal, pues dependía del paso de los atunes en primavera y de la recolección del vino y la aceituna, y la ociosidad del resto del año volvía agresivos y levantiscos a los clanes locales. De ahí surgió la idea de un gran teatro que divirtiera a las gentes en los periodos de inactividad y que sirviera de alguna manera de estipendio. Urbs Augusta no había presentado batalla a las legiones, por lo que fue liberada de pagar tributos a Roma. Sus ciudadanos, regidos por clanes locales, contaban con bastantes ingresos y sin manera de gastarlos el resto del año, por lo que el teatro fue la magna solución que satisfizo a todos. El teatro de la ciudad romana fue testigo de unos capítulos muy singulares de la historia de los paleocristianos en la región, relacionado con la vida del patrón de El Mosquín, San Alejo mártir. San Alejo era un patricio romano que se convirtió al cristianismo en el ocaso del imperio. En aquellos días las ciudades estaban divididas entre paganos y cristianos, mientras el campo era predominantemente pagano. Se sabe que San Alejo fue un noble defensor de sus ideas y terminó predicando fuera de las ciudades. Fue un gran crítico de las costumbres de una Roma decadente, que consideraba, corrompían a la juventud y fomentaban la molicie de la plebe. Viajó por muchas ciudades periféricas y entre ellas, Ubs Augusta. En innumerables cartas describía a sus ciudadanos como los más lerdos y obtusos de todo el imperio. Gran orador, reunía a muchas gentes en sus prédicas sobre todo a plebeyos y esclavos manumitidos o no. Un día San Alejo fue invitado al teatro por un noble patricio que se propuso ayudar a Alejo. Éste presenció para su asombro las obras que se representaban allí. Nada más llegar, unos músicos tocaban liras, tímpanos y tibias mientras una hermosa chica sacaba un rucio a la escena. Por el opuesto lado del escenario otra sílfide con sus pechos descubiertos traía una burra en celo. Mientras, un hombre relataba la historia de una bestia que se le perdió a su dueño y que fue a parar a la hacienda de su vecina donde una hermosa burra la esperaba. El rucio al percibir que la burra estaba en celo se encabritó y fue hacia la burra para cubrirla, lo que provocó las risas y aplausos de los espectadores. Tras ésto, el orador contó la historia de las cuatro hijas de Tulio que fueron a bañarse al mar. Cuatro jóvenes aparecieron ataviadas con túnicas. *No sabían las jóvenes que un marinero griego con un pene erecto las esperaba en la orilla.* Salió a escena un fornido hombre con su miembro viril ingente al aire. En aquel momento, Alejo, que estaba en las primeras gradas salió a la escena y empezó a vociferar maldiciendo a los espectadores y hablando de los errores y pecados que allí se mostraban. Un hombre calvo y grueso que estaba a mitad del graderío le increpó pidiéndole que se callara que las mujeres todavía no se habían desnudado. Ante las risas y viendo que no tenía apoyo, se marchó y se juró acabar con tales representaciones. Sus prédicas fueron agudas sobre la pureza del alma, llegando a bautizar a docenas de paganos en meses. Entre ellos, una de las chicas que se desnudaban en la escena que se llamaba Helena. *Dios, no quiere que muestres tu cuerpo a nadie más que a tu marido y te dediques a tu familia. No eres una mercancía para que los demás te compren. Señor, no tengo de qué vivir. Mis padres murieron en un incendio y no tengo a nadie. Hija tienes a Dios, Él te proveerá de todo lo que necesitas. Sirve a Dios.* Desde aquel día Helena no se separó de Alejo y se bautizó. Con los años el número de personas contrarias a los desnudos y que había abrazado la buena nueva aumentó, hasta el punto que en las noches irrumpían en los espectáculos arrojando piedras, golpeando a los espectadores, vociferando y maldiciendo. Un día lapidaron al orador de los espectáculos, y el hecho llegó a oídos del gobernador que empezó a preocuparse por el mantenimiento de la *pax romana*. En unos días envió a una centuria que prendió a Alejo y a muchos de sus seguidores. Como resultado, Alejo fue decapitado y sus seguidores crucificados. Al año siguiente, un grupo de seguidores prosiguió con las revueltas llegando a matar a varios espectadores. El gobernador tuvo que enviar dos centurias pero se dio cuenta de que eran tantos los apresados que los indultó y prohibió la obscenidad clausurando el teatro. Éste sería bendecido por el obispo de la Bética en honor a los mártires y al recién declarado San Alejo.

La Ola

Ningún docto hombre de la Iglesia o estudioso secular encuentra una explicación al hecho de que Dios decidiera azotar de manera tan despiadada la costa de toda la región con una ola purgativa que por providencia divina solo salvó la Iglesia. Hasta desapareció el retrato que Diego de Ortuño regaló a López de Huelva doscientos años atrás y colgaba en la sala de vistas de los calabozos de El Mosquín. El agua había irrumpido y anegado los calabozos ahogando a todos civiles, eclesiásticos, militares, carceleros y presos sin distinguir entre cristianos o infieles que allí coincidían en el momento del desastre. Cuando se interrogó al más sabio y anciano del lugar por mandato del intendente sobre cómo sucedió la tragedia, éste describió los indicios que presagiarían la llegada de la gran ola. *Recogía piedras de lo alto de la loma y al alzar la vista no reconocí el litoral porque en un batir de ojos la marea se había retraído como nunca antes había visto en toda mi vida. Una fragata que estaba anclada en la mar descansaba en el suelo y un olor como de pez se respiraba en el ambiente. Era una mañana clara en la que se podía ver la costa berberisca y parecía que también allí la mar había retrocedido cuando de pronto desde el horizonte llegaba una ola inmensa que se acercaba temerosa hacia la costa. Se sintió un ruido como de piedras desprendiéndose cuando la ola rompió en el pueblo destrozando los tejados y arrastrando a gentes que gritaban como si ese día fuese el juicio final. La fragata surcaba por el pueblo y se adentró en el bosque donde encalló. Al momento otra ola rompió a lo lejos y se acercaba de nuevo con virulencia. Había personas subidas a los árboles y perros en los tejados. Algún perro aún no ha bajado desde aquel día. El asno no quería moverse y un temblor desprendió una roca de la loma del inglés sellando parcialmente una grieta en la pared del acantilado. Hasta ahora han desaparecido cuatro personas y han muerto treinta y dos.* El movimiento sísmico supuso un antes y un después en la vida decadente del hambriento pueblo. Las ansias de repoblar la costa dejaron de existir pero no aquellas de defenderla de ataques. Fue tras la gran ola cuando se pertrechó con mejores y más altos muros el castillo de Sangralejos y se almacenó todo tipo de artillería y munición para surtir a las embarcaciones reales que se estaban modernizando e incluso ampliando. Los maleantes que por allí deambulaban hasta esos días perdieron interés por la costa y los calabozos dejaron de ser útiles. Teniendo tanta artillería y un espacio abovedado como ese recinto carcelario, se le ocurrió a quién sabe convertirlo en un hermoso polvorín. Arriba alguien colocó un lema sobre la puerta del polvorín: La muy fuerte aldea de El Mosquín. Por aquellos días muchos británicos, alemanes y suizos católicos vinieron a vivir por la región aprovechando las benevolencias del tiempo. Los que hoy en día llevan el apellido Petí son suizos, estos viven por El Sebel; los Bigote son alemanes y suelen vivir en los núcleos del interior; y los Osborne son británicos. Uno de ellos compró una finca y construyó una hermosa fábrica de tapices y sombreros que duró hasta su desmantelamiento en la guerra contra los franceses y era la envidia de todo aquel que lo visitara, ya que su sistema de elaboración, hoy totalmente desconocido, era capaz de fabricar miles de tapices y sombreros e inundar con ellos toda Europa y abastecer a la pudiente clase criolla americana. Es por eso que a los Osborne se les ha considerado la familia más emprendedora y dinámica de toda la región durante siglos. La fábrica se hizo famosa en el mundo entero y muchos trataron de igualarla. Si un francés la visitaba salía de allí con varios "mondie"; si era un inglés, con un "omaigod"; y un prusiano con un "bigote". En definitiva, la fábrica logró atraer más gentes a la costa que los presidios de épocas pasadas. Uno de aquellos británicos que visitó la región fue Lord Bryan Walker, quien se había ganado su título sirviendo a su majestad en múltiples batallas navales. El lord era uno de esos que hoy llaman románticos. Se interesaba por la historia y había leído gran cantidad de libros en griego y latín. Realizó por mandato regio costosas expediciones para encontrar respuestas a la historia. Años antes de que muriera el lord exponía sus teorías sobre quienes fueron los primeros en colonizar la costa mediterránea occidental. *Ciertamente, no existen evidencias contundentes para concluir que los griegos fueran a la zaga a los fenicios en la colonización de la costa occidental del Mediterráneo. Mis hallazgos arqueológicos confirman la teoría de que los fenicios llegaron para quedarse mientras que los griegos mantuvieron enlaces puntuales, si ésto no fuera así, habríamos encontrado o restos de monumentos o utillaje heleno. Sin embargo, proliferan inscripciones fenicias en vasijas y el utillaje encontrado, que sobre todo se usó para la explotación de minas de oro, es de origen fenicio. En uno de mis viajes por los pueblos donde el mediterráneo y el atlántico se abrazan y poco después del terremoto de Lisboa, encontramos que la pared de un monte se había desprendido parcialmente dejando al descubierto un vano que contenía una gran vasija de arcilla con inscripciones y utensilios para excavar. Todos los elementos encontrados fueron catalogados y dibujados y los textos narran la historia de una reina y su trágico final.* La mañana en la que encontraron la enorme vasija, Lord Bryan andaba con su buen amigo Guillermo Osborne acompañados por la expedición arqueológica. De pronto, uno de ellos señaló un hueco en la pared de la montaña que parecía un habitáculo horadado en la pared que hubiera quedado al descubierto por el seísmo. Por el hueco asomaba la boca de un recipiente de grandes dimensiones. El terremoto, efectivamente, habría provocado el derrumbe de la pared que lo ocultaba dejando ver el habitáculo con la gran vasija. Uno de los hombres con mucho sigilo abrió la tapa de la tinaja y se echó para atrás cuando encontró restos humanos momificados en el interior. Al no ir preparados para transportarla sus ayudantes pasaron a dibujar todo lo encontrado dentro del vano que incluía varias herramientas para la minería y algún exvoto, mientras Guillermo y el lord almorzaban a la sombra de un árbol. Los dos hombres hablaban de la importancia del hallazgo para la civilización, y cómo habría que enviar esos restos a Gran Bretaña para su ulterior estudio y consulta. El descubrimiento de una momia en aquellos lugares era cuanto menos intrigante y suponía un enorme desafío para el conocimiento del pasado del ser humano y sus civilizaciones más primitivas. El lord conocía por sus innumerables lecturas de la existencia de macabros ritos orientales donde se sacrificaban seres humanos y que sería interesante conocer de qué murió aquella joven que se encontraba dentro de una tinaja y por qué la dejaron allí. *Podría ser una noble local que habría muerto en extrañas circunstancias. Habría que vaciar el recipiente para sacar la momia e inspeccionarla.* Con la idea de regresar al día siguiente con unos caballos para transportar la pesada tinaja, pero con la satisfacción de saber el contenido, tumbaron el recipiente y fueron sacando con sumo cuidado la momia para colocarla sobre una sábana. La mujer se encontraba en posición fetal, es por eso que no se desprendió ni siquiera la piel acartonada. Al tenderla por completo, unos de los ayudantes en la expedición anunció: *mi lord, hay oro en el interior.* Muy contentos, catalogaron el tesoro que les sorprendió por lo inusual de su origen: eran unas figuritas de oro similares a las existentes en Egipto. *Esa mujer, ¿era egipcia? Y ¿qué hacía allí?* Vestía ropas austeras más similares a las de las mujeres locales y sandalias de esparto, y las figuritas de oro era lo único de valor económico dentro de la tinaja. Entre todos trasportaron en la sábana a la momia y dejaron la tinaja para volver al día siguiente a por ella. No era sencillo en aquellos días adentrarse en el bosque ya que su frondosidad dificultaba el tránsito a caballo. En un principio el lord iba a ver unas marcas y dibujos en algunas rocas que conocían las gentes del lugar y por eso no fueron preparados para el descubrimiento de la momia. No sería hasta un siglo después que el bosque empezara a empequeñecer o mejor dicho a volver al tamaño de antes de la quema del hereje. Las tierras del obispo siempre se habían cultivado con cereales que eran molidos por un supuesto judío converso del que cuenta la leyenda había muerto en la hoguera por crucificar a un niño, aunque muchos en El Carmen afirman que esto nunca ocurrió que es parte de la malintencionada leyenda negra que ha dado una injusta fama a la región. Otros señalan que el molinero, cristiano viejo, murió de unas fiebres sin descendencia y que por esto nadie le sucedió en el oficio. Otros creen que fue el obispo el que decidió dejar las tierras en barbecho y que el molinero se marchó de allí. En cualquier caso, aquellas tierras con el paso de los años se hicieron un bosque infranqueable que se unía al bosque de El Mosquín, y éste no volvería a desaparecer hasta el día de los incendios. Muchos compraron las tierras expropiadas al obispo y la primera brillante idea fue la de quemar el bosque para convertir todo el terreno en tierras de labranza y carbón natural. Muchos hicieron una fortuna con las tierras. La familia Ulloa fue la más beneficiada, cuyo clan adquirió las más fértiles y las que contaban con mejor acceso al agua. Tener entre tus ocho apellidos un Ulloa era símbolo de cuna y alcurnia. Desde ese momento serían los Ulloa los que poseerían los ayuntamientos, los futuros votos, las mejores mujeres, los mejores braceros, las más insidiosas envidias, el arte, la cultura y hasta la razón en cualquier pleito. Después de los incendios fue menos común ver largas piaras de cerdos, o rebaños de ovejas y cabras. Hasta esa época mandaban los ganaderos de la familia Pasamontes, una familia de malandrines a los que se les otorgó el perdón real por instalarse en la costa en los años en los que bajeles berberiscos y corsarios asolaban la costa segando vidas a cuchillo. Estos habían prosperado convirtiéndose en gente de pro y casi olvidando sus mezquinos orígenes. La irrupción de los Ulloa les había empequeñecido llegando al punto en el que nadie volvería a saber de ellos hasta que Enrique Pasamontes turnara como alcalde de El Mosquín a Francisco Penella en elecciones democráticas libres siglo y medio después. Dicho esto, que nadie piense que los Ulloa y los

Pasamontes eran familias antitéticas ni mucho menos. Desde que éstos convergieran en El Sebel y Palomeque del Real, hubo grandes amores y amoríos entre ellos y hasta algún hijo espurio. Durante décadas tuvieron lugar en el molino del que ya hemos hablado contactos entre mujer Ulloa y hombre Pasamontes, entre hombre Ulloa y mujer Pasamontes y afirman algunos a sabiendas de que a más de uno le irritará, entre hombres Ulloa y Pasamontes. También cuentan los ancianos que por la época en la que el campo se llenó de anarquistas algún envalentonado y engrandecido Ulloa abusó de alguna joven Pasamontes, lo que se solucionó a tiros ante la poca esperanza de que la ley fuese a tener efecto, y ésto fue así durante mucho tiempo. Poco después de los incendios se encontró algo que tuvo más repercusión para los ciudadanos de toda la región, hasta tal punto que supuso la refundación de un pueblo. Desde la conquista cristiana, la antigua Alquería de la Madraza había sido abandonada dejando sus casas de adobe reducidas a cimientos y con un buen número de olivos y acebuches desperdigados a lo largo de la costa. Los hijos de dos pescadores andaban jugando por la orilla de la playa de la antigua Alquería de la Madraza cuando de pronto vieron caer un rayo muy cerca y fueron a investigar dónde había caído. A poco que corrieron dieron con un olivo medio chamuscado y aún humeante partido por la mitad. Los niños muertos de curiosidad se acercaron al árbol que contenía arena en el hueco del tronco y la fueron vaciando hasta que uno de los dos, que se llamaba Diego Orozco, tocó algo parecido a un guiñapo y tiró de él: *aquí hay algo. ¿Qué es eso? Una escultura de una mujer con su hija. Anda, ya. Esa es la virgen. Una virgen ¿negra? Pero si la virgen solo crio al niño Jesús. Sí, pero éste es el niño Jesús. Será la niña Jesusa. Vamos a contárselo a los padres.* Momentos después los pescadores hacían el corro a la escultura y trataban de ponerle nombre a aquella virgen. *Pues, será la virgen del olivo. Si es en la costa será la virgen del Carmen, patrona de los marineros. Esperad que viene don Eustaquio y nos va a ilustrar.* El párroco de El Mosquín miraba con sus anteojos con suma curiosidad y rostro como de querer encontrar verdades. *Pues, es un claro ejemplo de Teotococos, o María madre de Dios, porque representa al Niño-Dios junto al vientre de la madre. Es, claramente, una figura posterior al Concilio de Nicea en el siglo IV. La piel es oscura en referencia al Cantar de los Cantares donde habla de una mujer de piel morena en clara referencia a la Virgen. Padre, ¿por qué tiene una hoja de laurel? Hijo, el laurel es un símbolo de la victoria. Esta figura hace referencia al triunfo de la fe frente al paganismo. Tiene un estilo ecléctico. Esta escultura es de época visigoda y es la virgen del Carmen.* Los marineros quedaron impresionados por los conocimientos eruditos del padre aunque no entendieron nada de lo que dijo. En las celebraciones por el centenario de la aparición de la figura, el padre Fulgencio narraba la historia del milagro de la Virgen del Carmen donde los niños Baldomero Páez y Diego Orozco presenciaron como el cielo se abría y el dedo de Dios en forma de rayo les indicaba donde tenían que escarbar para encontrar una santa imagen de la virgen, que quizá estuvo resguardada de los mahometanos por los santos mártires cristianos. *Dios eligió que dos inocentes niños encontraran a la Madre de Dios.* Un rayo descubrió a la virgen y un terremoto a una horrible momia cien años atrás. El lord solo encontró un tesoro pero no pudo llevárselo consigo a Gran Bretaña. A la mañana siguiente del espeluznante hallazgo recibió una carta en la que se le expulsaba por espionaje. Días más tarde, Guillermo Osborne partió con algunos de sus criados a buscar tesoros. Había requisado el oro encontrado por lord Bryan y emparedado a la momia en el sótano de su cortijo. Quiso el destino que Guillermo no encontrara ningún tesoro y que desistiera de ir en busca de aventuras cuanto quedó cojo al caer por una sima y fuera sacado por sus criados. Sin embargo, la tinaja quedó olvidada pero no para siempre.

El Vapor

Solo Dios sabe qué ábrego le soplaría en la sesera a Manuel Expósito López, hijo de pastores de ovejas en Soria, para que anhelara convertirse en el capitán de marina mercante, y antes, en infante la armada real del pacífico llegando tan lejos como el mismísimo Malaspina Lo que conocemos de él es a través de aquellos que de manera oral trasmitieron sus relatos de uno a otro según lo que recordaban haber oído en sus innumerables disertaciones en la casa del indiano, quien lo hospedaba porque eran conocidos de Cuba y casualmente terminaron por re-encontrarse en el confín del mundo. En cualquier caso éstos son los recuerdos que de él se guardan. Fieles o no, no se pueden desmentir o afirmar que sean testimonios verdaderos de sus relatos y de su experiencia vital. Para don Torcuato fue toda una sorpresa encontrar que el capitán del vapor que acababa de naufragar en las playas de El Mosquín fuera el capitán Manuel Expósito. Manuel era un hombre pequeño pero de amplias hechuras y huesos gruesos, como los de aquellos hombres cuyos techos son las estrellas y su morada los abrigos que se encuentran en el bosque. Sus ojos eran tan pequeños que alguien tendría que fijar mucho su vista para descubrir que habían tomado el color del mar del trópico, que por esta razón el marinero fanfarroneaba de haber tenido bastante éxito con las nativas de aquellas ínsulas diminutas y gentiles desperdigadas por el pacífico sur. El feliz marinero gustaba del buen café solo y podía beberlo a la hora que le apeteciera sin que ésto le afectara al sueño ni a su temperamento. Aseguraba que había tomado tanto en Cuba que ya no le corría sangre por las venas sino el pardusco y fragante líquido aquel, y que por esta razón lo prefería al buen vino. Severina todas las mañanas preparaba una olla con café de puchero y sabía que no tenía que preparar otra hasta que la viese vacía por completo. A los pocos días de su llegada, Severina se disponía a plantar un nuevo árbol en un amplio tiesto del patio. La anciana yoruba portaba una redoma de arcilla en una mano y un candil humeante en la otra mientras profería unas oraciones en una lengua incomprensible. Manuel la observaba con las manos metidas en los bolsillos de su pelliza desde el pórtico del patio. En ésto que don Torcuato le preguntó que qué era eso que levantaba tal sahumerio. Severina estaba plantando una ceiba y éste era el ritual para conseguir que las almas de los difuntos estén siempre presentes en los árboles. Manuel intervino en la conversación. *Ésto es cierto. En mis viajes he sido testigo de tales encuentros en la naturaleza que he terminado en creer todas estas historias que a nosotros nos parecen supersticiones. Un día llevamos a unos misioneros dominicos a unos poblados al norte de Siam. Por esas aldeas habitan unas mujeres con unos tocados muy enrevesados en el pelo y las gentes se bañan en unas piscinas con agua caliente que salen del mismo infierno. Las gentes de la jungla afirman que esas aguas son buenas para los huesos y la piel. Entonces me bañé y al salir metí tal trompazo que me abrí una brecha en la rodilla. Una de las ancianas se percató de mi herida y me llevó a sentarme en una de esas tiendas de madera que tienen elevadas del suelo para que no entren las ratas, y empezó a rumiar unas hojas que encontró por el suelo y a escupirme en la herida, y adhirió un emplaste en la rodilla con las hojas que había masticado. Mira la rodilla. Casi no tengo cicatriz y eso que la mujer no tenía ni un diente sano, que los tenía todos negros y gastados. Pero, si la gente de allí estaba sana, pues yo no me iba a morir tampoco.* El capitán del vapor siempre buscaba cualquier excusa para contar alguna batalla. De todas las que contaba, la que complacía más a los niños que aprendían a leer y a disertar en público en la biblioteca de don Torcuato era la historia de la Cochinchina. Esta sitúa a Manuel de joven en una de las corbetas de la armada real en una expedición de castigo por el asesinato de unos misioneros que andaban predicando por aquellas tierras remotas. *Allí nos hicieron desembarcar en una playa y anduvimos por muchos pueblos. Las gentes de aquellas tierras vivían en bohíos y nunca nadie nos atacó hasta que llegamos a la ciudad que tuvimos que asediar. Tienen unas tierras muy fértiles porque día y noche llueve y las cultivan con arroz. Las gentes andan siempre comiendo arroz todo el día. Los mandos nos habían hecho creer que nos enfrentábamos a unos demonios que odiaban la Iglesia pero la verdad es que mucho de ellos eran cristianos. Años tras la expedición regresé a aquellas tierras a recoger un cargamento de arroz y especias y éstas las trabajaban chinos y las dirigían franceses.* Los niños se quedaban embelesados con las narraciones del anciano. Después de estas batallitas del capitán del Santa Clara, don Torcuato leía unos sonetos que encontró en un libro morisco que por unas monedas le facilitó un cabrero y parecían haber sido redactados por el humanista don Diego de Ortuño. A Federico Castaño le encantaba aquel soneto sobre las armas y las letras. *En el ejército conocí muchos países pero como nunca entendí nada de eso de que hay que pelear por el honor y morir y sacrificarse. Me di cuenta de que la infantería de marina no era lo mío. Yo me había enrolado por aburrimiento que tenía en Soria. Mi padre ya sabía hasta los nombres de los hijos que iba a tener cuando era niño. Al final terminé en la marina mercante y acerté con mi decisión. Uno de mis primeros viajes fue a la isla de Ceilán. Allí conocí a un cristiano que se había convertido al budismo llamado Leonard Fernandes.* Leonard que odiaba occidente contaba que primero llegaron los portugueses anunciando un mensaje de paz y propagando la palabra de Dios. *Les dejamos que se instalaran y muchas familias acabaron por abrazar la nueva fe. Tras ésto se les concedió las mejores tierras para cultivar café, mientras que los demás trabajábamos para ellos. El día que alguien se enfadó, enviaron a sus soldados. Lo mismo hicieron los británicos, que fundaron unas fábricas para comerciar y nos* dijeron que ésto sería muy bueno. Al final todos los agricultores que habían pedido préstamos tenían tantas deudas por los impuestos que había que pagar, que los británicos se adueñaron de las tierras como medio de pago, y luego enviaron a su marina y nosotros hemos dejado de beber café y bebemos té, y los tamiles son los que trabajan en las plantaciones. También estuve en Tsintao. En este puerto conocí a un chino que se llamaba Jiajin y se quejaba de que consideraran a los chinos bárbaros y un pueblo de fumadores de opio y de molicie. Nosotros tenemos más respeto por su cultura que ellos por la nuestra y algún día le demostraremos que la nuestra es superior en muchos aspectos. En Sumatra hacen una bebida mezclando té con leche y muchas especies: clavo, cardamomo, pimienta, jengibre y nuez moscada. Lo beben al atardecer. En aquellas islas he visto las puestas de sol más impresionantes. Las mujeres más bellas, en cambio, son las filipinas de todas aquellas que habitan las millones de islas que pueblan el pacífico. Son gentes muy simples y pacíficas. Hay una isla que se formó por volcanes que se llama Hawaii. Por su cercanía con los Estados Unidos de América era muy común ver navíos de toda clase que llegaban desde San Francisco y acababan en Japón. No me extraña que los americanos decidieran quedarse allí. Muy al norte llegué hasta Alaska donde rusos y americanos han establecido un comercio muy floreciente de pieles y de aceite de ballenas. Los ancianos de allí cuentan que antes de que se establecieran fronteras, sus ancestros se movían desde Alaska hasta Noruega. Era curioso ver cómo el Pacífico estaba tan poblado por tantas gentes tan diversas que se lo repartían. En Okinawa conocí a Taro Matzusaki que me contó una historia de unos navegantes portugueses que en tiempos de su tatarabuelo vinieron a la isla y le regalaron al señor unas escopetas. Después de mostrar los poderes de dicha vara metálica las regaló y el señor les preguntó si podría traer más para su ejército. El portugués salió para Lisboa a por más mientras que su tatarabuelo tuvo la idea de crear una vara como la que trajo el portugués. En varios meses lo consiguió y fabricó muchas que vendió al señor. Un día el señor envió un emisario quejándose de que la pólvora no prendía. Mi tatarabuelo descubrió que el clima húmedo estropeaba la pólvora. Entonces ideó colocar algún tipo de capa que aislara la pólvora de la humedad con lo que mi tatarabuelo siguió vendiendo escopetas y ganando mucho dinero. Al año regresó el portugués con un barco entero lleno de escopetas pero no logró vender ni una sola porque todo el mundo tenía escopetas mejores que las que aquel hombre trajo de Europa. Taro amaba la tecnología y la ciencia y según él, ésta debía de servir para lograr llegar más lejos y unir a los pueblos. De hecho, contaba que gracias a la tecnología de su tatarabuelo muchos pueblos estuvieron juntos. Manuel Expósito era todo un libro de anécdotas. En sus viajes había conocido tantas gentes y lugares que podía encadenar una historia con otra y hablar por varios días. La última de las regiones donde estuvo antes de dar con sus huesos en el confín del mundo, fue el Caribe. Allí trasportaba azúcar y café a la metrópolis y era muy conocido en los ingenios azucareros de Cuba. Contaba que decidió dirigir rumbo al Caribe tras la última experiencia en Lima cuando la ocuparon los chilenos. No quiso contar nada de lo que vivió pero quedó harto de sus experiencias en el Pacífico. Manuel estaba seguro que más tarde o más temprano todos los países de las cuencas del mar acabarían peleándose. Una mañana estaba sentado junto a Severina tomando café y don Torcuato se unió. *¿No echas de menos Cuba? Si, un poco. Tengo aquí miles de cosas que me recuerdan la isla. Desde luego hiciste bien en volver antes de la guerra. Muchos malvendieron sus tierras o las dejaron abandonadas. El que mejor lo hizo fue tu tío, que ahora es cubano. Cuando empezaron los incendios a los ingenios muchos se preguntaban por qué a tu tío nadie lo atacaba. Las lenguas viperinas hablaban de que tu tío ofrecía coima a los mambíes a cambio de inmunidad. Muchos, entre ellos tú, les vendieron con urgencia las tierras y volvieron a la madre patria; otros se quedaron para defender sus ingenios y* acabaron sin un real. En cualquier caso, ya nada importa. Tu tío supo cambiarse de chaqueta a tiempo para aprovecharse de la situación y si hubiera otra guerra, también lo haría. Ya en las tertulias de café siempre se discutía sobre si era lícito o no la esclavitud. Tu tío era el más acérrimo defensor y después de alió con los antiguos cimarrones. Yo le oí decir que lo que es bueno para la economía es bueno para el hombre. Que aquellos hombres eran salvajes que a cambio de su trabajo disfrutaban de vivir en la civilización, que de lo contrario todavía andarían con taparrabos defendiéndose de las bestias. Además no era ilegal ya que eran las autoridades locales las que les habían vendido las piezas, por lo que si en los países de origen éste estaba permitido quienes eran ellos para cambiar sus costumbres. Aparte eran los mahometanos los culpables de atraparlos. Si ellos no los hubieran adquirido todavía vivirían peor de no ser por ellos. En ésto que Severina interrumpió la conversación y contó su experiencia de cómo llegó hasta Cuba. No sé de dónde vengo pero si recuerdo a mi padre. El pasaba mucho tiempo conmigo y mi hermana. Yo ya me había convertido en mujer cuando llegaron unos forasteros y nos atraparon y pusieron grilletes. Nos llevaron a un castillo en la costa a mí, mi hermana pequeña y mi padre, y nos separaron. Esa fue la última vez que supe de él. Por las noches los carceleros ofrecían las jóvenes a hombres a cambio de dinero. Ésto lo hacían sin que los propietarios del comercio lo supieran. Día y noche me llevaban a un altillo donde me esperaba alguien que me forzaba. Solo me alegraba saber que a mi hermana la habían dejado en paz. Cuando me llevaron en barco hasta Cuba ya estaba embarazada. En el viaje mi hermana murió de gripe. Estuvo muerta un par de días hasta que se dieron cuenta y la tiraron por la borda. Una familia me compró y me puso por nombre Severina. Al nacer mi hijo me vendieron a otra familia y cuando mi hijo pudo caminar lo vendieron. Esa fue la última vez que lo vi. El amo estaba tan contento con el dinero que había hecho que me visitaba todas las noches para que le diera más crías. Cuando pude hui de aquella casa, me hice *cimarrona y me fui a un quilombo. Estuve en el quilombo viviendo hasta la abolición y entonces conocí a don Torcuato que yo supe que no querría abusar de mí. No voy a decir nada de la esclavitud salvo que no recuerdo ni siquiera mi verdadero nombre ni sé cuántos años tengo.* Don Torcuato quedó tan conmocionado por la historia, que décadas después cuando Severina falleció, grabó en su lápida un epitafio alusivo a su libertad recuperada. Severina sería el último lazo que le unía a la isla de Cuba. Su pérdida le entristeció tanto que llegó a enfermar. Don Eulogio, el párroco, fue a verle al notar su falta en la iglesia. *Don Torcuato, hay una joven que ha perdido a su familia en el pasado incendio. Es una familia cristiana, que hoy en día hay que saber quién mete uno en su casa. Puede hacer bien el trabajo que hacía Severina, que en paz descanse.* Adela empezaría a trabajar en la casa del indiano y con el tiempo llegarían a tener una relación muy estrecha. Don Torcuato, que nunca se casó y perdió todo vínculo con su familia, la quiso como a una hija. Cuando ésta empezó a hablarle a Miguel, quien había aprendido a leer y escribir en su biblioteca y a quien le encargaba todos los arreglos de su casa, se sintió muy feliz. Manuel Expósito estuvo varios años viviendo con don Torcuato hasta el día en el que desapareció. Los niños lo vieron pasear por la playa camino de El Carmen y nunca más se supo de él. Algunos cuentan que llevaba días pensando en volver a Soria porque allí tenía dos hermanos y cinco hermanas y sentía curiosidad por saber qué habría sido de ellos. Otros, que el hombre falleció a los pocos días y fue enterrado en una tumba sin nombre en el camposanto de El Carmen. Con la desaparición del experto marinero, acabaría una época de aventuras que algunos proclamaban como heroicas y otros como infames. El casco del Santa Clara estuvo en las playas de El Mosquín casi un siglo. El día que desmantelaron el casco del barco los ancianos del lugar contaban que el azúcar que traía el barco era tanta que hasta el agua de la playa supo a dulce durante un año entero aun cuando ya se había disuelto todo el cargamento. Hoy en día solo es visible desde la playa la caldera del barco y el resto del barco ha quedado hundido en la arena y es guarida de morenas y otros peces. Los días de viento de levante el agua se torna cristalina y se puede contemplar bien lo que quedó del barco. Muchos se aventuran y disfrutan de la pesca submarina en sus alrededores.

La Guerra

Federico Castaño Urdiales era el único que quedaba con vida en el blocao. De ésto no se habían percatado las tropas rifeñas que continuaban disparando enloquecidas por el deseo de venganza vociferando para escarnio y temor de los invasores. Federico que tenía el don de que las balas no le acertaran pensó que era el fin y se encomendó inescrutablemente a aquellos versos de Góngora que comenzaban por "De este formidable, pues, de la tierra bostezo…" Al sentir que los disparos habían cesado y las voces de los lugareños estaban cada vez más cerca, agarró con fuerza el libro de sus poesías y lo escondió entre dos sacos de arena que le pertrechaban. Muerto de sed y presa del pánico, introdujo sus manos en la herida de un compañero y se manchó con su sangre por el rostro y las extremidades y se hizo el muerto cubriéndose con otro cadáver. Los vio llegar con paso sigiloso con sus rifles y sus atuendos berberiscos. Los dos primeros en llegar avisaron al resto de que la plaza estaba libre. Al rato varios de ellos a caballo se apresuraron a entrar en el fortín y encontraron a un soldado que aún estaba vivo. Algunos le escupían, humillaban y lo arrastraban por el suelo porque el prisionero no podía tenerse en pie. En esto que llegó uno de ellos con una roca y se la tiró a la cabeza. Los demás prendieron fuego al fortín y se fueron ante la mirada del alférez. "…que un silbo junta y un peñasco sella". No se movió de allí hasta caída la noche cuando algunas rapaces y alimañas ya habían iniciado su banquete con lo que quedaba de los desafortunados soldados. Sin rumbo inició un camino hacia ninguna parte con su libro de poemas en su casaca. Mientras recordaba las historias que contaba el capitán del Santa Clara de la guerra de Cuba y las palabras de su abuela Desamparados en las que le tranquilizaba asegurándole que allí se encontraría con todos sus antepasados quienes le protegerían de que le tocara bala alguna. En ésto que cayó desfallecido y no despertó hasta que le llegó un olor a yerbabuena. Sus ropas no eran la de militar sino la de un nativo y su cuerpo estaba limpio de sangre. *Has tenido mucha suerte. De no ser nosotros los que te encontráramos te habrían cortado la cabeza o quemado vivo.* El hombre que pronunciaba estas palabras salía de una tienda y despedía fragancias de un perfume de madera. Anas Raisuni era jefe de una cabila rifeña. Mantenía el control de un valle donde vivían del pastoreo y el cultivo de legumbres y hortalizas. Se había mantenido neutral en la guerra pero sobrevivía comercializando con todos. Al ser una autoridad y poseer un número de gentes en su poder nadie le contrariaba. El alférez le pidió de beber y este le respondió. *Si un bereber te deja ir por agua al pozo, te dejará que te cases con su hija también.* En aquel instante el almuédano llamó a la oración y Anas se excusó para ir a hacer sus abluciones. *Eres mi huésped luego comeremos juntos.* A la tienda entró un anciano que se sentó al fondo. Anas al lado del alférez y otros hombres saludaron con un "alabujer" y se sentaron en corro mientras los niños traían bandejas con verduras y hojas y yerbas variadas de la huerta. *Tafadal, adelante.* El alférez Castaño no pudo disimular su hambre, todo le parecía bueno. Al rato trajeron unos pedazos de carne que le recordaban al rabo de un toro sobre una montaña de arroz y almendras. *Esto es carne de camello.* El alférez estuvo varios días en la tienda de Anas Raisuni hasta que llegó uno de sus emisarios a caballo con una bolsa de monedas y le anunció a Castaño que ya habían pagado su rescate. *No te irás de aquí así.* Un anciano llegó con una chica de la mano. Lo cual le sorprendió enormemente porque no vio a una sola mujer desde el día que llegara. *Sus padres murieron y la encontramos aquí, tú serás un buen marido para ella.* Varios de sus soldados escoltaron a caballo a la pareja hasta el puesto en el que acordaron devolver al alférez. *Y esta mora, ¿por qué viene contigo? Es mi mujer. Anda, va el cabrón y hasta viene casado.* Todos rieron a carcajadas. El oficial fue también hombre de letras. Poemas Africanos fue la selección de doscientos poemas que escribió Federico Castaño como reflexión a los tiempos en los que estuvo de campaña en África y nunca llegó a editar. En toda su poética se refleja la influencia de los escritores del siglo de oro, en especial de Góngora, por el que el capitán sentía admiración. Aducía que las armas y las letras habían estado muy unidas en el glorioso pasado, por lo que él sentía ser parte de un segundo renacimiento. Si bien encontró un núcleo de seguidores en el ejército, no fue así en las letras, ya que no se le invitó a participar a ningún tipo de tertulia o grupo literario. Según sus detractores su talento estuvo al servicio del poder militar. El hecho de que escribiera un poema a los vencedores de la contienda civil forjó una animadversión hacia él por gran parte de los intelectuales en el exilio. En realidad, el Panegírico a Nuestro Lucero, que no es ni mejor ni peor que aquellos que escribiera Góngora al Duque de Lerma, no es representativo de la calidad del resto de sus poemas y su tono nacionalista no es tampoco distinto de aquel de Quevedo de "mire los muros de la patria mía…" En cualquier caso, Castaño era visto por la crítica de la época más como un militar extremista y levantisco metido a poeta por las circunstancias que como un poeta que daba la casualidad que era militar. Otros iban mucho más allá y le criticaban desde un punto de vista más personal llamándole pedófilo. El capitán se casó con una chica de quince años bereber con la que tuvo dos hijos y estuvo unida a ella durante toda su vida. Aquella niña era la de *con tierna y dulce brisa tú Jadilla, solaz del muy guerrero dolorido, que aparta los cadáveres que el moro descuartiza y en sombra tenue habitan.* Algún crítico literario de la época incluso la llamó cruelmente "Jadilla, la de las ladillas", en alusión a la frecuencia con la que los legionarios visitaban los lupanares rifeños y volvían con enfermedades venéreas. Claramente, querían hacer ver que Jadilla era su esclava sexual más que su esposa, por aquello de la diferencia de edad. No entraremos desde luego en dichas valoraciones personales ya que no nos sirven, sino de lleno en el estudio de su poética olvidada y maldita, que claramente entronca con la generación del segundo siglo de oro. En concreto, sus doscientas estrofas se dividen en poemas bélicos, que sorprendentemente destacan rasgos de humanidad y deshumanización en ambos bandos; y poemas de solaz, que dedica a las gentes con las que entabló conversación durante la contienda. Dentro de los bélicos su experiencia personal se manifiesta en las reflexiones sobre las matanzas que sufrieron los soldados enfrentados en la contienda y que el mismo poeta presenció; en muchos de ellos usa lo que denominamos "material de acarreo". Ésto es, versos que incluye a modo de cuña que son prestados de otros escritores, generalmente Góngora. Así, cuando describe el asalto al blocao y cómo el ejército berberisco se acercaba por la noche, los describe como una "infame turba de nocturnas aves". Es muy común el uso del endecasílabo sáfico para darle fuerza a la descripción truculenta de "cabezas del pensamiento han quedado libres que gloria no darán a nuestra causa, y ya no recuerdan por el fuego quienes fueron." En sus sonetos rara vez aparecen rimas consonantes y esto es porque, la poética de Castaño invita a la reflexión de la guerra y el hecho de que no existan apenas rimas o éstas tiendan más hacia la asonancia fortalece el efecto de reflexión a expensas, claro está, de la musicalidad. Si hay alguna influencia de la que carece el capitán, es la del modernismo que aún en aquellos días estaba de moda. En cualquier caso, la musicalidad viene dada por el uso tan acertado que hace del endecasílabo tanto sáfico como heroico. Por otra parte, es también característico su "caminar solitario". El poeta, como su hijo mayor José Maria Castaño Ashara indica, *no gustaba de mostrar a los demás sus textos ni tampoco hablar de ellos. Para él, la creación literaria era la asimilación innata de unas reglas y unos modelos que, una vez interiorizados brotaban desde la paz.* Al leer alguno de sus poemas nos podemos imaginar al capitán escribiendo desde su puesto mientras silbaban las balas a su alrededor y ocurrían innumerables atrocidades. Ésto, como uno se puede imaginar dista mucho de la realidad. Castaño tenía un libro de notas, pero eso era lo que escribía, notas: pequeños versos que saltaban de repente en su mente y que guardó durante mucho tiempo para finalmente trannsformarlos en bellos sonetos. Algunos de sus poemas fueron escritos en los llamados momentos de solaz y publicados por aquellos días en periódicos de corte nacionalista. Sin embargo, no fue hasta acabada la contienda civil que el poeta ejecutara sus mejores poemas, los cuales inexplicablemente nunca llegó a publicar. Una de las mayores pérdidas para entender a Castaño ha sido la desaparición de su libro de notas que según han confirmado sus hijos, él mismo quemó por todo lo que le abrasaban los recuerdos de la guerra. Un día en la feria del libro antiguo de Madrid encontré en un puesto dedicado a la literatura bélica y heroica una antología de poemas escogidos de las revistas publicadas durante la guerra civil, el exilio y la posguerra que incluían poemas de ambos bandos de la contienda. Me sorprendió encontrar varios de los poemas de Federico. Uno de los poemas más bellos era aquel que dedicó a su amigo y fallecido vecino Álvaro de Ulloa, ejecutado por las milicias republicanas. A Álvaro de Ulloa todos le debían la vida, incluso algún general. El día que pidió permiso al capitán Andrés Tomás para ir a la península por un asunto de honor, éste no dudó en dárselo. *Mira, Álvaro, que estos asuntos de honor y de honra siempre terminan mal. Si te ocurriera algo iría allí y mataría a quien hiciera falta. Así que cuídate y vuelve sano.* Andrés pronunciaba las palabras como brotaran de su corazón y sin eufemismos. Era hijo de un hortelano de Torre-Pacheco que le educó con severidad y disciplina. Un día desapareció una gallina en la finca del vecino. Su padre había visto a Andrés por la finca del vecino por lo que le propinó tal paliza que estuvo en cama varios días. Al despertar vio a su padre a los pies de su cama. *Apareció la gallina del vecino. Mañana te estás levantando al amanecer a trabajar.* Andrés siempre contaba que la legión había dado sentido a su vida, que con su fusil en mano pensaba si las balas le dolerían al atravesar su carne. Pero no tuvo oportunidad de comprobarlo hasta años después cuando muriera en la toma de las montañas de El Sebel. Una vez Álvaro y él fueron a ver una pitonisa negra que sabía leer el futuro leyendo los dientes de los muertos sobre una mesa. Andrés preguntó que cuándo iba a morir. *Irás a un burdel y un hombre con un puñal te estará esperando para matarte.* Andrés empezó a reír. *Pues, yo voy a seguir yendo de putas. Tu amigo morirá el día en el que él mate a un niño de cinco años.* Días más tarde ambos amigos estaban en un burdel cuando Álvaro se dio cuenta de que a su amigo se le había caído la cartera. Embriagado como estaba, solo se le ocurrió decir: *Voy a darle la cartera a mi capitán. Tu capitán está follando. Y ¿cómo va a pagar?* Al abrir la puerta vio a un hombre con un puñal junto a la cortina. *¡Esa puerta, coño! ¡Mi capitán, cuidado!* Álvaro que iba armado disparó y mató al hombre del puñal. *Me cago en la madre que te parió, Álvaro, por qué coño viniste a interrumpirme el polvo. La cartera. Desde luego voy a ir de putas siempre contigo. Te debo la vida, alférez. Es verdad que salvaste también la vida del general. Si. Y ¿cómo fue? Fue nada más llegar, cuando era soldado. Había un montón de gente muerta y yo pasé por ahí. Me pidió ayuda y llamé a los enfermeros. Al sanar me buscó y todo y me contó que el médico le dijo que si no hubiera sido por mí habría muerto. Desde luego vaya potra que tenemos contigo, alférez.* El alférez salió de Ceuta con la idea de llegar al día siguiente a su pueblo. Su tío había sido asesinado. Recordaba el día en el que le entregó la carta de recomendación para unirse al ejército. En una semana tras la salida del alférez a tratar los asuntos de honor de su familia, el capitán Andrés Tomás recibió una llamada de teléfono desde el otro lado de la orilla. *Tomás, lo han matado.* Tardó unos instantes en entender y darse cuenta del mensaje que acababa de recibir. Cuando volvió en si se vio inundado de dolor como un miasma le recorriera todo el cuerpo. *Me voy a cagar en la madre que me parió.* El capitán no recordaba la última vez que lloró en su vida. *No puede ser estoy llorando. Un legionario no llora. Hijos de puta.* Andrés, con su uniforme impecable se retorcía en el suelo de dolor como queriendo sin poder contener el dolor. Ni en sus peores ensoñaciones imaginaba que existiera algo tan doloroso . *No puede ser. Hijos de puta, os vais a enterar. Álvaro era mi hermano de armas.* Cuando se repuso vinieron todos aquellos a los que Álvaro había salvado la vida y llamaron al general, que había sido desterrado a las Canarias. *Mañana estoy allí. Andrés, harás justicia.*

Los Idealistas

Días después de que Úrsula perdiera a sus hijas, llegó al pueblo una furgoneta llena de colores con matrícula extranjera. Aunque hacía años que los lugareños habían dejado de impresionarse al encontrarse vehículos circular por el pueblo fueran cuales fueran, éste fue una excepción por lo estrafalario de la decoración. La furgoneta aparcó en la plaza justo en frente del hostal. Por aquellos días Úrsula llena de tristeza y amargura se dedicaba a ampliar su negocio que pronto se llamaría el Hotel Doña Úrsula. De la furgoneta bajaron tres chicas y dos chicos ataviados con camisolas floreadas, gorros amplios y oropeles. Era la hora de la siesta y un viejo con un pitillo en boca estaba sentado en un banco observando a los forasteros. Uno de los chicos se acercó a él y le preguntó dónde podían comer. El viejo, que no hablaba alemán pero entendía que esa gente tendría sed o hambre, señaló la taberna de Rogelio. Los jóvenes desenfadados y alegres fueron a la taberna a comer. Aquel pueblo tranquilo no sabía que aquellos jóvenes venían con costumbres que escandalizarían como escandalizarían las costumbres que trajeron los franceses siglo y medio atrás. Los jóvenes dejaron la furgoneta en el pueblo y tomaron una barca para ir al castillo de Sangralejos. Allí montaron una tienda de campaña y se quedaron una semana hasta que sucediera la desgracia. Paquita murió la misma noche en la que la guardia civil encontró el cuerpo ahogado de Beate Klint. Llevaba años que no salía de su casa y en su rostro se reflejaba la cara de una anciana jovial y desdentada. Gustaba de sonreír a los niños y besarles en las mejillas cuando alguno se le acercaba. Su sobrina la había acostado aquella noche y le había dado su vaso de leche con la esperanza de que no se orinara encima. Con ese miedo su sobrina fue a despertarla aquella mañana. *Tía, que ya es muy tarde. Se tiene usted que levantar. Ay,*

Dios mío. Avisad al cura. Nadie supo muy bien que sería aquello con lo que soñó la noche en la que falleció pero su rostro estaba lleno de satisfacción y calidez, como si hubiera cumplido con todas las obligaciones y cometidos que se le hubieran encomendado en este mundo. El señor cura, repetía una y otra vez que la pobre se fue en paz con todo el mundo y recién confesada y comulgada; que Dios la recibiría en el cielo. Muchos se congregaron en su casa para dar el pésame a los familiares. Por allí pasaron también los guardias civiles que ya llevaban el cuerpo sin vida de Beate tras el levantamiento. Algunos al ver la escena preguntaron que quién era aquella. *Una de las locainas extranjeras que se ha ahogado.* Al rato iban sus compañeros para ser interrogados por lo sucedido. Todos iban cariacontecidos menos Thomas Petri. Thomas Petri era un rebelde intelectual que alternaba con pensadores y estudiantes contrarios a la sociedad consumista. En sus reuniones conoció a su amigo Robert que era hijo de un diplomático norteamericano, y a Amanda, su hermosa novia, que era hija de un militar norteamericano. Entre los tres hablaban de un mundo mejor; de las normas que limitaban la libertad humana; de las instituciones que constreñían a los hombres; del existencialismo; del materialismo dialéctico; de la paz; del Adiós a las Armas de Hemingway; de vivir sin leyes; de la inocencia del hombre salvaje de Rousseau, de Auguste Compte; de los límites exotéricos del hombre; de las drogas y su capacidad de llevar al hombre al absoluto; del sexo como expresión de la individualidad del ser humano; del derecho de la mujer de disfrutar de su cuerpo sin ser esclavizada por nadie, ni ser posesión de nadie; de los modelos de perversión. Sumidos por estas conversaciones se le ocurrió a Amanda hacer un viaje para conocer la esencia del hombre y visitar un país exótico. En un primer lugar eligieron Rumanía pero más tarde cambiaron de idea. Aquella mañana en Munich, Thomas llegó con una cámara de fotos y una de vídeo. Robert con una guitarra y Amanda con un sombrero con flores y un bikini en su maleta. Amanda dijo que iban a pasarse por la universidad a recoger a dos amigas activistas que se iban a unir a la fiesta: Beate y Claudia. Se habían hecho famosas por señalar a todo colaboracionista del pasado beligerante. Claudia tuvo una tía que se casó con un represaliado que falleció de tifus en presidio. La misma tía murió años más tarde víctima de los atropellos de las tropas invasoras. Beate viajaba con su diario y Claudia con una botella de vodka. *La bebida del enemigo, reía. Ya buscaremos un momento para abrirla. Es rusa, ¿lo sabes? Y, ¿dónde lo has conseguido? Contactos.* Robert y Amanda condujeron los primeros trescientos kilómetros mientras Thomas hablaba con las otras chicas con grandilocuencia. *Es el estado y la iglesia lo que representa la opresión del ser humano. Mirad, desde hace siglos, antes de que el hombre llevara el collar de la opresión y fuera esclavo de dichas instituciones ya nos relacionábamos con más libertad. ¿Existía en aquellos días el matrimonio? No. Cada uno podía ir con quien le placiese y era el descubrimiento mismo lo que importaba. Gracias a eso el hombre alcanzó la mayor de sus proezas: descubrir el fuego y la agricultura. La mente estaba ocupada en descubrir. Todos los avances que tuvo el ser humano en aquellos días fueron buenos y no hicieron daño a nadie. Con el sedentarismo llegó la sociedad y con esta, la jerarquía. Se crearon ciudades y leyes para beneficiar a una minoría de dirigentes y someter a una mayoría. Si tenías acceso a mayores recursos, tenías acceso a mujeres y alimento, y si no, robabas a los demás para conseguirlo. Ha sido así por los siglos de los siglos hasta el día de hoy. Las ciudades crecieron y después de ésto, los imperios y con ellos llegó la esclavitud que subyugó a los pueblos y a hombres y mujeres por igual. El hecho de crear nombres en las ciudades provocó que una rivalizara con la otra. Thomas, ¿te imaginas que encontramos una ciudad sin nombre? Sí, eso sería buenísimo. Compremos un mapa en la frontera y parémonos cuando lleguemos a una ciudad sin nombre, una que no aparezca en el mapa. Sí, sin cultura castrante. Una de esas en las que podemos encontrar al hombre en su estado original: sencillo y hospitalario. Vale, pero en la costa para que pueda usar mi bikini. Ja, pero, ¿te crees que lo vas a usar? En la antigüedad no los usaban. El ser humano se fundía con la naturaleza. Toda la vitalidad de los elementos penetraba en los cuerpos y los llenaba de energía positiva y se sentían parte del cosmos. Si hay un creador éste estaba en comunión con los hombres. Dios no existe. Pero ¿tú no eras creyente? No, mi familia si lo es. Yo en respeto de su memoria, respeto y guardo algunas de sus tradiciones, bueno, no a raja tabla, aunque no sea creyente. Bueno, en esta furgoneta hay libertad de conciencia.* A la llegada en la frontera se encontraron a un par de señores serios vestidos de verde con un sombrero triangular que les pareció divertido. *Buenos días.* Uno de ellos les pidió que les dejasen ver el contenido de las maletas y si tenían algo que declarar. *Nein. Bienvenidos, circulen. Bueno, no han encontrado ninguno de nuestros psicotrópicos. Con ellos llegaremos al absoluto.* La primera parada fue en Barcelona y luego descendieron por todo el levante hasta que un buen día se encontraron con un pueblo que no figuraba en los mapas. Al parar en la plaza, bajaron y observaron el mapa. *Amigos, hemos llegado a nuestro destino. Debemos de estar aquí y no hay ningún nombre. Para asegurarte pregúntale a aquel señor sentado: Oiga, ¿cómo se llama este pueblo? El hombre señaló hacia una vieja taberna con un rótulo que rezaba: los tesoros del mar. Pues, parece que no tiene nombre. Bueno, fundemos nuestra colonia de libertad. Vamos a comer algo antes.* Tras la comida fueron a la playa y se bañaron sin ropa en la zona militar muchos años antes de que se estableciera como moda en los años en los que Francisco Penella fuera elegido alcalde. *Mirad, allí a lo lejos hay una isla. Esa será nuestra isla.* Compraron viandas en la taberna y pidieron a un marinero que les prestara su barca durante unos días a cambio de un dinero por el que la podrían haber comprado. Los chicos remaban hacia la isla de Sangralejos. Al llegar vieron la grieta que abriera el general riojano a cañonazos, pero prefirieron rodear la isla y entrar por el embarcadero. Se imaginaban cómo debió ser el castillo y qué cantidad de andanadas lo habría dejado en tal estado. Alguno se aventuró a culpar a la guerra civil del destrozo. Todo parecía olvidado como si sus habitantes hubieran salido un día y nunca hubieran regresado. Cañones descansaban en los huecos de las murallas y anidaban aves y algún diminuto reptil en las mellas que dejaron los proyectiles y la metralla. Dentro del campamento se erigían un pequeño barracón y una capilla. Ninguno de los edificios presumía de tejado ya que varias vigas de madera se habían desprendido. *Vamos a ver qué hay dentro*. En la capilla encontraron una lápida de mármol cuyas inscripciones estaban borradas. Un cura que habrían enterrado. Esa misma noche hicieron una hoguera con los restos de maderas que estaban desperdigadas y abrieron la botella de vodka con forma de prisma y caracteres cirílicos. *Salud*. Robert sacó la guitarra y empezó a tocar canciones que todos cantaban sobre el viento y el mar, la paz, el amor… Thomas fue por su cámara y dijo. *Mañana vamos a grabar una película que represente nuestros ideales. Amor libre, pureza de alma e inocencia y descubrimiento. Tengo marihuana. Vamos a fumar*. Al día siguiente, Thomas sacó la cámara para grabar a las chicas mientras se bañaban desnudas en el mar. *No, no nos grabes. Libérate de tus prejuicios. Oye, luego os voy a grabar a Robert y a ti haciendo el amor. No seas guarro, Thomas. Eh, es la naturaleza. Sabías que en las tribus amazónicas los padres se acuestan delante de sus hijos. Oye, que estamos aquí para liberarnos de las ficciones de la sociedad. Vamos a crear unos valores nuevos*. Entre marihuana y drogas psicotrópicas pasaban los días mientras Thomas grababa su propia realidad llena de descubrimientos, sexo y nuevas vías de llegar a lo absoluto. La primera vez que Thomas tocó a Amanda, Robert sintió que algo no iba bien. Aunque sin saber qué decir y qué hacer lo dejó hacer y se emborrachó con el vino que compraron en la taberna. Beate por su lado no entendía bien el porqué de hacer lo que hacía y tomaba más alucinógenos hasta el punto en el que la última noche en la que se le vio con vida su semblante se tornó sobrio y señaló a la capilla. *¿Qué pasa*

Beate? ¿Veis a aquel hombre? Estás flipando, no hay nadie. Sí, es un romano. Nos grita algo en Latín. Quiere que nos vayamos de aquí. Dice que esto es un templo. Beate, no corras. ¿Dónde vas? Me voy al pueblo. Beate desapareció por la grieta del general riojano y no se supo más de ella hasta que a la mañana siguiente la encontraron muerta en la orilla. Los cuatro restantes no atinaron en la búsqueda de su compañera y solo supieron de su muerte cuando un marinero que pasó por el castillo de Sangralejos los recogiera al día siguiente y les trajera la triste noticia. La guardia civil los esperaba para interrogarlos. Tras lo sucedido y aclarado el asunto, cada uno volvió solo a su casa. El único que quedó un día más fue Thomas; tenía que recoger la cámara que había olvidado en la isla. Décadas después del incidente, tropezaría con la cámara el empresario Dimitry Kastanyef y provocaría una de sus inspiraciones más retorcidas. El entierro de Paquita fue oficiado por el nuevo párroco del Mosquín, don Fulgencio, que recordó lo buena cristiana que era Paquita durante la misa en su honor. *Hermanos, Dios ha acogido en su seno a nuestra feligresa doña Paquita, querida por todos. Sus familiares la recordarán por su amabilidad y fe. Ella no se casó ni tuvo hijos pero cuidó e inculcó la fe en sus sobrinos. En la procesión por el milagro de Santa María de la Concepción caminaba con su rosario y sabe Dios lo que rezaba y pedía por los demás. Recuerdo que un día nada más llegar como párroco de ésta, la encontré muy de noche barriendo en la sacristía y cambiando el agua de los floreros. Le dije Paquita hija, ¿no te echarán de menos en casa? Mi casa está aquí padre, junto a Dios. Paquita dedicó su vida a Dios y ahora finalmente Dios la va a recibir en su morada.* Al decir estas palabras su sobrina empezó a llorar y a recordar los momentos que juntas habían pasado sentadas en la plaza de El Polvorín. Su tía había sido como una abuela para sus hijas. Le encantaba recibir los consejos que ella ofrecía. *Niñas, si tenéis novios antes qué os demuestren que van con planes de bodas. Qué hay mucho aprovechado que os van a dejar por cualquier otra. Los que son así son unos frescos y no os convienen, dejadlos ir. Que es mejor uno de estos hombres para tu vecina que para ti. Mira, yo no encontré a nadie y si lo hubiera encontrado me habría casado como Dios manda. Vestíos con decencia y que os vean que sois temerosas de Dios, que aquel que no vaya con buenas intenciones no os va a dirigir la palabra, y si quieren que se vayan con una cualquiera, pero vosotras fieles a la honra de vuestra familia.* Con estos recuerdos, veía el ataúd de su tía entrar en el nicho. Las casi nietas, de riguroso luto y llorando lastimeramente, iban a posponer sus bodas para el año siguiente. Ellas perpetuarían con la memoria la gazmoñería de la difunta.

Los Hermanos

Tras la muerte de San Alejo mártir, hordas de pueblos germánicos como los vándalos y alanos atravesarían la región y se establecerían de manera tan efímera que a duras penas rastreamos su impronta. Un buen día desembarcarían trirremes desde oriente para apoyar al reino visigodo y algunas de ellas llegaron para quedarse. Éstos sí hicieron algo por la región: construyeron una hermosa abadía. En aquellos días los cristianos se mataban en una cruenta guerra fratricida y los bizantinos pusieron algo de orden en todas las discordias civiles e insidias locales. Un día apareció una lápida inscrita en latín con el nombre de Alejo mártir. Ésto levantó un gran revuelo en la zona. Muchas familias aun siendo de facciones cristianas adversas se reunían pacíficamente para rendir homenaje al mártir de las causas perdidas. Tal número de gentes de ambos lados del estrecho concurrían en su tumba, que los bizantinos construyeron una hermosa abadía donde se solicitaba una limosna para la conservación de los santos lugares a todos los peregrinos. Los frailes permitían a pequeños comerciantes por una pequeña ofrenda que levantaran sus tiendas con reliquias traídas de todas partes. Las más apreciadas eran sin duda todas aquellas provenientes de tierra santa. Muchos de los comerciantes buscaban sus huesecitos en Jerusalén y siguiendo la costa del antiguo imperio llegaban hasta los confines de la tierra conocida. Un día incluso llegó un hombre con dos niños en un carromato cargado de huesos de los santos inocentes que Herodes sacrificara. Sobre dónde se levantaba la abadía, no se sabe aún, y es una verdadera pena que no nos haya llegado hasta nuestros días. Muchos historiadores han culpado de la destrucción de la abadía a los sarracenos pero la verdad es que aún seguía en pie por aquellos días ya que en algunas leyes se habla de la prohibición de comerciar con huesos de personas muertas junto a la misma. Ésto también exonera a los vilipendiados calpitas de tal acto infame ya que su auge se corresponde con el periodo anterior a la llegada de los mahometanos. Los bizantinos terminaron por irse de la región pero legaron la abadía. Lamentablemente, se llevaron consigo la pax romana, ya que nada más salir la última de las trirremes de vuelta a oriente, las diferentes facciones volvieron a enfrentarse entre sí y las discrepancias religiosas prosiguieron por los mismo derroteros que antes de la llegada de los bizantinos. Los textos históricos del morisco Almanzor el chico hablan de la llegada de los normandos y sus fechorías. Según el historiador a los cristianos se les había prohibido el uso de campanas en sus iglesias por lo que los moradores de la abadía no tuvieron medios con los que alertar al resto de la llegada de las huecas naves. En total fueron cincuenta y cuatro naves largas y treinta cortas las que arribaron a las costas montando un campamento en el actual Sangralejos y varios más por todo el litoral. La población local amedrentada ante el acechante panorama que les inspiraba la presencia de los vociferantes y aguerridos bandidos de cabellera rubia y larga barba, huyeron desde la costa hacia el interior refugiándose en cualquier fortificación donde se les permitiera guarecerse abandonando mezquitas, iglesias, sinagogas, aperos del campo, redes de pesca a medio zurcir y sus primitivas barcazas. Se pusieron en marcha en carros, burros, a pié o en jamelgos portando consigo aves de corral, bovinos y caprinos, salazones y encurtidos, y la mies que ya tenían almacenada y las ratas habían indultado. En el tiempo que les llevó a los invasores poner sus sandalias en la playa desde que fueron avistados en el horizontes las toscas casas de adobe que se distribuían esparcidas de manera desigual ya habían quedado desangeladas a excepción de algún escuálido perro que no tenía dueño a quien obedecer y ladraba quejumbrosamente por su soledad. Los bárbaros arrasaron tanto templos cristianos como musulmanes y lo poco que les dejaron lo requisaron. Desde sus bases dirigían ataques indiscriminados y toda clase de pillerías. Un grupo numeroso se adentró siguiendo el curso de los ríos y llegaron hasta Isbiliya; otros recorrieron las islas mediterráneas y el grupo de Sangralejos cuyos cabecillas eran los hermanos Haldur, Halgir y Halgramur asolaron la costa africana. Salían y regresaban días más tarde con un hermoso botín y algún guerrero fallecido, por lo que pasaban días encendiendo piras funerarias para honrar a sus difuntos caídos en la batalla. Los árabes al observar tales ceremonias creyeron que se trataba de paganos adoradores del fuego. Tras las ceremonias funerarias, los normandos daban cuenta de todas las riquezas y consumibles que habían acaparado en su expedición: el trigo, el ganado, las esclavas y también los esclavos. Aquellos bárbaros comían, bebían, fornicaban y se solazaban como si estuvieran seguros de que su próxima razzia fuera la última de su vida. En ésto que los tres hermanos al ver que un buen día regresarían al norte sabiéndose que más tarde o más temprano algún príncipe, califa o monarca enviaría una flota de castigo decidieron esconder parte de su tesoro con la idea de recogerlo más adelante. Los tres hermanos no confiaban mucho en sus compañeros de andaduras por lo que sólos fueron los tres a caballo para encontrar un buen lugar para enterrar su fortuna. En la primera jornada los tres hermanos pararon junto a un arroyo y atraparon unos conejos que tras limpiar, asaron. Luego jugaron durante un buen rato a los dados y rieron juntos y se echaron a dormir los tres. Halgramur parecía soñar con una batalla entre dioses y humanos, daba gritos animosos cuando de repente se sintió que alguien le atacaba y pidió auxilio. Al abrir los ojos notó una cadena en su cuello que le apretaba con furia. Halgir le estaba estrangulando mientras Haldur le animaba. Por mucho que apretara no parecía conseguir acabar con él. Halgramur era el más robusto de los tres por lo que no sería fácil ahogarle con la cadena. Halgramur que se sentía desfallecer por momentos señalaba su espada para morir con honor si ciertamente era su hora, pero Haldur agarró su puñal y le pinchó con él repetidas veces en su vientre sin lograr que su hermano se quedase quieto de una vez. Al final le clavó el puñal en el pecho y éste soltó una tos sangrienta que manchó a los dos hermanos de sangre mugrienta. Ésto fue suficiente para que muriera de una vez. Los hermanos lo dejaron tendido en el suelo y fueron a lavarse al arroyo. Haldur acabó antes y fue a preparar los caballos. Halgir percibió la presencia de su hermano a su espalda y al torcer la cabeza recibió el impacto de una gran roca que le aplastó el cráneo. Haldur el alfeñique, la vergüenza de los tres, al que venció una niña en una pelea, el desdeñado por las hembras del clan, el que no era capaz de acabarse un cochino lechal, había sido el más astuto de los tres e iba a regresar un día con la riqueza de sus incursiones. En un momento pensó en encender una pira para sus hermanos pero después recapacitó: ésto podía alertar a los hostiles enemigos de su posición. En definitiva, lobos, osos, buitres y otras alimañas no faltaban en el bosque. Cargó la única garrafa de vino que quedaba y el cofre en uno de los caballos y con los otros dos partió hacia las montañas sin olvidar en ningún momento el camino por el que transitaba. En un claro del bosque encontró un retorcido olivo muy particular y reconocible. Qué mejor lugar para enterrar el cofre con tesoro. Ató los caballos y descargó la garrafa con el vino y ésto es lo único que nos ha llegado sobre los tres hermanos. Lo que ocurriera con el envidioso Haldur todavía sigue siendo un misterio pero está claro que nunca regresó. Tiempo después los árabes dirigieron una flotilla hacia los normandos y al llegar a Sangralejos solo encontraron un esclavo cristiano encerrado en una jaula quien relató todo lo que ocurrió con aquellos hombres bárbaros. En plena bacanal los hombres del norte gritaban y corrían asustados y enloquecidos y afirmaban que un hombre sin cabeza les increpaba. Muchos se lanzaban al mar y otros iban a las naves. Los tres caudillos normandos no estaban presentes porque habían ido a tierra. Mientras servía vino a uno de ellos les oyó decir que Halgir le había pedido veneno y lo había visto mezclar con el vino de una de las garrafa que portaban. Los árabes al creer que los tres aún seguían con vida en algún lugar del califato enviaron una tropa en su búsqueda. El primer día vieron los esqueletos de dos de los hermanos cuyos huesos las alimañas habían dejado limpios de carroña. Un día después encontraron los tres caballos atados devorados por los lobos. Los alimoches y quebrantahuesos todavía estaban acabando con la piel y los huesos de los équidos pero no quedaba rastro del tercero de los hermanos como si se hubiera esfumado de la faz de la tierra. No se supo ni parece que nunca se sabrá si al final se envenenó con el vino que le preparó su hermano o tal vez las bestias acabaran con él y lo arrastraran lejos y lo desmembraran en pedazos tan pequeños que nadie logró reconocer el cuerpo sin vida de aquel virulento bárbaro de pelo rubio y luenga barba. Éste fue el breve y truculento paso de los pueblos normandos por la región. Tras esto tomó años para que las gentes volvieran a la costa. No sería hasta la llegada de nuevos invasores de áfrica que se fundaran nuevas ciudades y que sus habitantes se sintieran seguros como para atreverse a construir viviendas consistentes y echar raíces firmes como las de los olivos que poblaban la región desde tiempos de griegos, fenicios y romanos.

La República

Santiago Bohórquez Ulloa tenía cinco años cuando vio por primera vez a su madre malherida. Llegaba del colegio acompañado por otros niños mayores que le dejaban en la puerta de su cortijo. La puerta estaba abierta y en el fondo estaba su madre sentada en la cama incorporándose al notar la llegada del niño. Desde la puerta, Santiago solo percibía la silueta de la madre. *Hijo, ¿qué tal la escuela?* Al acercarse a la madre se iba revelando poco a poco su estado y conforme la visión se hacía más nítida se le helaba cada vez más la sangre. Su madre tenía el labio roto y la mejilla morada. Casi no podía abrir el ojo derecho. Su moño rubio estaba desbaratado y cardenales afeaban sus extremidades. *Mamá. Tienes sangre. No me pasa nada, te voy a calentar la comida.* Santiago soltó la talega donde llevaba sus libros del colegio y empezó a llorar. Su madre pasó a verla y quedó aturdida por su estado. *Niña, ¿qué te ha pasado? Ya te dije que no te casaras con ese hombre, que le gusta mucho el vino. Ahora vamos al cuartelillo a que lo metan preso al sinvergüenza ese.* Trini se dejó llevar por su madre y un par de vecinas que le esperaban en la puerta del cuartelillo mientras repetía que no había sido nada. Un guardia le tomaba declaración: *el que la pegó fue su marido. ¿Por qué le pegó? ¿Le hizo usted la comida? Mire, nosotros vamos a dejar aquí su denuncia e iremos a hablar con él para que no vuelva a suceder, pero ya se le habrá pasado a su marido el enfado.* Al volver a casa no había rastro de su marido ni tampoco de los ahorros. ¿Se habría ido? Trini preguntó a su madre si creía que la había abandonado. *Si viene por aquí, le pego un tiro.* Trinidad Ulloa era una mujer muy bella que poseía tierras heredadas de su familia y una dote para casarse. El por qué se casó con aquel avieso hombre aún se lo siguen preguntando sus mejores amigas ya que se podría haber casado con cualquiera. Años después, en una trinchera en pleno invierno ruso, Santiago compartiría con un paisano enemigo que aquel fue el día en el que dejó de ser niño para entender que la vida podía no ser bella. Todos los días, tras la marcha de su padre, buscaba flores o cualquier cosa en el campo para agradar a su madre, quien se encontraba apesadumbrada y doliente por momentos. Como podía ayudaba a su madre en todo lo que hiciera falta en la casa y con pocos años se arrimó al fogón para aprender a cocinar. Durante ese tiempo de soledad, su madre recobraría su salud y su sonrisa. Un día al llegar del colegio, notó que la puerta estaba cerrada. *Madre, abra la puerta. ¡Madre!* Al llamar, salió un hombre. *Santiago, ¡qué grande estás!* Al rato su madre apareció algo avergonzada y con el pelo revuelto mientras se abrochaba la blusa. *Hijo, tu padre ha vuelto, ¿no te alegras?* Santiago, se quedó inmóvil ya que creía que el asunto de su padre quedó zanjado tiempo atrás. No sería así. El resto de su vida iría marcado por las idas y venidas de su padre y la incertidumbre sobre qué le habría hecho ahora a su madre. Al ir creciendo fue entendiendo más en qué consistían las actividades de su progenitor. Santiago Bohórquez era el hijo del carpintero de El Sebel, su padre se llamaba Daniel, y gustaba de tomar vino y lo ofrecía a sus hijos con la comida. De muy pequeño, Santiago padre iba a llenar la garrafa a la taberna y para la edad de la pubertad ya había dejado el oficio de carpintero y era habitual verlo desaliñado y atufando a vino. En esos años de adolescencia alguna chica se le pegó porque Santiago era apuesto y alto pero nunca llegaron muy lejos. Trabajaba en el campo cuando era la temporada, pero el dinero no le llegaba muy lejos. Cuando su padre falleció, su madre vendió la carpintería y repartió el dinero con sus hijos. Éste fue un momento muy feliz para Santiago Bohórquez. Llegó a pensar que sería un famoso torero y hasta fue a torear, pero el capataz lo apartó de los demás muchachos. *Pero con esa pinta vienes aquí y encima oliendo a vino. Anda, vete ya. Aquí tienes que llegar a tu hora, so borracho.* Un mes más tarde pensó que el vino ya no era para él. Paró de beber y hasta se puso a ayudar a un yesero que en el pasado tenía muy buena amistad con su padre. Fue en este momento cuando conoció a Trinidad Ulloa. *Santi, que esa mujer es una Ulloa, a ver cómo te comportas.* Santiago, ponía todo su empeño en que Trini se fijara en él. Hasta que llegó ese día. *Trini, que la familia de ese son todos unos borrachos. ¿Sabes lo que vi? El otro día su hermana pequeña, la Patro, estaba hablando con un muchacho que no era del pueblo. Vamos que la niña solo medió dos palabras y le sonrió. Pues la vieron sus dos hermanos y sacaron sus correas y empezaron a llamarla de todo y darle correazos. Bueno, pero él no es así.* La segunda vez que desapareció fue poco después de que empezara la república. En esta ocasión, su hijo empezó a hablar lo que de verdad sentía. *Madre, usted se casó con un desgraciado. Tú qué vas a saber de él. Pues, que no la trata con se merece. Si le vuelvo a ver ponerle la mano encima, le pego un tiro aunque me lleven por delante los municipales.* Los hermanos de Trini aparecieron un día por la finca y le pidieron que como su hijo ya era un hombre que se les uniera en sus reuniones políticas. Habían aparecido nuevas e inquietantes ideas que prometían nuevos órdenes. Trini consintió y le regaló un paquete de cigarrillos Ideales. A Santiago sus tíos le compraron hasta un uniforme pero no lograron que le gustara ni el vino ni el tabaco. La gente sentía que había que creer en algo, que detrás de alguna de aquellas ideologías estaba la salvación, la redención del ser humano y la felicidad. Se entonaban himnos de tono grave; se analizaban la verdades absolutas; se discriminaba entre héroes y villanos; se protegía las virtudes y aniquilaba los vicios; en definitiva, había certidumbres acerca del bien y del mal. Trini, como el resto de sus ancestros ya llevaba tiempo quejándose de que sus vecinos dejaran las cabras y ovejas sueltas y de que éstas se comieran sus cosechas. Maruja, su vecina, insistía en que los animales eran libres de andar por donde les placiera y que nadie les podía limitar con una alambrada el campar a sus anchas. Ahí empezaron las muertes. Harta Trini de encontrar heces de cabra y melones echados a perder se dirigió con Santiago a la casa de Maruja con paso firme. Maruja al verla entrar no medió palabra alguna y la agarró por el pelo. Ambas mujeres se arañaban y lastimaban con saña ante la mirada atónita de Santiago. El cabrero entonces salió de la casa con una garrota para fustigar a la adversaria de su mujer mientras éstas se increpaban. Santiago, queriendo defender a su madre, agarró del suelo un peñasco y se lo lanzó al cabrero con tal acierto que éste se desplomó en el suelo. Cuando contaron lo ocurrido al primo de Trini, que era el alcalde, éste les aconsejó que ocultaran la piedra no fuera a ser que la mostraran a los municipales y encerraran a Santiago por agresión. A la noche y con unos fósforos Trini y Santiago buscaban el pedrusco ensangrentado y cuando lo recuperaron lo enterraron en la pocilga con los cerdos. Fue a los pocos días de la pelea cuando se enteró de la muerte del cabrero, marido de la Maruja, y de los jaleos que se estaban formando. Al no aportar el arma homicida, el delito quedó impune ya que Santiago declaró que el hombre se resbaló al agredir a su madre. Con el suceso Maruja acumuló tanta rabia que sellaría el destino de la más propicia de las víctimas: el alcalde consejero de asesinos. El tío Saturnino cultivaba olivos y un día llegaron los Orozco con dos parientes armados con escopetas. Al verlos Santiago fue adentro a por su escopeta. *Quieto, que va a ser peor. Déjame que hable con ellos. Buenos días, Salvador. ¿Cómo va la cosa? Aquí te traigo a dos primos míos, que están buscando trabajo y no tienen. Bueno, y yo tengo acaso trabajo para ellos. Ya sabes que no es temporada de cosecha. Mira, Saturnino con la pedazo de finca que tienes estoy seguro que algo habrá para ellos, ¿no? A ver si te vas a despertar un día y vas a ver tu casa ardiendo, que es tiempo de incendios. Mira, ya veré. Algo seguro que encuentro. Que vengan mañana nada más amanecer.* Al día siguiente llegaron los dos muchachos aseados y con ganas de trabajar. *Patrón, qué quiere usted que hagamos. Mira, aquí tenéis unos trompos. Quiero que os* sentéis en este tronco y tiréis los trompos hasta que yo os diga. Y ¿nos va a pagar usted nuestro jornal? Claro, hombre. ¿Tú has visto que alguien trabaje con ganas si no cobra? Venga, que os quiero ver tirando los trompos. A la tarde, Saturnino volvió a pasarse. Los hombres parecían ociosos. En cuanto notaron la presencia del patrón volvieron a recoger los trompos y lanzarlos con ímpetu. Así, así, seguid con los trompos. Cuando llegó el final de la jornada, los dos hombres fueron a pedirle el jornal a Saturnino son suspicacia. Venga, ¿ya habéis acabado? Aquí tenéis vuestro jornal. Mañana os quiero bien tempranos otra vez. Pero, ¿nos va a dar usted trabajo? Trabajo y jornal. Al día siguiente, los dos muchachos prosiguieron con los trompos y llegada la noche uno de los dos tenía la nariz ensangrentada. ¿Has tenido un accidente? No, patrón. Pero, no regresó al día siguiente. Aquella tarde, en modo desafiante el único que quedaba le dijo a Saturnino: usted me va a pagar y yo le voy a tirar todos los trompos que haga falta. El caso fue que a partir de aquel día no volvió a aparecer. Saturnino se reunió aquella noche con sus camaradas de partido. Allí hablaban de todas aquellas personas que deberían ser eliminadas si quisieran crear un mundo feliz. Vamos a hacer una lista. Camaradas, nosotros no somos una pandilla de asesinos. Bernardo Páez disfrutaba de las reuniones pero no le gustaba el tono que a veces tomaban las conversaciones, sin embargo, su hermano Pedro Páez era de otro talante. Bernardo, que no va en serio. Es solo para imaginar cómo sería el mundo. El ambiente estaba caldeado y la gente empezaba a hablar por hablar. Pedro, contó que llevó a su hijo al circo y que el propietario hablaba de ocupar las tierras y repartirlas con los campesinos. Propongo a este tío como el primero de la lista. Los que hay que poner son los que os deben dinero, los que os han estafado, los maricones, los chorizos, los que no trabajan, los que no os dejan salir adelante, los que se liaron con nuestras hermanas y las abandonaron. Ahora está aquí la pregunta, ¿qué tendría que ocurrir para que empezáramos este plan? Como maten a alguien de mi familia... O a cualquier *camarada… los camaradas son familia. Saturnino, da un nombre.* Todos pusieron un nombre, tomándolo un poco medio en broma. Al rato llegó un simpatizante algo alterado: *han matado al alcalde. Le han pegado tres tiros a bocajarro. Me voy a cagar en la madre que los parió. ¿Quién es el primero en la lista? El circense. Mañana le va a llegar su hora a este cerdo.* Santiago, que había matado de una pedrada al cabrero sin sentirse orgulloso de ello, recordó que el circense tenía cuatro hijos y que nunca le había hecho daño a nadie al menos que él supiera. Al día siguiente fue a verlo. *Salid de aquí. Recoged las cosas e idos. ¿Por qué? Van a matar a tu marido. Mi marido no ha hecho daño a nadie. Ya lo sé, por eso os estoy avisando. No os quedéis aquí que a la tarde van a venir un par de pistoleros y tú, mujer, tienes cuatro hijos.* La mujer del circense avisó a su marido y recogieron la carpa y no se les volvió a ver por allí. Los segundos en la lista eran los Orozco pero éstos se habían echado al monte y buscarlos iba a ser una tarea complicada. Unos días más tarde, apareció Álvaro Ulloa con la intención de investigar lo ocurrido a su tío, el alcalde, a quien se lo debía todo. Pedro Páez le entregó la lista que habían hecho de los culpables. *Pedro, fue uno, a lo sumo dos los que dispararon, no treinta. Todos son culpables de algún modo, son lo instigadores. Lo único que quiero es llevar ante la justicia a el que lo hizo. Ja, que te crees tú eso. Ándate con ojo que ya saben a lo que has venido.* Álvaro pasaba los días interrogando a la gente para que le diesen pistas sobre los homicidas. En cada encuentro no surgió ningún delator y sí muchas amenazas que le provocaron insomnio. Una mañana Álvaro descansaba en su cama cuando sintió como si alguien hubiera cerrado la puerta del cobertizo. Los asesinos estarían guarecidos dispuestos a sorprenderle cuando saliese de casa. Prendió su pistola con sigilo de la mesilla de noche y se acercó al cobertizo con paso tenue. Cuando ya se disponía a abrir la puerta, un ruido le desconcertó y se disparó su arma. Un niño de no más de cinco años le miraba estupefacto mientras por la herida de su cuello se le escapaba la vida. Unos chiquillos jugaban al escondite por los cortijos de las inmediaciones y uno tuvo la mala fortuna de esconderse en la maldita casa en plena paranoia de crímenes. Ese mismo día moriría Álvaro de un disparo en el pecho. Estalló un conflicto civil y su mejor amigo en África, Andrés Tomás, tomó tierra con un grupo de soldados demandando venganza. Tomaron El Mosquín, El Carmen y El Sebel en unas horas dejando un reguero de sangre. Pedro Páez se acercó a Andrés Tomás y le entregó la lista. Aquellos que estaban en la lista y no tuvieron tiempo para escapar, desaparecieron y no se volvería a saber de ellos. Finalmente, después de tanta muerte purificadora, vino un periodo de hambre y miedo en toda la región. En aquellos años la gente estaba exhausta y pusilánime como para demandar más venganza. Un antiguo físico empobrecido por su alineamiento con el bando perdedor, un día junto a una hoguera con el estómago vacío rezongaba: *vinieron ellos para arreglarlo todo y ahora estamos muertos de hambre; todavía no han venido los que están por venir. Pero ya verás cómo esto va a cambiar.* Al rato un par de hombres que se identificaron como policías, lo detuvieron. *Venga con nosotros.* Afortunadamente para él no acabó en una zanja sino en la cárcel de Mahón dejando desvalidas a su mujer y su recién nacida niña que el hambre las consumiría, y no regresaría hasta veinte años después para perecer antes de que llegara la democracia, por una extraña dolencia que circunstancialmente sufrieron todos los que trabajaron en la extraña fábrica de los Osborne. La gente vivía de la venta de leña, castañas y cualquier fruto o verdura silvestre que podían encontrar en el campo. Un día un hombre llevaba unas bellotas en un zurrón para dar a sus hijos que no habían comido nada. Allí lo pararon un par de guardias y le preguntaron que qué llevaba en el zurrón. *Nada. ¿Nada? Anda abre. Bueno, nada, unas bellotas. Nos has querido tomar el pelo.* Aquel hombre volvió sin bellotas y con el labio roto. En estos días de hambre y desolación llegó un grupo de camaradas que estaban reclutando gente para atacar a los rusos. Más de uno incitó al resto porque durante la guerra habían contribuido a matanzas indiscriminadas de civiles y alguno se reclutó; otros porque tenían hambre y había rumores de que se comía hasta tres veces al día; otros porque estaban borrachos y les hicieron firmar y no pudieron decir no por no ser considerados desertores; y también estaba el caso de Santiago Bohórquez Ulloa. Santiago fue llamado a filas en el bando nacional cuando empezó el conflicto. Estuvo en alguna de las batallas más sangrientas. Sufrió una pulmonía al atravesar de noche el río Ebro. Se arrastró por el fango durante un día entero viendo cómo caían a ambos lados sus compañeros. En una ocasión, mantuvo su posición con un teniente coronel y hasta fue condecorado. *Santiago, no he visto nadie más valiente que tú. Cuando termine la guerra ven a verme que tienes trabajo.* Al acabar el conflicto regresó a casa. Su madre estaba allí esperándolo y su progenitor había vuelto. *Hijo, has vuelto. Tu padre está aquí.* Después de tanta desolación no tenía valor de disparar más. Ni siquiera cuando su madre le contó que su padre había vendido las tierras por menos de lo que valían. No pudo soportarlo más, por lo que la invasión a Rusia cayó como una bendición. Se juró que no volvería nunca más allí tanto si moría como si no por no volver a ver a su madre humillada de tal manera y sintiéndose tan incapaz e inútil para ayudarla. Su madre no tuvo el valor de despedirse de él, en vez de ella le acompaño su abuela quien le entregó una medalla de San Alejo mártir, patrón de las causas perdidas. *Tu madre quería dártelo pero no ha tenido valor.* Unos meses más tarde, llegó del frente una carta anunciando la muerte de Santiago en las cercanías de Leningrado con una foto de la tumba donde estaba enterrado, una medalla y sus objetos personales donde no encontraron la medalla de San Alejo. Su padre de inmediato fue a reclamar la pensión de su hijo pero se llevó una sorpresa cuando le dijeron que no estaba autorizado a llevarse el dinero, que estaba a nombre de Trinidad Ulloa. Muerto de rabia guardó los papeles y ni siquiera reveló que los tuviera. *Me cago en el cabrón de mi hijo. Era igual de hijo de puta que la madre.* Santiago, días antes de que desapareciera en la nieve, no llegaría a entender cuál fue la razón para que todos aquellos que estaban en la lista de personas que había que eliminar con el fin de construir un mundo mejor los mataran o persiguieran más tarde o más temprano excepto a la persona que él mismo añadió: Santiago Bohórquez, padre. Un día en Palomeque del Real unos jóvenes encontraron el cadáver de un borracho apoyado en la pared de un camposanto. De su bolsillo sobresalía el papel donde se acreditaba una pensión a una señora llamada doña Trinidad Ulloa Villarrubias. El ayuntamiento que contaba con algún desaparecido en aquella guerra mantuvo durante años un anuncio pidiendo que si alguien conocía a tal señora que se personara en el ayuntamiento, pero nunca nadie durante varios años se presentó allí con lo que dichos papeles acabaron con el tiempo olvidados en un cajón y el anuncio un buen día se retiró.

Los Turistas

Instalaron una plataforma a modo de andamio bien fijada al fondo marino desde donde un operario con un soplete iría desguazando pieza a pieza el casco del Santa Clara. Había pasado tanto tiempo que gran parte de la cubierta había sido absorbida por el fondo arenoso de la playa. La empresa chatarrera de El Carmen encargada del desmantelamiento del casco esperaba que de la venta del acero sacaría una buena tajada pero casi le salió lo comido por lo servido y eso que el ayuntamiento había trabajado con suma presteza y celeridad todos los permisos necesarios para la obra. De hecho, los peritos no se ponían de acuerdo sobre si se estaban cumpliendo todas las normativas de seguridad o no. En cualquier caso, durante las obras solo acaeció una caída del soldador por una ola de la cual salió ileso y que ni siquiera recogió el libro de incidencias. Desde la orilla varios operarios más tiraban de un cable metálico agarrado a los pedazos de acero que se desprendían del barco y los arrastraban a la orilla. Para mayor seguridad se trabajaba con marea baja casi siempre. Un camión provisto de una grúa se encargaba de cargar las planchas de acero y llevarlas al almacén de chatarra. Muchos vecinos curiosos, niños en su mayoría, contemplaban las operaciones y comentaban algo a cada desplome de las chapas y salpicadura de agua. Algún viajero también curioseó y tomó algunas fotos que décadas después fueron ampliadas y expuestas en el Ayuntamiento con el lema: "El Carmen: ayer y hoy de nuestro pueblo". Entre las fotos de dicha exposición figuraban las barcazas en la arena con las anclas y las redes preparadas para ser portadas a la almadraba. Un viejo caviloso y cejijunto con boina negra y cigarro de liar otea el horizonte mientras presagia una buena pesca. Con pompa y boato el alcalde de El Carmen Antonio Páez acompañado por la curia eclesiástica del momento inaugura las viviendas de protección oficial. Las mujeres con el pelo tocado por velos entrando en la fábrica de conservas Bocanegra y Compañía parecen hablar ilusionadas por sus matrimonios y las novedades de la vida. Foto del primer guardia urbano y primeros coches en carreteras asfaltadas pero no pavimentadas. El hombre parece estar en su primer día de trabajo luce un traje impoluto e irradia motivación a pesar de que solo hay un par de coches circulando. Úrsula, ya mayor, visitó dicha exposición y de todas las fotos que aparecían hubo una que le evocó amargos sinsabores. Esta fue la foto del accidente. Aparentemente inocente la foto mostraba en un plano principal al lechero discutiendo con un guardia urbano por un accidente en el cual se había derramado en el suelo parte del género. Ésto llamó la atención de Úrsula a quien le parecía divertida la escena ya que años antes la leche era apenas inexistente en toda la región e imaginaba lo que suponía aquel derrame. Al prestar más atención a la foto sintió una desazón que le recorrió los intestinos: en un segundo plano aparecía Scott con su traje llevando de la mano a Shaniqua y en brazos a Velvet. De la declaración que prestó a la policía cayó en la cuenta de que iban vestidas como aquella tarde gris en la que vio por última vez a las crías. No pudo más que sentir la congoja y el vacío por la separación. Por cualquier motivo que fuese, Scott había estado en El Carmen antes de irse con las niñas y no volver jamás a El Mosquín. Algunos años más tarde volvería a reencontrarse con aquellas dos criaturas que nunca habían dejado de pensar en su madre ni un solo momento de sus vidas ni en indagar sobre su paradero ya que los vínculos parentales son sempiternos e inquebrantables. Un año antes de que Úrsula se deshiciera de su negocio volvería a ver a Scott en un programa que la BBC había preparado sobre la guerra fría. Un par de turistas mayores visionaban el programa con sumo detenimiento en la sala de recreo del hotel mientras disfrutaban de un piscolabis. Súbitamente, reconoció el rostro deteriorado por los años de Scott que aparecía en la pantalla. Úrsula, se acercó a la pareja de ancianos británicos y les preguntó de qué trataba el programa aunque no entendieron la pregunta. Un joven le contestó que el programa trataba de espías que habían traicionado a su país y que tras el final de la guerra fría salían a la luz contando sus historias. Scott, aquel hombre que gustaba del lujo sin ser muy brillante no solo había traicionado a su mujer y a sus hijas sino también a su país. Al fin y al cabo todo el dolor que había sufrido se había desvanecido con la anagnórisis de sus niñas y sus nietos. Recibiría una oferta de una cadena hotelera por su negocio y ya mayor la contemplaría dilucidando que iba hacer con ese dinero. Mientras bebía una menta poleo recordaba aquellos días en los que empezaron a llegar turistas masivamente y su negocio empezó a crecer. En aquellos días El Mosquín contaba con una taberna regentada por sus tíos y un pequeño hostal con cuatro o tal vez más habitaciones. Habían llegado noticias de la muerte de una turista alemana ahogada y ésto había repercutido en los medios de comunicación tanto locales como internacionales. Los reporteros con ojo avizor casi habían tomado más cuenta de resaltar las benevolencias de aquellas costas que el hecho de la tragedia, lo que atrajo la atención de más gente que desconocía que existiesen lugares tan paradisíacos aún por descubrir. Mientras que El Carmen sí aparecía en los mapas, El Mosquín no. Es por esto que los primeros turistas llegaron a El Carmen y se hospedaron allí. Los pescadores del pueblo se estaban organizando y estaban creando las primeras cooperativas auspiciadas por iniciativas públicas y privadas. Las obras públicas habían favorecido el crecimiento del pueblo y muchos estaban pensando en medrar en la vida y obtener algo de satisfacción. Este desarrollo llevó décadas más tarde a que El Carmen dispusiera de una flota de hasta doscientos barcos pesqueros, se creara una infraestructura para exportar y trasportar el género, se elaborara productos y se creara una gran cantidad de industria de soporte relacionada con la pesca que dio una gran prosperidad a la región, casi tanta como la que obtuviera cuando fenicios y romanos explotaran el oro y el atún. La prosperidad llevó a que las familias adquirieran viviendas y se construyera cada vez más y de la misma manera, se abrieron cines y el antiguo burdel, el Don Miquel, de la carretera a Palomeque del Real, recobrara su esplendor de los años de la guerra de Marruecos, en los que los legionarios, solteros empedernidos e iniciados en las artes amatorias concurrían y pululaban entremezclados en la humareda y sordidez del tabaco, los cubalibres, la música charanguera, y las sombrías luces. De cualquier manera, el hecho de que El Carmen fuera un pueblo eminentemente industrial facilitó en gran medida el que se desarrollara el turismo en El Mosquín ya que los turistas no encontraban el mismo "je-ne-se-quoi" en una aldea que conservaba el mismo patrón urbano desde hacía más de quinientos años que en un pueblo con carreteras asfaltadas. Por eso, los primeros turistas se hospedaron en El Carmen pero pasaban más tiempo en El Mosquín, hasta que el número de camas y los negocios de restauración en este último, se multiplicaran y los visitantes probaran el gusto de hospedarse en lugar tan remoto como típico. El caso fue que el número de visitas se duplicaban cada año. Los primeros en llegar fueron los alemanes. A estos les gustaba comer ensaladas al aire libre y por más dinero que tuvieran nunca lo aparentaban pues su indumentaria veraniega era poco espléndida y aun inusual para los vecinos. Al parecer fue un alemán el que puso de moda el gorro de dominguero estampado. Décadas después cuando los turistas nacionales llegaron a ser más numerosos que los que se comunicaban en idioma foráneo, todo el mundo llevaba uno similar. Una modista de El Carmen replicó el modelo, y con el poco dinero que tenía ahorrado confeccionó algunos con una máquina de coser casera que llevaba años sin usar. Al momento los vendió en las tiendas junto a la playa a todos esos turistas poco precavidos con la dureza del sol veraniego y a algún calvo domeñado por los elementos. Esta espabilada vecina de El Carmen recibió varios pedidos más porque los sombreros gustaban y se agotaban rápido. Con el tiempo contrató a varias chicas para que cosieran y fundó el taller de Tocados y Accesorios Veraniegos. Los franceses eran muy similares a los alemanes en su atuendo solo que las mujeres alemanas no se afeitaban el sobaco mientras que las francesas sí. Ésto causaba las risas de las mujeres locales a las que les parecía divertido ver tanto pelo en una mujer a plena luz del día. Una mujer alemana le preguntó a una francesa que qué era eso que les parecía tan divertido a las mujeres de aquel recóndito lugar y ésta le respondió que no era usual que las mujeres enseñaran pelo alguno al aire. Muerta de vergüenza y con falta de preparación en afeites trató de explicarle a una de las mujeres ataviadas de riguroso luto que estaban sentadas en la playa que quería quitarse el pelo que si sabía donde podía hacerlo. La anciana la llevó a su casa y la depiló por unas monedas. Se sabe que desde ese momento las alemanas fueron a depilarse a la casa de la anciana cada vez que llegaban a la playa para evitar cualquier chascarrillo y que con el tiempo la anciana montó el primer negocio de belleza: Afeites y Perfumes La Abuela. Los franceses solían ir con un "bonjour" en los labios donde quieran que entraran como ya acostumbraban las tropas invasoras de antaño. Algunos disfrutaban no solo con el mar sino también con la naturaleza. Paseaban por el campo con sus hijos, subían a las lomas y cerros y eran muy respetuosos con no arrojar nada al suelo, lo que animó a los vecinos a ser conscientes de que si había más gentes y todo el mundo tiraba papeles al suelo pronto se convertiría el pueblo en un vertedero y nadie vendría a visitarlo. También acudían a misa y apreciaban el singular estilo gótico mudéjar de la iglesia de Santa María de la Concepción. Se interesaban por las leyendas antiguas y el anecdotario de la virgen de El Carmen. Un día un niño francés se extravió en el campo y todos colaboraron en su búsqueda. Al final para regocijo de todos, el niño apareció jugando con unos perros en el cementerio. Los padres sorprendidos ante la implicación de los vecinos en el asunto, colmaron de elogios a El Mosquín en su país, lo que le granjeó una sana reputación al pueblo. A los británicos les gustaba comer y beber. Muchos de ellos pedían paella y sangría que aún se desconocían allí. Un vecino avispado que todos llamaban tanto el "tres pesetas" que nadie recuerda su verdadero nombre, y que estuvo realizando el servicio militar en Alicante conocía lo que pedían y como era un cocinitas se le ocurrió abrir un bar con platos archiconocidos y otros más acorde con la región. En particular se hicieron famosos sus atunes encebollados. Ya por esos días un japonés aunque no turista, Takayuki Ichikawa, había puesto los pies en la región con la intención de comprar atunes para la boyante economía japonesa. A Takayuki le gustaban los platos de pescado del "tres pesetas" y los de Los Tesoros del Mar y afluía durante las temporadas de almadraba para comer. Los nórdicos también empezaron a llegar, aunque más tarde, a las costas de la Región. Los vecinos no eran capaces de dilucidar si eran noruegos, finlandeses, daneses o suecos, solo sabían que eran de aquellos países del norte donde hacía mucho frío y la gente es muy alta, guapa y rubia. Los noruegos miraban con displicencia todo lo que les rodeaba, si algo no destacaba en pulcritud o si alguna de las moscas infames del pueblo se acercaban a la comida éstos se levantaban y se iban ante la perplejidad del camarero. Una emigrante que se había casado con un alemán se dio cuenta del choque que suponía para los remilgos nórdicos o centro europeos y decidió abrir un negocio, Der Dampfer, que consistía en un pequeño local donde se servían comidas extranjeras a las horas en las que comían los extranjeros. Ese fue el primer lugar exótico de los muchos que vendrían después por los que los mosquines presumían ante los carmitas. Cuando un lugareño atrevido se aventuraba a probar aquellos platos exóticos a las cuatro de la tarde recibía una respuesta altanera de *todavía no se ha abierto la cocina para cenar*. En definitiva, el local se visitaba en verano pero rara vez alguien iba en invierno. Los suecos tenían miedo de beber agua corriente que recientemente había llegado al pueblo. Siempre iban con botellas de agua que traían de su país y que afortunadamente nadie les requisaba en aduanas. Los suecos o mejor dicho las suecas fueron las primeras en traer bikini. Esto provocó varios sermones del padre Fulgencio sobre la concupiscencia y las carnes trémulas que nos engulle en el pecado por nuestros pensamientos impuros y actos recalcitrantes. Las mujeres mayores sentían unos celos de los cuerpos escultóricos de aquellas diosas nórdicas de larga y rubicunda cabellera mientras que los hombres se quedaban boquiabiertos y tenían numerosos temas de conversación durante las partidas de cinquillo, brisca, mus o incluso dominó. *Yo no le vi a mi mujer tanta carne ni de casado. Vamos, Braulio, para lo que hay que ver. Pues, digo yo que también habrá mujeres feas allí, lo que pasa que no las dejan salir de casa.* Estas conversaciones eran oídas por las más jóvenes del pueblo quienes sentían la amenaza de morir sin descendencia ante tan implacables rivales por lo que muchas tornaron sus costumbres, se preocuparon por su salud e incluso recortaron sus faldas por encima de los tobillos. Los pequeños ingresos que iban recayendo en cada familia se fueron reinvirtiendo para no ser víctimas de alguna ladrona de novios. Esta alarma llegó al punto más caliente cuando se rumoreó que un joven camarero tuvo algo más que palabras con una turista danesa. Este camarero al que desde entonces se le apodó "el gallo de corral" era muy bien parecido y tan espigado como una nórdica. Su tez era oscura y estaba recubierta de bello. Se decía que era hijo natural de un actor de teatro. No sabemos qué pasó, pero desde entonces todo el mundo percibió que las danesas eran las mujeres más lascivas y libidinosas del orbe. Los hombres las miraban casi babeantes pero con el miedo del que piensa que dirigir unas palabras a una diosa era una gran osadía. Hubo uno que sí lo hizo, Manolo Castilla, y muy sorprendente fue para todos cuando anunció que se casaba con aquella sueca y se iba a vivir a Malmö con ella. Como cada verano regresaba al pueblo con sus dos niños, Christer y Gustav, y su niña, Agneta, todos sabían que Manolo había montado un bar, el "Tipical Sangría" que se llenaba e incluso se había puesto de moda en Malmö. Por eso muchos ánimos se fueron temperando hacía los nórdicos hasta el día en el que la primera mujer descubrió sus pechos en una playa, lo cual le valió una multa. El escándalo sirvió para fomentar el turismo de locales a El Mosquín ya que el incidente salió hasta en los periódicos, siendo la segunda ocasión en veinte años en las que el pueblo aparecía en la prensa cuando aun nadie lo ubicaba en mapa de carretera alguno. Exceptuando cuando el incidente dramático de los primeros extranjeros y éste, no sería hasta la vuelta de la democracia que la práctica de desnudarse se pusiera de moda y que los fieles de dicha fe nudista tuvieran su lugar de esparcimiento más allá del cartel que rezaba "Zona Militar" o en las arenas blancas de la playa de Orbagoza junto a las ruinas romanas. Esos años vendrían más adelante. Serían años en los que la región explotó en costumbres que eran más trasgresoras que las que venían de afuera y en la que hubo cambios tan profundos que tuvieron consecuencias, algunas nefastas y otras no, pero que no competen mencionar ahora. En cualquier caso, la ruptura del aislamiento trajo consigo nuevas costumbres y un aire de frescura para los habitantes y hasta tal punto se auspiciaba prosperidad que un inversor construyó el primer hotel con más de cien habitaciones en El Mosquín. A muchos no le hacía mucha gracia la idea del hotel. Los agricultores que les vendieron los terrenos pasaron a trabajar en otros menesteres, algunos como el padre de Paco el cojo se dio a la bebida porque no tenía nada más que hacer y era tan pobre que lo único que tenía era dinero. Con este dinero pagó la carrera de arqueología de su hijo, y más tarde, la fama y lustre que le confirieron aquellos estudios le catapultarían al puesto de alcalde. El inversor del hotel se llamaba Bocanegra y se empeñó en que se desmantelara el Santa Ana para poder abrir negocios acuáticos y dar trabajo a la región que se tradujeran en más impuestos y que se tradujeran en inversión. Cuando el desmantelamiento se llevó a cabo hubo algún niño que lloró de pena. En la construcción del hotel trabajaron muchas personas y supuso una fuente de ingresos para muchas familias el tiempo que duraron las obras. Muchos, entre ellos Úrsula, vieron una amenaza en aquel mastodonte. No había turistas suficientes ni para llenar la mitad del hotel aparte contaba con todo tipo de servicios dentro y estaba lo suficientemente alejado del pueblo como para que dejara sin recursos a los habitantes. A muchos se les prometió que se les permitiría alquilar algún local para que pudieran ejercer su negocio. Alguno incluso reservó sus metros cuadrados correspondientes pero el proyecto nunca llegó a finalizarse. Las obras se paralizaron ya que no contaban con el permiso de otra familia famosa de la región: Los Osborne, quienes habían adquirido tierras tiempo atrás tras el solar donde se erigía la mole de cemento. Las obras casi a punto de ser rematadas se paralizaron de sopetón. Muchos se quejaron de ésto porque no cobrarían de la promotora ni tendrían con qué pagar a sus empleados, que la familia Osborne eran una pandilla de caciques oportunistas que querían sacar tajada de todo aquello. Al final nadie estuvo a gusto con el resultado porque ni el hotel fue demolido ipso facto ni las obras concluyeron y el caso acabó archivado en un cajón de algún juzgado hasta que de nuevo no se sabe por obra de qué aparecieron los papeles repentinamente y se demolió el hotel en dos semanas. Hasta que llegó ese día, el hotel se convirtió como ocurriera con la Casa del Indiano en guarida de jóvenes rijosos. Su demolición y desescombrado llevó al periodo de mayor apoteosis económica de la región.

El Corsario

Muchos turistas preguntan el motivo por el que la Loma del Inglés, que separa la playa de El Mosquín con la vetusta Orbagoza, se llama así. Las crónicas que escribieron los procuradores de los calabozos del rey que ocupaban el antiguo recinto de la inquisición que sería reconvertido en polvorín, relatan la historia de un corsario que tras el hundimiento de su barco por un navío de línea acabó en la playa de El Mosquín; y cuentan que algunos labradores le persiguieron hasta la loma que lleva su nombre y desde allí el inglés se precipitó al piélago donde moriría. Algunos ancianos del pueblo conjeturan que podría haberse salvado porque el mar es lo bastante profundo como para que del salto no se quebrara la cabeza o se desmembrara. Más de un joven envalentonado de hecho saltó desde la peña más alta y alguno pereció por querer ganarse el afecto de alguna zagala o ensoberbiarse ante los demás. No hay muerte más absurda que el que muere por engreído. Este hombre era escocés, no inglés, y se llamaba David Russel. Su familia, devota en la fe protestante, se dedicaba a curtir pieles en Glasgow y asistían a misa con asiduidad. En los sermones el ministro de la iglesia vilipendiaba a los bárbaros católicos que practicaban la simonía, eran adúlteros o abusaban de niños. Los denominaba idólatras que revestían con oro imágenes mientras el pueblo se moría de hambre; infieles que con gran injusticia perseguían intolerablemente y quemaban a los seguidores de la verdadera reforma; desconsiderados que dejaban a Jesús a un lado mientras veneraban a vírgenes y santos como si se trataran de paganos. *Tenían miles de vírgenes y santos como dioses tenían los paganos. Los ricos tenían ganado el cielo porque podían comprarlo mientras los pobres no tenían derechos, solo deberes de ser esclavos. Aquellos quemaban a los ingenuos indígenas y explotaban a las gentes de áfrica en su beneficio y no les permitían leer las sagradas escrituras ni siquiera a los suyos para que no entendieran el verdadero y liberador mensaje del Señor. Habían matado y aniquilado a tribus, gentes e incluso naciones de gentiles en vez de enseñarles la buena fe ni el legado de libertad de Jesús.* Con estas palabras que arrojaba como saetas desde el púlpito el ministro de Dios, brotó en su interior una inquietud que le llevó a enrolarse en un barco corsario de aquellos que contaban con patente y beneplácito del rey. David llevaba consigo un gran número de biblias y pensaba en enseñar su fe a todo hombre de buena voluntad. Lo primero de lo que se sorprendió fue de ver una tripulación tan variopinta. Había un robusto africano de Madagascar que guardaba dientes de sus antepasados en una bolsita que había improvisado con la vejiga de algún animalito y según afirmaban le hablaban y predecían su destino. Un mongol tuerto, que había abrazado al islam, limpiaba la cubierta. David zarpaba rumbo a las Indias Orientales en la primera embarcación de una escuadra de una fragata y dos balandras: The Secret Oath; The Brave y The Unforgetable Fire. En su recorrido hasta las Indias pasaron por el cabo de San Vicente y avistaron unos navíos de línea portugueses que no tenían interés por ellos y viceversa, y ya no volverían a encontrase con otras embarcaciones hasta que muy cerca del golfo de Omán atacaron y apresaron a un buque mercante mongol que contenía perlas y sedas de oriente y tras la hazaña, cambiaron su rumbo hasta las indias occidentales para comerciar con estas riquezas. Allí le tocó quedarse con parte del botín que cambió por unos doblones de oro y regaló la mayor parte de las biblias a las gentes de allí. *Y con esto, ¿qué quieres que hagamos?* De vuelta zarparon hacia el atlántico con la promesa de encontrar nuevas presas. Quiso el destino que no lejos de Finisterre les sorprendiera una tupida niebla que no terminó de clarear hasta la mañana siguiente y, cuál fue la sorpresa, que avistaron un endemoniado galeón a babor que se encontraba para su regocijo sin convoy. A un simple vistazo dedujeron que aquella embarcación había sido atacada con anterioridad ya que sus velas estaban agujereadas y había desperfectos por la cubierta e incluso en el mascarón. Seguramente sus arcabuceros habían sido diezmados o yacerían heridos por el combate por lo que la suerte les había deparado un botín que se les antojaba por igual sencillo y apetecible. La escuadra puso rumbo al galeón con la intención de apresar su codicioso botín mientras el capitán del galeón trataba de no perder el barlovento que le conferiría ventaja en la batalla. Las tres naves corsarias seguirían al galeón hasta la noche cuando una lluvia imprevista frenó el avance del más pesado navío no afectando a las embarcaciones ligeras corsarias. Al amanecer habrían dado alcance al galeón por lo que cargaron los corsarios de metralla las culebrinas y falconetes ante la convicción de que abordarían el barco. David Russell desde su puesto en los cañones rezaba pensando en aquellos mártires de la fe que habían sido quemados por la inquisición mientras casi podía ver la popa del galeón. El africano como hacía antes de cada batalla sacó sus dientes de la bolsa y los sopló mientras profería unas oraciones ininteligibles. *Muerte*. El mongol rezaba sus oraciones. En esto que la fragata se colocó a babor. El galeón había acomodado unos cañones en el guarda timones y soltó varias andanadas fútiles que no tocaron al Secret Oath. De pronto, el Brave se colocó a estribor junto al Unforgetable Fire. David podía oír los gritos en castellano de los demonios. Ante la inminencia del ataque, el galeón viró poniendo sus sesenta cañones hacia la fragata. La primera palabra que aprendió de aquel bárbaro idioma fue *fuego*. El galeón soltó tal andanada que disuadió al Secret Oath de abordar y éste se retiró. No lo hicieron incautamente, en cambio, ni el Brave ni el Unforgetable Fire que se pusieron a tiro de los demonios. Con solo unas rondas de cañonazos el mástil del Brave se vino abajo dejando el buque sin arboladura. Su timón fue seriamente dañado. En ésto el Unforgetable Fire persistió en abordar el barco y soltó varias andanadas que hicieron algunos daños e hirieron a muchos de los tripulantes del galeón. De la bodega del barco comenzaron a salir arcabuceros con sus cascos de acero reluciente y barbas pobladas que se colocaron en línea para disparar a los corsarios, quienes claramente habían sojuzgado el estado del enemigo y su moral. Ante ésto el Unforgetable Fire se retiró mientras los últimos cañonazos terminaban por descalabrar del todo al Brave que se hundía en las negras aguas atlánticas. El galeón Santa Eulalia prosiguió su camino hasta El Ferrol mientras lo que quedaba de la escuadra que afortunadamente había salido mejor parada de lo que podía haber sido se dirigía al sur. No fue hasta pasados varios días y cerca del estrecho cuando los dos paquebotes fueron sorprendidos por tres navíos de línea enemigos en una noche neblinosa. El africano tras consultar sus ancestros subió a la cubierta y se arrojó al mar para asombro de todos. Sin viento y con un enemigo muy superior no había escapatoria, iban derechos a la muerte. Los primeros cañonazos dejaron a David inconsciente quien no se despertaría hasta que el agua que entraba por doquier lo hiciera. Lleno de pánico recogió su biblia que flotaba en el agua y abandonó el barco. Los enemigos habían apresado el Unforgetable Fire y hundido el Secret Oath. Los tripulantes del barco que quedaron con vida, conocedores de una suerte tan diáfana como amarga, se preparaban para recibir la soga mientras sus futuros verdugos los observaban con desdén. Alguno incluso se restregó el cuello ante la irremediable realidad de verse suspendido en el aire. En cambio, David, en la noche y flotando entre los escombros, llegó hasta la playa junto con otros que también lograron escapar momentáneamente de su destinos y se desperdigaron para aumentar las probabilidades de no ser descubiertos. Habría que esconderse evitando encontrarse con los demonios en su camino. Tras una marcha ininterrumpida por el bosque, llegó a un molino abandonado y allí se durmió. A la mañana siguiente, aun aturdido, los cañones seguían resonando en su cabeza cuando percibió el olor tan característico de los bovinos, lo que significaba la presencia de gente por allí. Antes de que se diera cuenta, una chica joven la observaba, lo que lo asustó. La joven le ofreció vino de su bota y algo de cuajo que llevaba consigo en un zurrón. Si aquello era un demonio, iba bien disfrazado. Fue entonces cuando resonaron en su cabeza las palabras de dar de comer al hambriento y de beber al sediento. Tomó la comida y la bebida y se quedó allí sin salir paralizado por el miedo. A la noche, la chica regresó muy preocupada y le invitó a que vistiera ropas de pastor y le siguiera. La niña le ocultó en el aprisco donde resguardaba a sus ovejas. Sin embargo, David, que no quería causar ningún perjuicio a la joven si descubrían que había protegido a un pirata, le regaló las monedas ganadas en su aventura religiosa y su biblia, y se marchó. Era consciente de que cualquier cosa que le ocurriera era su responsabilidad y que ningún país estaba libre de demonios ni desprovisto de ángeles.

Los Nacionales

Ni siquiera la más anciana del pueblo, Desamparados, sabía lo que era el tronar de un cañón. Al sentir aquellos retumbos de artillería pesada la gente del pueblo quedó desconcertada. Barcos de guerra patrullaban por toda la costa día y noche. Cuando cesaron los estruendos al día siguiente la vida volvió a la normalidad hasta que unos milicianos forasteros que llegaran en camión se dispusieran a organizar la defensa de El Mosquín. Levantaron barricadas con sacas de arena, entraron en la iglesia y sacaron las bancas. El cura y otros sospechosos de apoyar a los sublevados fueron arrestados y confinados en la iglesia como medida cautelar. Al rato llegaron los Orozco y los Pasamontes acompañados por algún campesino. Ambas facciones discutían entre ellos y casi llegaron a dispararse. Finalmente, los Orozco optaron por retirarse a las montañas con su gente. Al ver tantos preparativos mucha gente se escondió en sus hogares sellando puertas y ventanas, menos Pascual y Pilar que ese día se habían casado y estaban tomando unos aguardientes con sus respectivas familias. Un camión con soldados nacionales se acercaba al pueblo desde El Carmen donde ya mandaban los nacionales. Nada más bajar los primeros, un miliciano soltó un disparo que alertó a los nacionales. Éstos se fueron desplegando. La primera bala alcanzó el cuello de un hombre que llevaba un poco de leche para su hija y cayó desangrándose. Desde aquel momento, aquella calle sería recordada durante muchos años por la calle del padre muerto. Empezaron a intercambiarse disparos. Uno de ellos entró por la ventana de la taberna y se clavó en el corazón de Pascual, que acababa de casarse. La familia salió indignada y empezaron a arrojar piedras. Todos aquellos que arrojaron piedras de rabia tuvieron que huir del pueblo para siempre y ya no volvieron nunca más. Los disparos cesaron por momentos y ambos bandos intercambiaron improperios, gestos chabacanos y comentarios soeces. Por la playa unos legionarios comandados por el capitán Andrés Tomás quien anhelaba vengar al alférez Álvaro Ulloa, avanzaban con un taque. Poco antes de disparar el primer proyectil ofrecieron a los milicianos una rendición honrosa que fue rechazada ya que preferían morir a rendir la plaza. El primer cañonazo impactó en la espadaña del campanario de la iglesia y provocó que se desplomara la campana matando a aquellos que se habían parapetado tras las sacas de arena. Otra dejó en muy mal estado una vivienda de unos pescadores. Como arte de la divina providencia solo dos niños gemelos, Pedro y Pablo, de tres años salieron con vida por la puerta en amplio llanto y entre la humareda que exhalaban las grietas. Cada uno fue recogido por un guerrillero diferente y nadie sabe en qué países se refugiaron. El tercer cañonazo abrió una brecha en una de las barricadas y los legionarios pasaron matando a los guerrilleros populares y apresando a muchos. Entraron en la casa del indiano y allí encontraron al cabecilla mientras Adela le servía el almuerzo. Liberaron a los que estaban en la iglesia: don Torcuato, don Eulogio y a algún simpatizante. A los guerrilleros apresados los llevaron al bosque y los fusilaron. Al subir hacia El Sebel descubrieron que los sublevados ya habían tomado el pueblo y los ciudadanos fieles o bajo sospecha de ser fieles a la república habían sido apresados y cuestionados junto con otros, entre ellos Marisa Castaño, que habían sido delatados por sus actividades revolucionarias. Andrés Tomás recibió a Pedro Páez para saber qué fue del alférez. Éste le entregó una lista de personas responsables de su muerte. *¿Tantos? Esto ha sido un complot, capitán. Vamos, pues.* En esto que el vehículo con el que se desplazaban se estropeó y tuvo que bajar a El Mosquín en un burro zalamero. Andrés leyó el primer nombre: *Marisa Castaño, y una mujer que coño ha podido hacerle a todo un alférez de la legión. Se le rapa el pelo, se le da* *purgante y a tomar por culo. No, mi capitán ésta es una mala puta. Es de las que berreaban hijos sí, maridos no. Está viviendo amancebada. Es la puta de los asesinos. A este lado. Venga. Torcuato González-Izquierdo. ¿Y éste? ¿Un viejo? ¿A ti no te parece honrado?* Pedro Páez murmuró algo a su oído. *Pues, para adelante. Miguel Fernández Palomeque. No está, mi capitán. Traigan a la enredadora del pueblo, joder, ¿no sabéis que son las que se enteran de todo? La Paquita. Paquita queremos saber que ha sido de este sinvergüenza: Miguel Fernández Palomeque. Yo lo vi entrar en la casa de don Torcuato y no ha vuelto a salir. Me voy a cagar en la madre que lo parió.* Andrés Tomás entró pistola en mano en la casa del indiano y anduvieron buscando y rebuscando pero solo encontraron a unos moros que estaban dando cuenta de la sirvienta de don Torcuato. *Salid de aquí, desvergonzados. Esta tía ¿Quién es, Paquita? Ésta es la querida del que buscáis. Pues, nos vas a decir dónde está el gachí. No lo sé.* Arrastraron a Adela hasta la plaza del Polvorín junto con otras dos madres o hermanas. Les dieron purgante, las raparon y las dejaron desnudas delante de todos. *Mi capitán, unos milicianos escaparon a las cuevas. Seguro que está con ellos. Vamos a ver quiénes nos quedan: Miguel Fernández Palomeque, Jesús Orozco González y Salvador Orozco Orozco, Santiago Bohorquez (padre). Vale. El último de la lista, ¿quién es? Dicen que un borracho pendenciero. A éste lo localizamos en Palomeque del Real. Pues, cuando acabemos aquí, nos vamos para allá. Los demás están todos, ¿no? Pues, mañana por la mañana al bosque y ya sabéis lo que tenéis que hacer. Van a pagar caro lo que le hicieron a mi hermano de armas. Habéis arreglado de una puta vez el vehículo. Sí, pero no hay carretera hasta el monte. Pues, cuando allí lleguemos, el resto andando.* Al llegar al monte sonó un disparo que rebotó y se alojó en el talón de Andrés. *Me cago en los muertos. Me han dado. A cubierto.* Los sublevados dispararon a los milicianos que andaban esparcidos tras las rocas. Uno a uno fueron cayendo los milicianos a manos de los nacionales que eran más numerosos y disciplinados. *Señor, están todos muertos, pero no hemos encontrado a los tres de la lista. Seguid buscándolos. Mi capitán podemos volver en otro momento. Le llevamos a curar primero. ¡Y un carajo! Me subiré al burro y no me bajaré de él hasta que los encuentre a todos.* Los soldados registraron minuciosamente todos los huecos y abrigos con los que dieron en las montañas, pero no había rastro de nadie. De pronto, notaron que el capitán todo pálido se desmallaba y caía del burro golpeándose la cabeza. Nadie se ha puesto de acuerdo sobre las razones de la muerte de Andrés Tomás. Para algunos, la herida estaba infectada y cuando la infección se extendió por el riego sanguíneo este falleció y se desplomó del burro golpeándose en la cabeza. Otros opinan que seguramente perdió mucha sangre y pereció. No obstante, lo más probable es que cayera de agotamiento y muriera del golpe. En cualquier caso no logró acabar con la lista que se le debió caer en algún momento. El arrojo del capitán que prefirió morir en cumplimiento de su deber que ponerse a salvo emocionó a las autoridades del pueblo de El Sebel que lo nombraron hijo predilecto del pueblo. Una calle hasta llevaba su nombre. En el Ayuntamiento rezaba una placa con la siguiente inscripción. *A nuestro valiente capitán, Andrés Tomás, héroe del alzamiento militar quien puso su vida a disposición de la lucha por la libertad y la paz. Andrés Tomás, ¡Presente! El pueblo de El Sebel agradecido.* Otro de sus compañeros, Federico Castaño Urdiales, le dedicó el poema *La Cólera de Andrés Tomás.* Cuando terminó la guerra la población de toda la región fue diezmada como en los años de las incursiones moras a la costa. Algunos cayeron en el frente, otros murieron por estar en el lugar equivocado, a muchos se le ajustaron cuentas, unos pocos no regresaron del presidio o desaparecieron, otros de hambre y los que pudieron escaparon y corrieron diferentes suertes. También se secó la tierra y empezó otra guerra a mayor escala fuera de las fronteras. Al cese de las hostilidades llegó el tío Antón cuya popularidad fue tal que la gente se olvidó de los Orozco, que se sabían aun vivían en la sierra de los robos a cualquier desgraciado con dinero encima, el apoyo de sus allegados y la benevolencia del campo. Todos le querían, hasta el enterrador del pueblo, a quien le regalaba un paquete de tabaco de vez en cuando y una botella de aguardiente por navidad. Al tiempo el tío Antón recibió la visita de un joven, que según afirmaba, era su sobrino Pablo. El joven era apuesto y alto como él y atraía a las jóvenes del pueblo que hasta suspiraban cuando lo veían pasar con tanta gallardía y virilidad. Siempre iba impoluto sobre todo cuando acompañaba a su tío a misa. Se sabe de él que se echó novia y que trabajaba muy duro ayudando a su tío en el negocio. Un día el alcalde los invitó a tomar café a su casa y les habló de la posibilidad de construir una carretera y un puente hasta El Mosquín. El alcalde hablaba de una militarización de la zona ante una posible invasión rusa. También hablaba de pasos previos antes de la militarización: había que limpiar de malhechores la sierra. La guardia civil se encargaría de ésto. Día y noche patrullaban la sierra y en varias ocasiones se batieron con los Orozco pero no lograron nunca apresarlos. Los Orozco conocían las cuevas de El Sebel a la perfección y sabían cómo entrar y salir de ellas. Más de un guardia feneció precipitándose por alguna sima de aquellas que por allí quedaban. Ante la dificultad de capturarlos no tuvieron mejor ocurrencia que dar una recompensa a cualquiera que diera alguna pista sobre dónde pudieran hallarlos. Un anciano, que recordaba que los Orozco habían asesinado a su hijo en una reunión de anarquistas, se enteró de que Salvador estaba buscando medicinas porque Jesús estaba gravemente enfermo en la sierra y dio parte a las autoridades. *Regálaselas a su familia y verás cómo nos llevan al nido.* Su prima Francisca Pasamontes y su marido Pedro Pardo no sabían que los seguían la noche que salieron con su burro a la sierra para llevarles las medicinas. Al amanecer les condujeron sin ser conscientes a un claro donde dos hombres muy envejecidos estaban sentados al fuego. Uno de ellos jadeaba al respirar cubierto por una manta desgastada empapada en sudor y junto a él, el otro con el rostro cenceño y cubierto de barba. Al percatarse de la presencia de la guardia civil no movieron un dedo porque ya estaban agotados por el acérrimo acoso al que les habían sometido en los últimos meses. El hombre del rostro cenceño enrollado en una manta, se acercó con ademán tranquilo y sereno a los guardias con una taza abollada de aluminio que contenía café de cebada con miga de pan del día anterior. *¿Sabéis quiénes somos? Somos los Orozco. Así que enhorabuena por la proeza, ya sois leyenda.*

El Hereje

Una de las historias más extrañas que jamás nadie haya oído en El Mosquín y sus alrededores fue la del molino del hereje. La manera por la cual la inquisición vino a descubrir las malas artes del molinero fue cuanto menos digna de contar en estas crónicas. Vino un hombre de Toledo a construir un molino para servir las tierras de la Iglesia, que por esos días el trigo y la cebada tenían que viajar leguas para ser convertida en harina y luego ésta ser servida a los obradores de la región. Según cuentan las catas del juicio inquisitorial, el molinero era esquivo y taciturno. Acostumbraba a encender velas los sábados. Nunca nadie lo vio comer cerdo ni santificar los domingos o ayunar en cuaresma, por lo que ésto resultó sospechoso a los vecinos de las villas cercanas y todos aquellos que se acercaban acarreando sacos de harinas. Cuando unos muchachos encontraron el cuerpo de un niño crucificado en el bosque y varios utensilios como indicio de que se había celebrado una misa negra, nadie dudó de que aquello solo podía ser obra de alguien que odiara a la Iglesia y sus sacramentos. El Santo Oficio abrió una investigación para esclarecer los hechos. Se pidió al mejor grabador que ejecutara un retrato de la víctima para conocer el nombre de aquel aspirante a mártir y que fuera venerado como tal, pero nadie lo reclamó ni pudieron saber de dónde vino el santo niño. Durante mucho tiempo se celebró la festividad del Santo Niño Mártir en toda la región cada 4 de Agosto fecha en la que se ajustició en una pira humeante al culpable del crimen tan horrendo como sórdido. En todos los pueblos de la región los niños sacaban la imagen de un niño crucificado. Los niños caminaban descalzos junto al paso portando cirios. Al final se encendía un gran fuego donde quemaban al culpable y se recitaba una oración en latín. Cuentan que don Carlo Tagliabue banquero del reino de Nápoles atravesó la región y presenció un rito supersticioso y ocultista propio de un pasado ignorante. Carlo Tagliabue no solo era un hombre pragmático sino también un comprometido ilustrado y aunque ninguna de sus epístolas jamás se publicara, era un invitado asiduo a las tertulias científicas y literarias de la época. Hasta el mismo rey gustaba de su presencia y le acompañaba los días de caza menor. Es por ésto que tras su carta describiendo aquel rito ignominioso, éste dejó de practicarse. Todas las epístolas de sus viajes por la corona están guardadas en un cartapacio aun sin catalogar que podéis consultar en la Biblioteca Gambalunga de Rímini. En cuanto a la prohibición del rito, provocó revueltas que justificaban la continuidad de la procesión basadas en la tradición más profunda de la religiosidad y espiritualidad popular que mantenía unida al pueblo en sagrada comunión y reconociendo al demonio y sus adoradores como enemigos del rebaño de dios. En cualquier caso tal celebración no duró más de dos cientos años por lo que hoy en día nadie la recuerda ni sabe si alguna vez existió. Hasta los párrocos afirmaron en alguna ocasión que nunca hubo algo así, que son y han sido patrañas que esparcieron los anticlericales en pasquines con la intención de dibujar una fe basada en el miedo que aletargara los ánimos para contener los cambios sociales. No fue hasta un siglo después en el que se reconocieran ritos similares en distintas zonas de la cristiandad y se emitió un mea culpa que exoneraba a todos los propagadores de tales celebraciones por la ignorancia e incertidumbre en la que estaba sumida toda la cristiandad en aquellos años de amenazas, guerras y cismas que asolaron el continente. Ante la preponderante tolerancia alguno creyó conveniente revivir el rito, lo que conllevó críticas de la curia que postulaba que todo aquello no estaba basado en hecho fehaciente alguno y tampoco nadie vio apropiado sacar imágenes truculentas a la calle para demostrar el sacrificio de los mártires de la fe. Ya nadie habla de ésto, y cualquiera que se atreva sabrá que acabará como el último que lo hizo: en el anonimato. Cambiando de tema, el descubrimiento del culpable fue por obra de Dios, como algunos dijeron, ya que no había otro al que se le conociera tal mezquindad como para causar tanto daño gratuito a ser humano indefenso. Ésto ocurrió tras una noche de aguaceros y truenos. Unos labradores fueron al molino a moler el grano y vieron al molinero tumbado en el camastro enfermo y delirante. Al acercarse éste les rogó que llamaran al rabino de Toledo que se encontraba en las postrimerías de su vida. Los labradores, cristianos viejos, alarmados ante tal confesión corrieron a dar parte al Santo Oficio quienes enviaron al molino a uno de sus acólitos disfrazado de rabí. Éste, que era un erudito bien ilustrado en lenguas bíblicas, profirió unas oraciones en hebreo y el molinero se sintió apaciguado. Al sentirse mejor fue recogido y llevado ante la justicia divina que tras duras jornadas de deliberación finalmente arrancó una confesión del reo. El día del acto de fe impusieron un sambenito al reo de muerte que fue conducido al bosque ante el desprecio y las increpaciones de los vecinos. Unos ayudantes colocaban leñas de manera ordenada mientras se preguntaban si de esa manera ardería mejor la pira. Algunos recordaban en los ritos las palabras de maldición que profirió el reo mientras se retorcía de muerte en el crepitar de la candela. Cuentan los testigos que varios demonios salieron de su cuerpo mientras maldecía a la Iglesia y un negro humo espeso incapaz de elevarse al cielo se extendía por el suelo como si fuera un miasma envenenando las aguas, asfixiando el ganado y provocando abortos a las mujeres grávidas. El pueblo aterrado se conmovía ante los acontecimientos que rodeaban la quema del molinero que resultó ser un nigromante y autor de un crimen obtuso y sanguinario con el que pretendía reírse de la fe católica. Por la maldición nunca más volvió a crecer trigo alguno de las tierras del obispo, que se extendían más allá del pueblo de El Sebel. Dichas tierras fueron llenándose de jaramagos y las perdices y otras aves empezaron a anidar allí, y con las aves llegaron árboles y el bosque se hizo muy tupido. Algunos porfiaron para quemar también el molino donde se había urdido la trama para sacrificar al santo niño. Al final tan solo lo destrozaron y durante muchos años fue punto de aquelarres de brujas hasta que lo fuera de amantes por eso las gentes de El Carmen lo llaman el molino de los amantes y los de El Sebel y El Mosquín del hereje. Meses después del suceso, López de Hueva abandonaba el pueblo montado en un pollino.

El Bosque

La vieja Desamparados reunía a los niños del pueblo junto a la copa y les narraba las historias de los habitantes ocultos del bosque. A algunos les maravillaba el ingenio de aquella anciana para contar cuentos, mientras que otros palidecían ante lo verosímil de las historias. Ya las cataratas estaban tan extendidas que la anciana era totalmente invidente. Durante la guerra se andaba quejando de unos puntos blancos que no le dejaban ver los rostros con nitidez pero que le ayudaban a percibir mejor los espíritus. Algunos aseguran que aparte de perder la vista perdió el juicio porque fue a partir de entonces cuando la vieja Desamparados se tornó cada vez más errática. Un día en plena misa irrumpió en el templo enarbolando un bastón y vociferando aparentemente a un niño invisible: *Isaac, dónde está sentado ese hombre tan perverso. Dirígeme hacia él para que ningún niño más esté en peligro. ¿Dónde está el asesino de los diez niños?* El tío Antón refunfuñaba varios inauditos y miraba al cura. *Cielo santo, ¡qué soberano disparate dice esta señora!* Las tardes de verano se paseaba con su bastón y gritaba *"estrasni" despierta. Recuerda lo que hiciste. Te queda poco para que se cumpla la maldición de Maria.* La gente a pesar de las excentricidades miraban hacia Desamparados y su familia con benevolencia ya que no se le atribuía a la anciana ninguna mala intención y nunca nadie tuvo litigio o queja de aquella buena señora mientras anduvo en su sano juicio. Es más, muchos creían a pie juntillas lo que aseguraba y hasta gentes de Palomeque del Real, y hasta algún Osborne, acudían a verla para preguntarle sobre tal o cual familiar fallecido: que si sabía dónde guardó el dinero y ella le respondía que antes de morir su marido se gastó el dinero en putas y borracheras; que si sabía si había fallecido su marido, y ella le revelaba que a su marido le gustaban los hombres y se había fugado con uno; que si podía hablar con su hijo muerto en la guerra para saber que ocurrió con la pensión y ella le pedía una penitencia a cambio. Una vez una mujer de El Sebel le contó que su hijo había sido asesinado y rogaba que le preguntase quién lo mató. *¿Y por qué no se lo preguntas tú? Sal todas las noches a las doce con una vela y pasea por el pueblo preguntando a tu hijo que te indique quién lo mató.* Así lo hizo y a los diez días un arriero apareció ahorcado en un olivo que al parecer se había suicidado. Una noche varios niños llamaron a su puerta y le pidieron a la nieta Antonia que querían ver a Desamparados para que le contara alguna historia de los santos del bosque. Al oír la voz de los niños Desamparados contestaba desde el interior que sí. Sentados en corro miraban a la anciana de plateada cabellera mientras daba unos golpes con su bastón en el suelo y bramaba y balanceaba el torso insuflando un aura de misterio a la atmósfera que sobrecogía a los niños. *Los sacamantecas. Los sacamantecas fueron hijos de sacamantecas y nietos de sacamantecas que vinieron desde oriente y recorrían pueblo tras pueblo llevándose a los niños que lograban engañar en su carromato. No se quedaban por mucho tiempo en los pueblos por los que discurrían para que nadie sospechara de ellos. Durante mil años los sacamantecas anduvieron errantes por todo el mundo dejando a padres desolados y llevándose a niños. Los sacamantecas se comían a los niños que andaban solos o que se habían escapado de casa. Con la grasa elaboraban jabón y enterraban sus huesos que años después vendían como si fueran reliquias de algún santo y aseguraban a las personas incautas que obraban milagros. Un día un padre se acercó a un sacamantecas y le pidió que le vendiera los huesos de algún santo que pudiera hacer el milagro de devolverle a su hijo, que había desaparecido años atrás, aunque fueran solo sus huesos. El sacamantecas le preguntó que dónde y cuándo había desaparecido su hijo. ¿Y sabéis que es lo que hizo? Le vendió los huesos de su propio hijo sin que el hombre lo supiera y le dijo "este será capaz de hacer lo* *que deseas. Ten un poco de fe".* Paco, le preguntó que cómo sabía esa historia. *Porque el niño que raptaron y devoraron los sacamantecas está sentado junto al brasero ahora mismo.* Muchos sintieron un frío por el cuerpo y tuvieron pesadillas aquella noche. Según la vieja Desamparados, todas las noches los niños devorados salían al bosque en busca de los dos últimos sacamantecas que fueron apresados hace casi cien años y sentenciados a morir en el garrote vil. *Por la noche, no es aconsejable salir por el bosque porque podéis sentir a esos desdichados niños preguntar dónde está el hombre del saco. Al final de la noche antes del alba siempre terminan encontrando a los dos criminales: Abraham y Josué. Y les tiran piedras y les escupen y orinan sobre ellos hasta que amanece y así se van a llevar hasta el fin de los días.* Muchas madres agradecían que la anciana narrara esas historias tan crueles como terroríficas porque disuadía a los niños a salir de casa de noche y muchos creían que hasta los niños se volvían más obedientes. El bosque desde que El Mosquín fue pueblo siempre ha entrañado innumerables peligros. Algunos arrieros cuentan que han visto grabados en roca las figuras de animales de los que no se tiene conocimiento de que hayan existido en la región. Dichas rocas contienen elefantes, flamencos, osos, linces de gran tamaño e incluso monos. Es por ésto que muchos piensan que el bosque de El Mosquín tuvo que ser en el pasado mucho más frondoso de lo que lo era por aquel entonces. Desamparados hablaba de unas marismas llenas de aves y ranas de colorines y bichas inofensivas y pajaritos blancos como si estuvieran encalados. Solía jugar con sus hermanos y cazaban ranas juntos. El padre Fernando Fernández hablaba de simonía en sus homilías y del juicio impertérrito de Dios que traería plagas, sequías y enfermedades. El primero en caer fue el mismo padre Fernández que falleció por una bronquitis y se enterró en el cementerio de El Carmen con aplomo en el rostro de todos sus allegados en un día de lluvia que inundó los campos e incluso los pueblos vecinos. Cuando el Griso de desbordó fue una excusa para que los niños sacaran su carácter más jovial llegando montar en barcas por las calles. Nadie guardaba nada de valor en sus casas por lo que nadie perdió nada con la anegación del pueblo. También les aseguró que no estaba realmente bautizada pues sabía por los espíritus que el padre Fernando Fernández nunca fue ordenado sacerdote. Desamparados refería una gran cantidad de relatos grabados en su memoria hasta tal punto de detalles que resultaba extraño pensar que pudiera estar tan senil y que soltara en ocasiones barbaridades como aquellas de que las ánimas de los muertos quedaban encerradas en los espacios libres entre los árboles del bosque. Una noche de chaparrones y truenos los niños fueron a refugiarse a su casa y la anciana pidió a su nieta Antonia que trajera una redoma de barro que guardaba en la alacena. De allí sacó una faltriquera que parecía hecha de piel de algún animalito, muy tersa y fina que hasta casi se trasparentaba. Tanteó su contenido con sus dedos y lo volcó sobre la mesa camilla. Dentro había varios colmillos humanos y algún molar. *¿Qué es eso? Son dientes. ¿De quién? No lo sé. Mi madre, que en paz descanse, los llevaba consigo cuando murió. La tata Antonia fue la mujer que me crio cuando mi madre murió y el día que me casé me lo regaló. No sabemos quién era mi madre ni de dónde venía. El día que me muera quiero que me entierren con ellos. Muy pronto dejaré este mundo y ya me estoy preparando para marcharme para siempre. No, abuela Desamparados, no te mueras nunca.* La abuela Desamparados hablaba con todos como si entendieran lo que ella misma percibía. Una noche Antonia fue llamando de puerta en puerta preguntando por su abuela. *¿Han visto a mi abuela? No, hija. ¿No está en la iglesia? No, me ha dicho el padre Eulogio que no la haya visto. Es de noche y me da miedo que le haya pasado algo.* Muy preocupada dieron parte a la guardia civil y salieron a buscarla. Al amanecer apareció con su bastón cruzando el puente. *Abuela, ¿dónde se había metido? Vengo del bosque. Y, ¿qué hacía usted allí? Despedirme de mis amigos. Abuela, usted no se va a morir. No era por mí. Era por ellos. Abuela, ¿quiénes son? El moro,* el molinero, aquel anciano que vino de Cuba, tu tía, tu prima. *Están todos allí, pero pronto irán al cielo.* Días antes anunciaron la apertura de la fábrica de El Sebel y los ríos empezaron a secarse y oler mal. El Griso se convirtió en un lodazal por el cual en los días de lluvia bajaban aguas con una espuma amarillenta muy espesa que acababa en el mar. El bosque se tornó con ésto cada vez menos tupido. Algunos vieron la oportunidad de cultivar tomates, pimientos y pepinos en toda la franja hasta la Loma del Inglés. Fue por entonces cuando Desamparados falleció. Se fue a dormir y le preguntó a Antonia si ya estaban avisados todos los familiares. *Antonia, te quiero mucho. Eres mi nieta favorita. Pronto voy a conocer a mi padre y a mi madre.* Con la muerte de Desamparados murió una época mítica y misteriosa del pueblo y la vida se volvió más prosaica. Mucho cambiaría la región desde que las ánimas que solo ella veía quedaron libres. Días más tarde, fusilaron a dos criminales de guerra que llevaban años en presidio: los Orozco. Éstos también fueron unos de los últimos moradores del bosque y de las cuevas de El Sebel. Salvador Orozco Orozco era un parricida, así es como lo describió el fiscal en el juicio. Ésto nunca se llegó a aclarar pues mucha gente señalaba que de joven el niño salía con su padre de caza y que un día por error le pegó un tiro. Otros más maledicentes afirmaban que el joven Salvador no guardaba buena relación con sus padres a quien todos respetaban en el pueblo y que el joven quería tener un caballo y esperaba a que su padre muriera para comprárselo con la herencia. Algunos en apoyo de esta teoría, aseguraban que aguantaba la risa en el sepelio del padre. Si esto fuera cierto, ¿por qué no se compró un caballo tras la muerte sino años después cuando al morir su madre vendiera el ganado y se dedicara al sindicato de lleno? Salvador entró en el sindicato agrario gracias a su primo Jesús Orozco, compañero inseparable hasta el día de su muerte. Ambos se ganaron una fama de luchadores de la causa obrera porque cuando algunos braceros eran despedidos éstos hacían de piquetes para que fueran readmitidos. A cambio, muchos le debían favores y le hacían regalos. Los Orozco embozados y con sus escopetas de cartucho iban donde hiciera falta e intimidaban a los propietarios de tierras. No obstante, el primero de los crímenes que atribuyeron a los Orozco fue el de un cacique que había dejado preñada a una moza que servía en su cortijo. Al enterarse la familia de lo ocurrido la habían echado. El padre fue a pedir reparaciones por lo que habían hecho a su hija y éste recibió un par de perdigones de sal y varios insultos a su hija. Los Orozco embozados fueron enviados a robar en el cortijo y se llevaron mil pesetas que más tarde repartieron con el hombre aquel. Maniataron a la familia. Mientras éstos les miraban, daban cuenta de chorizos y demás viandas sin dejar que les viesen la cara. Unos cuentan que por error a Jesús se le cayó la escopeta y ésta se disparó haciéndole un boquete en el pecho al culpable del agravio. En el juicio la viuda declaró que le disparó a sangre fría y que después se dieron el lote de comer de todo lo curado del cortijo. Tras ésto nadie se metió con ellos. La guardia civil los apresó pero nunca llegaron a ser imputados porque nadie les vio la cara y no se encontró arma alguna que coincidiera con la del crimen. Las actividades de los Orozco eran secretos a voces. Nadie les delataba y ellos se sentían invulnerables. Tal era el respeto que le profesaban, que si había un acto revolucionario los campesinos lo atribuían a ellos. Cuando fueron invitados al velatorio del cabrero entendieron que iban a recibir un pedido especial por parte de la viuda Maruja: matar al alcalde. Aquí hay muchas dudas. Los familiares niegan que mataran al alcalde, que no aceptaron tal cometido porque no eran asesinos a sueldo sino luchadores del pueblo. No obstante, varios declarantes testificaron lo contrario en el juicio. Ahora bien, si ellos no fueron los asesinos, ¿quiénes mataron al alcalde? El fiscal le atribuyó otros delitos como el intento de asesinato del cura y la quema de la iglesia de El Mosquín. A lo cual la defensa alegó que dichos actos no eran de su autoría sino parte de la cadena de represalias que se produjeron y que como consecuencia provocaron el asesinato de varios campesinos que celebraban una asamblea. Una sonrisa se le dibujó a Salvador en la comisura de los labios al saberse que por su acto más sangriento no le iban a procesar. Salvador andaba en amores con la hija de un jornalero pero que está lo desdeñaba a pesar de que le trajese regalos y en cambio, miraba con mejores ojos a un anarquista apodado el Triguero. Lo que desató la cólera de Salvador fue el hecho de llegar a buscarla y salir a su encuentro su padre, Alfonso, con estas palabras. *Mira, Salvador, a mí me da mucha lástima verte todos los días venir en busca de mi hija cuando ella no quiere nada contigo. Es más si es que parece que todavía no te has enterado. Mi hija está preñada. Y ésto se veía venir porque si no se la han tirado la mitad de los jornaleros no se la tirado nadie. ¿Quién ha sido? Dicen que el Triguero.* Salvador llegó lleno de rabia al cortijo de su tío y se bebió de un solo golpe una botella de aguardiente. Se había enterado de que aquella noche se iban a reunir los anarquistas en la sala del campesino. Salvador irrumpió en la sala y mató a cuantos pudo acompañado de otros de sus secuaces. Jesús Orozco González durante el juicio recordó con cariño el día que le vendió a aquel afable asturiano la biblia que sus antepasados guardaban desde hacía siglos junto con otras obras guardadas y escritas en árabe por quién sabe. Los Orozco negaron haber matado y haberse deshecho del cadáver de aquel buen hombre. Ellos atribuyeron el crimen a los milicianos que tomaron el pueblo de El Mosquín ya que ellos se echaron al monte donde han estado ocultos hasta el día en el que los capturaron. Todo el juicio se basó en dimes y diretes, no se aportó ninguna prueba fehaciente de que ciertamente aquellos hombres hubieran asesinado a tanta gente durante la guerra. Es por ésto que su letrado pidió la nulidad del juicio y que en todo caso se conmutara la pena de muerte por la de prisión ya que el primero de todos los crímenes, que admitieron aunque no intencionadamente, el del terrateniente, había prescrito y no había pruebas del resto. Ésto no sirvió de mucho y todos lo sabían ya que la fiscalía argumentaba que sus crímenes habían sido un hecho continuado hasta el presente. Incluso el bedel del tribunal militar que les juzgó se permitió la licencia de bromear sobre el asunto. *Las viudas de los acusados que pasen.* En su alegato final, Jesús no se atrevió a abrir la boca cuestionando que fuera a servir de algo, en cambio Salvador dejaría un alegato que sería recordado años después cuando llegó la democracia: *Señoría, mis palabras vienen como redención de un país que se hunde en la infamia y la desesperación de sus ciudadanos. Yo nunca levanté el arma contra el pueblo sino a favor del pueblo con la idea de liberarlo, puede que usted me juzgue porque no puede hacer otra cosa por la esclavitud a la que está sometido... El acusado tiene algo que declarar o se va a pasar el día criticando a los demás. Es a usted al que se le está juzgando por unos crímenes. Déjeme, déjeme acabar. En este país sometido al yugo y a las flechas se impide que los hombres libres se levanten para reclamar su tierra. A mi padre le pegaste un tiro y ahora tampoco se puede levantar, so hijo de puta. Silencio, en la sala. Sois unos monos. Unos monos al servicio de unos tiranos. Primero fuisteis aliados de los tiranos que empezaron una guerra y ahora de aquellos que piensan destruir toda esperanza para los trabajadores. Los tuyos se llevaron el oro, diles que lo repartan con los obreros. No tengo constancia de que eso sea cierto. Ja, ja, ja. En cualquier caso mi historia es demasiado profunda como para que estéis a la altura de juzgarlas. Ya soy un hombre mayor y me han torturado en los calabozos tanto a mí como mi primo. ¿Es esa la libertad que nos habéis otorgado? Señor Orozco, usted ha podido denunciar a través de su letrado cualquier acto del que haya sido víctima tanto usted como el otro acusado. Yo no estoy aquí para hablar mal de su señoría sino para redimir tanto a usted como el resto de trabajadores de este país que están sometidos. Vamos a ver, este juicio es por unos crímenes que se le atribuyen, no estamos acusando al país. Usted no se acaba de enterar. ¿¡Qué tiene que decir en su defensa!? Me está usted impidiendo hablar, cuando se suponía que tenía derecho o al menos eso es lo que ponen las leyes dictadas por caciques y cabecillas tiranos que han* usurpado las tierras a los campesinos. *Éstos son los máximos culpables de todo lo que ocurrió en aquellos días. El pueblo y sus defensores nos hemos tenido que defender para darles un futuro mejor a nuestros hijos.* Tras el alegato final el juez se marchó a deliberar. En cuatro horas el juez entregó su veredicto. *Pónganse en pie los acusados. ¿No se va a levantar? No me voy a levantar. Por favor, levanten al acusado. ¡Se levante! Este tribunal militar encuentra a los acusados don Salvador Domingo Orozco Orozco y don Jesús Maria Orozco González culpables de todos los crímenes de guerra que se le imputan. ¡Mueran los tiranos! ¡Viva la Republica! Se le condena a morir fusilado por un pelotón designado a tal efecto en un plazo que será definido en dos meses. La sentencia es firme y los acusados no tienen derecho a apelar. ¡Abajo la tiranía de los caciques! ¡Mueran los explotadores de los trabajadores! ¡Viva la libertad! ¡Cállese de una vez!* El día de la ejecución de la sentencia los reos pudieron despedirse de sus familias y les dispensaron una comida opípara. Con las manos esposadas en la espalda fueron conducidos a un muro y ambos rechazaron la extremaunción y confesión del páter. Jesús pidió que se le vendaran los ojos, mientras que Salvador miraba altivamente a sus verdugos con el palillo en los dientes que se llevó de la última comida. Se les permitió entrar a algunos espectadores que fueran testigos de la muerte de los criminales de guerra más famosos de la región. *A ver si os envían ya al infierno. Eres muy valiente por enfrentarte a un reo de muerte. ¿Eso te lo enseñaron en la academia militar? Muérete ya. Carguen, apunten, ¡fuego!* Los cuerpos de los Orozco estuvieron enterrados en una fosa sin nombre hasta que el primer alcalde democrático de El Sebel los reclamó y los enterraron juntos en el cementerio del pueblo con una lápida que rezaba: *¡Viva la Libertad!* Al segundo entierro de los Orozco acudieron masivamente la gran mayoría de los jornaleros de toda la región incluso alguna televisión del bloque socialista le dio cobertura en un documental que se perdió años después. Algún embajador incluso envió un mensaje de pésame al consistorio. Sin embargo, en las vísperas de la ejecución nadie fuera ni dentro del país pidió clemencia por los reos y apenas apareció noticia alguna en los periódicos lo cual enervó extremadamente a Salvador.

La Güisquería

Takayuki era hombre de pocas palabras, nunca nadie lo vio sonreír ni ir acompañado. Tan solo se dedicaba a seleccionar los atunes adecuados en la almadraba para congelarlos y enviarlos a Japón. Cuando atisbaba un atún saludable tan solo levantaba el bastón y lo señalaba, ni siquiera hablaba, y los pescadores lo segregaban del grupo. Llevaba unas gafas ahumadas de alta graduación, que provocaba que muchos pescadores se preguntaran cómo atinaba tan bien en elegir lo más granado del mar si estaba tan cegato. Si un pescador voluntarioso le ofrecía, por si colaba en la cesta, otro más pequeño, con el rostro circunspecto movía la cabeza en señal de desaprobación y prontamente era descartado o incluso devuelto al mar. Los japoneses pagaban una verdadera fortuna por aquellas criaturas que habían hecho famosa a toda la región desde hacía más de tres mil años. Al acabar de faenar Takayuki iba a la lonja, pagaba lo acordado y supervisaba que todo el género fuera transportado y enviado para satisfacer el creciente apetito de pescado en una isla que estaba superpoblándose. Al acabar el trabajo rara vez Takayuki se dejaba ver. Se conoce que tomaba atún encebollado y tortilla de patatas en el bar del "tres pesetas" y se rumoreaba que frecuentaba la güisquería de la carretera y se emborrachaba con aguardiente. La güisquería se había convertido en lugar de encuentro de camioneros y gente pudiente quienes callaban los pecados ajenos como los propios. Don Miguel no era el propietario ni mucho menos. Antes de la guerra dichos lugares de alterne no tenían nombre tan solo eran locales abiertos y punto. La gente sabía qué era lo que ocurría allí dentro. Los curas negaban su existencia para no dar más propaganda innecesaria al local y arrojar más almas al abismo tenebroso. Cuando se refundó el local, su propietario pensó que se llenaría de señoritos y por eso lo bautizó con el nombre del señorito que animó a cada uno de sus siete hijos a que se desfogaran en aquel antro y se iniciaran de esa forma en las artes amatorias. De todos los hijos solo uno continuó con la tradición, el primogénito, y este trató en vano de inculcar la misma tradición a su único hijo pero sin lograrlo. Solo lo consiguió cuando éste se quedó viudo y se encontraba al borde del colapso por la pérdida de su mujer que un cáncer mamas se llevara. Se sorprendió bastante al darse cuenta que aquel local legendario estaba aún abierto. Enrique Antolínez sintió deseos de compañía femenina aunque fuera para hablar. La primera que se le acercó fue una guineana esbelta que le preguntó si le invitaba a una copa. Se sentaron en la barra y pidieron dos cubalibres. Enrique empezó a contar todo lo que le ocurría hasta tal punto que la guineana no quiso tomar una segunda copa. Después se acercó otra y ocurrió lo mismo, tras la tercera, nadie volvió a requerir su compañía. Enrique Antolínez se quedó de nuevo solo para ahogar sus penas. No sabía que la regenta se había fijado en él cuando se marchaba. La regenta empezó trabajando en el bar de alterne cuando dejó El Mosquín por miedo que le raparan el pelo otra vez como hicieran el día de la toma de los nacionales. Fue una simple pupila bajo las órdenes de un proxeneta que a lo poco de inaugurar el local falleció y lo dejó en herencia a sus hijos. Los hijos por influencia de la devoción de su madre traspasaron el sórdido antro a Adela, con tal que hiciera una generosa derrama económica y pagara una misa por el alma de su padre a quien sus mismos hijos consideraban un degenerado. Desde aquel día Adela fue la Regenta. Pasaron varias semanas hasta que Enrique volviera a entrar en el bar, esta vez sobrio, y Adela prestara atención a su discurso. Al acabar la noche estaba tan borracho que Adela le pidió que se quedara arriba a dormir la mona. Un terrible pitido resonaba en sus oídos y su boca estaba seca por la resaca al despertar. Al fondo escuchaba una mujer cantando coplas y con el pelo recogido en un moño. Tuvo por primera vez en mucho tiempo la sensación de compañía. Muy tímido se acercó en calzoncillos a aquella mujer que preparaba café y unas tostadas. *Hombre, si parece que se ha despertado ya. Ayer te bebiste hasta el agua de los floreros. Usted, ¿es la regenta? Sí, y tengo que cuidar a mi clientela para que no se me muera y la pierda. Tengo un poco de café que he preparado a la chicas, si le apetece se puede unir a nosotras.* Enrique con una prestada y hortera bata estampada acompañó a la Regenta al comedor para sentarse junto a las demás pupilas que acababan de levantarse y andaban hablando de tal o cual enjuague vaginal y de tal o cual pesado de la noche anterior. Al percibir la presencia del inesperado invitado se cohibieron. *Niñas, hacedle sitio a Enrique, que va a desayunar con nosotras y decidle a Alejo que venga, que sobran ensaimadas y café.* Alejo era un tosco hombre de campo de casi dos metros que trabajaba protegiendo a las chicas de la güisquería. Corrían rumores de que cuando joven mató una mula a mamporros porque le tiró al suelo. Dicha fama era lo suficientemente disuasoria como para que nadie se propasara lo más mínimo con las chicas y se guardara el orden. Solo en una ocasión cuando algunos soldados americanos llevaron la fiesta más allá de lo divertido Alejo, asistido por unos camioneros, tuvo que emplearse a fondo hasta que la policía militar llegara y diera por finalizada la contienda a cachiporrazos y arrestos. Tal debieron de ser las represalias a las que se vieron sometidos los involucrados en la trifulca que nunca más un solo marine volvió a entrar en el local. Solo a los buenos clientes se les daba algo de manga ancha para que pasaran algo los límites del orden. Así a Takayuki que cada año visitaba el don Miguel y era espléndido en sus propinas se le permitía beber todo lo que quisiese. Las chicas les dejaban entrar en las habitaciones y se ponían las indumentarias y amarres que él les pedía mientras le veían vestir un uniforme de guerra japonés en el dormitorio y proferir palabras que se alegraban de no entender. A fin de cuentas Takayuki no hacía daño a nadie. Las más noches cantaba canciones solemnes en plena ebriedad. Cuando un cliente requirió a una de las chicas que le vendiera un trozo de mechón de pelo, Takayuki se quedó mirando fijamente y recordó ensimismado por la ebriedad la mañana en la que regresó a su casa al finalizar la guerra. En casa estaban su hermana pequeña junto a su madre, llenas las dos de lágrimas, al confirmar que estaba vivo. Sobre la cómoda descansaban los retratos de él y su hermano mayor con incensarios y sendas cajitas de marfil. La madre se acercó a la cómoda y trajo la cajita cabe de su retrato. *Takayuki, aquí guardamos el mechón de pelo que nos enviaste antes de tu sacrificio. No pensábamos que te volveríamos a ver jamás como ocurrió con tu hermano. Madre, estoy avergonzado por no haber cumplido mi promesa y haber vuelto vivo. Ya no importa nada de eso. ¿De qué habría servido tu muerte si al final decidimos finalizar la guerra?* Takayuki fue uno de los voluntarios para inmolarse con una avioneta con más de doscientos kilos de explosivos en la cubierta de un destructor norteamericano. Durante siete semanas estuvo practicando maniobras de aproximación junto con los demás. Los días de su entrenamiento fueron para él los más dulces de la guerra. La disciplina castrense le mantenía ocupado, y las historias ejemplarizantes que narraban sus superiores insuflaban coraje a su espíritu y lo henchían de honor. *Somos el Viento Divino que enviaron a destruir la flota de mongoles que osó invadir nuestra patria. Ahora nos encontramos ante otra encrucijada histórica y el ejército al que nos enfrentamos no es ni tan numeroso ni poderoso como el de Kublai Kan. Nuestra pertinaz constancia y el Viento Divino acabarán con el empeño enemigo por torcer los designios de nuestro Emperador.* Cada semana una nueva promoción de pilotos finalizaba su adiestramiento y recibían una misión. La noche antes de su último vuelo los pilotos recibían un cuenco de arroz y pasaban un rato cantando y escribiendo cartas de despedida a sus familiares. *Vosotros vais a contar con la suerte que muchos otros no tuvieron: saber la fecha de vuestra muerte y poder despediros de quien deseéis. Habéis elegido la fecha de la despedida de este mundo de la manera más gloriosa que un ser humano pudiera tener. Las generaciones venideras honrarán vuestra memoria.* Las chicas del pueblo se acercaban y les ofrecían regalos. A Takayuki se le acercó una joven que se ruborizaba al mirarle y bajaba el rostro. *Me llamo Miho. Es un honor que acepte mi regalo. Es una banda con nuestra bandera. El color rojo lo saqué de la sangre de mi pulgar. La llevaré con honor el día de mi último vuelo.* Fue poco después de la caída de la gran bomba que Takayuki recibió la encomienda gloriosa de dirigir su avión hacia el puente del destructor. Al divisar el objetivo dejó caer el aparato y un estremecedor zumbido taponó sus oídos. Conforme se acercaba al buque de guerra la niebla se disipaba y terribles ráfagas amenazantes de fuego abierto porfiaban por cortarle el paso junto con explosiones cada vez más frecuentes como cercanas que se obstinaban en disuadir al piloto de su empeño. Casi no percibió que un trozo de metralla le había desmembrado una de sus piernas cuando aparecieron ante si los marines norteamericanos: algunos con mangueras, otros dirigiendo un fuego y un grupo no menos numeroso poniéndose a salvo ante la inminencia de lo que se les avecinaba. Takayuki nunca llegaría a comprender por qué en el último momento se apiadó de sus enemigos y estrelló su avión contra el agua. Al despertar un aura de frescor le regó el cuerpo. Las sábanas que le cubrían estaban impolutas y en una cama contigua dormitaba un compañero. *Compañero, estamos muertos, ¿verdad?* Al llegarle el mensaje desde la otra cama éste abrió los ojos con sorpresa y le respondió. *No. Somos prisioneros del enemigo y no me quedan manos para clavarme mi catana.* El hombre lloraba. Al rato aparecieron un par de enfermeras alertadas por los llantos del soldado que estaba alborotando a todos los demás heridos y mutilados. Días más tarde recibiría la noticia del cese de la campaña por parte de un soldado norteamericano que hablaba su idioma. Durante los días de su convalecencia aquel hombre fue respetuoso con él hasta tal punto que tumbó todas sus creencias sobre el demonio imperialista yanqui. Takayuki iba a recibir el alta y sintiendo una profunda vergüenza de regresar a su casa ante el miedo de portar una execrable deshonra a su familia, le rogó al soldado norteamericano que le arrojara a una isla solitaria. El ostracismo era el mejor final que pudo imaginar para lo que le quedaba de vida en este mundo. Meses más tarde, en una cueva mientras cenaba frutas y algo de pescado que los escasos como bondadosos vecinos de aquella isla le habían procurado, se desencadenó un poderoso tifón que le recordó la historia del Viento Divino que detuvo a los tenaces mongoles. Ya daba igual. Con sus ropas raídas, barba espeluznante y pelos largos se paseaba como un fantasma por la aldea solo cuando iba a pedir comida a los lugareños usando un palo para desplazarse. Así estuvo al menos un par de años hasta que una tarde escuchó un grito familiar que le llamaba. *Ichikawa, Takayuki. Ichikawa, Takayuki.* Se le erizaron los cabellos. No podía ser. Fue al encuentro de las voces por pura curiosidad de que alguien de aquellos lares pudiera conocer su nombre y salió de su asombro cuando reconoció a su padre de pie en una barcaza vociferando su nombre, y remando a su hermano pequeño, que había crecido bastante desde que lo viera por última vez. Este último fue quien lo identificó en la lejanía y tras avisar a su padre le señaló con el dedo. *Hijo, pensamos que habías muerto como tu hermano mayor. ¿Cómo me habéis descubierto? Cuando acabó la guerra, empecé a servir pescado a los marines extranjeros. Uno de ellos vio tu retrato en la pared. Tu madre y yo colgamos vuestros retratos porque no os olvidamos ni os olvidaremos nunca. Este hombre sabía hablar nuestro idioma y nos preguntó por ti. Nos contó todo y hemos venido a por ti. En este tiempo han cambiado mucho las cosas y no nos va mal con el restaurante.* Takayuki regresó con su familia y volvió a encontrarse con su amigo americano con el que abriría una cadena de restaurantes de sushi que se hicieron muy populares tanto en el archipiélago como en California y el destino brindó una segunda oportunidad a Takayuki que se dedicaba a seleccionar el género en los confines del orbe. Adela, años después de este maravilloso reencuentro con la vida, también gozaría de una segunda oportunidad. Fue una sorpresa para todas las chicas del Don Miguel enterarse de que Adela iba a cambiar de aires. Estaba embarazada a pesar de que ya no era una jovenzuela, lo cual fue una sorpresa adicional. Enrique había sustituido los hábitos de la bebida por los de la compañía de una persona que había retomado las riendas de su vida. El día después de la boda, Adela estaba muy meditabunda y triste y Enrique se le acercó y le preguntó por qué andaba con tantas cuitas. *Hay cosas que aún no sabes de mí. Maté a un hombre.* Adela le detalló todo lo ocurrido en los días antes y después del asesinato del tío Antón. *Tal vez un día puedas cerrar ese capítulo. Quiero mostrarte algo que no conoces tampoco.* Enrique fue al sótano de la finca y le mostró un arcón muy antiguo que allí andaba olvidado. Lo abrió y sacó de dentro un casco oxidado con un antifaz. *Esto lo encontró mi tatarabuelo, que fue un héroe de la guerra contra los franceses. Tras la guerra, lo perdió todo y cuando iba a morir encontró este arca llena de monedas y joyas árabes, este casco y esta espada. Cada vez que lo veo pienso en que el destino siempre nos guarda una sorpresa detrás de la esquina y que nunca hay que perder la esperanza.* De la misma manera que Adela, Takayuki se jubilaría de su trabajo años después. A él le sustituyó un joven muy distinto, llamado Masato Okumura. El primer día que pusiera sus pies en El Carmen no hablaba una palabra del idioma de los lugareños, no obstante, sorprendió a todos cuando al final de la temporada de pesca era capaz de entenderse y tener amigos. Incluso llegó a fundar un club de béisbol en El Carmen. Masato inauguró el periodo más colosal de la historia reciente de aquel pueblo. La demanda de pescado había crecido en tal magnitud que hasta se aceptaban capturas que en otro tiempo Takayuki habría descartado tajantemente con un girar de cabeza. Era muy común que los pescadores invirtieran en barcos más grandes y que fueran cada vez más lejos a buscar cada vez más pescado. Un año, no llegaron suficientes capturas a la costa y la incertidumbre se adueñó del pueblo. A Masato se le quitaron las ganas de practicar el béisbol. Bocanegra, casi no se creía que ese año iba a traer la mitad temporeros para su fábrica de enlatados. Los bancos empezaban a dilucidar cómo se iban a pagar los créditos de aquellos barcos si no llegaban peces a la costa. Si los barcos no salían no se estropeaban y nadie tendría que repararlos. Mientras esto ocurría al otro lado, las playas de El Mosquín no solo no sufrían escaseces sino que habían aumentado el número de visitas. Gradualmente los extranjeros habían construido casas junto al hotel de Bocanegra, y algún atrevido adinerado en la loma del inglés para aprovechar las vistas del mar. Los hoteles y viviendas habían quedado para que nuevos turistas de las zonas de interior las disfrutaran. Los que no podían costearse un fin de semana o hasta un mes, se acercaban los domingos. Este periodo coincidió con el advenimiento de la democracia y el hecho de que todo el mundo decidiera hacer lo que no había podido hacer hasta entonces. Una familia atravesó el cartel de zona militar y se despojó de todas sus ropas y con el tiempo muchos otros los imitaron también al ver que nadie les multaba. Fue entonces cuando don Fulgencio, que ya por aquellos años andaba bastante decrépito subió a su púlpito y arrojó una espantosa maldición en nombre de Dios que tuvo un efecto inmediato como ocurriera cien años atrás con la célebre maldición del padre Fernando Fernández. De inmediato escaseó el agua en las estaciones estivales por lo que se tuvo que racionar como ocurriera con la comida casi medio siglo atrás. Terribles incendios asolaron las cercanías del pueblo y la Loma del Inglés. El monte sufrió una combustión espontánea. De hecho, hasta murió una familia de alemanes que habían sido sorprendidos dormidos. Así se inauguró lo que se llamó la segunda época de los incendios.

El Humanista

El libro de procedencia morisca catalogado en la biblioteca de la casa del indiano incluye detalles de la vida y obra del capitán Diego de Ortuño. La obra está transcrita en caracteres árabes pero representan la lengua castellana y el latín macarrónico con él que se expresaba el humanista en algunos de sus textos literarios. También hay dos cuadros suyos colgados en la Iglesia de Santa María de la Concepción y sabemos por las fuentes que hubo un tercero que representaba a López de Huelva llegando a El Mosquín en un pollino o tal vez un hermoso corcel y colgaba de las paredes de los que fueron los calabozos de nuestro querido pueblo que el maremoto que asoló la región lo hizo desaparecer por completo. Los cuadros que todavía disfrutamos son un claro elogio al renacimiento flamenco ya que Diego de Ortuño fue estudiante de medicina y lenguas clásicas en la Universidad de Leuven y pudo haber recibido las influencias más conspicuas de los talentosos pintores de aquellas latitudes. En el lienzo que representa la concepción de María, la virgen tiene la piel clara y el rostro ovalado como las vírgenes flamencas de los hermanos Van Eyck. Las vestiduras se rompen en cascadas de un manto verde aterciopelado donde el autor recoge muy bien la calidad de lo que pinta. La virgen aparece de rodillas con las manos juntas mirando por entre la ventana como un rayo se cuela y apunta a su vientre. También hace uso de la perspectiva añadiendo un fondo en el que se aprecia una imagen de un hombre asomado por el vano de una puerta que va vestido como un infante de marina de la época, y tiene un libro en el que parece apuntar algo. Para algunos, este señor representa el San Juan que relata el evangelio mientras está sucediendo. Éste es un recurso muy usado en la época por el cual se introduce al evangelista tomando nota de los acontecimientos como si quisiera certificar la autenticidad de los hechos. En otras ocasiones se introduce a la figura del tetramorfo que personifique al evangelista en cuestión, ésto es, si se trata de San Juan sería un ángel, si es San Marcos, un león, etcétera. Otros estudiosos, en cambio, postulan que pudiera ser un motivo novedoso introducido por el autor. En primer lugar, la persona que aparece es un infante de marina de la época como lo fue Diego de Ortuño y tampoco debemos dar por hecho que se trate de un evangelista que está describiendo la escena, también pudiera ser el pintor realizando un boceto. Jerónimo el Bosco, otro pintor flamenco, usa mucho también de dicho recurso por lo que no es desdeñable esta teoría. Recientemente, se ha realizado gracias a donaciones de particulares una restauración del cuadro y se ha encontrado algo tan fascinante como intrigante y que ha sido motivo de interpretaciones que no han resultado concluyentes. El cuadro presenta varios arrepentimientos. Entre las manos de la virgen aparece una rama de laurel. ¿Por qué se arrepintió? Es probable que al no ser parte de las escrituras el hecho de que la virgen sujetara una rama de laurel con sus dos manos, hace pensar que fuera la misma inquisición quien no aceptara que en el cuadro se incorporara a la madre de dios de tal modo. No consta, sin embargo, que por dicho motivo Diego de Ortuño fuera víctima de persecución alguna por parte del Santo Oficio. La teoría más plausible hasta la fecha es que se tratara de una alegoría al laurel que simboliza lo apolíneo y las bellezas de las formas, así como las virtudes de la virgen en contraposición al pecado. Aún más extraño es que empezara a pintar a la virgen con piel oscura ya que una de sus manos es más oscura que la otra. Esto puede responder a una tradición de vírgenes morenas a la que se adhiriera el pintor. El otro cuadro que el destino nos ha legado del genial artista, describe el martirio de San Alejo, que murió decapitado según se narra en la Edad Dorada de Jacobo de la Vorágine a finales del Imperio Romano, y se le considera santo redentor de las esclavas sexuales y patrón de las causas perdidas. El lienzo es muy original. Exhibe a un verdugo sujetando la cabeza del santo tras haberla seccionado del cuerpo. En el suelo yace el cuerpo sin vida del personaje en un hermoso escorzo. De nuevo no deja de ser intrigante el hecho de que introduzca elementos que no aparecen en la leyenda hagiográfica. La escena se sitúa en un castillo derruido que se encuentra en la costa. Por una de las gritas de los muros aparece una mujer joven que se precipita al mar. ¿Quién era esa mujer? ¿A quién o qué encarna? No nos queda claro. Sabemos por las restauraciones que se llevaron a cabo, que la mujer estaba desnuda pero que más tarde se le vistió con una túnica. Probablemente porque un desnudo no complacería a la iglesia de aquella época. La mujer, según algunos, vendría a significar una alegoría de la virtud que se agota con la muerte del santo. Sin embargo, la tesis doctoral de Pascual Marques, de la escuela freudiana de interpretaciones históricas y artísticas, postulaba que en la precipitación de la mujer desnuda se refleja una represión por parte del artista de sus deseos sexuales como si quisiera representar la dualidad que pudo sentir el santo a la hora de compartir con mujeres sensuales su tiempo y reprimir sus instintos en favor de sus ideales cristianos. De lo que fue su vida, por otra parte, solo tenemos conjeturas. El capitán dio con sus huesos en Sangralejos por la razón que fuera. Allí escribiría sus Obras Competas que sabemos incluían algunos poemas goliardescos, sonetos, una obra difícil de encasillar escrita en latín macarrónico y varias traducciones, como dijimos anteriormente. Uno de los extractos que nos ha legado la fortuna habla de un hombre que luchando en singular batalla contra el rey de Francia pierde un ojo y como premio por su valentía le desposeen de su casa. El hombre malvive robando gallinas y huevos pero cuando ya se sentía desfallecer, sueña con una bruja que le muestra una cueva en la que hay un tesoro y se vuelve inmensamente rico. Uno de sus hijos se casa con una prostituta y ahí acaba la historia. Este tipo de contenido ridículo y grotesco entronca con corrientes burlescas que provienen de la baja edad media. En cuanto a su publicación, sin la aprobación de la censura una obra nunca vería la luz de manera oficial. De manera extraoficial siempre se corría el riesgo de acabar sancionado si una imprenta clandestina se aventuraba a producir los textos. Ahora bien, ¿cuál fue la relación entre Almanzor el chico y Diego de Ortuño? La respuesta a esa pregunta está en la personalidad del humanista. Diego fue ante todo un homo universalis de su época. Destacaba tanto en la batalla como en las artes y las ciencias. Fue un hombre ávido por conocer y difundir su conocimiento aunque nunca llegara a publicar ni un solo libro. Lejos de los prejuicios de la época, buscó el conocimiento y rodearse de eruditos y de entre ellos, destacaba Almanzor el chico. Éste guardaba celosamente unos papiros encontrados en una vasija romana en Urbs Augusta que contenían unos versos yámbicos que se burlaban de un tal Beltezar el Púnico y su amante egipcia Meratites. No pudo ser otro sino él, el que facilitara dichos papiros para que poco después los tradujera. Antes de la llegada de los cristianos, los musulmanes vivían en Orbagoza. Donde medraban en sus vidas gracias al comercio de curtidurías y tintes naturales que añadían a los tejidos. Cuando se les empujó a vivir en las montañas de El Sebel por miedo a que abrieran la puerta de otra invasión norteafricana, dicho comercio desapareció y muchos de ellos pasaron a dedicarse a la ganadería y algunos al cultivo del olivar y producción de aceite. Supongo que la relación con Almanzor vendría motivada por el no rotundo por parte de la inquisición de publicar semejante blasfemia. En aquellos días existía la posibilidad de publicar las obras de manera clandestina y hacerlas llegar a determinados círculos cultos donde nadie preguntaría si el Santo Oficio las aprobó o no. Hay toda una pléyade de escritores moriscos que hicieron llegar su talento al otro lado de la cuenca mediterránea donde se podrían difundir con más ahínco si se conocía que dichas obras no complacían a los reyes cristianos. Como un artista al que su propio arte le ha arrebatado los sentidos, Diego podría haberse aliado con el mismo demonio por convertir un puñado de legajos garabateados por su puño en un libro con pasta y todo. El realizar tal hazaña costaría una fortuna incluso para un hombre adinerado como él. En primer lugar habría que hacer contactos con la imprenta para que accediera a llevar a cabo la impresión y pedir un presupuesto. Habría que adelantar una amplia suma de maravedíes y luego, más gastos para imprimir los libros y habría que pagar también al bravo marinero que los introdujera clandestinamente en el reino y otros tantos para distribuirlos. Al enterarse el capitán de lo que llevaba dar a conocer al mundo su sapiencia, creería que acabaría arruinado. Ésta pudo ser la razón por la que partiera a hacer las Américas espada en mano y yelmo en la sesera. Por aquellos días la corona pensaba en someter a los pueblos mesoamericanos, de quienes se decía comían carne humana y sacrificaban a sus ídolos a sus semejantes y enemigos. Don Diego de Ortuño pasaría los días ensartando en su espada toledana a salvajes, soportando lluvias torrenciales y picaduras de insectos, viendo desaparecer a sus compañeros en la noche, represaliando a los indígenas, colgando, quemando y desmembrando ante la firme convicción que le llevaría a publicar sus obras completas. El caso fue que el capitán nunca volvió de América. Almanzor el chico se quedaría con los legajos y sus comentarios trascritos en caracteres árabes, y nunca más se volvería a saber de ellos. Para algunos el capitán desistió de publicar su obra y se afincó allende los mares donde fundaría la Hacienda Ortuño, y allí moriría como un ricohombre. Sus descendientes lucharían junto a los ejércitos libertadores de Simón Bolívar y todavía se conoce a algún descendiente de Ortuño en Hispanoamérica. También podría ser que el capitán fuera herido por los indios salvajes quienes lo llevarían ante un altar de roca granítica para que un sacerdote le clavara una piedra en el pecho, sacara sus vísceras y le arrancara la cabeza. Creyendo así que poseerían el alma del guerrero sacrificado, aquellos canibales beberían su sangre mezclada con cacao en un cuenco de roca volcánica y de su obra literaria solo se sabría siglos después por los pequeños fragmentos encontrados en los textos de Almanzor el chico. Éstas son las dos muertes del humanista Diego de Ortuño que cada uno elija la que más le plazca.

El Alcalde

Don Francisco reunido con su equipo en la sala de juntas del ayuntamiento de El Mosquín observaba como colocaban la mesa con galletas y servían café con leche mientras se acordaba de la primera vez que alguien trataba de dar una explicación congruente sobre la etimología del pueblo. En aquellos días la mayor obsesión de la gente era la comida, tan parca y frugal como reducida a rancio y huesos secos para un puchero de más cebolla que arroz y más nabiza que garbanzos. La banda del pueblo se había desplazado a la romería por los cien años del descubrimiento de la virgen de El Carmen, y Paco, que quedó cojo años atrás en un lance trágico donde falleció uno de sus mejores amigos, había dejado el tambor y se dirigía a la mesa para sentarse junto a los demás y deleitarse con una merienda de chocolate con galletas y bizcochos. Así hubiera sido de no haberlo impedido el desabrimiento provocado por las miles de moscas que se apelmazaban en las galletas como si éstas tuvieran aun más hambre que los mismos niños. Se decía que la sequía había acabado con arroyos y convertido los humedales en salinas donde ya rara vez anidaba ave alguna y en cambio, proliferaban los dípteros y coleópteros. Paco observaba las galletas con cierta repugnancia y le extrañaba que fuera el único en notar la omnipresencia de las moscas cebándose de los dulces. Los niños comían y bebían y repetían chocolates ante la mirada de grima de Paco. *Si no quieres tus galletas, me las como yo. Señorita, éste no come.* El vicario que oficiaba los ritos se acercó a él junto a la maestra. *¿Y tú, chaval, por qué no comes? No tengo hambre. Anda, no seas bobo. ¿Prefieres sentarte con los profesores a merendar?* Paco alzó la mirada pero las moscas también daban cuenta de la merienda de los maestros. En cualquier caso accedió a sentarse con ellos por vergüenza de contradecir a un cura. Se iba sintiendo menos incómodo por cada una de las miradas de aquiescencia que recibía de los comensales. Mordió un par de bizcochos mientras el profesor del colegio de El Carmen explicaba que las moscas venían de El Mosquín, que era lugar de moscas. Que su río era el Griso porque nunca tuvo el agua clara sino gris y llena de pestilencias como si el agua aflorara de las cañerías del desagüe o de los pozos ciegos de las gentes de las montañas y sus pocilgas. Paco entre tanta gente de estudios y tan principal escondía con apocamiento sus zapatos. Para poder apuntarse a la banda era obligatorio llevar zapatos oscuros pero el calzado habitual de Paco consistía en un par chanclas de goma agrietadas. Había llorado y rogado a su abuela que le comprara unos zapatos, pero ésto era un lujo que quedaba lejos del alcance de su familia, principalmente cuando había que esperar hasta altas horas de la noche a que su abuela trajera las sobras de la comida de la familia de Pedro Páez, director del sindicato de los operarios de El Carmen. Su abuela Gracia servía en aquella casa y hasta alguna vez trajo un par de croquetas frías hechas con harina de maicena y sobras del puchero, algún trozo de morcilla de arroz, y pan de canto blanco. Gracia prometió a su nieto mientras dormía junto a él que le iba preguntar al señorito si tenía algún zapato usado de sus hijos que le pudiese prestar. *Gracia, esto es lo que tengo. Los puedes coger porque los voy a dar a la beneficencia.* La abuela cogió un par de zapatos de cuero acartonado y cordones que le parecieron eran del tamaño del pie de su nieto. *No caben, madre, ni por mucho que le apriete no caben. El niño tiene un pie muy grande a salido a su abuelo. Deja que lo arregle yo.* Su padre lo abrió y le puso un trozo de cuero que remendó y camufló pintando de negro todo el zapato. Resignado y con miedo de contrariar a su padre, que dedicó la noche en recomponer un par de zapatos viejos, no resolvió otra cosa que salir en la procesión por el centenario del descubrimiento de la virgen de El Carmen con aquel improvisado calzado ante la esperanza de que nadie se fijara en ellos. Ninguno de sus amigos más cercanos de El Mosquín tocaba en la banda ese día porque no encontraron que calzar. Sin embargo Paco desplegaba una actitud de falta de resignación al lugar que el destino había elegido para él: ser pobre, vivir pobre y estar contento con ser pobre. Algunos días en clase se servía leche en polvo combinada con un queso de color naranja que al parecer venía de América. Los niños miraban con fascinación todos aquellos alimentos y los disfrutaban como si fuera ambrosía. Otros días la maestra advertía que no habría desayuno. Otros, *mañana venid con pan que haremos unos bocadillos*. En años anteriores a la llegada de los americanos, cuando rara vez llegaba un solo bocado, los niños sufrían tanta hambre que por la tarde algunos, entre ellos Paco, salían al bosque a buscar palmichas, bellotas, quilitos de pan, zarzales, palmitos y algarrobas. A veces cazaban pajaritos, recolectaban sus huevos e incluso el Joselito llegó un día con un alambre que ensartaba a un lagarto. *Ésto se tiene que comer. Anda, ¿te vas a comer eso? Paco, ¿tienes la mecha de tu abuelo? A éste lo vamos a asar.* Joselito limpió el lagarto y lo espetó para ponerlo al fuego. *Está bueno. Dame a mí también. Anda, caza tú uno. Éste es el mío.* Los niños se entretenían siguiendo a algún viejo a punto de tirar una colilla y la fumaban entre todos. Un día Paco fue a coger una colilla cuando recibió un empujón. *Es mía. El enterrador. Tiradle piedras. ¡Niñatos, os voy a rajar!* Paco iba con su pandilla de amigos a explorar por las cuevas de El Sebel y jugaban por las ruinas romanas de la plaza de Orbagoza. Cuando se encontraban en el suelo una alpargata o una chancla, la colocaban en un palo. *Paco, saca la mecha que vamos a explorar esta cueva.* Los críos prendía la alpargata para derretir la goma con lo que el palo se transformaba en una práctica antorcha que iluminaba la cueva. Allí estaban Paco, Joselito, Jesús Alcañiz y Antonio Ulloa. Los niños imaginaban historias fantásticas de aquellas que habían oído de los más ancianos: cuevas con minas de oro, bandidos escondidos, pasadizos secretos por donde huir, tesoros ocultos de los piratas. Toda esa imaginería poblaba sus mentes ávidas. Tras la primera exploración espeleológica vinieron muchas más e incluso hallazgos de todo tipo. En una ocasión encontraron unas piedras alrededor de los carbones de lo que fue una hoguera y un zurrón que contenía una pistola de bandolero. Las llevaron a don Lutgardo, el director del colegio, quien la donó al ayuntamiento de El Carmen donde aún hoy se exhibe. En otra ocasión entraron en una de las cuevas más profundas en cuyo acceso había grabadas unas cruces como si se tratara de un altar. Al final encontraron una grieta donde no cabía nadie más que Paco. *Paco, tú eres el más canijo. ¿Te atreves a entrar?* Paco encogió el vientre y tomó con la mano la antorcha. Una de sus alpargatas se deslizó de su pie y toco la roca fría. No había nada: una gruta llena de chinches e insectos y murciélagos que salieron espantados por la grieta. Al llegar a casa su madre le rapó el pelo para quitarle todas las chinches y piojos que se había ganado con su aventura. En otra ocasión, encontraron un par de hombres que los encañonaron. ¡*Salid de aquí*! De todas las entradas y salidas de las cuevas hubo una que acabaría en tragedia. Se alejaron mucho de El Sebel y subieron por el monte hasta la zona donde habrían vivido antaño los moriscos. *Por aquí no hay más cuevas Joselito. Esto es monte. Se nos va a hacer de noche en el bosque y nos vamos a encontrar con los lobos. No seáis miedicas. Vamos a bajar por aquí.* Primero iba Jesús, luego Paco y después Joselito y Antonio. En ésto que Paco se resbaló y arrastró consigo a Jesús. Paco le agarró de la mano cuando de pronto el suelo cedió y cayeron por una sima. Jesús cayó de bruces y yacía inerte en el suelo mientras que a Paco se le rompió el tobillo. Desde el suelo no podía ver nada más que el hueco por donde se habían precipitado y la luz que entraba por ahí. *Sacadnos de aquí. ¿Cómo está Jesús? No se mueve. ¿Está muerto? Creo que sí. Tengo miedo. Vamos al pueblo a buscar ayuda, no te muevas de ahí.* Los niños, algo perdidos en el campo tal vez por el pánico del suceso, tardaron más de la cuenta en llegar al cuartelillo. Cuando llegaron estaba anocheciendo. *No podemos salir a por los niños hasta el amanecer. Esa zona es muy escarpada y está llena de simas. Si nos adentramos allí en la noche estaríamos todos en peligro y además dudo que estos niños sean capaces de dar con la gruta por donde han caído.* Paco lloraba junto el cadáver de su amigo. Era la primera vez que veía un muerto. Se fue haciendo de noche pero por suerte el palo que llevaba entremetido entre sus pantalones había caído dentro también y guardaba en su bolsillo la mecha de su abuelo. Con el frío y el ruido de los lobos fue asustándose cada vez más y se le pasó por la cabeza que tal vez sus amigos nunca regresaran a rescatarle porque hubieran corrido la misma suerte que ellos. ¿Debía quedarse a esperarlos y velar el cadáver de Jesús o luchar por su supervivencia? Tomó el palo y se incorporó como mejor pudo para evitar el dolor del pie. Utilizó una de sus alpargatas y se valió del palo que Jesús trajo a través de la sima como muleta para andar mientras con la otra mano sujetaba la antorcha. Antes de nada echó un vistazo a su tobillo. Estaba hinchado y amoratado. No tenía un buen aspecto. Como pudo se desplazó por la cueva esperando hallar una salida. Al fondo el techo y los laterales se estrechaban convirtiéndose en un túnel sinuoso. Paco siguió cojeando por el túnel hasta que encontró unos orificios cavados en la pared y en ellos huesos de personas. Si no fuera por lo desgraciado de la situación, aquella habría sido la mejor de sus aventuras. Sin embargo, no podría compartirla con sus compañeros. A no ser que saliera de aquel hoyo, los secretos del hallazgo perecerían con él. De nuevo, la gruta volvió a ensancharse y lo que presenció fue aún más fascinante. En las paredes aparecían dibujos de un par de elefantes, uno de ellos con un enorme falo, junto a hombres pintados de manera muy esquemática que parecían elevar ofrendas a los animales como si de dioses se tratara. A Paco se le quitó hasta el miedo y el tobillo parecía no dolerle más. Seguía la escena con interés cuando observó que el resto de la cueva estaba llena de inscripciones y horadada de manera artificial como si los que la habitaran en el pasado se hubieran encargado de embellecerla y acondicionarla. Las inscripciones eran cautivadoras. Paco no había visto nada igual en su vida, parecía un libro entero grabado en las paredes de la cueva con un alfabeto extraño con líneas que se entrecruzaban y superponían. Al final había un altar. En algunos recodos se filtraba algo de agua que teñía las paredes de un rojo cobrizo. Al fondo quedaba un montículo de piedras que debieron haber caído por algún derrumbe. ¿Y si arriba hubiera alguna salida? Paco atisbó un hilo de esperanza. Al acercarse a las rocas todavía le quedaba algo desconcertante por contemplar: un esqueleto de un guerrero antiguo con una garrafa partida en el suelo. Trepó como pudo por las rocas y una vez en lo alto se arrastró hasta gozar de un claro de luna. Bajar fue más sencillo. Un olivo nudoso se elevaba en un claro. Comenzó a andar sin antorcha pero con la suerte de que al menos la luna estaba llena por lo que podía ver algo. Siguió su instinto y empezó a caminar en la dirección que mejor le supo. Al rato sitió los pasos de alguien. Un anciano con ropas de señorito anticuadas le observaba. *Neñu, ¿te perdisti? No tendrás miedo de un vieyu, ¿non? ¿A dónde vas? A El Mosquín. Anda que te acompañe que un niño solo no debe de estar.* El viejo le acompañó hasta el camino que conducía al pueblo. *Más adelante encontrarás el camino y no te desvíes que tuviste suerte de no dar con otros del bosque.* Tal y como indicaba aquel hombre, discurría un camino pero el hombre inescrutablemente desapareció y horas más tarde escuchó con alivio el ruido de las olas al romper. Estaba amaneciendo. Al acercarse al pueblo le pareció ver al sobrino de don Antón salir en bicicleta con premura. Cuando llegó a casa sus padres le recibieron con los brazos abiertos y lágrimas en los ojos. Al día siguiente le entablillaron como pudieron el tobillo. La aventura le costaría un cojera permanente. Descansando en la cama su amigo Joselito vino a verle para contarle que sus padres habían ido al velatorio de Jesús y que habían asesinado al Tío Antón y al Enterrador, ambos con muy mala muerte. Paco no contó a nadie lo que vio en la cueva y no volvería a ella hasta años más tarde. Habrían de trascurrir varias décadas hasta que conociera un día más trágico que aquel: cuando dos policías se acercaron a su casa para comunicarle que su hijo Amador había fallecido en las ruinas de la vieja fábrica de los Osborne. El primer alcalde democrático de El Sebel, Pepe Orozco Alcañiz, primo del desventurado Jesús, no olvidaría tampoco el suceso por lo que su primera decisión nada más tomar la vara de alcalde fue mandar cubrir y señalar todas las simas y cuevas de El Sebel para impedir que niños y arrieros se descalabraran por las rocas. Aunque muchos creían que Paco sería cura por lo bien que sabía la misa en latín; otros especulaban que podría llegar a convertirse en catedrático si el destino se lo permitiera ya que estudiaba con denuedo y tesón; su padre, por el contrario, confiaba en que le ayudaría en el campo. Pero la verdad fue que corrieron nuevos aires tras la muerte del tío Antón. Se construyó un puente y una carretera que trajo gente de muchas partes y también salieron peces hacia todas las latitudes. Los atunes llegaron a los platos de los habitantes de otros países. Fue una época en la que empezaron a construirse fábricas de enlatado en El Carmen y el conjunto de viviendas de protección oficial para los operarios que llegaron de toda la región a trabajar. Muchos disfrutaban viendo salir el agua de los grifos al girar la rueda. Otros presionaban la cisterna para ver cómo caía el agua y volvía a llenarse poco después. Los mosqueños aojaban a los carmenitas por verles con todos estos adelantos mientras todavía usaban un baño con pozo ciego para una manzana. Gracias a que el pueblo salió en televisiones extranjeras por la muerte de una turista alemana ahogada en las aguas de la isla de Sangralejos, el resto del mundo conoció las benevolencias de las playas de El Mosquín. Bocanegra llegó para construir el mayor hotel de toda la región y llenarlo primordialmente de gente extranjera. Se indemnizaron a los agricultores, entre ellos al padre de Paco, cuyas tierras se expropiaron; se alargaron las carreteras y se pidieron los permisos que eran necesarios menos el permiso de los Osborne, que habían construido una hermosa casa con el dinero que sacaron de la nueva fábrica. La fábrica estaba a las afueras de El Sebel y nadie sabía a ciencia cierta qué era lo que se producía allí porque todo estaba en un idioma extranjero, pero pagaban a final de mes y con el dinero se compraba comida y ropa. Por primera vez algunos tenían dineros en los bolsillos. Desde tiempos de antes de la guerra había un lupanar en medio del campo que cerró por la contienda y las protestas de las cristianas esposas, madres y hermanas. Pasado un tiempo su dueño y los clientes habituales volvieron a pedirle que lo abriera como de soslayo, como si no estuviera abierto. *Y de dónde traigo el género. De Marruecos como en los buenos tiempos. Eso me parece que no va a poder ser ya. Han cambiado mucho las cosas. Yo lo que voy a hacer es abrir un local de güisqui, que es como lo llaman ahora, y meto alguna chica de ciudad a servir.* En ésto, que encontró a una mujer sola en un café de Palomeque del Real. *¿Cómo te llamas? Adela. ¿Buscas trabajo? Sí, qué tengo que hacer. Servir güisqui.* Llegó un día en el que la carretera de arena y polvo que pasaba por la güisquería se asfaltó, y que el lugar empezó a hacerse tan famoso o más que en los viejos tiempos. Nuevas chicas vinieron a trabajar y a ganar un dinero extraordinario desde el anonimato que les aseguraba aquel lugar sórdido pero alejado. Una noche llegaron unos norteamericanos y empezaron a beber güisqui y emborracharse. Por lo general, aquellos hombres eran una cuarta más alta que el resto de la clientela de la güisquería y de la borrachera, empezaron a hacer mofas por la estatura de algunos pueblerinos. Uno de ellos armado de ira le reventó un vaso al norteamericano y se lio parda. Hasta unos camioneros salieron hacia sus vehículos a por unos palos. La regenta de la güisquería que disponía del teléfono de la policía militar, dio el aviso y al momento, unos hombres aún más altos si cabe llegaron aporreando a sus conciudadanos y confinándolos en vehículos al uso. Así, con mucho trasiego y algo de optimismo, fueron pasando los años y creciendo la región hasta el día en el que volviera la democracia. Años después,

El Mosquín dejaría de ser una pedanía de El Carmen y se convertiría en pueblo. En esos días Paco "El cojo", que con el dinero de la expropiación del terrenito de su padre se pudo permitir estudiar la carrera de arqueología y sacar la plaza de catedrático, ya había publicado varios libros sobre asentamientos de pueblos en la costa y sus escrituras arcaicas. Al no haber nadie más culto que él en el pueblo hasta lo nombraron hijo predilecto de El Carmen. Lo de ser alcalde surgió por una invitación que le hizo su amigo Antonio Ulloa. *Paco, los tiempos están cambiando y muy pronto El Mosquín ganará la categoría de pueblo. Habrá oportunidades para todos y creo que tú serías un buen alcalde. Pero yo sé de arqueología, no de política. Un alcalde lo que necesita es un buen equipo, buenos consejeros y mucho sentido común. El equipo lo tenemos, y los consejeros también, ¿me quieres decir que te falta el sentido común? Paco, te lo mereces.* Paco "el cojo" ganaría todas las elecciones a las que se presentaría, hasta el día en el que se vio envuelto en unos asuntos que le alejarían de la política y que desencadenarían una secuencia de desgracias profundas y desoladoras. Fue entonces, al sentirse cercado por sus problemas, cuando reconoció que nunca debió de dejar de hacer lo que mejor sabía: descubrir.

Los Moriscos

El que pudo huir huyó. Nadie se quedó a la oración del véspero, ni si quiera el imam. Al amanecer habían corrido rumores por toda la cora de que las hordas bárbaras del norte estaban arrasando alquerías, profanando mezquitas y tomando esclavas musulmanas para satisfacer los apetitos más inmundos del ser humano. Un acaudalado navegante ofreció su embarcación a todo aquel con suficiente oro como para pagar por un milagroso pasaje hacia el oriente. Solo los más pudientes pudieron: los ricos comerciantes de cordobanes; los clérigos de más talento; los que se podían permitir más de una mujer como esposa; los escribas, traductores, los que tenían hijas en edad de merecer, médicos y hombres doctos. El resto, que comprendían las cuatro quintas partes de la población permaneció irremediablemente. Todo aquel que algún día anduvo en litigios con un cristiano o judío rezaba lo que supiera para no esperar represalias, y algún cristiano divagaba sobre el peculio que iba a percibir y qué tierras alcanzaría a dominar cuando la frontera se desplazara más hacia el oriente. Cristianos y judíos compraron tierras y casas por lo que pudieron ofrecer a los que querían comprar el pasaje de la salvación. El primer grupo expedicionario bárbaro llegó justo después de los maitines. Las gentes se resguardaban en sus hogares y observaban tácitamente desde las celosías a los pertrechados soldados que se comunicaban en un cristiano muy diferente del que usaban los pocos que residían por la región. Golpearon la puerta de un hogar de la Alquería del Templo. Les abrió el cabeza de familia, mientras las mujeres se ocultaban en la despensa esperando lo peor. El jefe sorprendentemente se expresaba en un árabe parco pero comprensible. *¿Tienen comida y agua para nuestros caballos?* El hombre les invitó a entrar y los niños trajeron todo lo que las mujeres hallaron para cocinar. Nunca vieron hombres con tanto apetito ni caballos tan sedientos. Se despojaron de sus armas y las colocaron cerca. Tras comer, jugaron a los dados y el jefe ofreció unas monedas cristianas por la comida que el cabeza de familia no esperaba y no aceptó por si acaso. Echando unas risas aquellos bárbaros marcharon y todos respiraron de puro alivio. Días más tarde llegó un hombre que explicó a los ciudadanos cómo serían los días desde aquel entonces. Se esperaba una gran invasión por la costa que amenazaba con aniquilar a toda la población, por lo que se iba a crear una línea defensiva en toda la costa, y se pedía a los súbditos que marcharan con todos sus enseres y sus bienes al interior o se resguardaran en las montañas. Las tierras junto con los frutos que de la misma emanaran, las bestias que allí se resguardaran, los peces que en mares y ríos nadaran, y hasta el aire y los desechos que allí existieran, quedarían bajo la protección del Gran Duque y sus mesnadas. Una parte pertenecería al Obispo que cuidaría del rebaño de almas cristianas. Desde ese momento, cristianos, musulmanes y judíos quedaban bajo la protección del Gran Duque que respetaría leyes y costumbres y conservaría la legitimidad de las comunidades religiosas locales. En toda la costa habían florecido pequeñas aldeas que vivían de la pesca, la agricultura, la ganadería y hasta la artesanía para las que la llegada de los cristianos supuso un abandono de dichas prácticas. Los que habían adquirido tierras recientemente ahora se veían obligados a abandonarlas para ser siervos del Gran Duque, quien arrendaría nuevas tierras a los campesinos para su mantenimiento mientras que a otros les dejó pastorear sus ganados. Las zonas aledañas a las alquerías, exceptuando la franja entre la alquería de la Madraza y la alquería del Templo, que estaba ocupado por un hermoso humedal donde anidaban aves migratorias, estaban plagadas de fértiles huertos y hasta de regadío. Éstas tuvieron que ser abandonadas y con el paso de los siglos se convirtió en un tupido bosque lleno de lobos, linces y otras alimañas de menor y mayor tamaño. Los pescadores tuvieron la oportunidad de volver a sus almadrabas y pagar sus estipendios en especie al señor y su diezmo para la conservación de la fe. Los ganaderos en cambio subieron a la montaña y se construyeron casas alrededor de varias chozas que allí andaban desperdigadas desde nadie sabe cuándo para erigir el pueblo de la Montaña. Con el tiempo y sus inclemencias las casas fueron desapareciendo. En Orbagoza solo quedaron los vestigios romanos, en la Alquería de la Madraza sus olivos y sus secretos, y donde quedaba una mezquita abandonada en la Alquería del Templo, alguien cuyo nombre no ha trascendido en la historia, creyó conveniente construir una capilla muy austera gótico mudéjar en agradecimiento a la virgen. Siglos más tarde, cuando la necesidad imperiosa de los tiempos exigía un mayor refuerzo para proteger los bienes y las almas de los súbditos, alguien estimó que el lugar más idóneo para edificar la sede en la costa del Santo Oficio y albergar un destacamento de tropas reales era aquel lugar donde la virgen tenía un templo y que los más ancianos cristianos del pueblo llamaban aldea de El Mosquín, y los árabes alquería de El Masyid o Templo. Durante las décadas que siguieron, muchas gentes del norte repoblaron la región para labrar las tierras del Gran Duque de tal modo que la lengua y las costumbres de los minoritarios cristianos arabizados fueron asimilándose con la de los emigrados. Los moriscos, en cambio, fueron siendo un grupo cada vez más desdeñable. En estos años en los que el Santo Oficio contó con un comisario y unos calabozos se condenó a muerte a un mayor número de reos en comparación con otras zonas, pero con todo, la recaudación por embargo de bienes por parte de la iglesia fue tan deficitaria que el comisario solo duró unos años, y los calabozos inquisitoriales pasaron a ser cárceles reales donde se indultarían a los maleantes que accedieran a echar raíces en la región. Ya por aquellos días los bajeles turcos dominaban los mares y nadie se atrevía a vivir por la franja marítima so pena de morir joven en algún atropello si los moros asaltaban la costa. Los mayores caudales que logró el comisario requisar fueron los de un francés católico al que alguien denunció por comer tocino en época de vigilia. El juicio contra Tomás Fabre contó con todas las garantías de la época. Como medida preventiva se le llevó a prisión y sus bienes que incluían ganado ovino y porcino y una suma de hasta treinta mil maravedíes fueron confiscados no concediéndole hablar ni defenderse hasta que su causa fuera traída a juicio, lo que llevó un par de años. Sí en cambio, se le permitió realizar una lista de enemigos por contar si entre ellos se encontraba el denunciante. No fue así. Algunos de sus vecinos incluso testificaron en su favor pero el fallo fue el siguiente. *Sabiendo que en el país de donde el acusado proviene son más las personas que no siguen con rectitud el cristianismo que las que la siguen, podemos extender la creencia con toda certidumbre de que Tomás Fabre comiera tocino en vigilia.* El Santo Oficio al estar guiado por el cielo divino era infalible en sus afirmaciones basadas en experiencias contrastables y las más empíricas estadísticas. En el tiempo en el que el Santo Oficio permaneció en El Mosquín, paradójicamente, ningún morisco fue acusado de nada pero sí vivieron una doble vida. Por la mañana se llamaban Nuño Montañés, Garci Cabrero de la Cueva, Ramiro de la Barca, e iban a misa como todos los demás cristianos sin lavarse más de la cuenta; sin embargo, por la noche se metamorfoseaban en musulmanes y se hacían llamar Mohammed Ibn Yousef, Ibrahim Abu Baker, Saleh Al Shamri y rezaban improvisando una quibla. Lo mismo ocurría con las profesiones, si uno era barbero por la mañana se tornaba alfajeme a la noche, y hasta los sastres se transformaban en alfayates. La gente sabía de estas transformaciones pero después de tanto tiempo estaban ya tan habituados que a nadie le parecía extraño y no levantaba, por tanto, sospecha alguna. En esos días apareció un personaje llamado Almanzor el chico. Solo podemos lanzar conjeturas sobre el apodo de "el chico": puede que fuera el menor de varios hermanos, o que fuera corto de estatura o incluso que no quisiera compararse con el personaje histórico. En cualquier caso, su verdadero nombre era Ashraf El Mansur y su oficio era el de historiador. Su historia solo fue publicada al otro lado del Mediterráneo y si alguno quisiera consultar la obra para saber más sobre la región que sepa que encontrará sus obras completas manuscritas en la biblioteca antigua de Tombuctú. La historiografía del ínclito vecino se divide en tres partes: antes de la llegada árabe, el periodo de dominación árabe y el periodo tras la marcha de los árabes. En general su arte es del todo original porque no lo dedica a las grandes personalidades ni a las grandes batallas sino al día a día de los ciudadanos y todas las intrigas que surgían ante tal o cuál situación. Fueron de gran ayuda las traducciones que un contemporáneo suyo y también hombre de letras, don Diego de Ortuño, hiciera de los poemas burlescos sobre el insigne marinero fenicio y su voluptuosa manceba que estaban guardados en unas vasijas en Orgagoza. De no ser por el cuidado que Almanzor mantuvo de preservar cualquier recuerdo del pasado no habrían llegado estas anécdotas que hablaban de marineros fenicios navegando por la costa más allá de las colinas de Hércules ni muchos detalles de la vida cotidiana. También fue recopilando cuentos y tradiciones orales que los más ancianos narraban. Así, nos habla de las costumbres chocarreras y chabacanas de los habitantes de Urbs Augusta y de cómo pasaban el tiempo en burdeles hasta la llegada del cristianismo y de una nueva moral que provocó manifestaciones de gentes exigiendo sus derechos a fornicar basándose en que los burdeles habían sido uno de los reclamos más importantes de la zona, que gracias a ellos venían gentes de todas partes a trabajar en el atún, que al haber menos diversión, la plebe trabajaría con menos empeño, y que la calle de las rameras era la más tradicional de todas. Tuvo que morir el santo Alejo decapitado para que los habitantes tomaran conciencia. La defensa de las tradiciones había llegado a un punto inmerecido. Tras esto muchos simpatizantes de los cristianos abrazaron la nueva fe y la causa de los burdeles fue perdiendo fuerza hasta tal punto que empezaron a verse todos aquellos defensores como gente zafia y de bajos instintos, pervertidos y demagogos; en definitiva, a extinguir. Nuevas revueltas estallaron y con ellas, se logró vencer al bloque conservador de las tradiciones paganas. Se considera a San Alejo mártir el patrón de las causas perdidas porque se obsesionó por una meretriz a la que invitó en numerosas ocasiones a redimirse de la prostitución sin éxito alguno porque, desoyendo ésta sus consejos, recaía una y otra vez en el mismo yerro. Cuando el santo le preguntó por qué volvía a ese mundo de pecado en el que los hombres la usaban para descargarse, ella le respondió de manera anodina mostrándole su sexo sudoroso y lacerado: *¿ves esto? Esto es una mina de oro y hasta que no se agote no se me ocurre hacerme cristiana.* Todos aquellos que andan con alcahuetas hoy en día, afirma Almanzor, son los descendientes de aquellos que no trocaron sus costumbres con la llegada de los cristianos, que si bien eran cristianos e iban a misa para que nadie les recriminara, en sus adentros seguían pensando en los mismos vicios paganos y se procuraban sus avíos de la misma manera que aquellos que quieren comer carne de cordero estén donde estén la encuentran. De la época árabe habla de las bondades que supuso para la región. Lo primero que hicieron los árabes al llegar fue fundar una escuela y un pequeño templo. Alrededor de ambos se crearon aldeas que dieron la Qaria Al Madrasa y la Qaria Al Masyid. El resto ni siquiera tuvieron interés por habitarlo así que no le pusieron nombre, solo le llamaron El Yebel, la montaña. Los cristianos que por allí moraban, a diferencia de los musulmanes, estaban divididos en una amplia caterva de facciones que andaban matándose los unos a los otros, ya que todos se consideraban los verdaderos herederos de la fe de Jesucristo y presuponían al resto herejes. Como los administradores religiosos musulmanes no iban a entrar en teologías que no le competían ni de seguro le interesaban lo más mínimo, tomaron la sabia decisión de considerar hereje y por tanto, ateo, en árabe cafre, a todo aquel que levantara la mano contra otro por motivos de religión. Así, los cristianos dejaron de matarse pero se pasaban el día llamándose cafre el uno al otro: que si un bisabuelo de tal mató a un bisabuelo de cual, pues entonces eran cafres en su familia. También comenta la llegada de los hombres del norte que adoraban el fuego y acabaron huyendo de fantasmas que aseguraban haber visto en la isla de Sangralejos. Ésto le pareció muy extraño a Almanzor ya que sabía por parte de don Diego de Ortuño que en aquella isla donde estaban acuartelados los tercios del rey nadie sabía de la existencia de ningún fantasma o alma en pena que vagara por aquellos lugares. En cuanto a la leyenda del tesoro que escondieron de sus correrías por el califato, pero que nadie jamás ha encontrado, afirma que fue la mayor de las patrañas que le contaron los ancianos. Finalmente, dedica un capítulo al Imam Hefiz, del que dice fue hombre recto y defensor de sus ideales; que tras su llegada floreció la región haciéndola muy conocida y que muchos se volvieron ricoshombres y gente de pro; que fundó Urbacusta, la cual fue la joya de todo el litoral. Todo aquel que no soportaba la rectitud, emigraba al norte y que por eso, muchos cristianos que no comprendían el porqué de respetar los ayunos y guardar silencio en la noche para permanecer recogido en el hogar se trasladaron, mientras que una gran parte se convirtió por convicción al islam y fueron las espadas más afiladas contra los infieles. Muchos enemigos quieren ver al imam Hefiz como un represor de los cristianos y judíos y ésto, según afirma Almanzor, no es del todo cierto. El imam Hefiz fue un hombre que castigó con las penas que impone la religión para los casos en los que se imponen, ni más ni menos. Fue un hombre docto que sabía de memoria todos los versos del Corán y conocía las tradiciones del profeta Mahoma. Cuando encontraba una adúltera, un apóstata o un borracho tan solo cumplía con la ley. Así, prosigue Almanzor, si alguno quisiere reprobar lo que hiciera el imam Hefiz, póngase primero a cuestionar su fe al islam y no a lo que hiciere o no este devoto hombre y cumplidor de sus creencias, que si por añadidura erró en algo ya habrá recibido su merecido castigo de Dios, que no solo es él el responsable de sus actos sino de lo que erraran aquellos por mor de sus palabras. Por último, añade que solo ajustició a cristianos que despreciaron, se mofaron o hicieron burla del islam y sus acólitos. De la llegada de los cristianos se ceba casi en exclusiva con la inquisición. Gracias a él sabemos que nunca hubo inquisición propiamente dicha en El Mosquín, tan solo un comisario que se llamaba López de Huelva, que andaba con aires de ser el mismísimo Torquemada, pero que ostentaba un cargo menor dentro de la organización. Sufrió duras reprimendas por saltarse la manera de actuar, ya que no seguía ningún procedimiento de enjuiciamiento y él mismo los ajusticiaba bajo el miedo que infundía la organización que le respaldaba. Ésto fue lo que ocurrió con un pobre labrador que aseveraba ver a la virgen. Antes de que la Iglesia desplazara al abogado del diablo para investigar lo sucedido, el labrador ya se había consumido en la hoguera y sus restos habían sido recogidos con la ayuda de un hurgón. Durante aquel tiempo ningún libro de la región fue publicado y eso a pesar de la gran cantidad de personas que se dedicaban a las letras, ya sea escribiendo sus memorias, redactando poemas de amor a sus amadas, escribiendo romances históricos y épicos de las batallas en las que habían participado, o incluso escribiendo pequeños sainetes. De no haber sido por aquel majadero, como Almanzor le llamaba, las artes habrían llegado a su culmen en toda la región. Por el contrario, no logró encontrar ni una sola biblia de los iluminados ni de los protestantes, ni tampoco consiguió que ni uno solo de los vecinos delatara a un solo morisco por falsa conversión. Con amenazas de ser quemado en la hoguera logró que otros labradores acusaran de judaizar y realizar nigromancia y brujería a un pobre molinero que por estar con unas fiebres no pudo ni defenderse. El auto de fe hablaría años más tarde de que aquel molinero fue el perpetrador del crimen de un niño en el bosque, lo cual es bastante extraño teniendo en cuenta que ya se celebraba tal suceso en la región desde la expulsión de los árabes. De hecho, existen infinidad de leyendas de santos y mártires posteriores a la toma de la región por parte de las huestes cristianas. Uno de ellos fue la de un niño, hijo de padres cristianos convertidos al islam al que descubren un crucifijo de madera que el mismo niño había tallado de un trozo de corteza de olivo. Unos ulemas hacen burla de la fe del niño y tratan de convencerle de que reniegue de la fe, pero él insiste en afirmar que Mahoma era un hereje y un árabe alucinado, y que Jesucristo es Dios y hombre. Los ulemas deciden crucificar al niño en venganza por proferir insultos al profeta más querido de los musulmanes. Una nube negra sale de las profundidades del suelo y asfixia a los ulemas. La festividad se celebraba los cuatro de agosto aunque no fue hasta siglos más tarde que empezaran a salir procesiones y penitentes con dicho motivo. Los textos de Almanzor el chico, como dijimos anteriormente, revelan mucho de la vida cotidiana que más se aleja de la ortodoxia y su anecdotario arroja mucha luz sobre aspectos que habrían quedado ocultos si no hubiera sido por que él se hubiera molestado en recogerlos. Hasta oídos del mismísimo obispo llegó el caso del molinero, quien veía tambalear la defensa del precepto de la infalibilidad del Santo Oficio ante los fieles, por lo que López de Huelva fue apartado, y el recinto traspasado al rey quien pretendía defender la costa de las incursiones berberiscas. Por tanto, no sería la inquisición ni mucho menos quienes acabaron con los moriscos, sino los mismos moros. Una incursión de berberiscos procedentes de Argel atacó despiadadamente la costa de El Mosquín arrasándola y aniquilando a una gran parte de la población de El Sebel que desde ese momento, empezó a quedar vacía de gente. Solo permanecieron unas cuantas familias tanto de cristianos como de moriscos que se resguardaron en las yermas zonas altas de la montaña donde se dedicaron al pastoreo principalmente. Sabemos que Almanzor fue una de las víctimas de dicha incursión berberisca pero que por fortuna no acabó con su obra que fue guardada por sus vecinos a sabiendas de que Almanzor era muy celoso de ellas y le hubiese gustado que estas quedaran para la posteridad. Como ya andaba muy despoblada la zona, el rey mandó construir un hermoso calabozo que dio alberque a los más viles delincuentes y la más baja ralea de rufianes, a los cuales se le prometía un indulto con tal de que echaran raíces en el litoral de la región y defendieran la tierra con su vida si hiciera falta. No es necesario llegar a sutiles deducciones para entender que aquellos que se aferraron al indulto fueron aquellos con las peores penas, en otras palabras, los más facinerosos malhechores. Hoy en día todos aquellos que se apellidan Pasamontes son herederos de aquel infame Ginés de Pasamontes, que se ganó una terrible reputación por asaltar en Sierra Morena a los arrieros que tenían la mala fortuna de toparse con él en su camino; también los Orozco llegaron a la región por estos años y son herederos de Rodrigo Orozco que era natural de Elizondo y que segó la vida de innumerables inocentes con su navaja en reyertas por los bajos fondos. Los habitantes tenían casi tanto miedo de sufrir algún atropello por estos nuevos y abyectos vecinos que por los piratas, y por eso no se mezclaban con los que habitaban la falda de la montaña. Cuando se ordenó que los moriscos abandonaran el reino, las gentes de la parte alta de la montaña estaba tan asimilada que era imposible aclarar quién era morisco y quien era cristiano, y nadie se atrevió a señalar a nadie, por lo que se optó por la sabia decisión de expulsarlos a todos, y para eso enviaron y armaron a las gentes de la falda de la montaña que ejecutaron la orden. Los menos abandonaron las tierras y partieron para Berbería, otros sobornaron con dinero o lo que tuvieran a los improvisados alguaciles para poder quedarse y los más retornaron más tarde al litoral. Desde aquel día nadie ha vuelto a vivir en aquellas inhóspitas tierras plagadas de cuevas. Por otra parte, es nuestra creencia que gracias a uno de estos sobornos a los alguaciles nos han llegado las obras de Almanzor el chico. Alguien dio a alguno de estos alguaciles los libros del historiador morisco y siglos más tarde uno de sus descendientes de nombre Jesús Orozco González se acercó a un filántropo asturiano llamado Torcuato González-Izquierdo y le mostró lo que su familia había guardado durante siglos. *Don Torcuato, a usted le gusta mucho los libros antiguos, ¿no? Pues, venga conmigo que tengo algo que quizá le vaya apetecer comprar. En mi familia llevamos siempre diciendo de padre a hijo que los libros tienen mucho valor y que por eso hay que preservarlos. Ésto me lo dijo mi abuelo y su abuelo, se lo dijo a él. También me aconsejó que acaparara libros que habría algún día alguien al que le gustasen y pagara una fortuna por ellos. Pues, éstos son: una biblia en extranjero y unos cuantos otros escritos en moro.*

El Exiliado

Las venas habían estado abiertas y sangrando desde hacía ya mucho tiempo. Era hora de restañar la hemorragia. Con esa intención, Abelardo Pasamontes, regresaba a casa. Llevaba bajo el brazo un periódico que acababa de comprar nada más aterrizar en el aeropuerto. Algo cansado recogió sus maletas y se dispuso a seguir las direcciones de salida. Nadie le esperaba. De hecho, se sentía ignorado como si una amnesia de los acontecimientos que precipitaron a una guerra fratricida se hubiera apoderado de los pensamientos y las opiniones de los demás. Para él todavía, en cambio, esos recuerdos de amarga hiel afloraban en sus pesadillas y le incomodaban. Abrió su cartera y echó una mirada a la foto de sus nietos, Vasilis y Kostantin, antes de subirse al autobús que acaba de llegar y abrir sus puertas. Un estudiante le ofreció su ayuda para subir la mayor de sus maletas al vehículo. Se sentó junto a la ventana y apoyó su cabeza sobre el cristal helado por el frío. Cerró los ojos y cayó en un leve letargo. Empezó a oír las voces de arengas del pasado. *Camaradas hay que colectivizar la tierra. Los terratenientes y curas se lo han quedado todo. Hoy tenemos que salir a luchar por todos los despojados, por todos los que no tienen pan, por los obreros que no tienen derechos…* Un bache le trajo de nuevo en sí. El autobús abrió y cerró las puertas y más gente subió y bajó. Abelardo, aun cansado por tantas horas de vuelo, volvió a inclinar su cabeza para descansar. *Una revolución solo se gana acabando con enemigos y oponentes. Al triunfo debe de seguir las bases de una nueva sociedad donde no haya espacio para lo antiguo. Hoy, camaradas, vamos a hacer historia. Ésta es la lista de oponentes que he recibido de nuestros comisarios políticos. No son muchos, son* los necesarios. *Perdone, ¿podría sentarme aquí? Sí, claro.* Ahora quito el periódico. Un cura se sentó a su lado. *Buenos días nos dé Dios. ¿Es usted de aquí? Si, bueno, estoy de paso. De paso estamos todos.* El cura le trajo a la mente recuerdos agrios de una conversación mantenida con otro cura tiempo atrás. *¿Por qué nos han traído a todos aquí? Están a la espera de ser interrogados. ¿Una madre con su hijo también? ¿Qué delito ha cometido para que la encierren en una pocilga? Si nos van a asesinar a todos, díganoslo, para que al menos el que quiera se pueda confesar. No va a pasar nada. Nuestro enemigo no es el pueblo. A ustedes les aseguro que no les va a pasar nada. ¿Está usted casado? Viudo, padre, mi mujer murió hace unos años. Lo siento mucho. Tengo dos nietos. Mire, yo tengo muchos hijos.* El cura sacó una foto en la que salía rodeado de niños de cinco a diez años africanos y sonrientes. *Estuve en el Togo varios años como misionero, ¿sabe usted? Estos niños son mis hijos. Ahora he vuelto a casa pero me siento que no estoy en mi país. Bueno, en ocasiones y por razones diferentes, alguno se puede sentir extranjero en su país.* Reinó un silencio incómodo y cada uno volvió a lo suyo. A Abelardo el frío del frente oriental le había vuelto algo huraño. En aquellos días de la ofensiva cada día había que pensar cómo iba uno a sobrevivir hasta el día siguiente. *¡Adelante, mueran los invasores!* Los silbidos de balas se mezclaban con el tacatá de las ametralladoras y el temblor de los obuses que convertían el hielo en un lodazal. *Corre, no vas a morir hoy. Corre, no vas a morir hoy.* Sumido en estas elucubraciones tropezó y cayó de bruces en una honda zanja. Se torció el tobillo. Un profundo quejido salió de sus entrañas. *¡Mierda!* Miró a ambos lados y solo encontró teutones muertos. *Bueno, aquí me bajo yo. ¡Qué tenga usted un buen día! Gracias, igualmente.* Se asomó a la ventana y vio que se acercaba a la estación de trenes. *Hay que salir de aquí. ¿Qué ha pasado con los detenidos de la pocilga, Estrasny? No te preocupes por ellos, ya lo liberarán los otros cuando lleguen. Hay que salir de aquí ya. Estación de trenes.* Se levantó de su asiento y apreció que el sol hubiera salido para que no arreciara. La calle le recibió con displicencia entre el vaho de los transeúntes y los pitidos de los vehículos en su itinerario matinal. Cruzó la calle mezclado con la multitud de personas ocupadas y ensimismadas en sus vidas. Delante de él un cartel rezaba Churros con café. Todavía faltaban horas para que su tren partiese hacia el sur. Leer el periódico con un café con churros seguro que era toda una experiencia por la que merecía la pena hacer un viaje tan largo. *¿Cafetito con churros o porras? Porras, por favor.* Abrió el periódico por la parte de sucesos y su atención se dirigió hacia la palabra El Mosquín. *Ayer quedó en libertad Sakhi El-hay, antiguo miembro de los servicios secretos israelíes, detenido por la policía por el asesinato del criminal de guerra capitán Karl Heinz Brunner (…) El detenido tras admitir los hechos tuvo que ser puesto en libertad al considerar el juez que el delito había prescrito.* Aquel hombre del que hablaban los periódicos fue llamado a declarar por la policía sobre un asesinato que ocurrió en El Mosquín hacía más de un cuarto de siglo. *Voy a encender la grabadora para que nos cuente lo que ocurrió aquella tarde de verano. Diga porqué fue a El Mosquín. Habíamos recibido información de que Karl Heinz Brunner, criminal de guerra, se ocultaba en la localidad de El Mosquín y se me encomendó la misión de hacerme pasar por un simpatizante hijo de un sargento del ejército para destapar a todos los criminales que se sirvieran de él para escapar. Quiere decir, que en principio usted no tenía encomendado asesinar a Karl Heinz Brunner, ¿cierto? En absoluto. Yo solo tenía que hacerme con las direcciones de todos los criminales para que pudiéramos más adelante identificarlos y reclamar su extradición. ¿Por qué lo asesinó? Sabía que el meticuloso capitán tomaba notas de todas las direcciones en una libreta negra que guardaba en algún lugar de la casa. No era una persona que confiara mucho en los demás por lo que no compartía conmigo la información. Me tenía apartado de todas sus actividades. En el tiempo que estuve en su casa no logramos localizar a ninguno de aquellos criminales. Un día* vino uno de sus camaradas y le advirtió de que podría ser una persona infiltrada porque tenía conocimiento de que la persona por la que me hacía pasar había muerto en Berlín oriental. La mañana de los hechos estaba preparándole el café, cuando apareció por la cocina revelando que estaba al tanto de que era judío mientras me apuntaba con su Luger de nueve milímetros. El capitán alardeaba siempre de aquella pistola. Decía que era un bello recuerdo que le quedaba de sus años de guerra. Tuve suerte de que el arma se le encasquillara. En ese momento de desconcierto, aproveché para golpearle con una machota que reposaba en la encimera. Le asesté un golpe con todas mis fuerzas en la frente y se desplomó. Yo estaba muy nervioso porque era la primera vez que mataba a alguien. ¿Qué pasó después? Recogí el arma y fui a buscar unas sábanas para ocultar el cadáver. Cuando regresé, el capitán estaba aturdido y con la cara ensangrentada pero se había incorporado. Era un hombre muy corpulento. No me imaginaba que matarle fuera tan difícil. Empezó a farfullar en alemán, perro judío, te voy a quemar vivo. Entonces agarré de nuevo la machota y le golpeé sin piedad mientras le gritaba: acuérdate de los niños judíos que ahorcaste en Moravany. ¿Sientes los golpes de tu destino, cerdo criminal? ¿Lo sientes, hijo de puta? Y no paré hasta que me salpicaron sus sesos y su pierna derecha cesó de temblar. En ese momento ya no sabía qué hacer. Había sangre por toda la cocina y tenía muy poco tiempo para tratar de esconder el bulto antes de que llegara la criada. Limpié todo lo mejor que pude las gotas de sangre y me cambié la ropa. Arrastré el cuerpo hasta la cama de los invitados y lo dejé allí. Robé una bicicleta que encontré junto a la pared de la iglesia y salí del pueblo. ¿Qué pasó con aquellos criminales que pasaron por su casa? Algunos fueron descubiertos, pero de varios de ellos nunca se supo nada. No encontré ningún dato o dirección de los componentes de la red en la que operaba el capitán Brunner. La misión fue un auténtico fracaso. El mismo día hubo otro asesinato en El Mosquín, ¿tuvo usted algo que ver con él? No, en absoluto. El timbre de la estación le advirtió que su tren estaba a punto de salir. Abelardo ya estaba sentado y dispuesto a volver a ver las aguas del Atlántico. Ocho horas de trayecto quedaban por delante de él. El tren pasaba por cada pueblo pero no le importó. Después de más de cuarenta años lejos de su tierra ocho horas no significaban nada para él. En su cabeza aparecieron de nuevo las imágenes del pasado en el momento en el que tomó el autobús comarcal que le llevaría de regreso a casa. Todavía en ocasiones soñaba con toda esa gente quemada viva en una pocilga. Aquel asesor al que todos llamaban "Estrasny" le había dicho que iban a ser interrogados, pero la realidad fue que antes de la evacuación y apremiados por el avance enemigo, incendiaron la pocilga con todos aquellos civiles dentro, y huyeron. Cuando Abelardo llegó, el olor a carne quemada inundaba el cortijo, y al verlo acercarse una anciana le gritaba: *criminales, los habéis matado… ¿qué daño os hizo mi nieto?* El humo negro se perdía en el cielo. Tardó días hasta que logró recomponerse de la masacre de aquellos inocentes. Más adelante, volvió a encontrarse con la misma miseria en el lejano país en el que se exilió tras la guerra. En plena batalla había caído en una zanja llena de enemigos muertos. No tuvo valor de levantar la cabeza ni de moverse de allí. El pánico de aquellas ametralladoras que eran capaces de desmembrar a un ser humano le paralizó. En primera línea extranjeros, sospechosos de disidencia y delincuentes iban siempre. Había visto caer a montones de amigos en el frente. Uno casi ni se percataba de que alguien había caído en la batalla hasta que notaba su ausencia en los escasos momentos de reposo y solaz. Era como si unas balas silenciosas y anónimas llevaran tu nombre y tu destino escrito. En la zanja permaneció hasta la noche cuando cesaron los combates. No había comido nada y tampoco había pasado por allí nadie desde hacía tiempo. De pronto, percibió que alguien se arrastraba hasta el hoyo. Abelardo empuñó su fusil dispuesto a vaciarlo de balas sobre cualquier amenaza. Asomó un casco teutón y un cuerpo vivo rodó hacia dentro. Ambos al mirarse parecían asombrarse del hallazgo del otro. Pero solo Abelardo iba armado y apuntaba al inesperado visitante. Fijó la mirada en una medalla que colgaba del cuello del teutón. *¿San Alejo, mártir? ¿Hablas mi idioma? ¿Cómo te llamas? Santiago. Santiago, no voy a matarte. Tengo algo de comida, ¿has comido? Podemos compartirla.* Los dos hombres compartieron la comida mientras hablaban del pueblo. *Tanta muerte, ¿para qué? No hay salvación en la guerra. Las mayorías se matan a cambio de conseguir que una minoría siga con sus privilegios. ¿Por qué te uniste a los alemanes? Quería morirme. Mi padre había dilapidado toda la fortuna de mi madre. Nosotros teníamos un cortijo en El Sebel que sacábamos adelante mi madre y yo. Mi padre, es un borracho y un jugador y se gastaba todo el dinero. No sé mi madre como pudo aguantarlo. Por sus deudas malvendió las tierras y mi madre y yo tuvimos que irnos al pueblo a vivir. Un día llegaron unos soldados invitando a vino y comida a la gente y muchos se alistaron. Yo fui el único que sabía lo que hacía. Estaba tan avergonzado por mi padre que me quería morir y puse mi pensión a nombre de mi madre por si acaso. Yo no quiero volver. Y ¿esa chica? Se llama Irina, la conocí en Polonia. Es una campesina. Su familia murió cuando la invasión. Si todo fuera diferente, me encantaría estar allí con ella. ¿Y cuál es tu historia? ¿No me suena tu cara? Pues, mi tío era un cabrero muy conocido en el pueblo. ¿Se murió? Sí, alguien le mató de una pedrada antes de la guerra y ni siquiera fue a la cárcel por eso. Yo de joven emigré a Madrid y rara vez me dejé caer por el pueblo. Estaba haciendo la mili cuando el alzamiento y luché en el bando perdedor. Siempre fui un idealista, ¿sabes?, quería una sociedad más justa. Ahora me he dado cuenta de que ésta no era la justicia que anhelaba. Éramos el bando legítimo, pero a cada pueblo que cedíamos dejábamos más injusticia que antes y más rencor del que encontrábamos. Desde que dejé el país solo he tratado de sobrevivir lo mejor que he podido. Ojalá que ésto acabe pronto. ¿Qué tal las cosas por allí? Bueno, al menos no nos matamos. Supongo que tendrán que mejorar, pero por* *ahora la gente se muere de hambre.* El autobús cruzó el puente y paró en la plaza delante del Hostal Doña Úrsula. Abelardo se abrochó su tosco abrigo, se colocó el sombrero y esperó a que le diesen sus maletas. Estaba haciéndose de noche y consecuentemente estaba refrescando. Al día siguiente iba a volver a ver si algún familiar suyo quedaba aun por la región. No conocía a nadie y nadie le conocía a él. Unos padres esperaban a su hijo que acababa de regresar de un permiso militar y otros jóvenes venían de vacaciones y se quejaban de la desafortunada ocurrencia de venir con el frio a la playa. No había nadie más. Entró por la puerta del hostal con sus maletas, y en silencio, subió por la escalera hasta su habitación y se durmió. *¿Qué vas a hacer ahora? Volver a Polonia, prefiero morir que seguir matando. Ten cuidado, hombre. Gracias, tú también. Abelardo, antes de irme, hay algo que no te he dicho. Yo fui el que le pegó una pedrada a tu tío el cabrero y lo mató. Lo siento mucho. Ya eso no importa. Te perdono. Suerte. Suerte a ti también.* Poco antes de fallecer de agotamiento en el Hostal Doña Úrsula, Abelardo Pasamontes se perdonó a sí mismo por todo lo que ocurrió muchos años atrás de la misma manera que perdonó a aquel hombre que conoció en el frente y que afirmaba haber asesinado a su tío.

El Retablo

Dentro del devocionario local de la virgen hay un milagro aún más maravilloso que el acaecido con las tropas francesas en la guerra de la independencia. Se trata del milagro de los marineros de la flota de Indias. Dicho episodio está incluido en la Recopilación de los Milagros Acaecidos por Invocación a María la Virgen revisada y ampliada por el padre Jumilla, milagro número CXXIII. Dicho libro se puede consultar en la Biblioteca Pública Episcopal de Barcelona. En el episodio se narra que la flota de Indias perdió uno de sus barcos llenos de lingotes de oro al encontrarse una terrible tempestad poco antes de llegar a su destino. El barco muy dañados su casco y su arboladura finalmente se hundió en el océano sobreviviendo solo tres personas que pudieron aferrarse a un bote. Los tres marineros antes de que se hundiera el barco tomaron tres objetos deferentes: uno, un devocionario de la virgen; otro, un cántaro de agua; y el último, un lingote de oro. Los tres al salvarse discutían sobre quién de ellos era el más afortunado. El que prendió el lingote se jactaba de haber aprovechado la ocasión para robar uno de aquellos lingotes que le haría rico. El que tenía agua pensaba que el trayecto sería largo y que por prever ésto, se salvaría. Mientras el último de ellos afirmaba que solo la fe te puede ayudar en los momentos más difíciles y le preguntó al del lingote que si moría, aquel lingote le serviría de algo. En cambio, al que llevaba el agua le preguntó que qué haría cuando el agua se acabase. *No tienes más fe que lo que te dure ese cántaro. Yo en cambio no necesito ni una cosa ni otra para saber que me voy a salvar.* Este último entendió que las palabras que aquel marinero profería era muy ciertas y compartió el agua con los demás sabiéndose que estaban a merced de lo que el destino hubiera dispuesto para ellos. El caso fue que solo el que no tenía fe murió de insolación mientras que los otros llegaron a un pueblo donde había una hermosa capilla dedicada a la virgen, y de tal experiencia aprendieron a vivir de la fe y no sentir apego a las riquezas. Aquel lingote lo fundieron y con las láminas que sacaron decoraron el retablo mayor de la Iglesia de Santa María de la Concepción. Cuando ésto ocurrió todo el litoral estaba lleno de pícaros y mendigos, y dicho milagro tuvo por efecto que todo el mundo, hasta los casados, quisiera profesar de una u otra manera los votos canónigos. Ante este inconmensurable arrebato de fe muchos andaban con crucifijos de madera y vestían todo tipo de hábitos que aseguraban haber recibido con sus votos. Fue la época en la que se popularizaron las procesiones; todo el que tenía la habilidad de construir una talla, lo hacía; y con motivo de ayudar a los pobres, que eran muchos por aquellos años de guerras, las sacaba en procesión y pedía limosnas. Otros visitaban las casas señoriales para pedir una colecta en la cual se alimentaría a los pobres. Dichas colectas eran tan generosas como frugales las sopas que se servían. Algún noble que se invitó a asistir a dichos servicios le apuntó lo siguiente a uno de los beneficiarios de una escudilla de caldo: *Espero que sea de su agrado, que bien ayudará al donante de tales viandas a subir al cielo.* Éste le respondió: *más bien seré yo quien finalmente vaya a cielo de alimentarme tan poco y escaldar tanto mis entrañas.* En el calabozo real sus inquilinos solían discutir sobre cuál fue el milagro más maravilloso que hiciera Jesucristo en vida; cuál era el verdadero significado de la transustanciación eucarística; y qué simbología era la que describía con más agudeza los atributos de María la virgen. Los carceleros también participaban en dichas conversaciones y pasaban días y noches sin comer con el mero entretenimiento de tales discursos, pregones y diálogos. Uno de los reclusos, Ramón Olano, llegó a popularizar tanto los pregones y alabanzas a la eucaristía que ejecutaba por el Corpus Christi, que incluso llegó a participar en certámenes regionales ganándolos siempre con su talentosa y prodigiosa verborrea. Sus discursos plagados de sutiles retruécanos, hábiles metáforas, artificiosos epítetos y dramáticos o sobrecogedores hipérbatos, combinados con emotivas hipérboles, dejaban boquiabiertos al público hasta tal punto que el Obispo se asomó por la ventana y sentenció: *Hermanos, es como si la paloma del espíritu santo se hubiera posado en vuestros cogotes.* Los vecinos, cuando querían alabar a alguien por su trabajo añadían un "tienes tanto o más talento que Ramón". Frase que se ha popularizado hasta nuestros días; de hecho, el día que Paco el "cojo" sacó su título universitario sus amigos le felicitaron aludiendo al celebérrimo presidiario. En resumidas cuentas, los alguaciles, cuando presuponían que algún condenado era más fiel devoto, lo dejaban salir para asistir al culto los domingos, reprimir a los que celebraran el carnaval o no observaran la vigilia, ir al camposanto a rezar por los difuntos, pedir limosna para el mantenimiento de la iglesia y sus obras de caridad, espulgar a los huérfanos y pordioseros de piojos, o acudir a la misa del gallo. Éstos siempre respetaban su palabra y regresaban a su celda, y como premio, recibían en una escudilla un cucharón de garbanzos con algo de panceta de la olla de los centinelas. Fue un hecho singular cuando en una noche de bruma se sintieron en alta mar los cañonazos de la armada real. Desde la costa muchos se asomaron a la orilla para ver aquellos resplandores que bien parecían relámpagos y centellas enviadas por el mismo demonio desde el averno. A la mañana siguiente un navío de línea real permanecía anclado mientras varios infantes se acercaban a la costa a pedir ayuda a los ciudadanos de El Mosquín y sus inmediaciones. Habían hundido un barco pirata escocés y sospechaban que alguno pudiera haber huido aprovechando la noche, la bruma y la confusión del combate, y haber llegado hasta la costa. Los guardias liberaron a todos los reclusos y los pusieron a buscar piratas, lo que causó gran asombro a los infantes. Labradores, custodios y vigías, arrieros, presos, sacerdotes, y pastores al unísono trabajaron como hicieran cuando se celebraba la festividad de algún santo o virgen. Fue en la playa de Orbagoza donde unos presos dieron con tres de ellos que allí mismo ajusticiaron y colgaron sin más dilación por considerar a estos piratas seres de la más baja estofa y condición. Unos pastores jóvenes, un chico al que ya afloraban pelos en su barba, y su hermana, menor que él por un año, andaban hablando sobre cuáles eran las mejores virtudes que tuviera el alma. El chico indicaba que la caridad contrarrestaba a la envidia y que evitaba que muchos males sucedieran por ésto. Que en tiempos difíciles la caridad conseguía que los que menos tuvieran pudieran salir adelante hasta que se mantuvieran por sí solos. En cambio, la chica afirmaba que era la paciencia la que sosegaba el alma para no dejarse llevar por la ira y acabar siendo un follón. Cuando se acercaban al viejo molino abandonado notaron que su perro ovejero ladraba al interior, por lo que los jóvenes que siempre gustan de indagar el porqué de las cosas, entraron por la puerta. Allí se toparon con un hombre asustado cuyo rostro el sol tornara bermejo y pelo rubio, ralo e hirsuto, como si lo hubieran trasquilado. El joven les ofreció unas monedas y éstos le trajeron unas ropas de pastor y lo llevaron a una cabaña. *Hermano, hoy mismo vamos a cumplir nuestro deseo de saber qué virtudes del alma son las mejores.* El extraño no les entendía hablar pero sentía que aquellos muchachos no le deseaban ningún mal. A la mañana aquel proscrito había dejado sus doblones y su biblia a cambio de algo de víveres, y había desaparecido. A la chica le sobrecogió el hecho de que el peregrino no estuviera ya allí, y pidió a su hermano que fueran a buscarlo. Al llegar a la cuesta de El Sebel, unos arrieros dialogaban sobre el escarmiento que los presos habían infringido a un pirata inglés, que despeñaron por el acantilado donde acaba la loma, como merecido castigo por ser hombre de tal calaña. Los jóvenes con esperanza de encontrar el cadáver del pobre hombre y darle santa sepultura, pues sabían que era cristiano porque llevaba consigo una biblia, partieron hacia la loma. Observaron que todavía era pleamar y esperaron que la marea bajara por miedo a que una ola y la resaca de la mar los pusiera en algún aprieto. Luego, descendieron por las rocas puntiagudas con sumo cuidado hasta que llegaron abajo. Pero no encontraron el cuerpo de hombre alguno, lo cual les extrañó porque sabían que, aunque el mar lo hubiese atrapado, lo habría devuelto. Se adentraron en una cueva por ver si allí el mar había escupido los despojos de aquel hombre. *Lucinda, mira, está vivo.* El hombre se encontraba gimiendo de dolor por una pierna que se le había roto y el hueso le había atravesado la carne. Milagrosamente, junto al hombre había un bote que nadie sabe quién lo puso allí, y dentro de él, un libro envuelto en unas pieles de cabra que estaba escrito en caracteres árabes. Los jóvenes aprovechando la marea baja fueron a recoger hiervas y maderas para enderezar y entablillar la pierna de aquel hombre y colocarle un emplaste que le bajase la hinchazón. A la noche cuando de nuevo bajó la marea le sanaron y le trajeron pan, requesones, agua y vino en garrafas para varios días, y se quedaron allí hasta que la mar se llenara de nuevo. El hombre había escrito con un carboncillo de la candela que hicieron unas frases incomprensibles en la pared de la cueva, y cuando el joven salió remando con la barca, Lucinda sentenció a su hermano. *Honorio, la mayor virtud del alma humana es la compasión.* Paul McGrath, ministro de la iglesia metodista, y romántico recopilador de leyendas y relatos de piratas cuenta la anécdota de un hombre cojo que se hizo famoso en Glasgow siglos atrás por narrar en verso hermosas historias de piratas, y entre éstas contaba la de un hombre devoto que se salvara de morir ajusticiado al hundirse su barco y acabar en la costa porque dios le enviara un bote y dos ángeles a protegerlo. Después prosigue la historia que al anochecer salió con su barca y anduvo días a la deriva hasta que se le acabaron los alimentos que los ángeles le procuraran, pero que dios le envió la ayuda en la forma de un bajel berberisco, quienes no le mataron ni daño alguno le hicieron, pues son normas bien entendidas que si algún naufrago hallares en alta mar, socorro le has de prestar. Reconocieron también que era un enemigo de sus más tenaces enemigos y lo entregaron a un navío holandés, gracias al cual, regresó a Escocia. *Y a todo el gustare esta historia, deje unas monedas para comprar vino y pan.*

La Biblioteca

La chica de administración entró por la puerta y le anunció la llegada de una antigua vecina del pueblo que quería verle. Don Francisco, nuevo en estos menesteres, gustaba de recibir a gente en su despacho como gesto de cercanía al pueblo. *¿Cómo se llama? Adela y dice que tiene algo para usted. Bueno, que pase.* Por el umbral de la puerta apareció una anciana con un legajo de papeles y un rostro sonriente. Aquella mujer se presentó como Adela, la hija de la malagueña, la sirvienta de don Torcuato, la mujer de Miguel "el Tabiques" y después, sirvienta del tío Antón, que en paz descanse. Paco estuvo extrañado hasta que oyó el nombre del tío Antón. *Cierto, ya me acuerdo. Bueno, yo era un niño cuando usted dejó el pueblo. Solía jugar con el primo de tu cuñada, Joselito, se acuerda, ¿no?* Delante de él había una señora ya mayor finamente vestida. Ciertamente, desde el día en el que salió del pueblo hasta su vuelta, algo tuvo que ocurrir en su vida para que de buenas a primeras se presentara con la permanente hecha y aquel camafeo amarfilado. *Pues, usted dirá, señora, ¿en qué puedo ayudarla? Vengo a hacer una donación al pueblo.* Diciendo ésto soltó los papeles que llevaba sobre la mesa del alcalde. *Éste es el testamento que en vida hizo don Torcuato, y por el cual me cedía la propiedad de su vivienda y su dinero. No lo quiero, porque no me hace falta. Es para el pueblo.* Con asombro Paco examinó los papeles donde efectivamente dejaban como única heredera de sus bienes a Adela González Pedernal. *Pero antes de ésto me gustaría volver a la casa. Hay algo que en su día no tuve valor de hacer y me lleva comiendo por dentro más de treinta años.* Las llaves de la casa las custodiaba don Fulgencio, el párroco de El

Mosquín. *En esta casa no han entrado más que gatos y sinvergüenzas desde la época del otro párroco, don Eulogio, que murió hace lo menos diez años. Mira que tapiamos las ventanas de la casa con ladrillos, pues aun así los gamberros hacían boquetes y se colaban.* Abrieron la puerta de la casa y notaron un frío que trajo el olor a orines de gato y madera carcomida. Al entrar en el patio Adela sintió los buenos recuerdos en su corazón, casi podía reconstruir lo que fue de la casa hacía más de treinta años. En el centro del patio se erguía un frondoso zapote que había salido de su tiesto y se había comido hasta la fuente central donde no podían reconocerse los azulejos andalusíes que encontraran el día que empezaron a cimentar la casa. Una de las ramas incluso había entrado por una de las ventanas de las dependencias superiores. El enlosado del suelo se había levantado por las raíces fibrosas del árbol, y por algunos huecos crecían jaramagos. En un lateral una incipiente palmera se abría paso entre los adoquines y el resto de todo aquel hermoso jardín que Adela cuidara con esmero se había perdido para siempre, pero quedaban ramajes secos en los arriates que entorpecían el paso y alguna trepadora deshojada. *Lo que quiero mostrarles está en la biblioteca.* Al entrar en la sala algún desaprensivo había prendido fuego a los libros para hacer una candela y ya no quedaba ninguno. A un lado había desperdigadas jeringuillas y papeles dc aluminio medio quemados. En la pared se leía el lema *Amador estuvo aquí y ningún muerto lo molestó. ¿Qué era lo que quería enseñarnos? Está detrás de ese mueble.* Paco, ayudado por el párroco arrastró como pudo el mueble que dejó ver una trampilla. *Yo no voy a ser capaz de entrar allí, pasé usted señor alcalde y lo verá usted mismo.* Paco deslizó el pestillo y abrió la trampilla. Primero metió la cabeza y luego todo el cuerpo. *Aquí hay alguien muerto en una cama.* La voz del alcalde sonó llena de asombro. Un hombre yacía en un camastro con unas gafas redondas. La boca abierta, como si hubiera exhalado un grito de espanto antes de perecer, contrastaba con la tranquilidad de su postura, las manos reposaban en su vientre como el que espera estoicamente a que algo ocurra. Sus ropas eran de labrador y sus zapatos desabrochados estaban recogidos junto a la cama como si aquel hombre no quisiera que se le recordara por ser descuidado con sus cosas. El habitáculo bien se asemejaba a una cárcel o a la celda de un fraile si no fuera por la cantidad de libros que se agolpaban en las paredes y encima de un escritorio. Paco advirtió que aquel hombre había estado escribiendo algo en las vísperas de su muerte. Levantó con una mano aquellos papeles amarillentos y examinó su contenido: *"... y de eso hace más de cuarenta años"*. Al salir del habitáculo Adela tenía sus ojos acuosos casi a punto de derramar una lágrima. *¿Quién era aquel hombre? Era Miguel, mi marido. Se escondió aquí cuando la guerra. Todavía albergaba alguna esperanza de que pudiera haber escapado y siguiera vivo.* El juez se tuvo que personar para el levantamiento del cadáver y se notificó a los parientes que quedaban con vida de la muerte de Miguel. Años después de su muerte Miguel era enterrado. Adela, que se hospedaba en el hotel Doña Úrsula, pasó unos días en el pueblo y horas con el alcalde a quien le narró toda su historia. *No tenía a nadie después de todo lo que ocurrió. Dejé morir a Miguel por miedo. Por las noches no hacía otra cosa que pensar en ir a por él y sacarle de aquel agujero, pero luego, me venía a la cabeza lo de la plaza, cuando me raparon el pelo y me desnudaron delante de todos y me dieron purgante y me quedaba quieta. No podía soportar pasar por allí y saber dónde estaba escondido y no hacer nada. Un día salí hacia El Carmen, compré un billete de autobús y me fui.* Tras hacerse pública y notoria la última voluntad de don Torcuato, el ayuntamiento recibió la donación de una parte del dinero que correspondía según ley y la desvencijada casa. Quedaban algo más de dos millones de pesetas, lo que daba una idea de cuán rico había sido aquel hombre en vida. Con dicho dinero, se le ocurrió al alcalde crear una bella biblioteca, así que ésta fue una de las contribuciones del nuevo alcalde a su pueblo. Después de todo, una gran cantidad de libros del pasado se habían salvado y muchos más vestirían los anaqueles de aquella nueva Biblioteca del Indiano. La Biblioteca Pública El Indiano comprendía una sala de lectura amplia donde se prestaban los libros de consulta, y otras dos pequeñas que se cedían gratuitamente a la comunidad educativa de El Mosquín, y a cualquiera que quisiera exponer alguna obra de arte o realizar alguna actividad de interés. En ocasiones algunas señoras mayores pedían la sala para reunirse a realizar bordados, y en otras ocasiones hasta enseñaban sin ánimo de lucro a quien tuviera interés. También circularon por aquellas salas exposiciones fotográficas tanto privadas como otras relacionadas con la historia del pueblo. Éstas se celebraban por lo general en los meses de estío, ya que por esas fechas el pueblo solía llenarse de visitas tanto de nacionales como de extranjeros que se deleitaban en saber algo más de aquel lugar, que todavía por aquellos días no aparecía en los mapas, y ésto teniendo en cuenta que ni El Carmen ni El Sebel contaban con espacios culturales como éste. El despacho del director estaba en la sala contigua a las salas de uso múltiple. Fue una mujer la primera persona en dirigir la biblioteca, doña Carmen Bolaños, una estudiante de Bellas Artes de la Universidad Santa María de Jesús que tras acabar la carrera se había afincado en El Mosquín para dedicarse a la pintura, y al hacerse pública la plaza fue quien sacó mayor puntuación. Toda la planta baja de la biblioteca estaba decorada por daguerrotipos muy antiguos que por casualidad se encontraron escondidos bajo la tarima del dormitorio de don Torcuato mientras los albañiles rehabilitaban y adecuaban la casa a su nueva realidad. La mañana en la que se hicieron los hallazgos, un albañil se acercó al ayuntamiento. *Señor alcalde hemos encontrado algunas cosas personales. No sabemos qué hacer con ellas.* Una a una los albañiles fueron levantando las tablas del suelo, el cual estaba hueco sin que nadie de ello se percatara hasta aquel día. Había dos escondites: en uno encontraron una caja grande de madera que había contenido puros habanos y ahora fotos que probablemente habrían pertenecido a Don Torcuato González-Izquierdo. Paco las contempló una a una: una foto de una casa señorial de esas de las que se construyen en los lugares donde llueve con frecuencia; la de una niña con tirabuzones rubio que por detrás tenía escrito: *Tu hermanita del corazón*; otra con un señor mayor junto a una locomotora donde unos yorubas cargaban sacos a los hombros en los vagones que por detrás se leía "dieciséis sacas completas, preguntar a Reinaldo sobre las seis restantes"; por último, quedaban una serie de retratos tanto de él como de quien sería su criada y el de un soldado colonial. Lo que leyó por detrás lo desconcertó: "*Vine del otro lado del atlántico para encontrarme con la muerte pero en cambio encontré el amor por primera vez. Roberto*". Al momento, le volvió a interrumpir el albañil: *Señor alcalde, aquí hay más cosas de este hombre*. Lo segundo fue incluso más insólito: una caja de latón para galletas de navidad donde se leía la palabra Deutschland y se representaba a una familia decorando el árbol de navidad. Al abrirla le llamó la atención una pequeña libreta negra donde había apuntado nombres de lo más variopinto: *Luca Bianconi, Rote Meer Hotel, Massawa, Äthiopien; Martin Viecha, Rua Barbosa Lima, Igarassu Pernambuco (Brasilien); Pierre Blexmann, Avenida Fernando de Magallanes, Asunción (Paraguay); Christian Friedrich Brauchlin, Avenida de la Independencia, Cordova (Argentinien); Rafael van Derton, Robben Insel, Kapstadt (Südafrika); Dr Kalman Laszlo, Avenida Carlos Pellegrini, Buenos Aires (Argentinien)...* La lista seguía. Dentro también encontró un pedazo de soga y fotos de un grupo de niños asustados. *Ésto, echadlo a la cuba. No sé quién habrá puesto ésto aquí.* Lo más complicado fue talar y arrancar el tocón del zapote, que tuvo que cortarse poco a poco y sacar las raíces una a una hasta que quedó un agujero colosal que hubo que cubrir con cemento y que afortunadamente no alteró los cimientos de las casa. La parte alta de la biblioteca albergaba los fondos de libros, y a él solo tenía acceso personal autorizado. Llegó un momento en el que Paco dejó de ser alcalde y fue entonces cuando quedó libre la plaza de bibliotecario, la cual le fue concedida y a cargo de la cual estuvo hasta el día de su muerte. Paco, al que en otro tiempo todos llamaban "el cojo", fue muy feliz en aquellos días de libros y desvelos. Ya por esos años se había divorciado, andaba en pleitos con el fisco, y su hijo Amador, había fallecido de sobredosis de heroína, por lo que los libros le mantenían muy ocupado. En especial se deleitaba con las traducciones de textos antiguos y runas de dudosa procedencia. De hecho, de eso fue de lo que hizo su tesis doctoral años atrás, y su padre nunca entendió qué utilidad podría tener saber lo que aquellos hombres escribieran, pues, afirmaba, ahora sabemos hacer aviones y no se conocía a ningún romano o moro que lo hubiera conseguido en el pasado. En cualquier caso Paco siguió escribiendo y leyendo aunque, que se sepa, nunca publicó libro alguno sobre El Mosquín hasta el día de su muerte. Después de ésto, vinieron unos años muy buenos para el pueblo. Tan buenos que la gente entendió que leer no era importante y que si lo fuera, lo ideal sería construirse una biblioteca cada uno. Aquellos años la biblioteca del indiano fue más un lugar donde los adolescentes se reunieran para tomar café y ligar, que para consultar sus fondos. Cuando la economía del pueblo se resintió, muchas gentes emigraron y también llegaron muchas más de otros sitios a El Mosquín. Tal fue así que en ocasiones las gentes se cruzaban por las calles sin saludarse como si no supieran si al saludo debían esperar lo mismo de la otra persona. En los veranos acudían gentes de todas partes pero durante los inviernos solo quedaban los veladores llenos de polvo, apilados y con cadenas; las pizzerías con sus escaparates ennegrecidos; las heladerías solitarias; las casas de las urbanizaciones con sucias persianas bajadas hasta el alfeizar; y el campo de golf desolado. Hasta los atunes dejaron de concurrir en el estrecho en el número y los tamaños de antaño. Fue en un día lluvioso cuando el alcalde don Santiago Hidalgo, claudicó y pronunció las palabras que todo el concejo llevaba días esperando oír. El interventor,

Carlos Rosendo, presentó las cuentas. *No tenemos para pagar los salarios.* En esos días los proveedores se agolpaban en la puerta del consistorio para reclamar las deudas. El interventor hasta llegó a recibir amenazas y varias de las empresas quebraron. En ésto que recibieron distintas ofertas de adquisición de los bienes del ayuntamiento. Un magnate chino quería comprar la biblioteca para construir un casino. La oferta era tan sustanciosa que más de uno volvió a soñar con los años de la abundancia. Algunos opinaban que el casino atraería gente y que ésto ayudaría a que el pueblo no quedara vacío. Los jóvenes tendrían trabajo y las familias podrían pagar las hipotecas. No obstante, Jaime Marcos fue el mayor de sus detractores. *¿Trabajo? ¿Le habéis preguntado a la gente que ha estudiado una carrera si trabajar en un casino es lo que quieren hacer? Y ahora parece que la gente va a recuperar sus viviendas, ¿sabéis de alguien que no haya sido desahuciado? Resulta que ahora no tendremos libros pero nos van a dar trabajo, y ¿qué vais a hacer con los libros?* Esa misma noche ardió la Biblioteca Pública del Indiano, y con el incendio prendieron todos aquellos libros antiguos que recopilara el anciano de Avilés e incluso algún manuscrito del anterior bibliotecario y alcalde. El ayuntamiento decidió vender el edificio por mucho menos de lo que en un principio se le ofreció, y con el dinero pudo hacer frente a las deudas a proveedores. Todos los proveedores cobraron excepto aquellos que huyeron por morosidad y uno que terminó por suicidarse días antes del incendio de la casa del Indiano. Meses más tarde el Casino el Gato de la Suerte abría sus puertas. El patio central fue cubierto por una cristalera y enmoquetado. En el centro, donde se erguían las plantas más exóticas de toda América, se apostaban ahora las mesas de juego. En las demás salas había varios reservados para fiestas privadas y hasta un karaoke. Allí se daba cita lo más granado de la sociedad china de la región para gastarse los cuartos que tan concienzudamente se habían ganado. El casino abría a las ocho, pero desde las siete y media había gente tomando güisqui en los bares aledaños para ser los primeros en tocar tal o cual traga-perra ante la creencia que el primero obtendría el gran premio. Todos llegaban en grandes coches que aparcaban en un descampado que llamaban El Polvorín, y que tuvo que haber sido alguna casa antigua que alguien derrumbó, porque por algunos laterales todavía quedaban un par de muros con unas ventanas de barrotes corroídos por el salitre y la humedad marina a modo de reliquia del pasado. Un toxicómano se encargaba de guardar los coches mientras sus propietarios se divertían en el casino. Un día llegó una carta que todos esperaban: El Mosquín se convertiría en pedanía y no en pueblo. El cura y algunos concejales pensaron en movilizarse contra la decisión, pero cuando se quiso contactar a las familias que llevaban siglos viviendo en El Mosquín, éstas o se habían mudado o no se tenían noticias de ellos. Los más antiguos eran un matrimonio de jubilados suecos que vivían en una de las villas de la urbanización Colina Blanca. El hombre estaba enfermo y la mujer casi no hablaba castellano. La lucha estaba perdida, ya no quedaba nadie en favor de esa causa. El Mosquín no volvió a tener un alcalde propio.

La Cornucopia

El polaco paró de excavar. Habían dado con algo. Durante todo el día llevaban encontrándose con piedras y azulejos que hablaban de las vidas de todas las gentes que habían pasado por El Mosquín en los últimos tres mil años; hasta salió de la tierra una antigua y oxidada navaja, que bien podría haber sido machete por su longitud, y a la que se le había desprendido una de sus cachas nacaradas. El jefe de obra había dado la orden de que cada vez que tropezaran con algo, pararan de construir como medida preventiva. Había costado mucho conseguir de Patrimonio todos aquellos permisos como para terminar siendo sancionados por el deterioro tal o cual testimonio del pasado. De la misma manera, la obra llevaba tres meses de retrasos y un sobrecoste de casi un quince por ciento. Cada vez que Raúl Santiago presentaba los progresos y los histogramas, le temblaba la voz mientras veía los rostros graves de Saúl Bocanegra y Timoteo Sals-Lüdgren Osborne, los propietarios de los apartamentos vacacionales de lujo de Costa Atunes Fase I y Fase II y Urbanización Colina Blanca, Golf, Resort & Spa. Timoteo siempre acababa recordando a Raúl todo el trabajo que había costado conseguir créditos preferenciales para todas las personas cuyas casuchas decimonónicas de pescadores habían sido demolidas y cambiadas por otras nuevas costeadas por la promotora con el fin de que obtuvieran unas participaciones por debajo de coste de mercado en las promociones. *Si suben los costes mucho más, ésto va a ser la debacle.* En ese instante irrumpió en medio de la reunión el polaco, que manejaba la retro-excavadora. *Señor, un vaso de barro gigante. Hay que avisar a Patrimonio otra vez.* La primera vez que llamaron a

Patrimonio fue cuando quedaron manifiestas bajo los desconchones del encalado de la supuesta mampostería con las que estaban construidas algunas de las casas de los pescadores, dibujos de peces que catalogaron los becarios de la facultad de Historia, así como gravados de cruces y de extrañas inscripciones rúnicas cuyo descifrado, don Francisco, el antiguo alcalde y bibliotecario, se había llevado a la tumba un año antes. La procedencia de las piedras era un auténtico misterio. Según algunos podrían haber sido traídas de algún templo clásico que hubiera existido en el pasado por las inmediaciones, o tal vez desde el yacimiento arqueológico de la antigua Urbs Augusta, aunque alguno rechazó esta última teoría alegando que teniendo en cuenta la orografía del terreno la ciudad romana quedaba demasiado lejos como para que fueran transportadas las piedras desde allá. Mucha tinta corrió al respecto. Afortunadamente por aquellos días el presupuesto de cultura era tan ingente que se podía gastar en simposios, ponencias y libros acerca del misterio de las piedras sin reparar demasiado en costes. Los más tenaces contendientes dialécticos eran don Pascual Márquez, antiguo becario y continuador de la obra de don Francisco Penella, partidario del origen griego de las piedras; y la escuela británica, liderada por el arqueólogo Sir Francis Walker, que provenía de una familia aristócrata de historiadores que llevaban dos siglos y medio estudiando los yacimientos arqueológicos de la cuenca occidental mediterránea, y proponía un origen fenicio de la costa de toda la región. Lo que aquel polaco había encontrado aquella mañana con una retro-excavadora iba a arrojar más leña a la polémica entre los dos estudiosos. Cuando sacaron aquel recipiente de barro ya había varios becarios copiando las inscripciones supuestamente fenicias para enviarlas al Centro Superior de Investigaciones Científicas para su estudio. Una furgoneta iba a trasportar la vasija para realizarle una radiografía y saber su contenido antes de ser abierta. Después la datarían con la prueba del carbono catorce. Don Pascual y la prensa científica esperaban con ansiedad las respuestas a todas sus preguntas, mientras que Sir Francis las anhelaba para poder refutarlas al momento con argumentos sólidos y bien dirigidos. Los estudiantes seguidores de ambos bandos esperaban también para posicionarse de uno u otro lado y enfrentarse con más contundencia y certidumbre a los exámenes finales. Mientras se reanudaban las obras se publicaron los resultados que dejaron estupefactos a todos por igual. La radiografía mostraba que en el interior se hallaban los restos óseos de una niña de unos cinco o siete años. Las inscripciones efectivamente eran fenicias y contaban la historia de una reina egipcia llamada Meratites, encerrada en castigo a su lascivia. Y aquí llegaba la paradoja, las pruebas forenses y del carbono mostraban que la niña había sido enterrada viva y no hacía más de doscientos años. El texto coincidía con los textos grabados en otra tinaja que realizó un antepasado de Sir Francis y que se descubrió en la pared de una montaña en El Sebel pero se extravió. Las teorías de los más insignes estudiosos comenzaron a desarrollarse en artículos de revistas especializadas. La primera, hecha por don Pascual con respeto y lealtad hacia su desaparecido maestro, afirmaba que los fenicios habían viajado por toda la costa de África y habían adoptado costumbres bárbaras como la de los Baramacos, pueblo hoy en día desconocido. La niña podría ser una posible reina fenicia sacrificada al dios Baal. Las pruebas del carbono podrían ser erróneas. Según el arqueólogo británico, la tinaja podría haber pertenecido a una reina egipcia que habría sido asesinada por un marido fenicio despechado. Por cualquier motivo el recipiente acabó en El Mosquín y alguien la usó como ataúd de una niña. La Universidad Complutense organizó unas ponencias durante los meses de septiembre que estuvieron llenas de estudiantes acerca de los últimos hallazgos arqueológicos que las obras habían dejado a la luz en la que las teorías de don Pascual habían resultado de más agrado que las del británico. No obstante, si Paco "el cojo" hubiera estado con vida habría dado la solución al problema ya que la respuesta estaba en las runas que interpretó. En tiempos en los que era alcalde frecuentaba las cuevas de El Sebel gracias a su amigo el alcalde a perpetuidad, Pepe Orozco, quien le facilitaba los permisos. *No sé por qué insistes en ver los grabados de animales que hacen miles de años que se extinguieron.* Don Francisco había callado desde el día en el que se quedó cojo los secretos que contenía una de las cavernas porque codiciaba la exclusiva de la fama que le reportaría tal revelación a la comunidad de arqueólogos y filólogos de lenguas muertas. Llevaba años copiando todos los grabados en un libro y llevaba años queriendo descifrar los mensajes contenidos en aquellas runas secretas que creyó en un principio obra de los normandos pero que posteriormente atribuyó a los hispanorromanos. Paco el cojo terminó de copiar todas las runas el mismo día en el que le entregaron su imponente casa en la calle Hortensia, pero no descifraría los textos hasta que perdiera las elecciones, su mujer lo abandonara y su hijo se precipitara por un abismo infernal. Los ciudadanos de El Mosquín habían trocado sus desvencijadas viviendas por otras que ya caían en el término municipal de El Sebel y habían recibido unas *opciones de adquisición* que nadie entendió pero que todos tenían la fe de que les harían ricos. Al conocer las entidades financieras que los vecinos tenían derechos de adquirir participaciones a un bajo coste y con unas expectativas de crecimiento ingente, no objetaron ofrecer créditos preferenciales a todo aquel que estuviera empadronado en el pueblo si demostraban que iban a adquirir dichas *opciones*. Asesores lampiños y de improvisado traje con corbata llamaban a las puertas para explicar prolijamente a las familias como iban a alcanzar un destino de riqueza interminable. ¡Cuán infalibles eran la covarianza y sus hermanas! ¡Qué certeras y sonrientes se manifestaban la sigma, la beta y los *ebitdas*! Tan elocuentes, como si de astros de la bóveda celeste se tratara que se hubieran alineado para generar altruistamente prosperidad al pueblo. Muchos vecinos de El Carmen se empadronaron en El Mosquín. Los vecinos podrían también adquirir algunos de los apartamentos de lujo para ofrecerlos en alquiler y pagar así los créditos, ya que los alquileres vacacionales subían cada año y las fugaces expectativas subían con cada sueño esperanzado. El ayuntamiento nunca obtuvo tal presupuesto como el de aquellos días de abundancia. ¡Cuánto derroche de ingeniería financiera! ¡Cuántas floridas conversaciones se gastaban en los bares sobre cómo invertir y hacerse rico por tu innato talento y fértil donaire! ¡Qué hermosos coches los de aquellos inversores que hacía años solo conocían los movimientos estacionales de los atunes! ¡Qué atuendos, que hermosas y finas lencerías desplegaban los albañiles! ¡El mundo estaba al alcance de una compra-venta en la cual se compraba barato y se vendía caro y ésto solo podía llegar hasta el infinito, según afirmaban aquellos gurús omniscientes y sapientísimos! ¡Qué verdades tan solemnes les trasmitían sus ejemplos y sus vehículos! ¡A mayor cilindrada, mayor conocimiento! Solo los inútiles e inmigrantes no eran capaces de visionar el futuro prometedor y se dedicaban a servir a los demás con aparente aversión a la riqueza. Cuando acabaron aquellas obras y se entregaron las viviendas, el polaco que conducía retro-excavadoras decidió quedarse allí y seguir trabajando en el campo. Se presentó en una de las fincas de sandías, melones y olivos que regentaba una familia con cuatro hijas. *Buenos días, vengo a pedir trabajo. ¿Sabes manejar el tractor? Sí señor y también los arreglo y sé soldar. Hombre, algo así andaba yo buscando. Hoy en día nadie quiere trabajar en el campo, ¿sabe usted? La construcción deja mucho más dinero en menos tiempo y si viene alguien a trabajar es poco cualificado, solo sirven como temporeros y luego los tengo que despedir. ¿Cómo te llamas? Santjago Krzeminsky. ¡Anda si tu nombre se entiende y todo! Mi abuelo era de aquí. ¿Algún exiliado? No. Me regaló esta medalla. Pero, si es San Alejo, mártir. Tiene gracia. Mi padre compró estas tierras y he tenido mucha ayuda con mis cuatro hijas que son muy buenas jornaleras, pero tres de ellas se me van a casar más tarde o más temprano y se van a vivir con sus maridos. Así que me voy a quedar con mi chica, y mi mujer ya no puede trabajar. ¿Qué es eso de allí? Es un panteón familiar. Cuando murió la mujer que nos vendió las tierras dejamos que sus huesos descansaran allí. A mi padre le dio lástima porque fue una mujer muy desdichada en vida. El único hijo que tenía murió en la guerra y su marido era un borracho que le pegaba.* Santiago se vio en aquel momento impelido por la compasión a recoger unas flores del suelo y colocarlas sobre la tumba de Doña Trinidad Ulloa y se persignó, lo que sacudió los huesos que descansaban bajo aquella lápida. *Ésta es mi hija pequeña, Marisol. Ella te va a enseñar lo que necesitas saber sobre la finca.* Santiago, al ver lo guapa que era la chica, recordó la frase de su abuelo acerca de quedarse donde el corazón le pidiera. Todas las mañanas, sonriente por la compañía de Marisol, desde su tractor, Santiago veía los camiones que trasportaban las hélices de los aerogeneradores enormes que se iban a instalar en las tierras de algunos de los Ulloa y los Antolínez. Desde siempre toda la región había sido conocida por sus fuertes vientos que destrozaban las antiguas e improvisadas cabañas de adobe y cañaveral de pescadores. Toda esa fuerza destructiva se iba a convertir ahora en una fuente de ingresos para los rancios terratenientes de agotadas tierras. Las corporaciones estaban haciendo beneficios con el incremento del suministro eléctrico para la creciente región, y también construyeron trasvases de agua de los pantanos más recónditos para suministrar a las viviendas nuevas y a los campos de golf que regaban de billetes a la región entera. Otra de esas corporaciones visitó a una anciana empresaria para realizarle una oferta que no podía rechazar. Úrsula era ya mayor y aunque todos los veranos visitaba a su familia americana o éstos venían a verla, quería aprovechar todos aquellos años que había perdido. El Hotel Doña Úrsula iba a convertirse en una cadena de hoteles de esos que tienen cultura propia. Con aquellos papeles por delante y una oferta de muchos ceros, Úrsula, acompañada de su abogado, los firmó y nunca más regresó. Se sabe que desde hacía tiempo era residente de una república caribeña en donde había fundado su abogado otra empresa que gestionaba sus capitales, y la selva equinoccial se la tragó. Tras su marcha el hotel estuvo todo el invierno de reforma y José Luis Nevado, propietario de la franquicia, llamó a sus colaboradores. Para acomodarlo a los colores corporativos, desde Cork vino la encargada de comunicación corporativa; desde Hamburgo el de Recursos Humanos para la selección de personal, y desde Madrid el jefe de compras y suministros. A pesar de lo diverso del equipo lograron el objetivo de abrir una nueva y exitosa franquicia como aquellas pizzerías, tiendas de moda, heladerías, cafés y dönner kebabs de los bajos de los nuevos edificios que se llenaban en verano pero quedaban pelados y tristes en invierno como árboles de hoja caduca. Muchos más proyectos se llevaron a cabo en toda la región, como el nuevo parque empresarial de Palomeque del Real, que se erigía en las inmediaciones de donde se ubicaba la antigua güisquería Don Miguel, que fue demolida años atrás ante el abandono y la mala fama que le dieron sus herederas. En aquel parque empresarial donde iban a invertir su peculio gran parte de los terratenientes que arrendaron sus tierras a la corporación energética, un magnate ruso llamado Dimitry Kastanyef levantó dos clubes privados de esos que alquilan sus habitaciones a quien de buena voluntad lo pida. Estos clubes era el Belcebú y el Afrodita, y allí pululaban chicas de todo el mundo en cuyas pieles se reflejaban las luces de neón y los resplandores de las bolas de discotecas, en cuyas pieles caían vertidas las lágrimas y babas de los consumidores, en cuyas pieles quedaban perennes los desgastes del frufrú constante y rentable de cada día y noche. Tal era el poderío de las gentes de la región y su magna gestión de los capitales que tal vez se podrían fundar nuevos clubes como aquellos. Todo era riqueza para las gentes y esperanza de un futuro eternamente brillante donde imperaban las inversiones exponencialmente rentables y no las mediocres. Nunca se llevó a cabo el proyecto del puerto deportivo de El Mosquín del que ya se hablaba en tiempos de el alcalde don Francisco Penella. No se sabe la razón. A pesar de que se fueran los militares nunca se llegó a construir nada y toda aquella franja hasta El Carmen siguió con sus salinas solitarias, plagadas de insectos, y pestilentes. Tan solo el cartel que se había colocado medio siglo atrás y que rezaba *Zona Militar*, desapareció. Todos los nudistas se sintieron bendecidos con esa franja solitaria y la de Orbagoza, aunque alguno echara de menos un chiringuito con sus espetado de sardinas y cerveza fresca. Años antes de todo ésto, la noche en la que copió las últimas grafías inconexas de la cueva secreta, renqueando por el pueblo, Paco el cojo llegó a su casa y se fue a la cama sin cenar. Entonces recordó el día en el que José André le enseñó matemáticas. José André fue un licenciado en física que estuvo preso durante veinte años en la cárcel de Mahón. Al regresar toda su familia había muerto por los años del hambre. Eran otros tiempos y otra dictadura la que le recibió al salir de presidio. José trabajaba para subsistir y en ocasiones ayudaba al padre de Paco el cojo en las tareas del campo. Ambos se cayeron tan bien que José no tuvo reparos en enseñarle por gusto todo lo que sabía de matemáticas. En plena ensoñación apareció José y le explicó las teorías de Bayes sobre probabilidad. *Si en un texto te faltaran algunas palabras podrías leer el texto igualmente, ¿verdad, Paco? Porque a mayor número de palabras, más fácil es saber lo que falta, como los textos que tienes en la cueva, Paco, es lo mismo.* El ruido de una motocicleta le desveló y cayó en la cuenta que quizá aquellas grafías no fueran un enigma sino un simple texto al que le faltaran letras como ocurría con las lenguas semíticas en las que no escribían las vocales. Tomó el libro y escribió unas cuantas grafías: MNS TRANN KITNTS SOPR ASINM. Por la época en la que fueron escritas, el idioma podría ser latín tardío. Estas raíces podrían hacer mención a MNeS TRANN ekITaNTeS, o sea: Todos TRANN montando. SOPRa será sobre o a lomos. ASINuM, un burro. Ahora bien, ¿quiénes serán los que montan a lomo de un burro? Paco trató de buscar entre todas las raíces indoeuropeas, y dio con la solución: TyRANNi. *Todos los tiranos montan a lomos de un burro.* Le pareció muy divertida la frase por lo que empezó a parecerle que habría encontrado alguna obra jocosa perdida. Nada más alejado de la realidad. Durante los siguientes meses, encerrado en la biblioteca del indiano descubriría el verdadero contenido de aquellos mensajes y se le encogería el alma al entender que guardaban una insólita relación con el pobre Miguel, que murió como un topo emparedado en la casa de don Torcuato. Si no hubiera sido por las clases de matemáticas de José André, que murió un año antes de que llegara la democracia, tal vez nunca habría resuelto el enigma de la cueva secreta de El Sebel. Don Francisco, a la mañana siguiente pasó por el cementerio y colocó unas flores en la tumba de su buen amigo camino de la biblioteca. Por aquellos días con la alcaldía plagada de escándalos y con el fisco inquiriéndole sobre sus ingresos y sus propiedades expiraría su hijo. Solo la traducción y descifrar de los textos lo mantendría ocupado o mejor dicho, obsesionado hasta su muerte. Aquel mismo día al anochecer unos jóvenes estaban sentados en corro en la playa desierta cuando una patera encalló en la costa con dos mujeres, una de ellas embarazada, y una niña que provenían del otro lado de la costa. Los jóvenes del pueblo las miraron con pasividad y alguno de ellos exclamó: *no saben lo que les espera si las ven*. Las mujeres atravesaron las dunas de la playa y desaparecieron inmediatamente.

Los Jóvenes

Amador había crecido con el firme propósito de no tener miedo a nada ni siquiera a la muerte. Cuando era niño escuchaba las historias de su padre sobre la casa del indiano, que estaba poseída por un alma en pena: el tío Antón, que fue cruelmente asesinado supuestamente por su sobrino aunque nunca se pudo esclarecer. Su padre, al que todos llamaban Paco el cojo hasta el día en el que se convirtió en alcalde y fue rebautizado con don Francisco, le habían contado cómo oyó las voces desde la casa del alma en pena clamando ayuda a su criada. También contaba las historias de la ya fallecida doña Desamparados, una anciana centenaria que podía comunicarse con el más allá y relataba las historias de los "sacamantecas" y la maldición de los niños que cada noche iban en busca de ellos al bosque para hacerles pasar el mismo miedo que ellos habían pasado. Amador contaba a sus amigos del colegio estas historias con muy poco crédito. Éstos le llamaban "miedica" y "cagueta". Años después probaría que todas esas acusaciones eran falsas al ser el primero en descender en varios siglos por el escarpado acantilado de la loma del inglés. *¿Quién se atreve a bajar? Yo con unas chanclas, paso. Canijo, ¿vamos tú y yo? Plum, no te rajes, vente con nosotros. Tened cuidado, os podéis matar. ¡Anda ya! Las tías como siempre, cortando el rollo. Sois unos imbéciles, os vais a matar.* Amador fue el primero en internarse por entre los huecos de las afiladas rocas calizas, y le siguió el canijo. El Plum finalmente se quedó con Soraya y Desiré. Del vértigo a Soraya le daba miedo ver cómo se alejaba su hermano, el canijo, piedras abajo. En la marea alta la mar picada rompía en aquellas rocas y levantaban algo de brisa. Un descomunal peñasco desprendido ocultaba el hueco de una gruta. *Amador, tira por ahí. Hay un hueco. Ve con cuidado o verás la leche que nos vamos a pegar. Ostia, resbala un huevo. No es muy alto y hay arena. ¿Nos tiramos? Mi padre se quedó cojo así. ¡Espera! Desde esa piedra y nos dejamos resbalar. Dale tú, que yo te sigo. A tomar por culo. ¿Estás bien? Si. Me pica la planta de los pies pero no pasa nada. Venga tírate. Allá voy. Es una cueva. Aquí no habrá venido ni cristo. Pues creo que no.* Algo más al fondo descansaban en el suelo un plato de arcilla y una jarra. Junto a la pared unos trapos enmarañados y acartonados `parecían olvidados. La persona que estuvo allí antes no se fue sin prender una hoguera y sin dejar un escrito que parcialmente estaba borrado: "By the act of God I …. A boat". Cualquier guiri llegó aquí antes que nosotros. Los chicos salieron de la gruta y subieron bordeando el acantilado dando con los peldaños que bajaban hasta la playa de Orbagoza. Aquella misma noche se fueron a beber y fumar a la pared del cementerio y contar todo lo que habían visto. Habían quedado con el negro y el Josete que eran de El Carmen. Llegaron con sus motos derrapando. *Canijo, mira lo que hemos pillado. Grifa que me ha pasado un moro. Negro, invita. Vamos a hacernos unos porritos. Plum, toma dale una calada. Yo paso. Eres una maricona. Oye, canijo, de un tiempo para acá tu hermana ha echado un par de tetas. Sí, pero el que se las coge es Amador. Yo me estoy liando con la amiga. ¿Os venís al puticlub a tirar piedras? Y, ¿qué hacemos con las tías y el Plum? Os recogemos cuando nos vayamos a ir.* Aquellos inviernos ociosos estaban llenos de imaginación. Amador era el hijo único de padres divorciados. Desde la separación de sus padres, él vivía en un pequeño piso con su madre. Fue poco después de que su padre fuese elegido alcalde de El Mosquín, con el título de don Francisco, anteriormente Paco el cojo, que estableciera una relación con una antigua alumna de la facultad de Arqueología, Candela Mora, y como consecuencia, provocara la ruptura. Amador veía a su padre a la salida del consistorio y le pedía dinero de vez en cuando. Su padre había fundado una hermosa biblioteca en una antigua casa que al parecer estaba habitada por fantasmas y algo de razón tendría ya que encontraron el cuerpo de un antiguo republicano emparedado entre una pared y un falso tabique que escondía una biblioteca secreta. Su propietario, un tal Torcuato González-Izquierdo, desapareció en extrañas circunstancias al inicio de la guerra civil. Lo mataron los Orozco según Gervasio Páez, alcalde de El Carmen, aunque Pepe Orozco señalaba que fueron unas milicias anarquistas que actuaban independientemente. En cualquier caso, con la llegada de la democracia y, más tarde, la constitución de El Mosquín como pueblo independiente de El Carmen, se descubrió una hermosa biblioteca donde los jóvenes podían solazarse en la lectura. Anteriormente, fue guarida de jóvenes que se colaban y pasaban la noche para demostrar su valentía, así como motivo de relatos lúgubres a ingenuos turistas. En numerosas ocasiones, y a petición unánime de los vecinos, se tapiaron las ventanas para evitar el acceso de indigentes y gentes de mala vida, pero era inútil porque de nuevo alguien hacía un hueco. Había en esos días muchos edificios que hablaban del antiguo régimen y habían quedado en el olvido, como aquel hotel mastodóntico que se erigía a medio camino del pueblo y la loma del inglés y de tantas habitaciones, que iba a convertir El Mosquín en el nuevo centro turístico del litoral. Los jóvenes se colaban por entre los huecos de las vallas y algún bravo incluso abrió un boquete en una de ellas con alguna herramienta de metal. Las paredes del hotel estaban llenas de pintadas de lo mismo *engagement* político de aíres radicales como de *l'art pour l'art*. Abundaban los grafitis obscenos como el de tiernos enamorados, y es que aquella gruta servía de cobijo para amantes como en un pasado lo fuera el molino del hereje ya totalmente desaparecido como desaparecieron las razones de su existencia y el recuerdo de aquellos que lo habitaron. Se sabe que allí fue donde Amador llevaba a sus tiernas amantes tanto de los inviernos como los amoríos del verano. Amador con un físico imponente y un falo destructor se sentía como una deidad romana llena de lujuria y vitalidad, como un sátiro en busca de ninfas descuidadas, como un robusto pastor de la Arcadia y opulento hijo del alcalde que le procuraba un sinfín de bondades: que grandes y numerosos amigos; qué de compañías tenía a su alrededor; cuántos elogios habría de recibir hasta el día de su muerte, y cómo llorarían todos su pérdida. Amador de hecho, moriría años después en la vieja fábrica abandonada que nadie sabe qué demonios producía pero que supuso la muerte de una gran parte de sus trabajadores por una extraña dolencia pulmonar fruto del esfuerzo para algunos, y para otros por el tiempo que muchos pasaban fumando fuera de la calle, o de charlas con aquellos que fumaban; que de no haber sido así habrían conservado sus vidas, sus empleos y su futuro. La primera de las víctimas fue la madre de Amador, lo que provocó que se mudara a la casa que se había construido su padre en la Calle Hortensia, por deseo expreso de su amada Candela. La vivienda tenía múltiples dependencias, un despacho para Candela en la parte baja y cuatro dormitorios en la parte alta. En uno de ellos Candela pasaría la mayor parte de las noches, sin ninguna explicación para Amador que no los había visto pelearse ni que su padre la molestara lo más mínimo. Cuando Amador le preguntaba a su padre si tenían problemas su padre simplemente le respondía: *no, creo que está pasando una mala racha. No sé qué le pasa.* Hasta ese día Amador sabía de Candela bastante poco, recordaba la leyenda que discurría de ella por el colegio: que había echado un vaso de lejía a la cara de su mejor amiga. Unos creían que por celos de algún chico, aunque era raro porque su amiga tenía un poco agraciado novio. Otros, en cambio, aseguraban que sus padres la habían llevado a un psicólogo quien no diagnosticó ninguna anomalía, y que habría sido el incidente de la lejía la excusa de Candela para que sus padres la llevaran de nuevo, porque al parecer el psicólogo era un joven muy apuesto. Leyendas urbanas aparte, Candela era una mujer alta y de tez clara. Gustaba de hacerse la permanente y pasar horas vertiendo laca para fijar su cabello. Por su tocador desfilaban una infinidad de potingues, ungüentos y polvos que solían caducar antes de que se acabaran. Candela siempre aparecía deslumbrante, ya fuera para recoger a su marido al ayuntamiento, para ir a cenar o de visitas a casas de empresarios locales, políticos cualesquiera que fueran sus signos o siglas, o simplemente, para ir a comprar algo de última hora al supermercado. Una noche Candela se presentó por sorpresa en la casa. Ella y su marido habían ido de vacaciones varios días invitados por Wenceslao Osborne a un parador de la región, antiguo castillo fronterizo usurpado al todopoderoso obispo siglos atrás. Iban a quedarse varios días por lo que habían programado actividades varias y agasajos a los alcaldes y hasta a algún concejal. Repentinamente, Candela desapareció en un ataque de ira cuando su marido llamó por teléfono a su hijo, lo que dejó al alcalde con la interrogante de cómo explicar su desaparición cuando se suponía que las mujeres estaban invitadas y hasta tendrían un momento de gloria en la feliz velada. Amador estaba aprovechando las vacaciones para llevarse a una chica a casa, y ya estaba en plena acción cuando Candela hizo acto de presencia y los sorprendió sin ropa. A la mañana siguiente les había preparado el desayuno y fue cordial y amable con la chica. Incluso se ofreció a llevarla en su coche hasta su casa. Oferta que declinó la joven. *Oye, que simpática la mujer de tu padre, ¿no? Bueno, es algo rara.* Esa noche Candela fue al dormitorio de Amador a pedirle algo muy personal. *Ésto de tomar drogas en casa será un secreto que yo te guarde. Solo eran unos canutos de nada. Canutos, ¿eso nada más? Venga, dime. ¿Quieres que nos fumemos uno juntos? Ésto son mariconadas, no es nada, aunque si tu padre supiera que te gastas el dinero en eso no te daría ni un duro. Bueno, no te preocupes, ahora que estoy fumando contigo ya sabes que no se lo voy a decir. Eres un chaval y tienes derecho a pasártelo bien. Mira, a los padres a veces hay que sacarle todo lo que nos deben. Tú no pediste nacer, ¿no? Pues, entonces ya sabes. Para qué quiere tu padre el dinero, ¿para ser el muerto más rico de todo el cementerio? Bueno, ya estoy hablando más de la cuenta, ¿no? No, ha tenido gracia. Te sientan bien* los porros. Oye Amador, te tengo que decir una cosa ahora que tu padre no está y podemos estar más cerca. Ayer te vi en pelotas, ¿lo sabes? Bueno, entendería si tu padre te tiene envidia de algo. Si yo tuviera hijos me gustaría que se pareciesen a ti. ¿Sabes? Tu padre se porta muy mal conmigo. Me he tenido que ir de las vacaciones porque solo pensaba en sus relaciones, sus amigos y me tenía relegada. A veces pienso que ya no le parezco atractiva y que solo me lleva de paseo. Yo tuve una infancia muy difícil. Tenía un hermano más pequeño que yo que tenía síndrome de Down, y al que yo cuidaba y dedicaba mis esfuerzos. Lo amaba más que a nada en este mundo. El pobre murió. Lo pasé fatal porque me sentí muy sola. Sé lo que se siente al perder a un ser querido. Candela, ¿te puedo hacer yo también una pregunta personal? ¡Claro! En el peor de los casos no te voy a responder. ¿Es verdad eso de que le tiraste un vaso de lejía a tu mejor amiga? Jajajaja… Valiente pandilla de envidiosas. Mira, no deberías prestar atención a las habladurías. Carmen, dejó de ser mi amiga porque a mí me iban mejor las cosas. Mis padres tienen tierras y cultivan vinos. Un día iremos con tu padre, ¿vale? ¿Tu padre entonces no era el taxista que te esperaba en la salida del colegio? ¿Quién te ha dicho semejante barbaridad? No, hombre, aquel taxista era un pariente lejano que se sacaba unas perras llevándome al colegio. ¿Y por qué ibas a un colegio público? Mis padres eran así. No querían inculcarme ningún prejuicio por la gente sin dinero. Oye, preguntón, ¿sabes que la semana que viene vamos al chalet de los Páez? ¿Por qué no nos acompañas? Los hijos de Gervasio tendrán tu edad. Mira, Candela, son un poco pijos, ¿no? Tienes que pensar con la cabeza, Amador, es gente bien posicionada. Además, le van los porros también, así que vais a congeniar seguro. Fue en esa visita al chalet de los Páez cuando Amador se vería envuelto en una espiral descendente que le conduciría hasta su muerte. La muerte de Amador coincidió con varios elementos fatídicos en la vida de don Francisco que también le conducirían hasta su muerte. Aquella tarde refrescante en el chalet llegaron un par de promotores árabes con la idea de construir un hermoso puerto deportivo en la zona militar. El traductor, un sirio llamado Muzahem El Abdallah, explicaba que muy pronto las cosas iban a cambiar en el mundo y habría nuevas oportunidades dentro de la paz mundial. *No hará falta presencia militar, y los militares acabarán yéndose, y es aquí en donde vamos a construir nuestro puerto. Gervasio, perdona, no lo veo. La gente de aquí prefiere el hecho de que la playa sea virgen. Mira, Paco, lo único que atraemos son piojosos. El Mosquín necesita empuje, dólares y petrodólares. Mira, serás alcalde todo lo que quieras, solo colabora, hombre. Es por tu bien. Tendrás una vida cojonuda.* Sea lo que sea de lo que hablaron después, Candela llegó alterada a la casa increpando al alcalde mientras Amador sentía la extraña sensación de haber subido a la luna o haber sido iniciado en un rito misterioso. *Eres un verdadero imbécil, Paco. Tendríamos nuestro propio yate.* Al año siguiente hubo elecciones y el primer día de la campaña apareció una noticia sobre el tren de vida del alcalde. Ese fue el primero de una serie de artículos ignominiosos y difamadores sobre el alcalde: *Francisco, ¿con qué dinero te hiciste tu mansión? El hijo del alcalde, es un tironero. El alcalde está a favor de la militarización de El Mosquín cuando ya nadie quiere hablar de Guerra Fría. La bibliotecaria fue elegida a dedo por el alcalde. Eran amigos de la universidad. Candela Mora, la Imelda Marcos de El Mosquín.* También se murmuraba el nombre de varias empresas que habían comisionado al alcalde por tal o cual descalificación, pero nunca salió nada a la luz. *Don Francisco, sus días en el consistorio están contados.* Paco, no apareció para entregar la vara a su sustituto Enrique Pasamontes, que era del mismo partido que el alcalde de El Sebel. Al llegar Paco el Cojo a casa se encontró una carta que abrió con parsimonia. *Demanda de divorcio contencioso.* Desde aquel día estuvo un poco más sólo, con las idas y venidas de Amador y el robo de tal o cual cosa, y la visita de la policía preguntando por su paradero. También se sucedieron las llamadas a declarar y las amenazas de embargo de su casa. Y ésto fue así hasta el día en el que le anunciaron la muerte de su hijo. Paco no quiso llorar, tan solo se encerró en su biblioteca a descifrar textos y leer los legajos que dejó aquel pobre anarquista que murió emparedado en la casa del indiano y que le estaban plagando la cabeza de paradojas, hipérboles y sinsentidos que no encajarían hasta tan solo unos minutos antes de expirar. En cuanto a Candela, se quedó con la mitad del peculio del alcalde, y marchó a las Américas junto a un senador sexagenario Centroamericano con el que se casó y vivió con él hasta el día de su muerte. Candela Mora, llena de pasión por la infancia, fundó una sociedad para cuidar de niños con síndrome de Down y fue querida por todos al otro lado del Atlántico, que muchos de allí dijeron que cómo fue posible que les hubieran traído a semejante ángel de la guarda. En cuanto al nuevo alcalde, lo primero que hizo fue organizar una hermosa manifestación a la que convocó a través del productor de cine Carlos Castaño a todos los intelectuales y actores que empezaban a dejarse ver por la playa para realizar manifestaciones pacifistas por la desmilitarización de El Mosquín. Dichas manifestaciones no acabaron por expulsar a los militares, que siempre tuvieron en menor o mayor medida cierta presencia, pero si atrajeron a una caterva de nuevos turistas nacionales de mayor nivel económico que querían comprarse una casa en aquella hermosa playa donde veraneaba y se manifestaba aquel afamado actor o cantautor. Años más tarde ésto provocaría que los ciudadanos se lanzaran a convertirse en promotores inmobiliarios y lo hicieran con éxito hasta el día en el que dejaron de tenerlo. En cualquier caso, el puerto deportivo fue una vana ilusión de un par de árabes locos que no conocían lo estratégico que había sido aquella zona desde la época de la conquista cristiana. Hasta había contado con un bello castillo plantado en una isla que sería una fortaleza inexpugnable hasta que el General Fernández de Piérola la recuperara de manos de los franceses, y éstos a su vez la hicieran añicos a puro cañonazo en venganza por haber arrojado a los suyos al mar. La isla era la isla de Sangralejos;

y allí vivió un ínclito humanista llamado Diego de Ortuño cuya obra, tanto pictórica como literaria, fue digna de elogios por todos aquellos contemporáneos suyos. Todavía hoy cuelgan dos cuadros suyos en la iglesia de Santa María de la Concepción.

El Bunker

Rodrigo y Stasja Krzeminsky estaban dentro del bunker porque esperaban una inminente invasión. Se había cumplido el plazo para pagar la deuda y ésta debía ser condonada a cambio de la administración de la franja sur oriental de la costa. En los medios de comunicación hablaban de expropiaciones de tierras y los dos hermanos temían que ésto se llevara a cabo en las tierras que tiempo atrás heredaron de sus padres. Stasja nunca pensó que se vería envuelta en una guerra como aquellas de las que oyó hablar y que habían dejado como vestigio aquel búnker desde donde pretendían defenderse a ultranza. El bunker que habían habilitado era la única huella remanente del pasado de El Mosquín tras el reciente desastre natural que se había llevado por delante casas, casinos, faros, iglesias, islas. Hacía más de un siglo de aquellas construcciones defensivas; por entonces ya estaba toda la región asolada por la discordia fratricida, y el hambre imperaba por doquier como lo había hecho en otros periodos de la historia; por eso nadie quiso ni imaginar qué ocurriría en el poco probable caso en el que se extendiera el conflicto bélico mundial a la región. Los hermanos Páez escuchaban los avances del eje con toda emoción, mientras fantaseaban con las innumerables oportunidades que se les presentarían en el supuesto de vencer, de vencer rápido, de acabar con todas las ideologías perniciosas, de limpiar el mundo de indeseables, de un nuevo orden, de un nuevo auge, de un poderío, del resurgir, de las voces varoniles, de los pechos henchidos de orgullo, de las madres bondadosas, las mujeres virtuosas y las hermanas bordando en casa, de la felicidad, en definitiva. Se acababa de dar el visto bueno para la construcción de los bunkers, lo que supuso un alivio económico para los que los construyeron y pavor para los vecinos, que todavía recordaban a sus muertos, encarcelados, represaliados, desaparecidos y exiliados. José André esperaba con los demás a que les seleccionaran para la jornada de trabajo de aquel día. Llevaba varios días sin comer porque el poco dinero que le quedaba era para comprar leche para su niña recién nacida, sentía en sus tripas un vacío ascendente y descendente con picores y no conciliaba el sueño por las noches. José André, distinguido físico tuvo la mala fortuna de dejarse fotografiar con algún dirigente republicano, o al menos eso decían, y fue rechazado por el nuevo régimen. Aquella fatídica mañana proferiría las palabras que le apartarían de su familia para siempre y acabaría con sus huesos en la cárcel de Mahón con una condena de veinte años y un día. Mujer y niña vivían en una choza junto al cementerio. Una mañana, pocos meses después de que encarcelaran a José, el padre Eulogio las encontró a las dos muertas, y ambas fueron enterradas por un individuo que acababa de llegar al pueblo y se quedaría en aquella choza a vivir, y años después lo encontrarían degollado en esa misma choza maldita el mismo día en el que asesinaron al tío Antón. José recibiría con gran pesar la noticia de la muerte de su mujer y de su hija con una neumonía que no le mataría pero le dejaría como secuela un ánimo plagado de rencor y un corazón repleto de amargura. La noche en la que murieron la madre y la hija se sintieron ruidos de aviones de guerra por la costa. En El Carmen creyeron que se desencadenaría una nueva guerra. Unos aviones habían soltado dos misiles que no dañaron a nadie por suerte. Uno fue a parar a el pozo de la casa de los Páez y no estalló, y el otro, a un campo deshabitado. Al día siguiente se supo que eran aviones italianos que confundieron El Carmen con posiciones británicas. Por esos días un diplomático norteamericano, Robert Rosteck, se dejaba ver por la región. Las principales familias de la región y los dirigentes de los poderes eclesiásticos, educacionales, civiles y militares les acogieron y se hacían escuchar por el diplomático. Cuando acabó el conflicto, otro diplomático norteamericano, Robert Anthony Miranda visitaría la región con el nihil obsta del régimen para entrar en detalle de estrechar lazos de amistad. No fue el único diplomático que pasó por allí, Patrick von Wrede, gustaba de la caza y fue invitado a la región por los Osborne quienes le llevaron a los mejores lugares para practicar dicha afición. En aquellas conversaciones fluían tantos buenos presagios de futuro y de proyectos de desarrollo en los que habría que colaborar que por las noches era difícil conciliar el sueño. Se organizó una comilona y una novillada en una capea de Palomeque del Real al que asistieron algunos militares alemanes y dignatarios del movimiento. Se invitó a todo el que quisiera comer y beber de balde. Fueron repartidos tantos impresos por los pueblos de la región que asistieron por miles. En plena ebriedad comenzaron a hablar sobre devolver a los rusos el daño ocasionado durante la guerra. Allí mismo se alistó algún rencoroso, algún aventurero, mucho hambriento y algún borracho que terminaría por arrepentirse. No se sabe a ciencia cierta en cuál de esta categoría se encasillaba Santiago Bohórquez Ulloa pero como resultado de este encuentro gastronómico político, social y regeneracionista acabó en el vagón de un tren camino de Hendaya. *Oye, tú eres de El Sebel, ¿no? Me llamo Manuel Pastor y me han contratado de cocinero, dicen que pagan muy bien, que no vamos a luchar, que en un año la guerra habrá acabado y nosotros estaremos licenciados. Yo me llamo Santiago, y lo que quiero es que me maten.* Ambos hombres no volverían a encontrarse hasta el día en el que Santiago encontró el cuerpo sin vida de Manuel Pascual en la nieve y cambió su identificación por la del fallecido para desertar. Perdió su afán por inmolarse cuando se enamoró de una bella campesina polaca. Giacomo Marzotto, que era el diplomático italiano, disfrutaba más de rodearse de los ambientes flamencos y de las oportunidades ofrecidas por las noches en vigilia. Se sabe que estaba pensando construirse un "bel pallazzo" en la loma del inglés aunque nunca llegó a ejecutar la obra. Hidetoshi

Hayashi, plenipotenciario del imperio del sol naciente, se deleitaba en degustar los manjares marinos y en compartir con los demás todos sus conocimientos sobre el mar y la pesca. Con menos entusiasmo fue recibido Pierre Blexmann, representante de Vichy, y con toda frialdad, Mark Gibson, del Imperio Británico. Hacía bien poco dos espías fueron fusilados en el peñón: Rafael Moreno Borrero, exacerbado nacionalista, a quien se le encontró en su poder mapas del entramado de túneles de la roca; y Pilar San Juan, que vivía como exiliada republicana, pero que se sospechaba era una identidad falsa de una espía rusa llamaba, Natalia Melnikova, a la que también se le incautaron los mismos mapas, y por consiguiente, también corrió la misma fortuna. Acabada la guerra muchos de aquellos diplomáticos desaparecieron, pero en el pueblo no se desvanecieron los odios sino que se acrecentaron. En la plaza del Polvorín niños entecos jugaban a las canicas y ancianos hablaban de la sequía para olvidarse que tenían que comer, mientras Adela paseaba y le profería insultos a Paquita llamándola asesina y arpía; y ella y su sobrina a su vez le devolvían un mala puta y roja. La sobrina de Paquita le conminaba a que la denunciara para que le dieran purgante otra vez y se la llevaran a presidio. *Déjala, que ya se morirá de rabia si no la carcome la sífilis*. Adela no moriría hasta muchos años después de pena con solo una persona, su hijo, asistiendo al funeral. Ella falleció un año tras la muerte de Enrique, tras donar al consistorio de El Mosquín la herencia de don Torcuato, y cerrar los capítulos pendientes de su pasado. Su hijo, viviría de las rentas de sus tierras que alquilaba a la corporación que gestionaba los parques eólicos, y nunca más se le volvió a ver por allí. Pelado a raspa terrón y muy delgado, con un fardo lleno de ropa sucia regresó José André al Mosquín veinte años después de su salida. Había un puente nuevo, un hotel, y hasta se veía algún coche aparcado a la entrada. Lo primero que hizo fue pasearse por las huertas a lo largo de la costa para pedir trabajo. Ya nadie le conocía aunque por el rostro se intuía que acababa de salir de la cárcel por eso muchos desconfiaban de él. Al llegar al huerto de tomates del padre de Paco el cojo, vio a un hombre mirando con extrañeza a un agujero del suelo. *Oiga, ¿tienen trabajo? Sí, claro, pero no tenemos ni un duro. Bueno, pero tienen comida para compartir si trabajo. Yo solo quiero comer, sabe usted. Bueno, venga y ayúdeme, hoy nos ha caído esta pelota del cielo y no sabemos qué demonios es. Me ha destrozado varios melones. Mi hijo fue a llamar a los municipales. ¿A los municipales? ¿Por qué? Para dar parte. Vamos a ponerlo en esta mesa, cójalo por ahí.* El padre de Paco, observó la bola y al retirar parte de la tierra que se había pegado por el impacto leyó "CCCP". *Los comunistas nos lo han lanzado. ¿Sabes? A un familiar mío lo quemaron vivo en una pocilga como si fuera un cerdo. Todo el mundo ha sufrido mucho con la guerra y tras ella también. Mi familia murió de hambre y estoy solo. Vaya, lo siento, hombre. Padre, aquí estamos. Hombre, pues ya ha quedado claro lo que es. Ésto es una bola que nos han enviado los comunistas. Pues, nos la tenemos que llevar.* Uno de los guardias se quedó mirando fijamente a José. *Ésto han sido los tuyos los que lo han enviado, ¿no?. ¿Ya estás por aquí otra vez? Pues, cuidado que yo sé de qué pie cojeas.* Paco y su padre se quedaron mirando a José al marchar los guardias. *No tengo trabajo, ¿no? Los que se fueron le dieron la paliza a un hombre por llevarse unas bellotas de una de las fincas de los Páez. Y a ti, ¿por qué no te quieren? Estuve en la cárcel por hablar en contra del régimen. Pero no busco problemas, solo quiero comer. No pasa nada, hombre, te puedes quedar si no tienes problemas de dormir en el corral.* Con el tiempo descubrirían lo bueno que era con los números y se ofreció a enseñar matemáticas a Paco. *Mira, Paco, odio el sistema de opresión en el que vivimos. Pues, yo me encuentro con toda libertad. Eso será así hasta el día en el que protestes, entonces ya verás los cates que te vas a llevar. La libertad se diferencia de la opresión por el grado en el que el estado te permita que te quejes y seas reparado por cualquier perjuicio. Solo espero que se muera el que tú yo sabemos y que vuelva la democracia algún día, y que gente como tú o como yo podamos ser alcaldes y podamos estudiar y desarrollarnos sin importar nuestras ideas. Habla bajo, que te van a oír.* José nunca llegó a ver la democracia pues murió un año antes de una extraña dolencia que muchos que trabajaron en la fábrica de polvos de El Sebel contrajeron años después de su cierre. Nunca nadie preguntó el por qué había tanta gente que tosía sangre a principios de la democracia. Ni nadie se preguntó qué era lo que tenía que ver la fábrica aquella en eso. La fábrica un día cerró y los papeles han desaparecido y tan solo quedaba un local con cristales rotos y tejado abatido donde heroinómanos y tribus callejeras se refugiaban y se reunían con distintos propósitos hasta el día en el que lo echaron abajo para volver a construir un parque empresarial en los años en los que todo el mundo se creía millonario. Con estos felices edificios se borró de la memoria a los tosedores de sangre. Solo en los años de los desahucios, Pepe Orozco, a punto de no ser re-elegido alcalde del pueblo, abrió la caja de pandora como defensor de las libertades para recordar a todo el mundo que hubo víctimas en aquella fábrica, que no fueron compensadas por tal hecho, y que dedicaría su esfuerzo y parte del presupuesto del ayuntamiento a llegar a la verdad sobre el asunto y compensar económicamente a los parientes de los fallecidos más de un cuarto de siglo después de su cierre. Al no ganar las elecciones nunca se sabría la verdad sobre lo que se producía allí. Sí salieron a la luz las múltiples facturas de opíparas cenas de representación, las numerosas irregularidades en la concesión de subvenciones, los chollos y chanchullos urbanísticos, las cuentas opacas de los concejales, y los desproporcionados pagos a empresas cuyos servicios no quedaban demostrados. En las décadas siguientes nadie pudo frenar la deuda que crecía y crecía hasta el punto que se cedió a los acreedores la administración y explotación de toda la franja sur oriental del país por compensación. En los medios de comunicación alternativos hablaban de expropiaciones masivas de tierras, de esclavitud, de pérdida de derechos humanos en todas las zonas donde la liga de acreedores había entrado en acción. También se veían imágenes de ejércitos mercenarios y despiadados bombardeando masivamente poblaciones de civiles indefensos, de fosas comunes y purgas, de testimonios de personas cuyos familiares habían desaparecido tras la llegada del ejército. Los hermanos Rodrigo y Stasja Krzeminsky observaban con estupor las noticias. En los últimos años rechazaron varios intentos de asaltos a su finca, por lo que habían endurecido su sentido de supervivencia. Mientras yacían juntos en la cama con la mirada perdida al techo se confundían las historias que su padre les contaba sobre sus antepasados y todo por lo que habían tenido que pasar durante las ocupaciones de la guerra. *Stasja, prefiero la muerte antes de que pasemos por lo mismo que nuestros bisabuelos. ¿Qué haremos si nos echan de nuestras tierras, Rodrigo? Dicen que en un par de días los mercenarios estarán aquí y arrasaran con todo. No quiero que tengamos hijos si van a vivir oprimidos y menospreciados o si van a ser esclavos de la liga de acreedores. Vamos al bunker de El Mosquín. Cuando desembarquen nos defenderemos. Hoy he visto que muchos otros están haciendo lo mismo en otras zonas de la costa.* Con todas las municiones y algunas de las provisiones que habían guardado en los últimos años se acercaron a la playa y habilitaron el bunker lo mejor que supieron a esperar la llegada de los enemigos. Rodrigo hacía guardia por las noches y Stasja por el día. Así siempre había alguien vigilante ante cualquier eventualidad. Pasados varios días y sin que hubiera moros en la costa, un hombre se bajó de un coche y se aproximaba al bunker. *¡Buenas tardes! ¿Hay alguien ahí dentro?* Algo nervioso por la cafeína ingerida en los últimos días y con aspecto desaliñado asomó por el vano de la entrada Rodrigo. *Soy Pedro Martín, de la nueva policía. ¿Son tan amables de decirme qué hacen ahí dentro? Defendernos de la invasión. ¿De qué invasión están hablando? El ejército mercenario. Vaya, no son ustedes los primeros que esperan tal invasión. No hay tal invasión. Ni si quiera hay ejército todavía. Ésto ya no es un país. Es un protectorado. Se han cambiado los administradores y alcaldes* *por otros, y expulsados algunas personas que estaban investigadas por corrupción, nada más. Pero vimos por internet ataques aéreos y fosas comunes. No, hombre. Nada de eso ha ocurrido. Llevamos varios días con el nuevo gobierno de gestores. La presidenta provisional se llama Aleena Shani Malik.* Entonces irrumpió Stasja llena de ira. *¿Y las expropiaciones? ¿Eso también es mentira? Vamos a ver, a ustedes qué nivel de deuda le corresponde. Pues la civil, nada más. ¿No tienen ninguna otra, ni tienen hipotecada las tierras? No. Pues vuelvan a casa, nadie les va a quitar lo que es suyo.* Los hermanos se miraron extrañados. *Eso de las expropiaciones es otro bulo. Lo único nuevo es que la nueva administración va a reconstruir y re-diseñar la costa tras el estropicio de la catástrofe, y os va a comprar la cosecha a partir de ahora a un precio justo que os permita vivir con la condición de que introduzcáis las mejoras que os indicarán y cultivéis alguna de las propuestas que os hagan. Como los comunistas, ¿no? No, para que ajustéis la oferta a la demanda y que aseguréis el mejor precio posible. Volved a casa. No hay guerra alguna y no veáis tanta bazofia, que se os va a secar el cerebro.* La costa de El Mosquín fue el encuentro de batallas, invasiones y correrías piratas a lo largo de los siglos, pero era la primera vez que se ganaba o perdía una guerra sin declararse. Aquellos bunkers fueron hechos para disuadir y no pelear, para aparentar y apaciguar ánimos. Por los siglos de los siglos quedaran como el castillo de Sangralejos, vestigios de otras épocas más crueles y despiadadas.

El Carmen

Flayeh Al-Meyali volvió a hojear su pasaporte, en donde leyó la frase *visado válido para un mes*. Habían anunciado por la megafonía del Aeropuerto Internacional de Bagdad que el vuelo a Madrid de la compañía Iraqi Airways llevaba retraso. Durante la guerra estos retrasos eran muy comunes. El ingeniero Baker se acercó a Flayeh anunciándole que el traductor les esperaba en el destino para llevarles en coche hasta la reunión. Siempre que Flayeh iniciaba un viaje no podía evitar recordar las lágrimas de su amigo Shai Shemesh despidiéndose de él: *esté donde esté, pase lo que pase, Shai es tu amigo. Yo siempre voy a ser tu amigo*. A Flayeh le desconcertaba el hecho de que Shai, al que nunca más volvería a ver, no le guardaba el más mínimo rencor a pesar de las circunstancias sombrías que habían llevado a su familia a dejar Irak. Días después, cuando Gervasio Páez, alcalde de El Carmen, hizo un desafortunado chiste sobre la expulsión de los judíos en la Región, Flayeh revivió la violácea melancolía y el vacío que le deploró la marcha de su mejor amigo y, consecuentemente, quedarse sin nadie con quien trepar por una simple palmera. Entendería que aquel no iba a ser el sitio donde llevarían a cabo su proyecto. La misión por la que se había desplazado a aquel lugar recóndito era construir una nueva zona de turismo y ocio al más alto nivel para que aquellos árabes pudientes encontraran solaz a los días de guerra, y compitiera con aquella que construyeran los saudíes en el Mediterráneo. Estaban tomando unos güisquis en el salón, excepto el Ingeniero Baker que no bebía alcohol, a la espera del alcalde de El Mosquín y su familia. A la llegada al chalet, el hijo del alcalde de El Mosquín saludó sin mucho ánimo y se fue a la piscina con los dos hijos de

Gervasio. El ingeniero empezó a explicar en árabe para que el traductor sirio trasmitiera en qué consistía el proyecto de Costa Hermosa. *¿Por qué no Costa El Mosquín?* Los árabes se rieron a la traducción del intérprete: *Eso significa Costa del Pobre. No, señores míos, todo el mundo sabe que El Mosquín recibe su nombre por las moscas que pululan en su río seco.* El traductor no abrió la boca ante la mirada seria de don Francisco, cuyo comentario le estaba evocando la visión de aquellas moscas libando del azúcar de las galletas en una tarde de verano en la que la banda de música del pueblo fue invitada a merendar para conmemorar el centenario del descubrimiento de la virgen de El Carmen. Gervasio cayó en la cuenta que algo podría levantar el interés de sus huéspedes. *Os voy a contar una historia. Un antepasado mío encontró en un olivo la imagen de la virgen de El Carmen y lo más extraño es que encontró un trozo de piel con unas palabras escritas en árabe. Siempre nos hemos preguntado qué significan. Puri alcánzame el jarrón que allí lo guardamos.* El intérprete empezó a leer con algo de dificultad: *"Profesor Kadim, ésta es la estatua de la mujer y su hija que descubrió nuestro pasado, y nos abrió nuestro futuro. Cuando llegue el momento regresaré por ella".* Se llama Kadim como mi hermano. *Es un nombre muy popular en Irak. Hay un santuario muy hermoso porque hay un imam enterrado allí con ese nombre.* Gervasio perplejo por el texto quemaría tras la marcha de sus huéspedes el trozo de cuero y no lo daría para su estudio como sugirió don Francisco. Todos descontentos salieron del chalet. *Amador, hijo, ¿qué te pasa? Nada, estoy algo mareado. Le habrá dado una insolación con este calor.* Aunque Candela sabía que esa no era la razón. Se había iniciado un proceso de autodestrucción. Ese día Amador, se inyectó heroína por primera vez. Por aquellos días todavía los vecinos de la región no sabían qué consecuencias acarreaban el consumo de aquellas substancias que llegaban desde la mar en los fondos de las cajas de pescado africano. El Carmen había llegado al cenit de su apogeo albergando en su puerto un total de doscientas embarcaciones de pesca que se dispersaban por todas las partes del mundo. Incluso habían sido elogiadas por el insigne japonés que compraba lo más granado del océano. No había mar suficiente para aquellas embarcaciones ni suficiente horizonte que recorrer. Las redes se agolpaban en los muelles, las grúas cargaban y descargaban sin cesar. El hielo se trasportaba por doquier. Los gritos de la lonja resonaban en todo el pueblo como lo hicieran en el pasado las olas del mar, el recitar del almuédano o las campanas que anunciaban un ataque inminente. En la televisión aparecían anuncios para refrenar la gula por comer pescado inmaduro, pero ninguno por refrenar la avaricia. Los soldadores soldaban; las envasadoras envasaban; las saladoras salaban; y los camiones trasportaban por las carreteras a todas partes el pescado crudo y sus manufacturas. Nadie se quedaba sin trabajar ni sin casarse, y de muchas partes de la región gentes llegaban para echar una mano en las temporadas altas, mientras que en El Mosquín vivían modestamente con el turismo. Nunca las viviendas de protección oficial que construyera Pedro Páez, tío de Gervasio, tuvieron tanta vida. Allí se había afincado Mohamed, al que llamaban el moro, quien empezó traficando con hachís y acabó con heroína. Aquel barrio se creó durante la dictadura para cubrir la demanda de viviendas ante la llegada de operarios que sacarían adelante las conserveras de pescado. Años antes del advenimiento de la democracia, el féretro de Bernardo Páez, padre de Gervasio, había sido trasportado por aquel barrio. Bernardo, fue el hermano del jefe del sindicato, Pedro Páez, de quien decían había hecho posible todo el progreso del pueblo. La muerte de Bernardo fue todo un acontecimiento. Bernardo vivía en una casa de dos plantas que construyó para sus seis hijos con un pozo que albergaba aún una bomba sin explotar desde los años de la guerra. Por seguridad, nunca nadie volvió a beber de aquel pozo. Las ancianas y la viuda habían velado el cuerpo del fallecido toda la noche hasta que llegó la funeraria a primera hora de la mañana para encargarse de todas las gestiones. Desde muy temprano los familiares iban recibiendo a los allegados que se habían enterado del óbito. Fue uno de los primeros en llegar don Julián, el médico jubilado del pueblo con su sirvienta Serafina, a la que una brisa de susurros la galardonaban con el título de Amante del Médico. *Don Julián la tomó por sirvienta porque no pudo casarse con ella, y ahora que su mujer no vive hasta la ha traído al funeral. ¡Qué descaro!* En una silla de rueda llegó un señor mayor de rostro grave, engominado, con la piel salpicada de manchas y unas gafas verde oliva de motorista que le conferían un aire de reciedumbre. Vestía la indumentaria del movimiento y sus pies estaban cubiertos por una manta de franela. A las manos las resguardaban unos guantes de cuero negro: una, parecía encogida por algún tipo de dolencia acaecida en aquellos días de guerra en el voluntarioso frente ruso. Con la que le quedaba sana saludaba a los camaradas que acudieron al sepelio y se acercaban a él en señal de respeto. *Mira, ha venido Carriazo. Hasta Carriazo ha salido de casa para el entierro. Hacía tiempo que nadie lo veía. Pues, yo creía que había fallecido. Ese, hombre tan serio ¿quién es? Ese es el camarada Carriazo. Ese era compañero de tu padre. No sabes a ese hombre como lo respetan en Madrid. Algunos envidiosos le llamaban el manco de las nieves, pero a ver quién es el hermoso que se atreve a mencionar el mote en su cara.* Uno de los hijos de Bernardo se acercó a repartir anís a los asistentes. El padre venerable del pueblo estaba junto a la viuda, que de riguroso luto, lloraba sentada sobre una silla de madera mientras recibía palabras de consuelo. Algunos Ulloa, todos juntos y al unísono, se presentaron en la casa del difunto saludando a los familiares y hablando con el hermano sobre tal o cual problema de lindes. El coche fúnebre fue circulando por el pueblo mientras sonaban los redobles de réquiem en las campanas de la ermita de El Carmen. *Niña, ¿Quién se ha muerto? Bernardo Páez. A las tantas se le paró el corazón y cuando fue la mujer a llamar al vecino que es médico, se había muerto.* Al paso por el barrio de los pisos de protección oficial alguna anciana alzó el brazo, algo que incluso ya casi se veía como un anacronismo. *Ese hombre colocó a tu padre en correos. Desde luego, qué pena con lo bueno que era ese hombre.* Años más tarde, con la democracia y con Gervasio como alcalde moriría su hermano Pedro, y solo unos cuantos camaradas aparecieron entre los que no estaba Carriazo, que ya había fallecido también. No hubo redobles de campanas y parafernalia de ningún tipo. Tan solo unos vivas y presentes acompañados de algún himno solemne cuando el ataúd se hundía en la tierra. La droga ya llevaba causando estragos en la región como un humo negro que se colaba por las ventanas de las casas. Nadie avisó del peligro hasta el día en el que regresaron los primeros barcos de pesca ametrallados de la mar. Las capturas empezaron a menguar como los ingresos de los vecinos. Hasta llegaron a cerrarse las fábricas de Bocanegra tras más de treinta años en operación. Los jóvenes andaban ociosos y nadie se preocupaba de pintar las viviendas de protección oficial donde la policía encontraba los coches robados y las motos a medio desguazar. Por las noches jóvenes demacrados y despeinados paseaban sin rumbo hurgando en la basura o pidiendo. Muchas casas quedaron vacías. Los que aún conservaban empleo se mudaban porque no soportaban que a sus hijos les robaran camino del colegio. Otras eran ocupadas y en ocasiones presentaban desperfectos en las puertas. Ya nadie reponía las bombillas que robaban en los portales. En este ambiente fue en el que Amador se vio envuelto. Una mañana llegó a la casa del moro con el canijo pidiendo que les adelantara algo de material, que no habían podido encontrar nada que vender. *Pues, si no me traes dinero me traerás al menos tu culo.* Carcajeaba a mandíbula batiente. Horas más tarde Amador estaba tirado por el suelo y un hombre le miraba con un botijo en la mano. *Chaval, ¿tienes sed? La droga, ¿no te da sed?* Levantó el rosto. *Un poco, ¿no? Bebe, hombre, que hay que dar de beber al sediento. ¿Has comido algo? Ven conmigo a la parroquia, lávate y come algo. Me llamo Isco y soy el párroco.* Amador se quedaría por algún tiempo en la escuela taller del padre Isco hasta el día en el que se enteró que el canijo se había muerto al despeñarse colocado desde la piedra desde la que un día descubrieron una cueva oculta. Entonces robó lo que pudo del párroco y regresó a la casa del moro. Aquella loma o colina desde donde se despeñó su amigo se estaba incendiando por combustión espontánea cada verano. Los aviones cargados de agua luchaban contra el fuego ante la mirada atónita de los turistas. *El problema es que no hay cortafuegos. Que no, hombre, las cabras antes se comían las yerbas y ahora se secan porque ya no hay trashumancia. Claro, en verano con éstas calores arden.* En la televisión aparecían anuncios para concienciar sobre el fuego que nunca había sido tan cruel desde los días en los que ardieron las tierras expropiadas al obispo y todo el mundo ganó dinero vendiendo carbón natural. De eso ya hacía más de un siglo. Como para aliviar el pesar que suponía ver arder el monte, algún promotor tuvo la brillante idea de construir casas de lujo para ofrecer un decente albergue a todos aquellos actores que tan desinteresadamente habían apoyado la causa antimilitarista del alcalde que sustituyó a don Francisco, al que ya nadie le rogaba que le retirara una multa por aparcamiento. De hecho, su casa no solo estaba sola porque Candela y su hijo habían desaparecido, sino que día sí y día también iban desapareciendo objetos valiosos. También llegaban cartas del juzgado que le conminaban a declaran sobre asuntos turbios en la gestión del ayuntamiento. Los hurtos de Amador eran el único indicador que tenía de que su hijo seguía con vida. En ocasiones la guardia civil se acercaba a preguntarle por su paradero. *No lo sé. ¿Ha hecho algo? Se está metiendo en problemas.* Hasta el día en el que se encontraron con aquellos árabes su hijo nunca había probado las drogas duras. Si no hubiese acudido a aquella reunión tal vez todo hubiera sido distinto. Después de todo el proyecto Costa Hermosa que incluía un puerto deportivo nunca se llevaría a cabo. La costa siempre sería un lugar con intereses más allá del turístico. El único permiso posible en la franja entre los dos pueblos era el de explotar las salinas. Por otra parte, los árabes desistieron de la inversión. Creyeron que nunca congeniarían con aquellos hombres que se parecían a los árabes menos de lo que ellos pensaban en un principio. De todas formas, la aparición de tantos actores en la televisión había atraído a tantos medios de comunicación que hubo más de uno que pensó que las playas de El Mosquín a pesar de su terrible viento de levante y no tener una gran oferta de viviendas para comprar o alquilar eran paradisíacas. Todo aquel que tenía algo para vender o alquilar ganaba cada año más. Si alguien ofrecía una cantidad, al día siguiente otro se acercaba para mejorarla. Era un lujo poder sentarse en una tumbona junto a tal o cual famoso o tomarse un cubata junto a una actriz a la que uno se podía acercar a pedirle un autógrafo para darle envidia a alguien y decirle: pues yo veraneo donde veranea fulanita y menganito. No era raro ver algún yate en el horizonte y la gente se preguntara que quién andaría allí. La calle Hortensia en la loma del inglés sería la que todos desearían. Allí vivía un productor llamado Carlos Castaño, una actriz belga llamada Lotte Hejtenis, un escritor de novelas de ficción, y otras actrices y actores de renombre en la época. También el antiguo alcalde, que al menos había salvado su casa del divorcio de Candela. Poco después aquella loma por la que más de uno se despeñó pasaría a llamarse Colina Blanca y no lejos de allí se proyectaría un hermoso campo de Golf por iniciativa del nuevo alcalde que pretendía atraer lo más egregio a veranear al pueblo mientras El Carmen iniciaba un periodo oscuro. El nuevo alcalde también logró que se demoliera el antiguo hotel y se construyeran nuevas urbanizaciones. Fue un fiel defensor del medio ambiente y demolió algunas casas de pescadores que no respetaban la distancia estipulada hasta el mar. Solo se salvó una vivienda de un escritor, ya que se pensaba que podría traer tan mala prensa que de seguro los actores no iban a querer veranear en El Mosquín, y si no veraneaban éstos, habría muchos otros que no lo harían. Las inversiones se perderían y muchas empresas quebrarían como resultado. Provocaría el paro, lo que acarrearía más divorcios y más violencia doméstica, según indicaban las infalibles estadísticas y la correlación robusta, directa y lineal existente entre el paro y las otras dos variables. Los niños vivirían en hogares rotos lejos del amor que supone un padre y una madre y tal vez no habría mucha salida para ellos más que la droga para los chicos y la prostitución para las chicas. Ante este panorama y con razones más que justificadas no se demolió la casa del escritor. En un periódico se leía que las inversiones en construcción en El Mosquín se doblarían para el ejercicio siguiente. Debajo de dicho periódico dormía Amador. La noche le sorprendió en el cementerio, en el mismo cementerio en el que solía colarse por la noche con su amigo el canijo para tomar cervezas y demostrar que no temían a nada. Por curiosidad leyó el nombre que estaba grabado en la lápida. Le había sorprendido el hecho de que solo apareciera la fecha de su muerte pero no la de su natalicio. *Severina González-Izquierdo, murió libre.* Quizá era una metáfora sobre la muerte. El enterrador lo descubrió incorporándose. *Oye, tú, maleante. Fuera de aquí. ¿No me oyes? ¡Qué voy para allá a darte con la pala, botarate!* Salió del cementerio y se dirigió por la carretera a la vieja fábrica por si encontraba a alguien que le pudiera pasar algo de droga. Por el camino recordaba la tarde en la que se metió el primer chute. Nunca había sentido un chute tan fuerte como el de aquel día en el chalet de Gervasio. Había llegado muy cortado con sus pelos largos que contrastaban con el pelado clásico de los dos hermanos Páez. Se sentó sin mediar palabra en una tumbona junto a la piscina mientras los dos le miraban con desdén. El mayor de los dos era algo gordo y era el que menos le quitaba ojo. Sin saber qué hacer recordó las palabras de Candela. *Pues, le ofreces unos porros y ya verás cómo te haces amigos de ellos.* Empezó a sacarse uno y le ofreció a los hermanos a probar. El chico dijo paso, me las piro. El gordo dijo venga. *Te va lo bueno, ¿no? Sí. Pues, ésto no es nada. Yo tengo algo que vas a flipar. Vale una pasta pero te voy a invitar, hombre.* El gordo llamó a unas chicas por teléfono mientras sus padres estaban abajo hablando y disfrutando de una hermosa velada. *A éstas dos si las invitas a colocarse, te dejan que te las folles y todo.* Cerraron con llave y Amador selló su ingreso en el infierno. Una de las chicas, Clarisa, le mostraría cómo debía inyectarse la heroína. *Amador, Amador.* Oyó a lo lejos. Sabía que era una voz conocida pero no sabía de quién. *Soy el Plum. Ah, hola. ¿Cómo te va? Me he casado con Desiré y me coloqué en el ayuntamiento con ella. Oye, ¿me prestas algo de dinero? Sí toma, te viene bien ésto. Bueno, tengo que tomar un autobús para Madrid voy a presentarme a un trabajo. Toma, hombre. Gracias, tío.* Aquella noche se volvería a encontrar en la fábrica mucho más delgada y con varias mellas en los dientes a Clarisa. *Mira, Amador, tengo esta mierda. Dame algo de pasta y la compartimos, ¿vale?* Juntos al calor de una hoguera que prendieron con unas revistas porno que por allí estaban esparcidas se inyectarían compartiendo la misma jeringuilla como habían hecho la tarde en la que se conocieron. Quedaron dormidos uno junto al otro al calor del fuego. Al rato el reflejo del faro de una moto desveló a Clarisa. Amador no se movía y sus pantalones estaban empapados de orina. Su rostro estaba completamente pálido. Sin mediar más, Clarisa le hurgó en los pantalones y encontró un mendrugo y varias monedas que le sustrajo. Sus botines eran más cómodos que los suyos así que se los cambió al darse cuenta de que no le quedaban pequeños. Abandonó el cadáver de Amador, que lo descubriría la guardia civil aquella misma noche. Ya presentía Paco el cojo, lo peor cuando hacía días que Amador no entraba en casa para llevarse nada.

Los Infiernos

Dimitry Kastanyef leyó en el periódico una noticia que le animó. La embajada expediría nacionalidades a los hijos y nietos de exiliados por la guerra civil. En ese momento, Dimitry empezó a elucubrar sobre la manera en la que eso le podía beneficiar a la hora de realizar negocios en aquel país del que desconocía hasta el idioma. Su padre había amasado una ingente fortuna con los cambios acaecidos en las últimas décadas mientras la gran mayoría de la gente sucumbía ante la debacle. *Dimitry, por muy mal que vayan las cosas siempre habrá oportunidades para la gente lista: que hay guerras, alguien venderá las armas; que la gente muere, pues a vender ataúdes; que todos lloran, pues a vender pañuelos. La gran mayoría de tontos que habitan este planeta no conocen este principio tan básico, por eso a ellos les va mal y a nosotros bien. Además recuerda algo muy importante: por muy mal que esté el mundo siempre habrá ricos que precisarán servicios; la gente tiene que comer y satisfacer sus necesidades básicas; la gente debe guarecerse en algún sitio; y todos necesitamos alguna fuente de energía.* Bajo estas premisas iniciaría poco tiempo después su andadura como inversor en El Mosquín. A la llegada a la embajada para solicitar los papeles de nacionalidad le llamó poderosamente la atención un cartel que rezaba *"Conozca la experiencia de inversores extranjeros en nuestro país". Será interesante conocer más de mi futuro nuevo país.* Llegó completamente solo a la cámara de comercio y a la entrada unas indicaciones le mostraron la antesala y el salón del coloquio. Todavía no había llegado nadie por lo que se acercó al camarero y pidió que le sirviera un café. Poco a poco fueron llegando asistentes y él fue observando desde su rincón como se desenvolvían. Con una edad todavía temprana, apenas se había iniciado en el mundo de los negocios, y por eso sintió al ver a todos aquellos cincuentones cierto prurito y excitación viéndose reflejado en ellos dentro de varias décadas. Además de varios empresarios locales presidían la mesa don Luciano Redondo, Consejero Económico y Comercial de la Embajada, y Doña Coriseo González-Izquierdo, Directora del Instituto de Comercio Exterior e Inversiones. A la salida, Dimitry se acercó al consejero y le felicitó por su ponencia. Le contó que iban a concederle la nacionalidad y que muy pronto quería mudarse a su nuevo hogar para invertir. *Mi querido amigo, es ahora un buen momento para invertir en bienes inmuebles, han entrado en vigor nuevas legislaciones que posibilitan un desarrollo urbanístico, particularmente en la costa. Por otra parte, gozamos con tipos de interés negativos por lo que se espera un boom en la construcción que va a catapultar la economía a las más altas cotas de desarrollo.* A su llegada a casa se encontró con su hermana, Maria Yasnaya, y le pidió que eligiera un punto al azar en la costa para establecer su centro de negocios. *Aquí. El Carmen. Me gusta el nombre. Espera vamos a ver en internet qué se dice de este sitio. ¿Un pueblo pesquero? No, mira este otro. Con playas y chicas en topless. No seas guarro. El Mosquín, si no me forro por lo menos veo tías en pelotas.* A los pocos días se encontró con su padre que volvía de un viaje de negocios y le mostró la nacionalidad que había adquirido recientemente. *Allí te van a crujir a impuestos. Padre, necesito un millón de dólares y te los devolveré. ¿Para qué? ¿Te vas a hacer traficante de armas, de drogas? No, quiero ser empresario de la construcción. Ja, si en un año tienes el dinero y los intereses para devolvérmelo te lo puedes quedar, si no, te daré una patada en el culo y no verás un rublo más en tu vida.* Lo primero que hizo Dimitry con su flamante millón de dólares americanos fue comprarse un yate modesto y una casa con vistas al mar en la calle Hortensia, que adquirió en subasta pública y perteneció a un alcalde corrupto que murió de un ataque al corazón. Al entrar en la casa conoció a su vecina, una bella actriz belga flamenca que se quejaba de la falta de privacidad que había en El Mosquín. *Yo me compré aquí el chalet porque costaba poco y nadie me conocía. Cuando vine ni siquiera el pueblo aparecía en los mapas y ahora se ha puesto de moda porque a las actrices del país les ha dado por comprarse un chalet aquí y ésto está lleno de paparazzi. Ahora me he comprado una casa en Marruecos.* Dimitry pagó sus compras a toca teja y cuando hizo las reformas pertinentes al chalet, decidió que era el momento de conocer a los lugareños esperando que las oportunidades brotaran a sus ojos. Al bajar por las escaleras encontró a unas chicas con el pecho al descubierto tomando el sol que no llegarían a la mayoría de edad. Sin más se acercó a ellas y les habló en inglés. *Hola. No soy de aquí acabo de llegar, y mañana hago una inauguración de mi yate. Va a venir un amigo mío, ¿os gustaría venir? Bueno, si queréis traer a alguien sin problemas.* Esa fue la primera fiesta que hizo Dimitry en la región. Con lo que pronto se haría muy popular. Las chicas subieron y Dimitry con su amigo Aleksander, que había llegado de Rusia para visitarle. Pasaron una tarde muy buena. *Oye, aquí estáis en alta mar nadie nos va a ver si nos ponemos en pelotas. Vamos, animaos.* En aquel verano de fiestas y jolgorio consiguió aprender el idioma y tras el verano pensó que era el momento adecuado para buscar esas fuentes de ingresos que le harían millonario como a su padre. Leía lo que podía en los periódicos para encontrar una noticia que asaltara sus sentidos, pero no vio nada. Luego, le llamo el vecino, que tenía su misma edad, y le ofreció que viniera a su casa, que iban a reunirse unos actores famosos que eran conocidos de su padre. Carlos Castaño era un productor de cine retirado hijo de un actor de teatro que se llamaba como él. Había tomado la fama de ser un hombre promiscuo y rijoso que tuvo cinco hijos, si la memoria no me falla, con cinco mujeres distintas a los que llamó igual que a él y éstos a su vez también tuvieron hijos espurios o vivieron arrejuntados, y cuyo primogénito también llamaron Carlos por lo que había una pléyade de Carlos Castaño por toda la región. Si por casualidad encontráis alguno y además tiene la piel morena, de seguro que es algún descendiente del actor de teatro quien a su vez era descendiente de aquella mujer que llegó en una barca a El Mosquín dentro el vientre de su madre a quien nunca conoció. Lo que no sabían Dimitry Kastanyef y Carlos Castaño es que compartían la misma tatarabuela de ahí que ambos fueran de piel morena y pelo ensortijado. En la fiesta había unas cuantas modelos y actrices, también había hombres pero Dimitry había nacido para poner los ojos en las mujeres. Se le ocurrió que el cine o el modelaje podrían ser dos negocios muy válidos, porque al menos lo haría con toda su pasión. Pero ¿qué experiencia tenía? ¿Qué contactos? En cualquier caso, Dimitry se convirtió en la persona más rica e influyente de toda la región justo después de que fuera a la quiebra. El millón de dólares le duró quince meses. El banco le llamaba por los descubiertos. Hacía tiempo que no pagaba la luz, ni el agua ni el IBI. Pronto le iban a cortar todos esos servicios, mientras solo se dedicaba a mirar por internet con apatía y a recordar la llamada que su padre le hiciera meses atrás. *Dimitry, ¿dónde está mi dinero? ¿Eres ya millonario?* No podía volver con la cabeza gacha y sin un dólar. Hacía días que no se lavaba ni afeitaba, meses que no se cortaba el pelo y horas desde que se le acabó la última botella de güisqui que le quedaba. Saltó una ventana emergente de una de las páginas porno que estaba hojeando invitando a que los usuarios subieran vídeos porno caseros, que podían ganar mucho. Se echó unas risas y recordó que en su vídeo cámara, cuando fantaseaba con convertirse en productor de cine, había grabado a más de una mujer desnuda o acostándose con él. De hecho, las grababa con cámara oculta y sin el consentimiento de sus eventuales parejas de noches eróticas para después deleitarse con las grabaciones en sus noches de desgana. Eligió uno de los vídeos, lo subió a la red y puso sus datos bancarios sin miedo. No había nada que robar. Después, se fue a dar una vuelta para pensar y al regresar se fue a la cama. A la mañana siguiente encontró un mensaje en el móvil: *La banca electrónica le informa que se ha producido un ABONO en su cuenta de 10.324,73 €. Mi padre todavía me quiere.* Luego, abrió su portátil y encontró montones de mensajes de dudosa índole: *Campeón, vaya tetas tenía la tiparraca. Sube, otro. Comparte. Me la he pelado dos veces con tu vídeo. Queremos ver más coños peladitos como éste.* También, aparecía un mensaje en el que se leía: *¡Enhorabuena! Las royalties generadas por su video ascienden a 10.324,73 €.* No podía ser. Si invertía en fiestas la mitad y subía a la red vídeos nuevos e incluso singulares, ¿cuánto podía ganar? Con aquellas ganancias pudo hacer frente a innumerables deudas y con los siguientes vídeos se compró un hermoso descapotable. Fue de fiesta en fiesta, conociendo a gente, emborrachando a mujeres o invitándolas a cualquier tipo de exceso con tal de que pudiera sacar un vídeo novedoso con el que ganar más dinero. Una tarde, se encontró un mensaje en su bandeja de entrada de una tal Beatriz Navarro: *Me parece denigrante como tratas a las mujeres. Me dan asco los hombres como tú. Ojalá alguien te meta en la cárcel. Cerdo.* Al parecer era una abogada feminista la que escribía. Con lo buena que está ya me gustaría ver lo que esconde entre piernas. Con una sonrisa se quedó mirando su foto de perfil tratando de dilucidar si la abogada se rasuraría el pubis, se lo depilaría por completo o lo tendría boscoso. A la semana llegó una citación del juzgado para declarar. Al parecer una de las chicas que aparecía en unos de los vídeos lo había denunciado por subir imágenes suyas desnuda sin su consentimiento. Habló con un abogado y lograron no ir a juicio gracias a un acuerdo económico de espanto pero que aún así le había resultado rentable. *Dimitry, cuando alguien inicia una actividad económica lo primero que tiene que hacer es asesorarse con un abogado. Si hubieras pedido el consentimiento y tuvieras un contrato por el que esa persona es compensada económicamente o te cediera los derechos de imagen, te habrías ahorrado una pasta de la demanda.* Al llegar a su casa habló con su vecino Carlos y le propuso montar juntos un negocio. Con unas cuantas cámaras y unas cuantas chicas y algún chico dispuestos a grabar imágenes, Dimitry y Carlos dejarían volar su imaginación y empezarían a fluir los euros. Montaron su propia web. Carlos había estudiado imagen y sonido y sabía grabar a la perfección y Dimitry conseguía a los modelos haciendo gala de talento para las relaciones públicas y púbicas. Incluso llegaron a tener un canal de televisión de emitía por las noches viernes y sábados. Adquirieron un local a muy bajo precio donde grabar programas y películas caseras. Mientras ésto ocurría, en El Mosquín se construían casas y más casas. Finalmente no llegó a ser promotor inmobiliario, pero había encontrado una vocación aún mejor. Su barrió se llamó desde ese día Colina Blanca, y en un nuevo y flamante campo de golf pasaría muchas tardes pensando en cómo expandir su negocio. En alguna ocasión fue invitado a programas de emprendedores en el que su ego se creció cuando usaron el epíteto de empresario al dirigirse a él. *Bueno, no me considero empresario, solo hago que la vida gris de las personas tome color de rosa.* Con los años Dimitry fue codeándose con políticos a escondidas, empresarios, futbolistas, famosos de turno, banqueros e incluso personajes del mundo de la farándula. El empresario chino Jian Ying le propuso abrir un casino para la comunidad creciente de Asia. *No, un empresario debe ser fiel a lo que sabe hacer bien.* Sí, en cambio, compró el Don Miguel, que por aquellos días estaba de capa caída con una clientela de decadencia y un ocultismo como del siglo pasado. Allí fundó el Belcebú. También adquirió la nave de al lado e inauguró la Sala Afrodita con actuaciones porno en directo y stripteases. Ambos los llenó con chicas del Este de Europa y alguna africana y asiática. Dimitry se había vuelto un trotamundos pensando en innovar y traer las últimas novedades del mundo del sexo. Jian Ying en cambio, montó un par de karaokes para la comunidad china y seguía porfiando para encontrar el lugar idóneo para montar el casino más hermoso de toda la región. El destino quiso aliarse con ambos hombres de negocio ya que empezó el descenso al infierno de El Mosquín. Todo el mundo empezó a arruinarse y a no pagar sus deudas. Muy al contrario de lo que Jian Ying y Dimitry Kastanyef vaticinaron, la crisis le hizo catapultar su negocio online a uno y ayudó a que el otro encontrara su local para el casino. Desgraciadamente, la sala Afrodita tuvo que cambiar de ubicación ya que estaba diseñada para personas de un mayor nivel adquisitivo y éste se había resentido con la crisis. Montones de jóvenes se ofrecían para trabajar a tiempo parcial con su webcam, y con el creciente desempleo, cada vez más hombres indolentes perdían el tiempo navegando por la red. Al haber mayor abundancia de personas para trabajar, menores fueron los salarios y más rentable fue el negocio. Una noche, por combustión espontánea, ardió la biblioteca del indiano tal y como habían ardido siglos atrás los bosques del Obispo o una década atrás la loma del inglés, la cual los jóvenes ya ni sabían ubicarla ni de dónde provenía su nombre. La combustión espontánea de la biblioteca se llevó consigo las obras de Almanzor el chico, una biblia protestante escrita en el inglés de Shakespeare, unos manuscritos de un hombre delirante, y la traducción que hiciera el ya fallecido Paco el cojo, arqueólogo y primer alcalde de El Mosquín de la democracia, de las runas de la cueva que solo dos personas habían visitado en los últimos mil años. La compra del casino sirvió para pagar algunas deudas del consistorio antes de que El Carmen, que estaba saneándose con la pesca, el agroturismo y la permacultura, comprara la deuda restante y absorbiera a la menguante población del municipio. Una noche Dimitry apareció en un debate televisivo sobre la industria del sexo. La cadena en cuestión había invitado a una cara familiar. Era la abogada feminista que una vez le increpó en un email y defendió a la única demandante que hasta fecha tuvo. No había disminuido su atractivo a pesar de los años transcurridos. Tras visionar un reportaje, la abogada empezó a hablar sobre lo que le había parecido. *Es lamentable ver que un alto porcentaje de la población sean consumidores de prostitución y que la mujer sea tratada como una mercancía que se consume y no como un igual. Lo peor de todo, y lo que da más lástima es el hecho de que la sociedad premie a personas que se dedican a ésto. Hemos visto como este señor es invitado a fiestas y se codea con* famosos y hasta aparece en revistas. Estamos en un momento en el que los valores de igualdad se están perdiendo; parece que solo el dinero sin importar de dónde venga es lo único que cuenta, y todo aquel que lo tiene se ve con el derecho de hacer lo que le venga en gana con las mujeres, y ejercer control y poder sobre los demás. Hoy en día la industria del sexo es el opio del pueblo, y éste llega a mover casi tanto o más dinero que la droga y el tráfico de armas. A mí me parece muy bien que una persona haga lo que quiera con su cuerpo, pero ésto de que unos exploten a otros, y si son más jóvenes mejor así las controlamos más, y todo lo que atrae este mundo de drogas y crímenes, pues todo ésto, me parece vergonzoso y es extender la esclavitud hasta nuestros días. Bueno, yo tengo que decir a todo esto que estoy hasta cierto punto de acuerdo con lo que la señora letrada ha expuesto hoy. De hecho, mi empresa está ayudando a la concienciación de la sociedad contra la esclavitud sexual y la explotación de menores con este fin. No existe ninguna diferencia entre una chica o un chico que trabaja en cualquiera de mis negocios. Le recuerdo que también hay hombres trabajando para mí y usted no lo ha mencionado. Existe paridad salarial entre ambos. Todos están dados de alta en la seguridad social y son mayores de edad. Tienen revisiones médicas temporales y les organizamos campañas de seguridad e higiene en el trabajo. Si usted misma ha dicho que cada uno tiene derecho a hacer lo que cada uno quiera con su cuerpo, ¿Por qué se mete en que yo gane dinero con personas que tienen un talento innato y saben explotar los recursos con los que la naturaleza les ha dotado? A mí lo que me da lástima es que haya tanta envidia cuando un empresario tiene éxito. Lo único que estoy haciendo es dar trabajo a personas que necesitan ganarse la vida y, por cierto, que ganan más dinero y sus horarios son más flexibles y compatibles con las responsabilidades familiares que si fregaran escaleras o trabajaran como administrativos. Y sí, es cierto que traigo también a personas de otros países, pero también es verdad que de no haber *invertido en estos locales no tendrían la posibilidad de ganarse la vida, ya que aquí cuentan con más oportunidades y mejor nivel de vida.* En este punto el debate se tornó difuso y ambos se insultaron en público. Dimitry tuvo la oportunidad de contar cuál iba a ser su último proyecto. Había alquilado la isla de Sangralejos para realizar "rave parties". El proyecto consistía en organizar fiestas salvajes en la isla en las cuales las mujeres que quisieran acceder gratis tendrían que enviar una solicitud que incluyera foto de rostro y cuerpo entero para su aprobación. En el caso en el que se aprobara, conseguirían entrar gratis, de lo contrario, pagarían trescientos euros por dos días completos. Los hombres pagaban quinientos euros por día. Todas las mujeres que tuvieran poses sugerentes o se desnudaran total o parcialmente en la fiesta irían recibiendo bebidas gratis. Comentaba que ésto lo estaba difundiendo por internet, y que ya le estaban llegando solicitudes de todas partes del mundo: de Arabia Saudí, China, Colombia, Gran Bretaña. El proyecto, Sangralejos Rave Party atraería mucho capital a la región, que sería la nueva Ibiza. Según Dimitry, la idea fue inspirada en una visita que hizo con su yate a la citada isla. En una mochila encontró una cámara Amplex con unas cintas en las que aparecían unos jóvenes desnudos disfrutando del sexo y propugnando que el sexo era libre. Que las mujeres eran libres de practicar todo el sexo que quisieran. *Ésta fue mi inspiración.* A cientos de kilómetros del estudio de televisión, la gente se agolpaba a las puertas del nuevo casino. Allí estaban Agnes Fang, Michel Lee, Verónica Liu, Lucas Chiang, entre otros. Todos los vehículos estaban aparcados y custodiados en lo que ya nadie llamaba plaza del Polvorín. El lugar quedó vacío de nombre, y más aún de sentido cuando lo que quedaba de los muros de lo que un día fue albergue gratuito de maleantes y víctimas de la inquisición, se derruyeran para dar más espacio a los coches de alta gama en los que llegaba la clientela del casino.

La Isla

Lo primero que uno se pregunta al contemplar las ruinas de lo que fue el castillo de Sangralejos es cómo se las apañaron las tropas del general Fernández de Piérola para derruir los muros a cañonazos desde la costa. La distancia no lo permite, al menos no con artillería de la época. En cualquier caso es un hecho histórico que las tropas del general riojano tomaron el castillo, y empírico que la pared norte presenta una brecha por la que debieron entrar las tropas leales al rey y contrarias a la ocupación francesa. Algunos historiadores apuntan que los cañones del olvidado general no habrían acoltado tras la maleza en la costa, como cuenta la leyenda popular, sino lo bastante cerca del muro como para hacer blanco con éxito. Apoya esta teoría el hecho de que en determinados años, se produce tales mareas vivas en la costa por efecto del alineamiento de la luna y el sol, que casi se puede cruzar a pie desde la playa hasta el castillo a través de un brazo de rocas que los siglos y el efecto de la mar fueron erosionando hasta desgastar el istmo casi por completo. Aparte, no existe ninguna crónica anterior a la llegada de los árabes que localicen una isla por las inmediaciones. En los últimos tres mil años el litoral ha debido cambiar considerablemente como es lógico. Es por eso que el general debió adentrarse con su artillería por el brazo de roca con mucho sigilo hasta estar lo suficientemente cerca como para atreverse a abrir fuego. Ahora bien, ¿cómo fue que los alertados franceses no advirtieron dicha operación a sabiendas de la inminencia de un ataque británico? ¿Habrían dejado aquel flanco descuidado? Parece raro, pero no sería la primera vez que un ejército confiado cae en errores estratégicos tan descomunales. Otra teoría plausible afirma que los cañones habrían sido transportados en balsas hasta el castillo, y desde allí atacarían. Fuera como fuera, el caso es que los días del castillo de Sangralejos llegaron a su fin quinientos años después de el Gran Duque hiciera gala de la sutil inventiva de construir una atalaya con un campanario para avisar en el caso de que una flota enemiga proveniente del norte de África se aventurara a una nueva invasión de los territorios cristianos ganados en justa batalla. Aquella torre no sería usada hasta que el turco construyera una armada poderosa que pusiera en jaque el poderío naval de los aragoneses, genoveses y venecianos. Antes fue usada como base de operaciones para incursiones no muy ortodoxas al litoral africano y a la isla de Albión. La marina anclada en Sangralejos habrían de ser anuladas por muchos años por una poderosa marina portuguesa que fortificaba enclaves y defendía de piratas sus rutas comerciales hasta Cipango. Fue el final del uso ofensivo de la isla y el comienzo de su uso defensivo. Contrario a lo que más de uno pudiera pensar no fueron los berberiscos los que más acecharon la costa, y eso teniendo en cuenta su proximidad, sino la marina real británica, como luego narraremos. La única incursión de moros que se conoce provocó una huida masiva de la población civil de El Sebel hacia la parte alta de la montaña ante el miedo de que la masacre y el expolio se volvieran a repetir. La plaza fuerte se pertrechó con un muro, y por la costa fueron colocadas baterías de defensa. Hasta entonces solo unos cuantos infantes de marina vivían de forma permanente en la isla y en otras fortificaciones de la costa. Entre ellos estaba Diego de Ortuño, que por falta de actividad dedicaba sus días a pintar y sus noches a componer un hermoso cuento en latín macarrónico. Las obras que salían de su mente eran incomprensibles para la mayoría, y es por eso por lo que muchos creen que no trascendieron más de lo que debieron. Diego no necesitaba de mecenas para componer sus obras pictóricas. Pintaba lo que le complacía y los regalaba después. Una mañana recibió una carta del comisario de la inquisición en el que le encargaba varios cuadros. Diego, que no gustaba de pintar cuadros sacros, buscaba la manera de quitarse de encima dicho encargo y le respondió: *Señor, por treinta mil maravedíes me placerá realizar los dos cuadros que me pidió para la iglesia.* Días después se requisaron los bienes de un súbdito francés acusado de consumir tocino en vigilia, y con este dinero el misterioso comisario pagó por adelantado al humanista por los cuadros, quedando este sorprendido por el hecho de que hiciera frente tan raudamente a dicha cantidad. Un día el capitán solazándose en una venta con viandas provenientes de caza mayor, observó que un hombre escuálido y de rostro blanquecino, como si el sol no tuviera a bien broncear su piel, y cuyos ojos estaban hundidos en las cuencas, fijaba su mirada en él. Al verlo Diego pensó que se trataba de la misma muerte que porfiaba por llevárselo a los infiernos. Iba ataviado con una sotana no ceñida y tan raída que casi podía verse qué había detrás al trasluz. En su cabeza encajaba un estrecho bonete. Al rato aquel hombre desgarbado se envalentonó y fue a acercarse a donde Diego estaba solazándose con sus compañeros. *¿Es vuestra merced don Diego de Ortuño? Le encargué dos cuadros para la iglesia que me gustaría saber cuándo puedo recoger. Pronto. Casi terminé. Antes del domingo lo tendrás.* Viendo don Diego que ni siquiera había comenzado, retocó dos de los que ya tenía muy avanzados. El de la mujer con la rama de olivo y el de la mujer desnuda que se arrojaba al mar. Ambas imágenes oníricas recurrentes de sus noches de descanso profundo. El domingo el clérigo fue a recoger sus cuadros y éste se los entregó de buen grado con la pintura aun fresca para que los colgaran en la Iglesia de Santa María de la Concepción. Las siguientes semanas se supo de un molinero, cristiano viejo, que fue ajusticiado por judaizar, y otros también habían sido acusados, aunque fueron absueltos, de nigromancia, iluminismo, y diversas herejías. Ante estos acontecimientos acaecidos en la región, el mismísimo comisario se presentó en el hogar del capitán. Al verlo la criada quedó espantada y fue a advertir a su señor de la persona que había venido a verle. *Señor, sepa que la persona que vino a verle es un gran follón, un embustero, y enredador. Cuídese de él. ¿A qué debo el honor, señor inquisidor? Me complace tenerle en mi hogar. Bien, he venido para hacerle saber que el santo oficio no tolera a iluminados ni a aquellos que traen ideas reformistas a la iglesia. ¿Y quién en esta isla ha contravenido la ley de la iglesia que vuestra merced representa, señor inquisidor? Lo vamos a averiguar. Mientras tanto, le pediría que me adelantara un retrato de mi persona para decorar las cárceles de la inquisición. Ya me dirá cuánto le adeudo. Señor inquisidor, no será un encargo, será un presente.* Al día siguiente el capitán advirtió que sus manuscritos habían desaparecido por lo que entendió que lo mejor era acabar con la socarronería que desplegaba ante aquel hombre y cambiar de aires. Una vez acabado el último de los encargos del comisario, fue a enrolarse a las tropas que iban a cristianizar las Indias. Los días del comisario llegarían a su fin ante el peligro de la piratería mora cada vez más insidiosa y pertinaz. La plaza fue fortificada y la población se llenó de todo aquel que quisiera reducir su pena defendiendo suelo patrio. No hubo nueva incursión que merezca ser destacada en estas crónicas hasta el día en el que un barco corsario desorientado se adentró por aquellas aguas en una noche de tinieblas y penumbras tenebrosas. Tal fue así que pasó desapercibido a los que andaban protegiendo la costa desde Sangralejos, pero no por un navío de línea que fue advertido, y le venía persiguiendo. Dicho encuentro y singular batalla es conocido por la tradición oral de habitantes del litoral de la región. Siglos más tarde, un veterano de las fuerzas especiales llamado Enrique Bedmar montó en El Mosquín un negocio de submarinismo, y en una de sus incursiones encontró desperdigados restos de lo que pudo haber sido aquel barco pirata escocés, por lo que la leyenda de la loma del inglés vendría a ser cierta. Los restos que se encuentran señalados como yacimiento arqueológico por boyas colocadas por la guardia civil muestran restos de culebrinas, falconetes y cañones de pequeño calibre y aún cargados por metralla como aquellos usados por los piratas de época. Desde que se ha empezado a explorar los fondos marinos como riqueza cultural una gran cantidad de hallazgos han sido descubiertos: un cargamento de ánforas llenas de aceite y garum; cañones británicos y hasta un mini-submarino que fue retirado de inmediato para su investigación y nadie ha vuelto a saber de él desde entonces. Los años que siguieron a la expulsión de los moriscos fueron los siglos de la hambruna y el fervor religioso obsesivo. Las gentes de la región soñaban con ir a las Américas y muchos aparte de optar por la vida religiosa optaban por la militar para encontrar una razón que fuera suficiente para permitirles emigran y olvidar las miserias que las gentes del litoral padecían. No faltaban las opiniones sobre qué iban a encontrar allende los mares. *Es una tierra de promisión, que ciertamente allá no hay pobres pues tienen caudales, quinta muy hermosa llena de esclavos y hasta embarcación. No, ésto no es así. Que he oído que los mares están plagados de peligrosos filibusteros que venden a las gentes de bien como esclavos y las tormentas son los más días. Solo unos cuantos llegan a su destino. Si vas tanto de militar como de misionero tendrás que lidiar con las tribus antropófagas y salvajes, que más de uno acabó en las tripas de aquellos salvajes. No es cierto, que un sobrino mío que es comerciante autorizado me escribió diciendo que no faltan mil pesos a nadie allí ni corte de carne, ración de tasajos o cecinas cada día. Pues, decidle, que os reclame para su negocio si tan bien se vive, que aquí no me faltará un mendrugo ni procesiones de santos.* En esta guisa los habitantes siguieron entretenidos con sus conversaciones día tras día, año tras año y siglo tras siglos sin que nadie jamás fuera allá hasta el día en el que se instaló don Torcuato en El Mosquín. *Viste lo bienaventurado que uno puede regresar de las Américas.* Años más tarde naufragó el Santa Clara quedando encallado en la costa y animando a algunos a decir que la mar estába plagada de peligros y desaguisados para el ingenuo aventurero. Solo las décadas posteriores a la gran ola que asoló la costa de El Mosquín parecieron sumir en el olvido a la emigración. El litoral volvió a ser una plaza militar imponente y muchos trabajaban para la armada que andaban día sí y día también en escaramuzas y refriegas con la marina real británica. Fue Javier Periáñez uno de los capitanes con más pericia al mando de la defensa de la costa con base en Sangralejos al cual seguiría otro ilustre capitán, José Ignacio Allendesalazar, que sería el último. Los súbditos del litoral encontraban los sonidos de cañones tan comunes como el repicar de las campanas de la iglesia; aquellas naumaquias eran común divertimento del pueblo que en ocasiones se sentaban a ver desde la costa los embates bélicos y dilucidar de qué lado se decantaría la fortuna. Lo que hoy en día entenderíamos como un espectáculo de zafios y viles bárbaros por deleitarse en contemplar como perecían a cada certera y mortífera andanada aquellos marines que bien pudieran ser parientes o amigos, era visto como natural y común. Hasta tal punto fueron años de guerras. La última de ellas y más grandiosa citó a la escuadra francesa como aliada y supuso una estrepitosa derrota que acabó con el divertimento y tornó la plaza fuerte en menos fuerte y más innecesaria. Para socorro y apoyo vinieron a tomarla los franceses, y daría paso al episodio de la independencia que narramos al comienzo de este capítulo. Apuntan algunos historiadores modernos de esta famosísima batalla, que un barco británico desvencijado, casi hecho astillas, fue a encallar en la costa con una parte de su tripulación muerta, otra muy dolorida, y unos cuantos aun a salvo. Los ciudadanos al ver a estos soldados tan desdichados por el combate salieron en su auxilio sin tener en cuenta que eran los causantes de la ruina de aquella mañana. El oficial británico se quedó con la cara descompuesta pues no esperaba esa respuesta de los más vigorosos enemigos que jamás tuvieran. Al regresar a Londres, los supervivientes fueron a contar a los suyos el episodio ocurrido con aquellas gentes y su respeto al derecho de auxilio a los náufragos, por lo que el rey, al enterarse, ordenó que siempre que se citara a tal pueblo se le denominara como *La muy noble y honorabilísima ciudad de La Mezquita"*, y así figura El Mosquín en los mapas que realizaron los británicos de la costa atlántica por mandato real cuando todavía habrían de trascurrir dos siglos para que apareciera en algún mapa local. Tras la independencia, Sangralejos, una vez quedara menoscabada y descompuesta por los cañones franceses, nunca más volvería a usarse con fines bélicos sino que quedaría como vestigio de años de beligerancia y quebrantos. Muchos años después Úrsula acompañaría en barca a su tío a pescar los centollos que proliferaban entre las rocas, y que un japonés cojo y con amargos e indelebles recuerdos de la gran guerra degustaría en Los Tesoros del Mar. No era muy común comer esos animales, pero los turistas que venían de fuera y empezaban a dejarse caer por El Mosquín los apreciaban tanto, que ya solo pequeños cangrejos cuadrangulares y verdosos caminan por las rocas vellosas y plagadas de afilados ostiones mientras resisten los embates de la mar. Sin embargo, los primeros turistas que llegaron a El Mosquín no lo hicieron llamados por la gula o las límpidas aguas y el sempiterno sol, sino por huir del mundo a un lugar que quedó tan olvidado que, como hemos dicho anteriormente, ni siquiera aparecía en los mapas, como si nunca la hubieran descrito en textos de vetustos y arcaicos historiógrafos; como si desde allí no hubieran partido ánforas de aceite, vino y garum o repujados de cuero o inclusos los más bellos y finos y coloridos paños; como si, en definitiva no hubiera merecido nunca la singular mención del mismísimo rey de la Gran Bretaña. Pensaron estos primeros exploradores que unas normas distintas de sociedad aplicarían en Sangralejos. Y tal vez nadie les habría molestado de no haber sido por la repentina muerte de una de las chicas que, bajo el efecto de los psicotrópicos que ingirió, se precipitó al mar desnuda, y pereció ahogada. Muchos años después un empresario de la industria del sexo encontraría una cinta de vídeo anticuada de alto contenido sexual de estos primeros aventureros y sería la inspiración para las macro fiestas que tendrían comienzo desde el periodo primaveral hasta el final del estío. El ruido de la música llegaría hasta la costa como antaño lo hicieran piezas de artillería, y convertiría a El Carmen en pueblo dormitorio, ya que era más barato hospedarse allí que en El Mosquín u otro pueblo del litoral. Muchos se quejaron del tipo de personal que llegaba al pueblo, que por las noches vomitaban por las calles, que se producían abusos sexuales, que orinaban en los portales y andaban muchos ebrios causando peleas y molestias por las calles. Sin embargo, los argumentos negativos eran contrarrestados por las divisas que llegaban de tal negocio; que en cualquier caso los servicios de limpieza se mantenían ocupados y no haría falta despedirlos e incluso se contrataba a más gente, y gracias a ésto, familias podían comer en unos días en los que los fondos marinos ya se encontraban bien esquilmados y no se nos permitía ir más allá de nuestras aguas a faenar, por lo que la flota pesquera estaba ociosa y nuevas e innovadoras ideas tenían que aflorar para lograr el resurgir del pueblo. Los pensamientos retrógrados y caducos de estamentos como la Iglesia y opresores como los caciques que habían influido negativamente ante el progreso, no iban a lograr la prohibición de la mejor fuente de ingresos que jamás tuvo El Carmen desde la decadencia de la pesca. Unos australianos mostraron sus posaderas al paso de la virgen de El Carmen para rememorar los doscientos años del milagro de su aparición a los niños marineros. Ésto avivó los deseos anti-bacanales, y muchos dijeron que el perfil de turista no era el ideal. Hasta el obispo que llevaba en silencio desde que le usurparan sus tierras salió de su palacio para hablar del hecho irrespetuoso e intolerante. Los medios de comunicación sacaron al obispo hablando de la concupiscencia, la permisividad, el aborto, la homosexualidad y la perdida de los valores cristianos no caducos. Si alguno no estaba a favor del acto, se olvidó de momento tras la palabras del obispo que trajo a la memoria épocas ya pasadas. Ya había fallecido Dimitry Kastanyef cuando acaeció la mayor de las tragedias en la que murieron veinte personas y hubo más de treinta heridos. Estaba prohibido sacar imágenes o grabar cualquier cosa que sucediera en la isla de Sangralejos, ya que una gran parte de las personas que allí iban eran celosos de su identidad por los motivos que fueran: ser famoso, estar casado o no ser popular en su país de origen ciertas prácticas. A pesar de las medidas tomadas por los miembros de seguridad que trabajaban en la isla, no siempre era ésto posible, y muchos vídeos se subían a la red con los desmadres y excesos que en ocasiones acababan en prohibiciones, denuncias y juicios. Uno de estos vídeos mostraba a un grupo de jóvenes hablando en urdu contando lo bien que se lo estaban pasando y que habían conocido a varias chicas de su país en la isla. El vídeo, que se hizo viral en los servidores del subcontinente, provocó una ola de dimes y diretes acerca de quiénes eran esos jóvenes que en el vídeo aparecían y lo que es más, de qué chicas hablaban. Hubo manifestaciones por las calles pidiendo la muerte de aquellos infieles, lo que desencadenó que un hombre aprovechando el efecto de una marea viva y la efervescencia de la noche se adentrara armado y descargará contra la muchedumbre todas las balas de un fusil de asalto. Al final se pegó un tiro. Muchos hablaron de un acto terrorista, otros dijeron que era un familiar de aquellos jóvenes, que curiosamente eran británicos, y la mayoría de los medios hablaron de un sociópata atormentado que estaba afectado por su falta de éxito con las mujeres y su extremada timidez. Curiosamente era un buen estudiante de medicina de la universidad de Colonia. Esa fue la última de las fiestas de Sangralejos. En la actualidad se ha restaurado y se han limpiado los fondos marinos de la basura que se acumulara en los días de bacanales sin fin. Tras el desastre, un hermoso castillo se ha reconstruido siguiendo el modelo que tuvo en los días de mayor apogeo de la fortaleza, que fue cuando el hábil capitán don Javier Periáñez y el melancólico plenciano Ignacio Allendesalazar eran adalides de la costa. La reforma ha reconstruido el campanario que servía de aviso de la llegada de los moros a la costa, los muros y el pequeño muelle, las dependencias de los infantes y la capilla. Ha sido una sorpresa para todos encontrar yacimientos arqueológicos de importancia. En unas vasijas encontraron jóvenes y niños que debieron ser sacrificados en época fenicia, lo que habla del uso religioso de la plaza antes de que fuera una isla. También se encontró una tumba de un hombre decapitado. Una lápida de origen bizantina reclama estar sobre el sepulcro de San Alejo, lo cual ha sido un hallazgo singular. Aparte se han encontrado monedas árabes y hasta alguna espada y casco normando. A lo largo de los años la isla cambió de uso religioso a militar, sexual y ahora de turismo cultural. Un hermoso museo se ha construido y es visitado por los metecos que ahora viven en la región litoral. Malik Osborne es su director y el estudioso más conspicuo de toda la región.

Los desahuciados

La joven introdujo la navaja por donde pudo para hacer saltar el pestillo. Ya lo había intentado sin éxito en otros tantos apartamentos y como consecuencia había desistido de entrar a ocuparlo. Su niño se quejaba. *Mamá, tengo sueño. Ya está, cariño. Ya tenemos donde dormir.* Con un clic, la puerta cedió. La dejaron entornada y pasaron a los dormitorios. El aire estaba viciado como si no hubiera habitado aquel apartamento nadie en los últimos meses. Todo estaba lleno de polvo y no había camas por ninguna parte por lo que tiraron al suelo el colchón de goma espuma que llevaban, pusieron la cantimplora y la linterna en el suelo y se echaron a descansar. La madre le acariciaba el pelo al niño para que se relajara y se durmiera pronto, ya que ella estaba demasiado alerta pensando que alguien pudiera llegar de improvisto y sorprenderles. *Mamá, cuéntame otra vez como eran las cosas antes, en la época de los abuelos y los bisabuelos. Bueno, tu tatarabuelo abrió la primera fábrica de conservas de toda la región. Se llamaba Fidel Bocanegra e hizo muchas cosas en El Carmen. Mi abuelo me contó que fue a estudiar derecho pero que no logró aprobar ni sacarse el título como había hecho su familia de generación en generación. A él no le gustaba estudiar, y su padre, que era de una familia de ricachones, le dijo que no le daría más ni un céntimo hasta que no aprobara la carrera como había hecho él, y antes su padre, y antes el padre de su padre. ¿Qué hizo? Pues, a tu tatarabuelo se le ocurrió una idea cuando un amigo suyo, que vendía jamones, le contó que se le habían estropeado todos por el mal tiempo, y que no sabía qué hacer con ellos. Y, ¿qué hizo el tatarabuelo, mamá? Le preguntó a su amigo que por cuánto se lo vendía, y éste se lo vendió todo por unas* quinientas pesetas, que no era nada en el dinero de aquella época para la cantidad de jamón que compró. Cuando su padre lo vio llegar con tantos jamones, pensó que estaba loco. Entonces, el tatarabuelo habló con un amigo suyo que tenía una imprenta, y pidió que le hicieran copias de un antiguo manual de jamonero, y fue vendiendo cursos de jamonero al precio que se hubieran vendido los jamones de haber estado en buen estado. La gente decía: vaya un curso para mejorar en el corte de jamón y encima me regalan un jamón para practicar. Si solo el jamón vale lo que el curso. Vaya oferta. Si alguno volvía quejándose por el jamón, él le respondía: el jamón es para practicar no para vender, hombre. Así, ganó un buen dinero y para celebrarlo se fue a conocer el mar, que nunca lo había visto hasta entonces. Llegó a El Carmen en plena temporada del atún, y sentado en un café escuchó a los pescadores que se quejaban de que no tenían dinero para pagar por el préstamo de los aperos de pesca, y que los bancos le cobraban unos intereses muy altos. Entonces, el tatarabuelo Fidel se ofreció en prestarles el dinero si les regalaba la misma cantidad en atunes y se los daban cortados y cocinados. El tatarabuelo fue a buscar un sitio donde se los envasaran, y no encontró otro sitio que donde llevaban décadas envasando aceitunas. El tatarabuelo alquiló un camión y fue por todos los bares de Madrid donde había vendido los cursos de jamón ofreciéndoles atún en escabeche fresco. El pobre en su primer viaje tuvo un accidente y se le rompieron la mitad de los frascos de atún, y me contaba la abuela que apestaba todo el camión y hasta el guardia urbano le puso una multa. Vamos, que casi se arruina y todo. Tuvo la suerte de que los bares y restaurantes le volvieron a pedir que trajera más atunes, y entonces fue cuando vio la posibilidad de hacer un negocio muy grande. Pidió el dinero a los bares por adelantado, y con ese dinero, parte lo prestó a los marineros que hicieron muchas más capturas y le pagaron en atunes, y los llevó a envasar e incluso le sobró y los pudo vender por otros lugares. Entonces se corrió la fama de los atunes Bocanegra y todo el mundo *iba a hacerle pedidos. El tatarabuelo necesitaba ayuda para llevar el proyecto a mayor escala y habló con la familia que mandaba en aquellos días en el pueblo: los Páez. Éstos tuvieron la idea de construir una envasadora en el mismo pueblo y dieron trabajo a mucha gente y ganaron mucho dinero. Hasta los pescadores se compraron muchos barcos y El Carmen, gracias a tu tatarabuelo, se convirtió en el pueblo con más barcos del mundo.* Cuando pronunció esta última frase, se dio cuenta que el niño se había quedado completamente dormido, así que se relajó un poco y empezó ella también a dormir. Estuvo toda la noche durmiendo hasta que un ruido la desveló. Creyendo que pudiera ser un asaltante, agarró la linterna para tener algo con lo que defenderse. Una pareja de policías nacionales estaban frente a ella. *Buenos días. ¿Es usted la propietaria del inmueble? No. Mire, veníamos a invitarla a que se quede los siguientes días en el nuevo hospicio si no tiene ningún sitio donde ir. Tenemos vales que usted puede usar allí. Le darán comida y puede que una cama independiente para usted y su crío.* La mujer aceptó la oferta y despertó a su hijo para llevárselo al hospicio.

El Hospicio

Había una gran cola de personas esperando su ración de comida en el hospicio. Una mujer mayor con su bandeja y el pelo enmarañado se sentó junto a una madre y su hijo que estaban comiendo el caldo de pollo con fideos. El niño mojaba un trozo de pan en el caldo. *Tiene hambre el niño, ¿no? Lleva varios días alimentándose de chocolatinas que cogemos de las máquinas de expendedoras. Tiene el brazo delgado y las alcanza. ¿Lleva usted mucho tiempo aquí? Nosotros acabamos de llegar hoy por la mañana. Nos han dado una habitación para los dos. El baño está fuera pero no está mal. Eso está muy bien. Yo llevo un año. Por las mañanas friego casas y por las tardes ayudo en lo que puedo en el hospicio. Hago lo que sea menos quedarme quieta, más de uno se ha ahorcado o tirado del picacho de Colina Blanca por la falta de actividad. Y usted, ¿qué es lo que hace o hacía? Mi marido se fue a trabajar fuera y no volvió. Al principio nos enviaba dinero pero luego dejó de hacerlo. Y ¿por qué no te fuiste con él? Y, ¿qué iba a hacer con el niño? Era muy pequeño. Yo trabajaba de administrativa en una exportadora de latas de conservas, y cuando se fue todo a pique con la falta de acuerdos pesqueros la empresa cerró. De eso hace ya tiempo, ¿desde entonces no trabajas? Si. Estaba tan desesperada que trabajé con una webcam como hacían muchas otras amigas. Ganaba muy poco, pero al menos me daba para pagar el piso y la comida. Lo dejé porque una vez un loco me buscó y me quería matar. Fue horrible. No quiero trabajar más en eso, prefiero morirme de hambre. Yo trabajaba en los parques eólicos. De hecho, un familiar mío alquilaba el terreno a la distribuidora eléctrica. Usted, ¿es una Ulloa? Bueno, no de los pudientes, claro. Éstos, viendo venir la que se avecinaba con el pago de la deuda a los acreedores, están en pie de guerra. Pero, ahora mismo la tierra de cultivo no les pertenece, ¿no? Bueno, no es así. Las tienen pero no las cultivan, y los parques eólicos como han dejado de ser rentables, ahí están que ni los mantienen ni los quitan.* Otra mujer que estaba escuchando la conversación se vio con la libertad de entrar. *La mano de obra, los costes de producción son muy altos. Hemos perdido competitividad en todo. Bueno, en todo menos en las putas. Los puticlub siguen siendo rentables. Ahí si somos una potencia económica.* Las tres mujeres rieron amargamente. *Oiga, y qué pasó con toda su familia. Como usted ya sabrá los Ulloa son los hijos naturales de uno de los Duques y Teresa Ulloa, que era una bailarina folclórica. Las tierras se las concedieron tras la expropiación que se hizo a la Iglesia, y las dejó en herencia a los seis hijos que tuvo con la bailarina, y éstos la volvieron a repartir entre sus hijos y compraron más tierras. Así ha sido hasta el día en que los herederos han dejado de pensar en la tierra, porque la verdad es que trabajar la tierra lleva mucho esfuerzo y la estuvieron arrendando. Hoy hay pocos agricultores que sean los propietarios. No se vive tampoco tan bien del campo. Al menos de eso se quejan. ¿Habéis oído lo de las noticias? Que para el año que viene se cumple el plazo del pago de la deuda y ya se ha acordado que todo el litoral pertenezca a una liga de acreedores. Todo el mundo está aterrado por el caos que se va a formar con ésto. Dicen que tienen un ejército mercenario y todo. Horrible. Pero, vamos, ahora tampoco vivimos bien. En fin, ahí os dejo. He acabado de comer. Me voy a dar una vuelta por ahí. Os veo por la noche. Adiós.* Nada más despedirse empezó a oírse un ruido como de rocas moviéndose y empezó a temblar todo.

El Entierro

Caía la lluvia a goterones mientras el enterrador ocultaba el féretro tras la lápida del nicho. *Hoy va a llover más que el día que enterraron a Bigote.* Solo dos personas habían acudido al sepelio: el padre y un señor que permanecía con el rostro triste y cabizbajo como si estuviera recitando unas profundas oraciones. Paco, recordaba en aquel momento bajo la lluvia la llegada de los dos policías locales que le iban a notificar de algo terrible. Amador estaba muerto. Casi no reaccionó en el momento. Había visto tantos entierros en los que se esperaba que las mujeres lloraran y los hombre bebieran aguardiente con rostro impasible, que no pudo más que seguir con lo que había visto desde pequeño aunque un encogimiento de pecho le conminara al llanto. Cuando acabó de cubrir el hueco, aquel hombre dejó una figurilla de barro junto a la lápida y se acercó a dar el pésame a Paco. *Era un buen chico. Siento no haberle podido ayudar. El tiempo que estuvo con nosotros en la escuela taller hizo esta figurilla. Todos los seres aportamos algo aunque parezca nimio. ¿Quién es usted? Soy el padre Isco, de la Escuela Taller de El Carmen. Su hijo estuvo con nosotros unos meses para desintoxicarse hasta que nos dejó. Lo siento. Es el quinto joven que entierro en lo que llevo de año.* Llegó a casa meditabundo y nada más cruzar el umbral sonó el teléfono: *Paco, soy Nando. Me he enterado de lo de tu hijo. De veras lo siento. Mira, cuando te sientas mejor ven para la biblioteca.* Ya en el edificio, días más tarde, recibiría la propuesta de convertirse en el nuevo bibliotecario de El Mosquín, lo cual fue lo mejor que le ocurrió en los últimos dos años. *Si éste hubiera sido mi cometido desde un principio habría sido el hombre más feliz del mundo.* Desde el día en el que Paco el cojo fue nombrado bibliotecario de la misma biblioteca que él mismo fundó gracias a la donación desinteresada de una buena señora, se le empezó a ver cada vez menos por el día y más por la noche. Cuando los objetores de conciencia y administrativos llegaban a la oficina, él ya estaba allí y casi se había bebido una jarra de café por el poco dormir. Ciertamente, aquella casa solo había conocido antes que él un bebedor de café tan ducho. Los usuarios y conocidos del bibliotecario comenzaban a rumorear todo tipo historias: *pobre hombre, está tan solo que nada más encuentra compañía en la lectura. Tanto libro le está secando la mollera. Pues, me contó el otro día que ha vuelto a escribir artículos, y que muy pronto sacaría a la luz unas crónicas que cambiarían la manera en la que entendemos el pueblo. El otro día estaba hablando solo. Se me olvidaron las llaves de casa y tuve que volver a recogerlas y el hombre estaba leyendo y gritándole al libro ese que está escribiendo y vociferando: ¡no puede ser! ¡no puede ser! Mira, habrá que hablar con él. Hace días que no se lava. ¿TE das cuenta de qué aspecto tiene? ¿Estará enfermo? Yo creo que se ha vuelto loco. ¿Sabes que llegó diciendo el otro día? Que la virgen de El Carmen no era la virgen de El Carmen.* Todos estos comentarios no llegaban a los oídos de Paco, quien ya había empezado a leer lo que las runas de la cueva tenían que contar: "*En Egipto conviví con la sibila de tez morena, y del encuentro nació una niña llamada Sofía. Diez años tardé en regresar a mi tierra. Hasta que ella murió. Ciego quedaré, y Sofía me cuidará hasta que muera al otro lado de Calpe, pero dejamos nuestros discípulos saber la verdad de ayer y de mañana y una efigie de la sibila con su hija.*" Éste es el comienzo de las runas. *Estamos hablando de la vida de Andrés de Calpe, fundador de la secta religiosa de los calpitas. Según narra toda la iluminación llega por su viaje a Egipto donde conoció a una de las sibilas, ésto es, mujeres que predicen el futuro. Terminó conviviendo con una de ellas. En la estrofa acaba contando que morirá ciego al otro lado de Calpe, o sea, África, y que su hija cuidará de él hasta su muerte. Es intrigante el paralelismo con el Edipo rey. Ambos son personas que saben más de la* cuenta, y acaban desterrados y ciegos: uno por llevar vida incestuosa, el otro ¿Por qué razón? Puede haber algún nexo, y si lo hay, habrá que averiguarlo. No descarto la idea de que sea un texto alegórico. Prosigue otra extraña estrofa: "Todos los tiranos van a lomos de un burro. Cuatro habrá en total. El cuarto es un guerrero africano lleno de cólera que emulará al mismo Aquiles, y provocará una guerra de hermanos. Muchos sucumbirán y cohabitaran en la misma tumba por su mandato, y por gran héroe será tenido. El tercero es un falso clérigo y truhan que robará el dinero de las gentes, quemará libros y sembrará la tierra de bastardos. El segundo es un embaucador que quemará hombres, pero será empujado al destierro. El primero será un azote contra los suyos, y de anciano, todos le veneraran. Por su lengua mujeres morirán lapidadas". De nuevo menciones mitológicas. Está claro que en la época el peso de la mitología clásica es aún mayor de lo que lo es hoy, por lo que es un terreno recurrente en cualquier texto. ¿A qué se refiere con lo de emular a Aquiles? Tengo dudas sobre cómo leer estas runas. ¿Son historia? ¿Es leyenda? ¿Es literatura y el texto representa algún tipo de alegoría? Cada día me dejan más perplejo estos textos. En cualquier caso la estrofa más rara de todas es la que a continuación trascribo. Habla del futuro de su estirpe y da comienzo a una sucesiva cadena de personajes pintorescos. "Sofía será respetada por sus artes adivinatorias hasta el día en el que llegue un hombre del mar escapando de una batalla y enseñe el arte de hablar con los muertos a sus descendientes. Tras múltiples generaciones, dos niñas nacerán de dos madres diferentes, pero del mismo padre, y llegarán por mar. La mayor será asesinada por su madre, la menor vivirá dos vidas seguidas, y será la última en la estirpe que pueda comunicarse con los muertos". Claramente, las runas halladas en la cueva de El Sebel se engloban dentro de la literatura mágica propia de la alta edad media. No podemos estar seguros que existiera esa tal sibila ni que Andrés de Calpe escribiera tales textos. Por aquellos años proliferaban las sectas religiosas que mezclaban ritos paganos con ritos *cristianos e inclusos otros de origen hebreo y asiático. Las runas no dejan de ser un testimonio único de lo que fue en la época algo muy común, y que la iglesia se encargó de sentenciar con penas y purgas e incluso hacer desaparecer. Es por eso que los calpitas eligieran una cueva para hacer llegar su mensaje en tiempos en los que el clero monopolizaba la cultura y su trasmisión. No es más que un libro esotérico escrito en un lenguaje secreto para dificultar su lectura, pero que acabo de descifrar. Debemos leerlo como un libro de símbolos en los que los mitos clásicos se dan la mano con la realidad de la época y se hacen mención a una parte de ellos como son Aquiles, Edipo o incluso el oráculo de Delfos. Tras escribir ésto, bajó de su despacho y fue a tomar un café. Allí se encontró con el objetor de conciencia. ¿Qué tal estás? ¿Estás a gusto aquí? Sí, señor. Bueno, no se puede estar mejor que en un lugar acompañado de libros. Ahora estoy escribiendo un libro que va a cambiar la manera en la que entendemos el pueblo. Muy pronto lo daré a conocer, ¿sabes? Lo tengo muy avanzado. Estoy trabajando día y noche en él. Bueno, muchacho, te dejo que me voy arriba otra vez a seguir con mi investigación.* Al subir puso por unos momentos la televisión local en donde aparecía su amigo Pepe, el alcalde de El Sebel, hablando de lo intolerable de tener placas en el pueblo de criminales de guerra, mientras todavía no se había dado el lugar merecido a tantos y tantos guerrilleros fieles al gobierno legítimo de la república, que sufrieron la represión o se exiliaron, y no tienen el lugar que se merecen en la historia. El alcalde se subía a una escalera, extraía de la pared la placa conmemorativa de la muerte de Andrés Tomás y anunciaba que celebrarían al día siguiente el entierro de Abelardo Pasamontes, un guerrillero libertario fallecido nada más regresar de su exilio, y que pronto recuperarían los cuerpos de la fosa sin nombre en la que yacían sus familiares Jesús Orozco y Salvador Orozco, fusilados por la dictadura. Ésto, sin embargo, ocurriría un mes más tarde y daría como resultado el entierro más multitudinario jamás presenciado en El Sebel. A él acudieron los cantautores más aclamados del momento, quienes se ofrecieron a cantar de manera solidaria y gratuita en la plaza mayor de El Sebel. Todos los llamaron los conciertos de la concordia. Algún que otro actor que poseía segunda residencia en la región también acudió a la cita. Paco, sintió curiosidad por saber quién era ese personaje denostado al que se le atribuían crímenes de guerra, y que había fallecido el mismo día en el que el pueblo fue tomado por los nacionales. En la hemeroteca de la biblioteca buscó las noticias de los periódicos regionales por las fechas en las que tuvieron lugar los hechos: *El boletín nacional del estrecho*. Pasaba las hojas viendo cómo se alternaban noticias culturales, religiosas y bélicas. Paró cuando encontró la foto de un entierro ya finalizada la guerra. *Hoy fueron trasladados los restos mortales del héroe nacional libertador de El-Sebel, don Andrés Tomás, a su localidad natal de Torre-Pacheco. A la ceremonia acudieron sus familiares y altos dignatarios del ejército, autoridad civil y eclesiástica. Las palabras más emotivas las lanzó un antiguo camarada suyo, don Virgilio Estébanez Carriazo, seguida de vítores a la nación e himnos solemnes. El alcalde de El Sebel, don Marcial Ulloa, anunció que colocaría una placa conmemorativa en su honor en agradecimiento a los servicios prestados al pueblo. Andrés Tomás falleció en acto heroico cuando andaba persiguiendo a unos milicianos descontrolados que habían asesinado a civiles inocentes y destrozado el campanario de la iglesia de El Mosquín. Una bala perdida se alojó en su talón de Aquiles que se infectaría provocándole la muerte. Sus camaradas notaron que había muerto al verlo desplomarse inerte desde el burro en el que lo trasportaban al hospital de campaña. En su lápida se lee: Andrés Tomás, ¡Presente!* La lectura de la noticia le asombró. Aquiles, el talón de Aquiles, en un burro, un tirano tenido por héroe. No podía ser. ¿Era una coincidencia o de veras la sibila sabía lo que iba a suceder muchos siglos después? En aquel momento recordó la noche en la que empezó a creer en los fantasmas, y cómo décadas después descubrió que tales miedos eran los más fútiles que había tenido en su vida. Bien podría ser una coincidencia, pero desde luego era una coincidencia que, para una persona llena de curiosidad, merecía la pena investigar. Se encerró más de lleno en leer el libro, y salió de la biblioteca para saber más sobre los calpitas. Se llevó día y noche en vigilia para leer todos aquellos libros que pudieran tener algo que ver con las runas y los que las escribieron. Lo que en un principio era un mero estudio se tornó en una obsesión por entender aquellos textos y saber más su relación con la historia de la región. No era fácil encontrar nuevas conexiones, por lo que tras varios días de cafés y desvelos se quedó dormido en su silla. En su sueño aparecía la procesión de la virgen de El Carmen y el tocaba el tambor con sus viejas alpargatas raídas siendo el objetivo de las miradas y burlas de algunos transeúntes. Otros gritaban *¡Viva Sofía y la madre que la parió!* Gervasio Páez aparecía clamando, *¡es la virgen!* De pronto, una mano de una anciana tomaba la suya y era aquella anciana centenaria*: esa es mi abuela, ¿recuerdas cómo llegué al pueblo?* Se despertó de golpe al sentir un ruido en la parte baja de la biblioteca. Era la chica de la administración que acababa de llegar. Fue al baño a asearse y lavarse la cara un poco para parecer menos desaliñado de lo que estaba. El sueño le había hecho conectar las piezas: la anciana centenaria que llegó en una barca en el vientre de su madre, la última persona descendiente de Sofía capaz de hablar con los muertos, la efigie que no es de la virgen sino de la sibila con su hija, y el trozo de piel que Gervasio Páez arrojó al fuego en la reunión con aquellos árabes, porque no pertenecía a la virgen. Aun ensimismado en sus ensoñaciones Paco repetía una y otra vez: *no es la virgen de El Carmen; la virgen de El Carmen no es la virgen de El Carmen.* La chica de la administración lo miró como al que ve a un borracho delirante. Ahora no le cabía la menor duda de que en aquellas runas había algo misterioso, y que el destino se había encargado de señalarle a él como la persona para descubrirlo. Ya se imaginaba rodeado de arqueólogos e historiadores, y gentes de ciencia tratando de conocer y encontrar una explicación a aquellos grabados de la cueva. Tras el sueño revelador, lo siguiente que haría sería hallar las interconexiones con la historia local, y saltó en su cabeza las crónicas que escribían el desaparecido indiano y el infeliz anarquista que murió de inanición dentro del doble fondo que él mismo construyó. Las runas parecían unas crónicas paralelas a aquellas que don Torcuato y Miguel estaban escribiendo con múltiples episodios en los que se explicaba tal o cual detalle, a veces contado desde el pasado, pero a veces también contado desde el futuro, totalmente desordenado como si respondieran a impulsos que alguien iluminado obtuviera de manera inesperada. Cuando llegó a los últimos textos de Miguel, se quedó pasmado con lo que leyó: *Ayer me quedé dormido tratando de hacer tiempo para que Adela vuelva pronto y me traiga comida, cuando de repente noté como si alguien me golpeara en la pierna. Una niña de piel morena me miraba y sentenciaba: vas a morir aquí y el que te saque del agujero acabará tu libro. Al leer ésto gritó de sorpresa: ¡No puede ser! ¡No puede ser*! Paco entendió que él mismo era parte de las crónicas de El Mosquín, y que todo lo que le había ocurrido hasta la fecha era parte del destino que iba repitiéndose una y otra vez en el trascurso de los siglos: como aquellos intrépidos griegos que encontraron el oro en un río o como aquellos náufragos con su lingote. En un momento dc clarividencia entendió el porqué era posible entender los sucesos: éstos siempre se repetían constantemente. Si conoces las actitudes de los hombres conoces su destino, porque los hechos recurren una y otra vez en guerras, crímenes horrendos y actos heroicos, todos ellos provocados por actitudes humanas. El hombre inexorablemente repite su historia aunque la conozca y conozca sus consecuencias si no corrige sus actitudes. No había ningún secreto en saber lo que iba a ocurrir y un hombre emparedado y delirante por el hambre acababa de enseñárselo en algo menos de cuatro renglones. ¿Quién si no iba a proseguir la historia si no lo hiciera una persona con una curiosidad capaz de entrar en un cuarto oscuro a sabiendas de que va descubrir algo horrendo? Los calpitas también tuvieron que saberlo, pero este pensamiento era contrario al dogma de la iglesia del libre albedrío como aquel trozo de piel con caracteres árabes que Gervasio Páez destruyó, era contrario al mérito milagroso atribuido a su familia. Amarga es la verdad para el hombre cuando ésta no le es provechosa. La historia siempre destruye las verdades poco útiles. El hombre es esclavo de sí mismo y de sus inclinaciones. No había nada de extraordinario en conocer el futuro. Era de noche, y ya nadie estaba en la biblioteca. Fue un descubrimiento demasiado poderoso como para proseguir con su estudio de los textos rúnicos. Recogió sus cosas y se fue para su casa hasta el lunes próximo dejando el libro sobre la mesa. Paco había dormido dos noches seguidas casi sin interrupción, y apenas había comido durante el fin de semana entre desvelo y desvelo. Tuvo un almuerzo frugal y leyó todas las cartas del juzgado agolpadas en su buzón en el que se le anunciaba que había sido juzgado in absentia y se le iba a embargar la casa. Sintió algo de ansiedad y un dolor fuerte en el pecho. A la tarde del lunes volvió a la biblioteca. Allí estaba el libro sobre el anaquel tal y como lo dejó. Con menos interés que de costumbre prosiguió con la traducción de las últimas estrofas: *la cueva permanecerá cerrada por el ataque de los herejes, y la efigie se guardará en un olivo hasta que un rayo la descubra. Tres hombres tendrán acceso a la cueva: uno morirá envenenado, otro encontrará un tesoro y el otro quedará cojo.* Parecía que por fin había llegado el momento de aparecer en las crónicas. *El día del tercero, dos demonios morirán a la vez. Uno a golpes de ira y otro degollado por una meretriz. Si éste es el final, quiero saber qué ocurre. Está hablando de mí. Solo el tercero será capaz de entender nuestra escritura. La clave la entregará un hombre que llegará del Este el día en el que la roca de plata se precipitará del cielo. Sus traducciones arderán en el fuego y nadie más entrará en la cueva porque un terremoto la arrasará. La segunda ola barrerá todos sus recuerdos y éstas serán las últimas palabras que leas en vida.* Paco empezó a sentir cómo se le adormecía el brazo izquierdo, y un sudor frío se apoderaba de él. El pecho le oprimía y casi no podía respirar. Se desplomó y hasta la noche nadie cayó en la cuenta de que Paco el Cojo, notable arqueólogo y primer alcalde de la democracia de El Mosquín había fallecido de un ataque al corazón. La biblioteca permaneció cerrada unos días en señal de luto hasta que de nuevo se abriera y todos los libros y papeles se organizaran sin que nadie tuviera el menor interés en saber lo que aquel hombre, tan dolorido por la muerte de su hijo y la soledad de dos matrimonios fracasados, había escrito. Al entierro acudió Pepe el alcalde, que le apreciaba desde niño. El resto de la historia de El Mosquín ya se sabe hasta el día en el que ardió la biblioteca y una ingente ola arrasara el hospicio y se volviera a fundar un nuevo pueblo con sus gobernadores, sus figuras espirituales, sus villanos, sus demonios, y sus benefactores, tanto hipócritas como reales, sus señores de las tierras y sus señores de los mares, sus intrépidos y sus descubridores, tal y como ocurre en todos los confines donde habitan los seres humanos. Y de todo eso hace ya más de cuarenta años…

www.ingramcontent.com/pod-product-compliance
Lightning Source LLC
Chambersburg PA
CBHW020843020726
47497CB00005B/1235